民国词学史著集成

第十五卷

孙克强 和希林◎主编

陳中凡《詞通論》（《中國韻文通論》） 劉經庵《詞史綱》（《中國純文學史綱》）
丘瓊蓀《詞概論》（《詩賦詞曲概論》） 龍榆生《詞曲史》（《中國韻文史》）
吴烈《詞演變史》（《中國韻文演變史》） 徐嘉瑞《詞史》（《近古文學概論》）

南開大學出版社

图书在版编目(CIP)数据

民国词学史著集成. 第十五卷 / 孙克强，和希林主编. —天津：南开大学出版社，2016.12
ISBN 978-7-310-05279-0

Ⅰ. ①民… Ⅱ. ①孙… ②和… Ⅲ. ①词学—诗歌史—中国—民国 Ⅳ. ①I207.23

中国版本图书馆 CIP 数据核字(2016)第 287935 号

南开大学出版社出版发行
出版人：刘立松
地址：天津市南开区卫津路 94 号 邮政编码：300071
营销部电话：(022)23508339 23500755
营销部传真：(022)23508542 邮购部电话：(022)23502200
*
天津市蓟县宏图印务有限公司印刷
全国各地新华书店经销
*
2016 年 12 月第 1 版 2016 年 12 月第 1 次印刷
210×148 毫米 32 开本 18.625 印张 4 插页 533 千字
定价：95.00 元

如遇图书印装质量问题，请与本社营销部联系调换，电话：(022)23507125

總　序

清末民初詞學界出現了新的局面。在以晚清四大家王鵬運、朱祖謀、鄭文焯、況周頤為代表的傳統詞學（亦稱體制內詞學、舊派詞學）之外出現了新派詞學（亦稱體制外詞學）。新派詞學以王國維、胡適、胡雲翼為代表，與傳統詞學強調『尊體』和『意格音律』不同，新派在觀念上借鑒了西方的文藝學思想，以情感表現和藝術審美為標準，對詞學的諸多問題展開了全新的闡述。同時引進了西方的著述方式：專題學術論文和章節結構的著作。傳統的詞學批評理論以詞話為主要形式，感悟式、點評式、片段式以及文言為其特點；民國時期的詞學論著則以內容的系統性、結構的章節佈局和語言的白話表述為其主要特徵。當然也有一些論著遺存有傳統詞話的某些語言習慣。民國詞學論著的作者，既有新派大師王國維、胡適的追隨者，也有舊派領袖晚清四大家的弟子、再傳弟子。他們雖然觀點不盡相同，但同樣運用這種新興的著述形式，他們共同推動了民國詞學的發展。民國詞學論著的蓬勃興起是民國詞學興盛的重要原因。

民國的詞學論著主要有三種類型：概論類、史著類和文獻類。這種分類僅是舉其主要內容而言，實際情況則是各類著作亦不免有內容交錯的現象。

概論類詞學著作主要內容是介紹詞學基礎知識，通常冠以『指南』『常識』『概論』『講義』之名。這類著作無論是淺顯的入門知識，還是精深的系統理論，皆表明著者已經從傳統詞學中片段的詩詞之辨、詞曲之辨，提升到系統的詞體特徵認識和研究，是文體學意識的體現。史著類是詞學論著的大宗，既有詞通史，也有斷代詞史，還有性別詞史。唐宋詞成為後世的典範，對唐宋詞史的梳理和認識成為詞學研究者關注的焦點，如詞史的分期、各期的主要特徵、詞派的流變等。值得注意的是詞學史上的南北宋之爭，在民國時期又一次達到了高潮，有尊南者，有尚北者，亦有不分軒輊者，精義紛呈。南北宋之爭的論題又與新派、舊派基本立場的分歧對立相聯繫，一般來說，新派多持尚北貶南的觀點。史著類中清代詞史亦值得關注，詞學研究者開始總結清詞的流變和得失，清詞中興之說已經發佈，進而加以討論，影響深遠直至今日。文獻類著作主要是指一些詞人小傳、評傳之類，著者廣泛搜集歷代詞人的文獻資料，加以剪裁編排，清晰眉目，為進一步的研究打下基礎。

『民國詞學史著集成』有兩點應予說明：其一，收錄了一些中國文學史類著作中的詞學史部分。民國時期的中國文學史著作主要有兩種結構方式：一種是以時代為經，文體為緯，此種寫法的文學史，詞史內容分散於各個時代和時期。另一種則是以文體為綱，注重文體的發展演變，如鄭賓於的《中國文學流變史》的下冊單獨成冊，題名《詞（新體詩）的歷史》，篇幅近五百頁，可以說是一部獨立的詞史；又如鄭振鐸的《中國文學史》（中世卷第三篇上），單獨刊行，從名稱上看是唐五代兩宋斷代文學史，其實是一部獨立的唐宋詞史。

『民國詞學史著集成』視這樣的文學史著作中的詞史部分，為特殊的詞史予以收錄。其二，『民國詞學史著集成』收入五部詞曲合論的史著，著者將詞曲同源作為立論的基礎，合而論之，本套叢書亦整體收錄。至於詩詞合論的史著，援例亦應收入，如劉麟生的《中國詩詞概論》等，因該著已收入南開大學出版社出版的『民國詩歌史著集成』，故『民國詞學史著集成』不再收錄。

『民國詞學史著集成』收錄的詞學史著，大體依照以下方式編排：參照發表時間、內容分類、著者以及著述方式等各種因素，分別編輯成冊。每種著作之前均有簡明的提要，介紹著者、論著內容及版本情況。

在『民國詞學史著集成』中，許多著作在詞學史上影響甚大，如吴梅的《詞學通論》等，多次重印、再版，已經成為詞學研究的經典；也有一些塵封多年，本套叢書加以發掘披露，如孫人和的《詞學通論》等。這些文獻的影印出版，對詞學研究具有重要的參考價值。近些年，民國詞學研究趨熱，期待『民國詞學史著集成』能夠為學界提供使用文獻資料的方便，從而進一步推動民國詞學的研究。

孫克強　和希林

2016年10月

總　目

第一卷

第二卷

第三卷

第四卷

第五卷

第六卷

第七卷

第八卷

第九卷

第十卷

第十一卷

第十二卷

第十三卷

第十四卷

第十五卷

第十六卷

本卷目錄

陳中凡《詞通論》(《中國韻文通論》)

陳中凡(1888-1982),原名鍾凡,字覺圓,號斠玄,別署覺元、覺玄,江蘇鹽城人。1911年畢業於兩江師範學堂,1914年考入北京大學習哲學,畢業後留校工作。1919年在北京女子高等師範擔任國文部主任。1921年任國立東南大學教授兼國文系主任,1926~1928年任金陵大學教授,1935~1949年任金陵女子文理學院教授。1952年起為南京大學教授,兼江蘇省文史館館長。著有《書目舉要補正》《古書校讀法》《諸子書目》《經學通論》《中國韻文通論》《中國大文學史》(上古文學——清代文學)、《漢魏六朝散文選》《兩宋思想述評》《中國民主思想發展史》《民主與教育》等十餘部。結集有《陳中凡文集》。

《詞通論》乃從陳中凡《中國韻文通論》中輯出。《中國韻文通論》分論中國傳統各體韻文:詩、詞、曲、賦。《詞通論》乃其中第八章『論唐五代及兩宋詞』,分為七節:詞之起源、體制、聲律、修詞、藝術、詞家之派別、餘論。《詞通論》之名乃輯者所加。《中國韻文通論》於民國十六年(1927)上海中華書局初版。

本書據上海中華書局初版影印。

文學叢書第二種　中國韵文通論

目　次

七 三百篇之藝術及其修詞

(1)描寫——寫人，寫山水田園，風雨氣候，鳥獸，草木，

(2)修詞——順敘，對敘，疊敘，疊句，疊調，鋪敘，排偶，

(3)抒情——感慨，想像，呼告，詰質，設譬，擬人，夸飾，

八 用韻

(1)起韻——連句韻，間句韻，

(2)中韻——同句及連句韻隔句韻，

(3)收韻——連句韻，隔句韻，首句不韻第三句不韻，

(4)轉韻——二句轉韻，末二句轉韻，三次轉韻，四次轉韻，

(5)錯韻——兩韻互協，兩韻隔協，三韻以上隔協，

(6)空韻——二句空韻，三句空韻，

(7)間韻——二句間韻，三句以上間韻，

九 餘論

目次

目次

目　　次

目次

次　目

(1)描寫——寫人，詠物，寫景
(2)抒情——高滑語，壯烈語，迷離語，決絕語，險麗語，本色語
(3)想像——擬人例，設譬例，聯想例，想像例

六 詞家之派別

(a)隋唐
(1)李白 (2)温庭筠
(b)五代
(1)韋莊 (2)馮延巳 (3)南唐二主
(c)兩宋
(1)晏殊及子幾道 (2)歐陽修 (3)柳永 (4)張先 (5)蘇軾 (6)賀鑄
(7)秦觀，黄庭堅 (8)周邦彥 (9)辛棄疾 附蘇辛之比較 (10)姜夔
(11)史達祖 (12)吳文英 (13)周密 (14)張炎 (15)王沂孫

七 餘論

目次

三 南北曲之聲律

(1)宮調 (2)調名 (3)北曲套數 (4)南北合套 (5)南詞套數 (6)犯調

(7)排場及劇情 (8)聲韻 (9)襯字

四 曲之修詞

(1)字法

(a)用字 (b)襯字 (c)務頭 (d)重字 (e)閉口字 (f)疊字 (g)字音

(2)句法

(a)疊字句 (b)疊句 (c)排句 (d)比較句 (e)對偶——扇面對，重疊對，救尾對 (f)末句 (g)用事

(3)章法

(a)立主腦 (b)密針線 ( )減頭緒 (d)避重複

五 曲之藝術

(1)描寫——寫人，寫景，詠物

目次

右文論一卷，都凡九章，吾師斠玄先生著也。先生早習七經，兼綜子史，文章爾疋，上規漢魏。十載以來，講學南北，深稽博辨，名滿域中。嘗謂論文之業，肇自雕龍，端緒雖開，文體未備。其后詩有律絕，詞曲代興，詩話，詞話，曲話，亦勃爾並作。顧語多破碎，未臻董理。清世江都焦里堂治易之餘，嘗欲撰漢賦，魏晉六代五言詩，唐五七言律詩，宋詞，金元戲曲，及明人八股，並爲一集，事終未果。興化劉融齋著藝概六卷，凡詩文詞曲制義諸科，並有研討，摭撢精審，含意未申。增益舊聞，著之條貫，責在吾徒矣。因取平日講藁，及師友討論之作，萃爲是書，述造踰年，遂成巨制。博觀約取，深根寧極，李充翰林之論，無此宏裁；摯虞流別之集，方茲蔑尙矣。權幼承函丈，飫聞緒餘，爰述數言，用申疋志。中華民國十五年夏七月郝立權誌。

第八章　論唐五代及兩宋詞

（一）詞之起原

詞之爲訓，意內言外（說文解字，）本屬表意之言詞；後人以調有定格，句有定言，韻有定聲之文，謂之爲詞；蓋引申借用，以示區別於古今體詩也。溯詞之起原，爲說不一，約分兩派：

1. 詩餘說 文體明辨曰：「詩餘謂之塡詞。」此所謂詩，又有異說：

(A)三百篇之餘 徐釚詞苑叢談引樂圃閒話曰：

詞者詩之餘也。然則詞果有合於詩乎？曰按其調而知之也。殷雷之詩曰：「殷其雷，在南山之陽」此三五言調也。魚麗之詩曰：「魚麗於罶，鱨鯊。」此二四言調也。還之詩曰：「遭我乎猺之間兮，並驅從兩肩兮。」此六七言調也。江汜之詩曰：「不我以，不我以。」此疊句調也。東山之詩曰：「我來自東，零雨其濛，鸛鳴於垤，婦歎於室。」此換韵調也。行露之詩曰：「厭浥行露。」其二章曰：「誰謂雀無角？」此換頭調也。凡此煩促相宣，短長互用，以啟後人協律之原，豈非三百篇實祖禰哉？

(B)樂府之餘 困學紀聞曰：

古樂府者，詩之旁行也。詞曲者，古樂府之末造也。

又汪森詞綜敘曰：

自古詩變而爲近體，而五七言絕句傳於伶官樂部；長短句無所依，不得不變爲詞。

(C)絕句之餘　方成培香研居詞麈曰：

自五言變爲近體，樂府之學幾絕。唐人所歌多五七言絕句，必雜以散聲，然後可被之筦弦。如陽關必至三疊而後成音，此自然之理也。後來遂譜其散聲，以字句實之，而長短句興焉。故詞者所以濟近體之窮，而上承樂府之變也。

2. 新聲說　成肇麐唐五代詞選敍曰：

十五國風息而樂府興，樂府微而歌詞作，其始也皆非有一成之律以爲範也。抑揚抗隊之音，短修之節，運轉於不自已，以蘄適歌者之吻；而終乃上躋於雅頌，下衍爲文章之流別。詩餘名詞，蓋非其朔也。唐人之詩未能胥被弦筦，而詞無不可歌者。

按前舉兩說，似彼此相反而實無牴牾。蓋詞之初生，有增改舊調以塡新詞，有沿用舊調塡詞，亦有特創新調以製詞者。前兩者並詩餘說所持之理論，後者則新，聲說之根據也至謂詞原於三百篇，或古樂府，則時代相去太遠，實難傳會。三百篇中雖多一二言至八九言之長短句，究於詞中長短句之平仄有定格者不同；固不得以其疊句，換韻，換頭等式，偶爾同符，遂謂彼此相翕應也。若夫詞皆可歌，誠樂府之流別；然一代有一代之樂，唐宋樂府與漢魏樂府不相沿襲，詞與樂府詩更不容混爲一談也。今定詞由唐詩嬗變，及當代特製新聲兩類，試詳考之：——

3. 由五七言絕詩變爲詞者

朱子語類言其嬗變之理，由於泛聲。其說曰：

古樂府只是詩中泛聲，後人怕失却那泛聲，逐一添個實字，遂成長短句，今曲子便是。

此其所謂「泛聲，」沈括謂之「和聲」夢溪筆談曰：

詩之外又有和聲，則所謂曲也古樂府皆有聲有詞，連屬書之。如曰「賀賀賀，」「何何何」之類，皆和聲也。今筦絃之中，纏聲亦其遺法也。唐人乃以詞塡入曲中，不復用和聲。

與朱子語類說相符。全唐詩附錄亦曰：

唐人樂府原用律絕等詩雜和聲歌之。其並和聲歌作實字，長短其句以就曲拍者爲塡詞。

上舉三說，明詩流爲詞，由於塡實泛聲，遂變五七言爲長短句，其理昭著。故胡仔苕溪漁隱叢話謂：「唐初歌詞，多是五七言詩，初無長短句，自中葉以後至五代，漸變成長短句，及本朝則盡爲此體。今所存者止瑞鷓鴣，小秦王二闋，並七言絕句而已。瑞鷓鴣猶依字可歌，小秦王必須雜以虛聲乃可歌耳。」王灼碧雞漫志亦曰：「唐時古意，亦未全喪，竹枝，浪淘沙，拋毬樂，楊柳枝，乃詩中絕句，而定爲歌曲。故李太白清平調詞三章皆絕句。」是瑞鷓鴣，小秦王，竹枝，浪淘沙等調，後世爲詞，唐人逕歌絕句詩，中加泛聲而已。試更徵其嬗變之迹著之於篇。

(A)詞式之同於五言詩者　李端拜新月詞曰：

開簾見新月，便卽下階拜；細語人不聞，北風吹裙帶。

杜文瀾詞律補遺曰：「此卽唐仄韵五言絕句，而語氣微拗。塡此者平仄當從之，調兒詞譜」。他若紇那曲，羅貢曲，一片子，何滿子，三臺令，楊柳枝，醉公子，長命女，長相思等，皆同於五絕詩也。又無名氏醉公子詞曰：

門外猧兒吠，知是蕭郎至，剗襪下香階，冤家今夜醉。 扶得入羅幃，不肯解羅衣，醉則從他醉，還勝獨睡時。

懷古錄謂此爲唐人詞，其前半協仄韻，後半協平韻，與怨回紇，生查子，四換頭同爲五言八句之律詩，而韻調不同。

(B)詞式之同於七言詩者。 毛麗眞字字雙詞曰：

牀頭錦衾斑復斑，架上朱衣殷復殷，空庭明月閒復閒，夜長路遠山復山。

按此七言絕詩也。特每句協韻耳。又徐昌圖木蘭詩詞曰：

沈檀烟起盤紅霧，一箭霜風吹繡戶。漢宮花面學梅妝，謝女雪詩栽柳絮。 長垂夾幕孤鸞舞，旋炙銀笙雙鳳語，紅窗酒病嚼寒冰，冰損相思無夢處。

則形式同於七言律詩，而變其韻律耳。

(C)離合五七言詩而爲詞者。 馮延己拋毬樂曰：

逐勝歸來雨未晴，樓前風重草烟輕，谷鶯語軟花邊過，水調聲長醉裏聽；款舉金觥勸，誰是當筵最有情？

此詞由七言五句，與五言一句相合，卽離合五七言而成之詞也。又白居易憶江南詞曰：

江南憶，最憶是杭州。山寺月中尋桂子，郡亭枕上看潮頭。何日更重游？

此詞第一句爲獨立之三言；餘則爲五七言詩句。

(D)增減五七言詩而爲詞者。　張志和漁歌子曰：

西塞山前白鷺飛，桃花流水鱖魚肥；青箬笠，綠簑衣，斜風細雨不須歸。

此詞本七絕詩，每句成於「上四」「下三」之句調；惟第三句減一字而爲「上三」「下三」兩句。其嬗變之跡，仍易見也。又韓翃章臺柳詞曰：

章臺柳，章臺柳，昔日青青今在否？從使長條如舊垂，也應攀折他人手。

此詞變七言之第一句，餘同絕詩。又白居易花非花詞曰：

花非花，霧非霧，夜半來，天明去。來如春夢不多時，去似朝雲無覓處。

此變七言之第二句者。又鄭符閒中好詞曰：

閒中好，盡日松爲侶，此趣人不知，輕風度僧語。

此減五絕中之首句爲三言也。

(E)塡泛聲和聲於五七言詩而爲詞者。

唐玄宗好時光詞曰：

寶髻「偏」宜宮樣，「蓮」臉嫩，體紅香，眉黛不須「張敞」畫，天教入鬢長，莫倚傾國貌，嫁取「箇」有情郎，彼此當年少，莫負好時光。

此詞本五言八句之詩，中間「偏」，「蓮」，「張敞」，「箇」等字，劉毓盤疑其「本屬和聲，後人改作實字」者，可信也。又顧夐楊柳枝詞曰：

秋夜香閨思寂寥，「漏迢迢」；鴛幃羅幌麝煙消，「燭光搖」；正憶玉郎游蕩去，「無尋處」；更聞簾外雨瀟瀟，「滴芭蕉」。

此詞本七言四句詩，中插三言四句，皆屬和聲；猶竹枝詞中之「竹枝」，「女兒」，采蓮子中之「舉棹」，「年少」等插句也。又白居易長相思詞曰：

深畫眉，「淺畫眉」蟬鬢鬅鬙雲滿衣，陽臺行雨時。

巫山高，「巫山低」，莫雨瀟瀟郎不歸，空房獨守時。

此詞第一句三言，第二句七言，第三句五言。其「淺畫眉」及「巫山低」兩句則並插入之和聲也。

(F)由六言詩嬗變之詞。　無名氏塞姑詞曰：

昨日盧梅塞口，整見諸人鎮守，都護三年不歸，折盡江邊楊柳。

此詞成於六言詩。又王建調笑詞曰：

「團扇團扇」，美人病來遮面。玉顏憔悴三年，誰復商量管弦？「絃管絃管」，春草昭陽路斷。

此亦六言四句詩，中插「團扇團扇」「絃管絃管」兩句和聲。又白居易宴桃源詞曰：

前度小花靜院，不比尋常時見，見了又還休，愁卻等閒分散。斷腸斷腸，記取釵橫鬢亂。

此六言四句詩中，插「見了又還休」五言一句，及「斷腸斷腸」四字泛聲也。

4. 由新聲譜詞者。　前述由詩嬗變諸詞外，亦有當代新聲，與五七言詩絕不相蒙者。此其原因，(一)由音樂關係。隋唐以降，所傳讌樂，惟清商一部，猶是華夏正聲。餘則西涼，天竺，高麗，龜茲……等域外之音，流傳中土。（詳見前平樂府詩第四節引樂府詩集(10)近代曲詞中）雖唐人悉用律詩絕句，譜入樂章；然其短長曲折，未必盡符；於是或增加泛聲，或延長音讀，牽強傅會，補苴彌縫；終不如順其自然，案譜填字。由是詩變為詞，此其原因一也。(二)由文學趨勢。自東漢以降，五七言依次發生，律絕體浸以形成，格律既定，變化無聞，舉凡樂工所歌，詩人所詠，莫能自製異曲，別譜新詞。積久弊生，窮則反始，後由定言之五七言詩，變為不定言之長短句，此文學自然之趨勢，嬗變之原因又其一也。原是兩因，中唐之詞，與律絕詩形式大氐近似；至晚唐人詞，則長言短韵，儀態萬方；與律絕詩形式相去日遠，乃獨立而成一新文體矣。試取溫庭筠諸作證之。河傳詞曰：

江畔，相喚，曉妝鮮，仙景箇女采蓮；請君莫向那岸邊，少年，好花新滿船。　紅袖搖曳逐風輕，垂玉腕，腸向柳絲斷，浦南歸，浦北歸，莫知，晚來人已稀。

此詞二言三言五言六言七言俱備，與律絕詩有別。又其蕃女怨曰：

萬枝香雪開已遍，細雨雙燕，鈿蟬箏，金雀扇，畫梁相見，鴈門消息不歸來，又飛回。

亦備具三言，四言，七言，與近體詩迥不侔也。

總上所述，知詞由詩餘及新聲兩部成立，故兩說似相矛盾而實無牴牾。固不必如徐鉞上溯原於梁武帝江南弄，沈約六憶詩，而後知詞之由來也。

（二）詞之體製

自草堂詩餘有小令中調，長調之別，後人因之；毛先舒塡詞名解遂謂：「五十八字以內爲小令；自五十九字始至九十字止爲中調；九十一字以外者俱長調。此古人定例也。」萬樹駁之曰：「此就草堂所分而拘執之。所謂定例，有何所據？若以少一字爲短，多一字爲長，必無是理。如七娘子有五十八字者，有六十字者，將名之曰小令乎？抑中調乎？如雪獅兒有八十九字者，有九十二字者，將名之曰中調乎？抑長調乎?」按樂家名令,引,近,慢曰小令,中調,長調,僅渾括之辭,取便流俗,初非定論,不足以概論一切詞體也。言詞之體製者,以張炎之論爲較詳。詞原曰:

自隋唐以來,聲詩間爲長短句,至唐人則有尊前花間集。訖於崇寧,立大晟府,命周美成諸人,討論古音,審定古調,淪落之後,少得存者;由是八十四調之聲稍傳。而美成諸人又復增慢曲,引,近,或移宮換羽,爲三犯,四犯之曲,按月律爲之,其曲遂繁。

此言詞之起初有小令。其後引長小令,謂之引詞,又曰近詞。更引而愈長則爲慢詞。慢者曼也,謂曼聲而歌者也。唐五代作家,無以慢詞著者。(草堂錄陳後主秋霽詞,凡一百四十字,詞律辨爲僞託) 慢詞蓋興於宋世,至大晟府中乃益增盛。此其繁衍之次第也。詞原又論音譜曰:

有法曲,有五十四大曲,有慢曲。若曰法曲,則以倍四頭管品之,(即篳篥也)其聲新越。大曲則以倍六頭管品之,其聲流美,即歌者所謂曲破。如望瀛,如獻仙音,乃法曲,其原自唐來。如六么,如降黃龍,乃大曲,唐時鮮有聞。

則於令，引，近，慢之外，又有法曲，大曲兩者，茲列舉而詳釋之：

1. 令　宋翔鳳樂府餘論曰：「詩之餘先有小令。」又曰：「詞自南唐以後，但有小令。」

2. 引，近　樂府餘論曰：「以小令微引而長之，於是有陽關引，千秋歲引，江城梅花引之類。又謂之近，如訴衷情近，祝英臺近之類，以音調相近，從而引之也。

3. 慢曲　樂府餘論曰：「引而愈長者則爲慢。慢與曼通，曼之訓引也，長也。如木蘭花慢，長亭怨慢，拜新月慢之類；其始皆令也。亦有以小令曲變無存，遂去慢字；亦有別製名目者。」又曰：「慢詞蓋起宋仁宗朝。中原息兵，汴京繁庶，歌臺舞席，競賭新聲。耆卿失意無俚，流連坊曲，遂盡收俚俗語言，編入詞中，以便使人傳習。一時動聽，散播四方。其後東坡，少游，山谷輩，相繼有作，慢詞遂盛。」按碧雞漫志云：「今大石調念奴嬌，世以爲天寶間所製曲，予固疑之；然唐中葉漸有今體曲子。」是中唐已有慢詞，至宋世乃益盛耳。

4. 犯調　詞源曰：「或移宮換羽，爲三犯，四犯者。」則言慢曲成因之一種，由於八十四調中移此換彼，使之變化也。姜夔曰：「凡曲言犯者，謂以宮犯商，商犯宮之類。如道宮上字住，雙調亦上字住，所住字同，故道曲中犯雙調，或雙調曲中犯道調，其他準此。」又曰：「十二宮所住之字各不同，不容相犯。」按三犯四犯者，謂一曲中犯他曲之腔，至於三種四種也。凡曲必須住字相同，（一宮調中各曲發收之聲爲住字）方能相犯，否則不容紊亂也。（詳說見後）

5. 法曲　郭茂倩樂府詩集曰：「法曲起於唐，謂之法部。其曲之妙者，有破陣樂，一戎大定樂，長生樂，赤白桃李花；餘曲有堂堂，望瀛，霓裳羽衣，獻仙音，獻天花之類，總名法曲。」按唐書禮樂志云：「初隋有法曲，其音清而近雅，」則法曲起原隋世，故其音近古也。

6. 大曲　碧雞漫志曰：「凡大曲有散序，靸，排遍，攧，入破，虛催，實催，袞遍，歇拍，殺袞，始成一曲，此謂大遍。而涼州排遍，余曾見一本，有二十四段。後世就大曲製詞者，類從簡省，而管弦家又不肯從首至尾吹彈，甚者學不能盡。」按大曲排遍至多，謂之大遍；後世所傳大曲，有不及十遍者，則以詞家樂家率從簡省耳。又蔡寬夫詩話曰：「近時樂家，多爲新聲，其音譜暫移，類以新奇相勝，故古曲多不存。頃見一教坊老工言：惟大曲不敢增損，往往猶是唐本，而弦索家守之尤嚴。」洪邁容齋隨筆亦曰：「今世所傳大曲，皆出於唐。」則大曲亦起於唐世，不得謂爲無因也。

7. 曲破　王國維曰：「宋時舞曲尚有曲破。宋史樂志：『太宗洞曉音律，製曲破二十九』。此在唐，五代已有之，至宋時又藉以演故事。史浩鄮峯眞隱漫錄之劍舞即是也。……其樂有聲無詞，且於舞蹈之中，寓以故事，頗與唐之歌舞戲相似。而其曲中有破，有徹，蓋截大曲入破以後用之也。（宋元戲曲史）

8. 傳踏　王氏又曰：「其歌舞相兼者，則謂之傳踏。（曾慥樂府雅詞上）亦謂之轉踏。（王灼碧雞漫志三）亦謂之纏達。（夢梁錄二十）北宋之轉踏，恒以一曲連續歌之。每一首詠一事者，共若干首，則詠若干事。然亦有合若干首而詠一事者，碧雞漫志謂：『石曼卿作拂霓裳轉踏，述開元天寶遺事』是也。其曲調惟調笑一調用之最多。

9. 鼓吹曲　王氏又曰：「傳踏係以一曲反復歌之，曲破與大曲，則曲之遍數雖多然仍限於一曲。至合數曲而成一樂者，惟宋鼓吹曲中有之。宋大駕鼓吹，恆用導引，六州，十二時，三曲。梓宮發引，則加祔陵歌。虞主回京，則加虞主歌，各爲四曲。南渡後郊祀，則於導引，六州，十二時三曲外，又加奉禋歌，降仙臺二曲，共爲五曲。合曲之體例，始於鼓吹見之。」

10. 諸宮調　王氏又曰：「求之通常樂曲中，合諸曲以成全體者，則自諸宮調始。諸宮調者小說之支流而被之以樂曲者也。碧雞漫志：『熙寧元豐間，澤州孔三傳始創諸宮調古傳，士大夫皆能誦之。』夢粱錄云：『說唱諸宮調，昨汴京有孔三傳，編成傳奇靈怪，入曲說唱。』東京夢華錄紀崇觀以來瓦舍伎藝，有孔傳三要秀才諸宮調。武林舊事所載諸色伎藝人，諸宮調傳奇有高郎婦等四人。則南北宋均有之，今其詞尙存者，惟金董解元之西廂耳。」又曰：「董解元西廂，沈德符野獲編妄以爲金大院本，以余考之，確爲諸宮調無疑。……其所以名諸宮調者，則由宋人所用大曲傳踏，不過一曲，其在同一宮調中甚明。惟此編每宮調中多或十餘曲，少或一二曲，即易他宮調。合若干宮調以詠一事，故謂之諸宮調也。

11.賺詞　王氏又曰：「賺詞者，取一宮調之曲若干，合之以成一全體，此體久爲世人所不知。案夢粱錄：『紹興年間，有張五牛大夫因聽動鼓板中有太平令，或賺鼓詞，卽今拍板大節抑揚處是也。遂撰爲賺。賺者，誤賺之義，正堪美聽中，不覺已至尾聲，是不宜爲片序也。又有覆賺，其中變花前月下之情，及鐵騎之類』云云。是唱賺之中，亦有敷演故事者，今已不傳。其常用賺詞，余始於事林廣記中發見之。」

12.雜劇詞　王氏又曰：「武林舊事所載宮本雜劇段數，多至二百八十本。就此精密考之，則其用大曲者一百有三，用法曲者四，用諸宮調者二，用普通調者三十有五。」

上舉十二體，由令，引，近以至各種曲詞，其由簡趨繁，嬗變之迹，可以概見。亦有從各類曲詞中，摘取其一段而塡詞者，則爲摘遍。

13.摘遍　任訥曰：「詞中摘遍一體，乃宋人從大曲，或法曲內，摘取其一遍，單譜而單唱之，遂離原來之大遍，而爲尋常之散詞矣。此種較其他散詞之來原，固然不同；卽與大曲就本宮調所製之引，慢，近，令，亦略有異。蓋摘遍乃摘取大曲中之一

242

原遍，句法不更。如趙以夫虛齋樂府中之薄媚摘遍，乃摘取薄媚大曲中入破第一之一遍，句法全與入破第一相合。若就大曲本宮調所制之引，慢，令，近，則所以制者，或僅取大曲中某遍爲本，從而增損變化之，所有句法，不必即同原遍也。」（詞曲研究法）更有所謂序子者，世多未明。

14．序子 詞原下曰：「外有序子，與法曲散序中序不同。法曲之序一片，正合均拍；俗傳序子四片，其拍破碎，故纏令多用之。繩以慢曲八均之拍不可，又非漫二急三拍，與三臺相類也。」任訥曰：「此乃慢詞中最長之一體，實與普通之慢曲長調不同，張氏明白言之，而自來詞家，鮮注意者，其例則今日尙有鶯啼序一詞可驗也。」（詞原法斠）更就詞之組織觀之，有疊韵，聯章，諸歌法，試依次述之。

15．疊韵詞 任訥曰：「疊韵一體，乃將尋常雙調之體，用原韵再疊一倍，成爲四疊也。例如晁無咎琴趣外篇卷一有梁州令疊韵，四疊一百字。疊韵句法，與令之句法，大同小異，分明是疊梁州令而成梁州令疊韵也。此種組織，與他種散詞情形不同，與不換頭之雙調，方法頗類。」（詞曲研究法）

16. 聯章詞　任訥曰：「多詞詠一題者，如樂府雅詞卷上之九張機，九首相聯，而祇詠一題。分題聯章，指用一調而詠四時，八景，或作十二月鼓子詞等，各首分題，而又以系統相聯者。其演故事者，如宋人之八首十二首調笑轉踏，每首演一美人事迹，是爲每詞演一事者。如宋趙令時之十首蝶戀花，僅演一崔張故事，是爲多詞演一事者。」按此即前述之傳踏也。任氏又作詞體表，錄之如次：

1. 散詞
   - 令……引，近……慢……犯調……摘遍……序子
   - 單調……雙調……三疊……四疊……疊韻
   - 不換頭……換頭……雙拽頭
2. 聯章詞
   - 一題聯章……分題聯章
   - 演故事者——每詞演一事者……多詞演一事者（傳踏）
3. 大遍——法曲……大曲……曲破
4. 成套詞——鼓吹詞……諸宮調……賺詞
5. 雜劇詞——用尋常詞調者……用法曲者……用大曲者……用諸宮調者

(三) 詞之聲律

詞原下云：「詞以協音爲先。音者何？譜是也。古人按律製譜，以詞定聲，此正聲依永，律和聲之遺意。」按前人製詞，先隨宮以造格，後選調以塡詞。故必先知音律，次明詞譜，次辨字音。茲分述之。

1. 音律　詞麈云：「腔出於律，律不調者，其腔不能工。然必熟於音理，然後能製新腔。」按古人言音律之書，莫詳於詞原。其上卷凡十四章，一曰：「五音相生」，二曰：「陽律陰呂合聲圖」；三曰：「律呂隔八相生圖」；四曰：「律呂隔八相生」；五曰：「律生八十四調」；六曰：「古今譜字」；七曰：「四宮淸聲」；八曰：「五音宮調配屬圖」；九曰：「十二律呂」；十曰：「管色應指字譜」；十一曰：「宮調應指譜」；「十二曰：「律呂四犯」；十三曰：「結聲正訛」；十四曰：「謳曲指要」。鄭文焯詞原斠律，舉其說校而正之，於音律原理，思過半矣。特自宋訖今，舊譜零落，詞遂不復可歌。求如楊纘論詞，首嚴協律者，竟不可得耳。爰就宮調，犯調言之。

(A) 宮調　毛奇齡西河詞話：「古者以宮，商，角，徵，羽，變宮，變徵之七聲，乘十二律，得八十四調。後人以宮，商，羽，角之四聲，乘十二律，得四十八調云。徵聲與二變不用。四十八調，宋人詞猶分隸之。其調不拘長短，有屬黃鐘宮者，有屬黃鐘商者，皆不相出入」按古法宮調，凡八十有四。蓋以七音乘十二律而得之數也。後之樂工，舍繁趨簡，於七音之中，去其徵聲及變宮變徵，僅存四音。以四音乘十二律，則得四十八調也。（八十四調之目，詳於詞原，茲不備列）。其組織法，以調之首尾二音為「主調音」。如用黃鐘宮以宮主調者，謂之黃鐘宮。以商主調者，謂之黃鐘商。推之：黃鐘角，黃鐘變（即清角），黃鐘徵，黃鐘羽，黃鐘閏（即變宮），其調凡七。推之用大呂，太簇，夾鐘，姑洗，仲呂，蕤賓，林鐘，夷則，南呂，無射，應鐘諸宮，各得七調。都凡八十四調。雅俗常用者僅七宮十二調而已。七宮之目為：

黃鐘宮㊅　仙呂宮(フ)　正宮△　高宮(マ)

南呂宮∧　中呂宮㊀　道宮ㄣ

十二調為：

大石調ᐃ　小石調∧　般涉調フ　歇指調フ

越　調ㄠ　仙呂調ㄣ　中呂調△　正平調マ

高平調一　雙　調ㄣ　黃鐘羽∧　商調㈧（據斠律是正）

（ ）犯調　詞原引姜白石云：「凡曲言犯者，謂以宮犯商商犯宮之類。如道調宮上字住，雙調亦上字住，所住字同，故道調曲中犯雙調，或雙調曲中犯道調。其他準此。唐人樂書云：『犯有正旁偏側，宮犯宮爲正，宮犯商爲旁，宮犯角爲偏，宮犯羽爲側宮。』此說非也。十二宮所住之字不同，不容相犯。十二宮特可犯商角羽耳。」張氏又曰：「以宮犯宮爲正犯，以宮犯商爲側犯，以宮犯羽爲偏犯，以宮犯角爲旁犯，以角犯宮爲歸宮，周而復始。」按樂府諸曲自昔不用犯聲，自宋以來，有正犯，側犯，偏犯，旁犯諸名。周邦彥之三犯渡江雲，史達祖之玲瓏四犯，當即出此。若仇遠之八犯玉交枝，則不知何義也。

2. 詞譜　杜文瀾詞律校勘記敍曰：「詞學始於唐，盛於宋，有一定不移之律，亦有通行共習之書。南宋時修內司所刊樂府混成集，巨帙百餘，周草窗齊東野語稱其『古今歌詞之譜，靡不備具；而有譜無詞者，實居其半。』故當日塡詞家雖自製之腔，亦能協律，由於宮調之備也。元明以來，宮譜失傳，作者腔每自度，音不求諧；於是詞之體漸卑，詞之學漸廢，而詞之律則更鮮有言之者。……萬氏書爲卷二十，爲調六百四十，爲體一千一百八十有奇，凡格調之分合，句逗之長短，四聲之參差，一字之同異，莫不援名家之傳作，據以論定是非。俾學者按律諧聲，不背古人之成法，其有功於詞學也大矣。」按詞譜之作，張載詩餘圖譜載調太略，且以黑白及半白半黑圈分別平仄，亦多譌失，程明善嘯餘圖譜舛誤尤甚。賴以邠塡詞圖譜，亦復罅漏百出。諸書之謬，萬氏並加駁正。卽欽定詞譜所列，凡八百二十六調，二千三百六體，較萬書增體一倍；然較定爲譜者僅居其半，餘皆列以備體而已。萬氏誠有功於詞學，杜氏校勘記又爲萬之功臣。特其書應名之曰「譜，」不當名「律。」且知聲而不知音（江順詒說），爲其一弊，然後之言詞者，舍此別無可遵之譜矣。

塡詞者就古人已傳之腔，辨其平上去入之韻，審其喉牙舌齒脣之聲，依仿舊譜，字字恪遵，致謹於煞尾兩字，卽無不合律。若求自度新腔，則必深明音律，爰於下列四事，加之意焉。

(A)製腔　詞塵云：「製腔之法，必吹竹以定之，或管，或笛，或簫，皆可。惟吾意而吹焉，卽以筆試其工尺於紙，然後酌其句讀，劃定版眼，而後吹之，聽其腔調不美，吾律不調之處，再三增改，務必使其抗隊抑揚圓美如珠而後已。再看其起韻之處，前後兩節是何字眼，而知其爲某宮某調也。（如是六字起調，六爲黃鐘清，而第一拍轉至起韻用高五字，爲太簇黃鐘均，以太簇爲商，則此屬太簇淸商也，在燕樂爲大石調。餘仿此。若兩結不用高五字，則爲出調，淩犯他宮，非復大石調矣）。」按楊誠齋論作詞五要，（或謂係楊守齋纘語）第一要擇腔，腔不韻則不美，故必先以管色定其音節，次審起畢，定其宮調，方能命名以實之。若後人不解音律，動造新曲，曰自度腔。試問其所度者，曲隸何律？律隸何聲？聲隸何宮何調？則毛奇齡所斥爲撊然妄作者也。

(B)結聲　戈順卿云：「詞之爲道，最忌落腔，卽所謂落韻也。姜白石云：『十二宮住字不同，不容相犯。』沈存中補筆談載燕樂二十八調殺聲。張玉田詞原論結聲正訛，不可轉入別腔。住字，殺聲，結聲，名異而實同，全賴乎韻以歸之，然此第音收韻也，而用韻之吃緊處，則在平起調畢曲。蓋一調有一調之起，有一調之畢。某調當用何字起，何字畢，起是始韻，畢是末韻，有一定不易之則。而住字，殺聲，結聲卽是以別焉。詞之諧不諧，視平韻之合不合，有其類亦各有其音，用之不紊，始能融入本音耳。」按詞原各宮調下所列符號，謂之住調。每詞以何字起音，卽謂何調。如白石自度暗香疏景二詞，皆用(う)字起音，卽入仙呂宮（卽夷則宮）也。畢韻仍用始起之音，其調始協。如用他音，則爲過腔矣。

(C)過腔　詞源云：「姜堯章湘月詞自注，『卽念奴嬌鬲指聲，於雙調中吹之。鬲指亦謂過腔，見晁無咎集。凡能吹竹者便能過腔也。後人多不解鬲指過腔之義，培思索久之而悟其說。蓋念奴嬌本大石調，卽太簇商，雙調爲仲呂雙，律雖異，而同是商音，故其腔可過。太簇當用四字，仲呂當用上字，今姜詞不用四字住，而用上字住，簫管四上字中間祇鬲一孔，笛四上字兩孔相聯，只在鬲指之間。又此兩調，畢曲當用一字，尺字，亦鬲指之間，故曰鬲指聲也。吹竹便能過腔，正此之謂。」按念奴嬌與湘月，字句悉同，特住字變易，舍太簇之四字，而用仲呂之上字，卽不得並爲一曲。此過腔之說也。

3. 塡詞 楊誠齋作詞五要，「第三要塡詞。按譜自古作，詞能依句者少；依譜用字，百無一二。若歌韻不協，奚取哉？或謂善歌者能融化其字則無疵，殊不知製作轉折，或不當則失律正，旁偏，側凌犯他宮，非復本調矣。」按古代樂府先有文字，從而宛轉其聲，以調就詞者也。（吳顏芳說）後人則先製譜而後塡詞，辨其宮商，準音塡字，謂之塡詞。宋代作者，述者莫不知音，故其度曲製詞，不必依照前調，或易變前詞之平仄，或增損字句之多寡，要於音律無礙，自能協於歌喉，故不必盡依舊譜。若夫今日歌法久已失傳，音律之原莫識，變易增損，勢不可能。惟有遵前人詞調之字格，平仄陰陽，逐字恪遵，尺寸不易而已。故於下列數事，必當加意及之。

(A)平仄四聲 藝概曰：「詞中平仄，體有一定。古人或有平作仄，仄作平者，必合句上句下句內之字，權象律之所宜，互爲更換，斯得。如銅山靈鐘，東西相應。故效古者當專效一體，不可抱彼注茲，致譏聲病。」按塡詞宜辨平仄，而仄聲中又分上去入三者，又未容混視也。」沈義父云：「上聲字最不可用去聲字替。」蓋以去聲當高唱，上聲當低唱，（沈璟詞隱說）聲響迥殊也。次言去聲：沈氏指迷又云：「句中用去聲字最爲緊要。」萬樹詞律云：「名詞轉折跌蕩處，多用去聲。」蓋三仄之中，入可作平，上界平仄之間，去則獨異。其聲由低而高，最宜緩唱。凡牌名中應用高音者皆宜用此。如堯章揚州慢「過春風十里……自胡馬窺江去後……漸黃昏淸角吹寒。」凡協韻後轉折處皆用去聲也。（吳梅詞學通論說）次言入聲。上入可以代平，詞原言之。然周濟言：「其作上者可以代平，作去者斷不可以代平。平去是兩端，上由平而之去，入由去而之平。」（四家詞選敘論）今按用入聲協韻，其分隸三聲，中原音韻及菉斐軒詞林韻釋二書已有定例。若用諸句中，協作三聲，實無定法，既可作平，亦可上去，但須辨其陰陽而已。（吳梅說）然有必須用入聲處，不可代以上去者，說自鄭文焯發之。如高陽臺，掃花游之類入聲尚少；秋思耗，浪淘沙慢等詞，入聲尤多，並不得通融。蓋其聲重濁而斷，與他音絕異也。

(B)陰陽　藝概云：「詞家既審平仄，當辨聲之陰陽，又當辨收音之口法。取聲取音，以能協爲尚。玉田稱惜花詞『鎖窗深』，而深字不協，改幽字，又不協，改明字。

此非審於陰陽者乎？又深爲閉口音，幽爲斂脣音，明爲穿鼻音，消息亦別。」按字音有收喉，收鼻之異，其收喉之音，謂之陰聲；收鼻之音，謂之陽聲。陽聲中之收Ng者，謂之穿鼻音；收N者，謂之斂脣音；收M者，謂之閉口音。周濟謂：「陽聲字多則沉頓，陰聲字多則激昂。重陽間一陰，則柔而不靡；重陰間一陽，則高而不危。」吳梅謂：「協律之法，先分工尺之高下，然後配合字聲之陰陽。以工字爲界，工以上如凡六五凡之類爲高部；工以下如尺上一四之類爲低部。陰聲之字，宜用高部；陽聲之字宜用低部。先陰後陽者，調宜下行；先陽後陰者，調宜上行。千變萬化，不外乎此。再審其詞意之哀樂，以定節奏之緩急，而協律之能事畢矣。」足與周說相參證云。

(C)韵 戈載云：「詞始於唐，別無詞韵之書；宋朱希眞擬應制詞韵十六條，外列入聲韵四部。其後張輯釋之，馮取洽增之，元陶宗儀譏其混淆，欲爲改定，今其書久佚，目亦無考矣。厲鶚詩云：『欲呼南渡諸公起，韵本重雕菉斐軒。』注云：『曾見紹興二年刊菉斐軒詞韵一冊，分東紅邦陽十九韵，亦有上去入三聲作平聲者。』」於是人皆知有菉斐軒詞韵，而又未之見。近秦敦夫取阮氏家藏詞林韵釋，一名詞林要韻，重爲開雕，題曰：「宋菉斐軒刊本。」而跋中疑爲「元明之季，謬託此書，爲北曲而設。」誠哉是言也。觀其所分十九韻，且無入聲，則斷爲曲韻，樊榭偶未深究耳，是欲輯詞韻前無可考，而此書又不可據以爲本。沈謙著詞韻略一編，……舛錯之譏，實所難免。同時有趙鑰、曹亮武均撰詞韻，與去矜大同小異。若李漁之詞韻，……妄自分析，尤爲不經，胡文煥之文會堂詞韻，……癡人說夢，不足道。今塡詞家所奉爲圭臬者，則莫如吳烺程名世之學宋齋詞韻。其書以學宋爲名，乃所學者皆宋人誤處。……復有鄭春波綠漪亭詞韻以附會之，羽翼之，而詞韻遂因之大紊矣。……因作詞林正韻一書，列平上去爲十四部，入聲爲五部，共十九部，皆取古人之名詞，參酌而審定之，盡去諸弊。」按詞韻之今存者，以菉斐軒爲最古，以其不列入聲，故人疑爲曲韻。嗣是，沈，趙，李，胡諸作，悉難依據；自戈氏書出，學者奉爲準繩。其韻目分合，雖有小疵；而論列古今原流得失，至詳且確，足供尋研。夫詞韻上去雖可通用，而平聲入聲必當獨押，不能與他聲混淆，此詞律之所以異於曲韻者也。

夫詞嚴聲律，本以求協歌喉。然沈義父云：「前輩好詞甚多，往往不協律腔，所以無人歌。」是宋世名詞，已多背律。矧去古益遠，舍按前人陳式，分寸推求，通體恪遵，一音不易，焉有不失其矩矱者哉？然束縛文思，亦已太甚；由是言詞，不亦苦乎？

（四）詞之修詞

詞苑叢談引袁籜庵曰：「詞有三法：章法，句法，字法。有此三者，方可稱詞。」今言修詞，即分此三字論之：

1. 字法　詞源曰：「句法中有字面，蓋詞中一個生硬字用不得，便是深加鍛鍊，字字敲打響，歌誦妥溜，方爲本色。如賀方回，吳夢窗，皆善於鍊字面，多於溫庭筠，李長吉詩句來。字面亦詞中之起眼處，不可不留意也。」按沈義父樂府指迷亦言：「下字欲其雅，不雅則近乎纏令之體。用字不可太露，露則直突而無深長之味。」又曰：「要求字面，當看溫飛卿，李長吉，李商隱及唐人諸家詩句中字面，好而不俗者，采摘用之。如花間集之小詞，亦多好句。」兩氏並謂詞中用字，宜取材於唐詩。鄭文焯與人論詞書，亦謂：「觀美成，白石諸家，嘉藻紛縟，靡不取材於飛卿，玉溪，而於長爪郎奇雋語，尤多裁制。嘗究心於此，覺玉田言不我欺。因暇熟讀長吉詩，剌其文

255

字之驚采絕艷，一一彙錄，擇之務精。或爲妃儷頗獲巧對，温八叉本工倚聲，其詩中典要，與玉溪獺祭稍別，亦自可綷以藻詠，助我辭華。必不可肱造纖靡之詞，自落輕俗之習。務使無一字無來歷，熟讀諸家名製，思過半矣。」按塡詞之道，旣限之長短，拘以聲律，復忌自鑄新詞，務擇唐人綺語，其爲後之作者所留餘地，尙有幾何？束縛不已甚乎？三家之說，雖雷同相從，未免持之過當，試就文字之詞性析論之：——

(A)名字　樂府指迷論詞中用名字云：「鍊字下語，最是緊要，如說桃不可直說破桃，須用紅雨，劉郎等字。如詠柳不可直說破柳，須用章臺，灞岸等字。又用事如曰銀鈎空滿，便是書字了，不必更說書字。玉筯雙垂，便是淚了，不必更說淚。如綠雲繚繞，隱然髻髮；困便湘竹，分明是簟。正不必分曉，如教初學小兒說破這是甚物事，方見妙處。往往淺學流俗，多不曉此妙用，指爲不分曉，乃欲直拔說破，卻是賺人與耍曲矣。」按沈氏主詞中悉用代字，不說本名，信爾，則捃摭類書，何取屬詞？此四庫提要所以斥其「欲避鄙俗，轉成塗飾」也，昔少游之「小樓連苑，繡轂雕鞍」，見譏於東坡。美成解語花之「桂華流瓦」境界極妙，人亦惜其以桂華二字代月。夢窗以下用代字愈多，張炎所以稱其「如七寶樓臺，炫人眼目，拆碎下來不成片段」也。

(B)動字　詞句警策，有繫乎動字者。如云：

雲破月來花弄影。張先天仙子

紅杏枝頭春意鬧。宋祁玉樓春

七頌堂詞繹云「一鬧字卓絕千古」今按張詞「弄」字，尤生動有致。

高樹鵲啣巢，斜月明寒草。馮延己醉花間

王國維人間詞話云「韋蘇州之流螢渡高閣，孟襄陽之疏雨滴梧桐，不能過此。」

柳外秋千出畫墻。馮延己上行杯

綠陽樓外出秋千。歐陽修浣溪沙

晁補之云：「只一出字，自是後人道不到處。」徐釚云：「王摩詰詩，秋千競出垂楊裏，歐陽公詞意本此。」然歐詞較兩家特工也。

此外如姜夔暗香「千樹壓西湖寒碧」之壓字，揚州慢「波心蕩冷月無聲」之蕩字，秦觀踏莎行「霧失樓臺，月迷津渡」之失字，迷字，滿庭芳「山抹微雲，天黏衰草」之抹字，黏字，非「燕嬌鶯姹，翠顰紅妬」諸句所可比擬也！

(C)狀字　王士禎花草蒙拾曰「前輩謂史梅溪之句法，吳夢窗之字面，固是確論，尤須雕組而不失天然。如『綠肥紅瘦』『寵柳嬌花』人工天巧，可稱絕唱；若『柳腴花瘦』『蝶凄蜂慘』，卽工亦巧匠琢山骨矣。」按詞人所用狀字，必須雕組不失自然，方稱精艷。否則以塗飾爲工，不足珍也。

愁無際，武陵凝睇，人遠波空翠。韓錡點絳唇

平林漠漠烟如織，寒山一帶傷心碧。李白菩薩蠻

波底夕陽紅溼。趙彥端謁金門

驚起半牀幽夢，小窗淡月啼鴉。劉小山清平樂

今宵酒醒何處？楊柳岸曉風殘月。柳永雨淋鈴

莫道不消魂，簾捲西風，人比黃花瘦！李淸照醉花陰

詞苑叢談引王世禎云：「康與之『人瘦也比梅花瘦幾分。』又『天還知道，和天也瘦』又『簾捲西風人比黃花瘦。』又『應是綠肥紅瘦。』又『人共博山烟瘦。』瘦字俱妙。」按「人比黃花瘦」句，李清照醉花陰詞。「應是綠肥紅瘦」句，李如夢令詞。皆非康詞也。

(D)疊字 劉熙載云：「詞中用雙聲疊韻之字，自兩字外不可多用。」按詞中偶句，有雙聲字，對以疊韻字者，其例間有。若夫連用雙疊，如夢窗甲稿探芳新云：「歎年端連環轉，爛漫游人如繡。」歎至漫八字連疊，則爲創見。疊字聲韻並同，然在詞中有不妨連用至兩字以上者，舉例如次：——

庭院深深深幾許？楊柳堆烟，簾幙無重數。歐陽修蝶戀花

一懷愁緒，幾年離索，錯錯錯。陸游釵頭鳳

山盟雖在，錦書難託，莫莫莫。同右

楊愼云「一句中連用三字者，如『夜夜夜深聞子規，』又『日日日斜空醉歸，』又『更更更漏月明中，』又『樹樹樹梢啼曉鶯，』

皆善用疊字也。」

到如今，始惜月滿。花滿。酒滿。（宋祁浪淘沙）

倚闌橈，望水遠。天遠。人遠。（同右）

一。室秋燈，一。庭秋雨，更一。聲秋雁。（王沂孫醉蓬萊）

(五)虛字　詞原曰：「詞與詩不同。詞之句語，有二字，三字，四字至六字，七八字者，若堆疊實字，讀且不通，況雪兒乎？合用虛字呼喚。單字如正，但，甚，任之類；兩字如莫是，還又，那堪之類；三字如更能消，最無端，又卻是之類。此類虛字卻要用之得其所，若能盡用虛字，句語自活，必不質實。」劉熙載釋之曰：「玉田謂詞與詩不同，合用虛字呼喚。余謂用虛字正樂家歌詩之法也。朱子云：『古樂府祇是詩中間卻添出許多泛聲，後人怕失了那泛聲，逐一聲添個實字，遂成長短句，今曲子便是。』案朱子所謂實字，謂實有個字，雖虛字亦有用也。」按詞中有襯字，猶樂府詩中之泛聲也。襯字多屬虛字，而虛字未必皆襯字也。蓋句中用字，必虛實襯貼，乃見迂徐委宛。然亦應加斟酌，不宜多用。故沈義父云：「腔子多有句上合用虛字，如嗟字，奈字，況字，更字，又字，料字，想字，正字，甚字，用之不妨。如一詞兩三用之，便不好，謂之空頭字。不若徑用一靜字頂上道下來，句法又健，然不可多用。」以填疊實字則音調崛強；多用虛字則文句靡弱。必以虛綴實，乃宛轉有致也。

(F)襯字 賴以邠填詞圖譜凡例云：「詞有襯字者，因此句限於字數，不能達意，偶增一字，後人竟可不用。如繫裙腰末句『問』字之類。」徐氏叢談亦曰：「詞有定名，即有定格，其字數多寡，平仄韻腳較然，中有參差不同者，一曰襯字，文義偶不聯暢，用一二字襯之，密按其音節虛實正文自在，如南北劇這字，那字，正字，個字，卻字之類。從來詞本即無分別。」按兩氏言詞有襯字，與曲無殊，其說可信。萬樹詞律力攻圖譜，竟謂：「不可立襯字一說，以混詞格。」（詞律唐多令注）偶見詞之調同而字數有增減者，則列為數體，或斷為衍文。不知詞麈論繁聲曰：「黃鐘醉花陰本五句，並換頭祇五十二字，又加襯八十餘字，繁聲太多，音節太密，去古益遠矣。」蓋始作此曲者，或四言，或五言，必有襯字以贊助之，通為五十二字。後人撰詞，並其襯字亦以詞填實，工師不知於定腔五十二字之外，又加襯八十餘字之多，皆淫哇之聲也。必刪去始爲近古。按繁聲唐宋人謂之纏聲，太眞傳：『明皇吹玉笛，遲其聲以媚之。』卽纏聲多也。今人譜工尺，多用贈板音，方輸旋悅耳。卽淫哇之謂，古靡靡之音也。」江順詒曰：「在音則爲襯聲，纏聲；在樂則爲散聲，贈板，在調曲則爲加襯字，爲旁行增字。曲之增字，寫於旁行，故易知；詞之增字，則知之者鮮矣。凡詞之調一而體二三至十餘者，皆增字之旁行並入正行也。故一調而同時之人共塡，體各小異，實襯字任人增減，無戾於音，又何損於詞」（詞學集成）蓋歌有纏聲，曲有增字。詞本可歌，體無異曲，故凡調同而字句多寡殊者，皆襯字也。舉其例證，賴氏引夢窗唐多令之『縱芭蕉不雨也颼颼』句，應上三下四，「也」字當爲襯字。江氏謂「縱」字爲襯字。外此則例證甚少，故後人於此多昧昧也。

2.句法　詞原云：「詞中句法，要平妥精粹。一曲之中，安能句句爲妙，只要拍搭襯副得去。於好發揮筆力處，極力用工，不可輕易放過，讀之使人擊節可也。」今就各類句法析論之：——

(A)起句　陸韶詞旨云：「對句好可得，起句好難得，收拾全藉出場。」此最重起句也。劉熙載曰：「大抵起句非漸引，卽頓入，其妙在筆未到而氣已吞。」蓋謂起句宜照管全篇，不可空泛無當。故沈義父謂：「大抵起句便見所詠之意，不可汎入閒事，方入主意。詠物尤不可汎。」按前人詞起句寫景句最多，如：

一葉落，褰珠箔，此時景物正蕭索。李存勗一葉落

菡萏香消翠葉殘，西風愁起綠波間。李景山花子

簾外雨潺潺，春意闌珊。李煜浪淘沙

碧雲天，紅葉地，秋色連波，波上寒烟翠。范仲淹蘇幕遮

柳外輕雷池上雨，雨聲滴碎荷聲。歐陽修臨江仙

山抹微雲，天粘衰草，畫角聲斷譙門。秦觀滿庭芳

起句言情者次之，如：

春花秋月何時了，往事知多少！李煜虞美人

如何，遣情情更多！孫光憲思帝鄉

以叙事起者最少。如：

四月七日，正是去年今日，別君時。韋莊女冠子

蓋敍事每苦於生澀，言情又流於寬易，均不若寫景之易工也。至其句法，則於敍述句外，有疑問式，及感歎式二者，如：

大江東去，浪淘盡千古風流人物！蘇軾念奴嬌

明月幾時有？把酒問青天。蘇軾水調歌頭

更能消幾番風雨？忽忽春又歸去。辛棄疾摸魚兒

較常語尤覺警策也。

(B)結句　沈氏指迷曰：「結句須要放開，含有餘不盡之意。以景結情最好，如清眞之『斷腸院落，一簾風絮，又掩重關，偏城鐘鼓。』之類是也。或以情結尾亦好。往往清而露，如清眞之『天便教人霎時厮見何妨？』又云：『夢魂凝想鴛侶』之類，更無意思。亦是詞家病，却不可學也。」劉體仁詞繹曰：「詞起結最難，而結尤難於起，蓋不欲轉入別調也。『呼翠袖爲君舞』，『倩盈盈翠袖揾英雄淚』，正是一法。然又須結得有『不愁明月盡，自有夜珠來』之妙，乃得。」按沈說主放，劉說主

東，至藝概則曰：「收句非繞回，卽宕開。其妙在言雖止而意無盡。」實能綜合兩說。夫放開如流泉歸海，要收得盡；結束如奔馬收韁，須勒得住。若夫如住而未住，盡而不盡，尤稱雋永。沈謙曰：「塡詞結句，或以動蕩見奇，或以迷離稱雋，著一實語，敗矣。康伯可『正是銷魂時候，也撩亂花飛。』晏叔原『紫騮認得舊游踪，嘶過畫橋東畔路。』秦少游『落花無語對斜暉，此恨誰知。』深得此法」。則尤結句之有深致者也。

(C) 轉換句　劉氏詞繹曰：「中調長調轉換處不欲全脫，不欲明粘，如畫家開合之法，須一氣呵成，則神味自足。以意求之，不得也。」周濟曰：「古人名換頭爲過變，或藕斷絲連，或異軍特起，皆須令讀者耳目振動，方成佳製」。（宋四家詞選叙）藝概曰：「詞中承接轉換，大抵不外紆徐，斗健，交相爲用。所貴融會章法，按脈理節拍而出之。」又曰：「詞有過變，隱本於詩。宋書謝靈運傳論云『前有浮聲，則後須切響。』蓋言詩當前後變化也。而雙調換頭之消息，卽此已寓。」按詞繹及詞選叙並就意言，藝概專就筆言。前後雖有變化，而意必不粘不脫，筆則或健或徐，乃見抑揚開合之勢焉。

(D)對句　詞繹云：「詞中對句，正是難處，莫認作襯句。至五言對句，七言對句，使觀者不作對句，尤妙。」藝概曰：「對句非四字六字，卽五字七字，其妙在不類於賦與詩。」按詞中四字對句最要凝鍊，如史達祖綺羅香云：「做冷欺花，將烟困柳。」只八字已將春雨畫出。七字對貴流走，如吳文英倦尋芳云：「珠珞香消空念往，紗窗人老羞相見。」令人讀之忘其爲對，乃稱妙詞。（孫麟趾詞逕說）若李煜之三臺令云：「月寒秋竹冷，風切夜窗聲。」無名氏之長命女云：「孤燈然客夢，寒杵擣鄉愁。」滕潛之鳳歸雲云：「金井闌邊見羽儀，梧桐樹上宿寒枝。」同屬五七言對句，終不能以詩句而亂詞調也。又沈雄柳塘詞話云：「對句易於言景，難於言情，且放開則中多迂濫，收整則結無意緒。對句要非死句也。牛嶠之望江南，『不是鳥中偏愛爾，爲緣交頸睡南塘。』其下可直接『全勝薄情郎。』此卽救尾對也。」蓋對句刻畫則流於板滯，流利又恐其浮滑，必求超脫而有蘊藉，乃臻上乘，信乎其未易言也。

(E)疊句　柳塘詞話又曰：「兩句一樣爲疊句，一促拍；一曼聲。瀟湘神，法駕導引，一氣流注，促拍也。東坡引『雄心消一半，雄心消一半。』不爲申明上意，而兩意全該者，曼聲也。體如是也。若呂居仁之『恨君不如江樓月，南北東西，只有相隨無別離。』是承上接下，偶然戲爲之耳。」按沈氏論疊句關係音調，言至精覈。然疊句不必兩句全同也。今舉其式，凡別數類。如：

吳山青，越山青，兩岸青山相送迎。林和靖長相思

晴則個，陰則個，餖飣得天氣有許多般。王通叟春遊

解鞍芳草岸，花無人戴，酒無人勸，醉也無人管。無名字青玉案

去年元夜時，花市燈如晝。……今年元夜時，月與燈依舊。朱淑眞生查子

右四則並疊句之變式也。

(F)衍詞　柳塘詞話曰：「衍詞有三種，賀方回衍秋盡江南葉木凋，陳子高衍李夫人病已經秋，全用舊詩而爲添聲者也。花非花，張子野衍之爲御街行。水鼓子，范希文衍之爲漁家傲。此以短句而衍爲長言也。至溫飛卿詩云：『合歡桃核眞堪

恨，裏許原來別有人。』山谷衍爲詞云：『似合歡桃核，眞堪人恨，心兒裏有兩個人人。』古詩云：『夜闌更秉燭，相對如夢寐。』叔原衍爲詞云：『今宵剩把銀釭照，猶恐相逢是夢中。』以此見爲詩之餘也。』按詞人每翻詩意入詞，或竟用陳句，益見工緻者。如：

無端嫁得金龜婿，辜負香衾事早朝。李商隱詩

不待宿醒消，馬斷催早朝。賀鑄詞

此翻詩意入詞者。

曲終人不見，江上數峯青。錢起詩

獨倚桅檣情悄悄，遙聞妃瑟泠泠新聲含盡古今情。曲終人不見，江上數峯青。秦觀臨江仙

此逕用詩句者。

斷送一生惟有酒，破除萬事無過酒。韓愈詩

斷送一生惟有，破除萬事無過。黃魯直西江月

此僅去其一字者。

無憑諳鵲語，猶得暫心寬。韓偓詩

終日望君君不至，舉頭聞鵲喜。馮延已謁金門

此衍其意而語加蘊藉者。

換我心，爲你心，始知相憶深。顧夐訴衷情

妾心移得在君心，方知人恨深。徐山民阮郎歸

此翻詞句入詞者。他如俞仲茅小詞云「輪到相思沒處辭，眉間露一絲。」語本李易安之「才下眉頭，却上心頭」其前更有范希文「都來此事，眉間心上，無計相迴避。」數語。李句特工耳。（王士禎說）

(G)用事　彭孫遹金粟詞話曰：「作詞必先選料，大約用古人之事，則取其新穎而去其陳因；用古人之語，則取其清雋而去其平實；用古人之字，則取其鮮麗而去其淺俗，不可不知也。」用字，用語既論之於前矣，茲就用事一例言之。

詞原云：「調中用事最難，要體認著題，融化不澀。如東坡永遇樂云：『燕子樓

空，佳人何在？空鎖樓中燕。』用張建封事，白石疏影云：『猶記深宮舊事，那人正睡裏，飛近蛾綠。』用壽陽事。又云：『昭君不慣胡沙遠，但暗憶江南江北，想環佩月下歸來，化作此花幽獨。』用少陵詩。此皆用事不爲所使。」按隸事貴融化無跡。僻事則熟用之，熟事則虛用之，方免晦澀，膚淺，板滯之弊。鄒祇謨云：「詞品曰：『塡詞於文爲末，而非自選詩，樂府詩來，不能入妙。李易安詞，「清露晨流，新桐初引」乃全用世說語。』愚按詞至稼軒，經子百家，行間筆下，驅策如意。近則婁東善用南北史，江左風流，惟有安石，詞家妙境，重見桃源矣。」（引見詞苑叢談）按稼軒作永遇樂詞，序北府事。時人朗誚其用事太多，惟前後二警語，差相似新作。至其踏莎行云：「長沮桀溺耦而耕，某何爲是棲棲者。」龍洲西江月云：「天時地利與人和，燕可伐與曰可。」直用經語，未免淺露。後村淸平樂云「除用無身方了，有身定有閑愁。」用楞嚴「因我有身，所以有患」句。均未足以言第一義也。

(丑)拗句　頻伽詞話云：「有拗調，有拗句。須渾然脫口，若不可不用此平仄者，方爲作手。如未能極工，無難取成語之合者以副之，斯不覺其聱牙耳。」按拗句必須純熟，方不病其聱牙。故張砥中云：「調中通首皆拗者，遇順句必須精警；通首皆順者，遇拗句必須純熟。此爲句法之要。」蓋拗句貴乎圓熟，方不致蹇澀而滯音；順句貴能振動，斯不至浮滑而傷格。此言句法者之所不可不辨者也。試觀周邦彥之憶舊游云：「東風竟日吹露桃。」花犯云：「今年對花太匆匆。」吳文英之西子妝云：「箭流光，又趁寒食去。」姜夔之滿江紅云：「正一望千頃翠瀾。」並爲拗調，而其詞意何嘗不順適也。

3. 章法 藝概曰：「詞眼二字，見陸輔之詞旨。其實輔之所謂眼者，仍不過某字工，某句警耳。余謂眼乃神光所聚，故有通體之眼，有數句之眼，前前後後，無不待眼光照映。若舍章法而專求字句，縱爭奇競巧，豈能開闔變化，一動萬隨邪？」按詞之好處，有繫於片言隻字，有繫於上下文者，故言鍊字，造句後，必知詞之章法。茲略舉數例言之：——

(A) 呼應法。 詞句有用疑問式，下作解釋以見宛轉者，如李煜虞美人云：

問君能有幾多愁？恰似一江春水向東流。

又賀鑄青玉案云：

試問閒愁都幾許？一川烟草，滿城風絮，梅子黃時雨。

藝概云「其末句好處，全在試問句呼起，及與上一川二句並用耳。或以方回有「賀梅子」之稱，專賞此句，誤矣。且此句原本寇萊公『梅子黃時雨如霧』詩句，然則何不日萊公爲寇梅子邪？」

(B)映帶法。　詞句有須上下文映帶，其聲情乃見者。如文天祥滿江紅和王夫人云：

世態便如翻覆雨，妾身原是分明月。

又酹江月和友人驛中言別云：

鏡裏朱顏都變盡，只有丹心難滅。

藝概云：「每二句若非上句則下句之聲不出矣。」

更有以前後際映帶者，陳去非臨江仙云：

杏花疏景裏，吹笛到天明。

藝概云：「此因仰承憶昔俯注一夢，故此二句不覺豪酣，轉成悵惘，所謂好在句外者也。倘謂見在如此，則騃甚矣。」

(C)點染法 詞句有點明境界，更加以渲染者。如柳永雨淋鈴云：

多情自古傷離別，更那堪冷落清秋節！今宵酒醒何處？楊柳岸曉風殘月。

藝概云：「上二句點出離別冷落，今宵二句乃就上二句意染之。點染之間，不得有他句相隔，隔則警句亦成死灰矣。」

(D)推進法 句中有用推進一層說，以見極致者。如：

離恨恰如春草，更行更遠還生。李煜清平樂

樓高莫近危欄倚，平蕪盡處是春山，行人更在春山外。歐陽修踏莎行

更有翻舊句而推進一層言之者。例如：

夢裏不知身是客，一晌貪歡。李煜浪淘沙

無據，和夢也有時不做。宋徽宗燕山亭

此推舊意而情更慘者。賀裳云：「周清眞滿路花後半云：「愁如春後絮，來相

接，知他那裏，爭信人心切。除共天公說，不成也還，似伊無個分別。」酷盡無聊賴之致。陸放翁一叢花則云：「從今判了，十分憔悴，圖要個人知。」其情加切矣。孫夫人風中柳則更云：「別離情緒，待歸來都告，怕傷郎又還休道。」則又進一層。然總此一意也，正如剝蕉者，轉入轉深耳。」（綠水軒詞筌）

(E)離合法　詞句有以離合見致者，如：

只有夢魂能再遇，堪嗟夢不由人做。陸游蝶戀花

春未透，花枝瘦，正是愁時候。黃魯直驀山溪

拚一醉留春，留春不住，醉裏春歸。梁貢父詞

上下兩句互為開合，以見動蕩之致。

(F)層深法　詞中有語似渾成，而意實層層深入者，如歐陽修蝶戀花云：

淚眼問花花不語，亂紅飛過秋千去。

毛先舒云：「此可謂層深而渾成。何也？因花而有淚，此一層意也。因淚而問花，此一層意也。不但不語，且又亂落飛過秋千，此一層意也。人愈傷心，花愈惱人，

語愈淺而意愈入，又絕無刻畫費力之迹，謂非層深而渾成邪？」

藝概曰：「詞之章法，不外相摩相盪，如奇正，空實，抑揚，開合，工易，寬緊之類是矣。」

以上略述其章法之梗概。茲更論其藝術，分描寫，抒情，想像三者言之。

（五）詞之藝術

1. 描寫

(a)寫人 賀裳云：「詞家須使讀者如身履其地，親見其人，方爲蓬山頂上。如和魯公『幾度試香纖手暖，一回嘗酒絳脣光。』賀方回『略約整鬟釵影動，遲回顧步佩聲微。』歐陽公『弄筆偎人久，描花試手初。』無名氏『照人無奈月華明，潛身卻恨花陰淺。』孫光憲『翠袂半將遮粉臆，寶釵長欲墜香肩。』晏幾道『濺酒滴殘羅扇子，弄花熏得舞衣香。』眞覺儼然如在目前，疑於化工之筆。」按詞筌所列諸詞，舍形態而舉神情，固覺生動多姿。更有繪聲法，如周邦彥少年游云：

低聲問：「向誰行宿，城上已三更。馬滑霜濃，不如休去，直是少人行。」

此詞前闋「吳鹽，」「新橙，」「錦幄，」「獸香」數語，並屬寫境，惟「纖手破橙」及「對坐調笙，」寫其動作，後闋僅以「低聲問」三字貫徹到底，蘊藉婀娜，無限情景，都自破橙人口中說出，更不別著一語，純用寫聲法也。

此外又有象徵法，如黃魯直浣溪沙云：

新婦磯頭眉黛愁，女兒浦口眼波秋，驚魚錯認月沉鉤，青箬笠前無限事，綠蓑衣底一時休，斜風細雨轉船頭。

蘇軾云：「此詞清麗新婉，其最得意處，以山光水色替花貌，眞得漁父家風。」

(b)詠物　彭孫遹曰：「詠物詞極不易工，要須字字刻畫，字字天然，方為上乘。」（金粟詞話）鄒祗謨曰：「詠物固不可不似，尤忌刻意太似。取形不如取神，用事不若用意。」（遠志齋詞衷）王士禎曰：「張玉田謂『詠物最難，體認稍眞，則拘而不暢；摹擬差遠，則晦而不明。』而以史梅溪之詠春雪，詠燕；姜白石之詠促織為絕唱。」（花草拾蒙）按史達祖詠燕詞云：

差池欲住，試入舊巢相並，還相雕梁藻井，又軟語商量不定。

此詞妙極形容，神情畢肖。姜堯章不稱其「軟語商量，」而賞其「柳昏花暝，」豈眞能見其妙？歐陽修愛王君玉燕詞云：「烟逕掠花飛遠遠，曉窗驚夢語匆匆。」梅聖俞則以爲不若李堯夫燕詩云：「花前語澀春猶冷，江上高飛雨乍晴」也。又姜氏蟋蟀詞云：

露溼銅鋪，苔侵石井，都是曾聽伊處。哀音似訴，正思婦無眠，起尋機杼。

又云：

西窗又吹暗雨，爲誰頻斷續。相和砧杵。

賀裳謂：「蟋蟀無可言而言聽蟀蟋者，正姚鉉所謂：「賦水不當僅言水，而言水之前後左右也。」然尙不如張功甫「月洗高梧，露溥幽草，寶釵樓外秋深。土花沿翠，螢火隊墻陰；靜聽寒聲斷續，微韵轉淒咽悲沈；爭求侶，慇勤勸織，促破曉機心。兒時曾記得，呼燈灌穴，斂步隨音，任滿身花景，猶自追尋，攜向華堂戲鬭，亭臺小，籠巧妝金。今休說，從渠牀下，涼夜聽孤吟。」不惟曼聲勝其高調，兼形容處心細如絲髮，皆姜詞之所未發。」此詠蟲鳥者也。其詠花木者，如林和靖之點絳唇，梅聖俞之蘇幕遮，歐陽永叔之少年游，並爲詠春草之絕調，而馮正中之「細雨溼流光」五字，尤能攝春草之魂也。

周濟曰：「詠物最爭託意，隸事處以意貫串，渾化無痕，碧山勝場也。」又曰：「詞非寄託不入，專託不出，一事一物，引而申之，觸類多通。」（四家詞選敍）又曰：「白石暗香，疎影二詞，寄意題外，包蘊無窮，可與稼軒伯仲。」（介存齋論詞）按碧山齊天樂詞，雖通首詠蟬，而指陳時事，寄慨遙深。如此立意，詞境方高。白石之暗香，疎影二首，詞旨較晦，至稼軒「斜陽煙柳」之句，痛心君國，情見乎辭，尤足動人觀聽。詞必有所寄託，方能觸類旁通，言近旨遠，不拘執於一物一事也。

(c)寫景　王國維曰：「詞以境界爲最上。有境界則自成高格，自有名句，北宋之詞所以獨絕者在此。有造境，有寫境，此理想與寫實二派之所由分。……有有我之境，有無我之境。『淚眼問花花不語，亂紅飛過秋千去。』有我之境也。『寒波澹澹起，白鳥悠悠下。』無我之境也。」（人間詞話）按王氏以摹擬景色，不雜主觀情感者，爲寫實派之詞。假設境界，借抒胸臆者，爲理想派之詞。然吾觀五代北宋詞人，多感物造端，託物寓志，故其所寫實境中，即寓其心境，兩者實不易辨也。試觀南唐中主李景之山花子云：

菡萏香消翠葉殘，西風愁起綠波間。

王氏亦謂「其有衆芳蕪穢美人遲暮之感，」將屬之何派乎？至晏殊蝶戀花詞云：

昨夜西風凋碧樹，獨上高樓望盡天涯路。

則與「我瞻四方蹙蹙靡所騁」二語同其悲壯。又馮正中蝶戀花云：

百草千花寒食路，香車繫在誰家樹？

視「終日馳車走，不見所問津」之句同其憂憤也，又秦觀踏沙行云：

可堪孤館閉春寒，杜鵑聲裏斜陽莫。

詞旨尤覺淒厲，視「風雨如晦，鷄鳴不已」氣象無殊也。至白石寫景之作，如：

二十四橋仍在，波心蕩冷月無聲。揚州慢

數峯青苦，商略黃昏雨。點絳脣

高柳晚蟬，說西風消息。惜紅衣

格韵雖高，然如霧裏看花，終隔一層。梅溪、夢窗諸家寫景之病，皆在一隔字。北宋風

流，渡江遂絕矣。（用王氏說）

2. 抒情　詞人觸景生情，融情入景，多淒涼幽怨之言，於前節述其概略矣。亦有辭旨高澹，轉見情深；氣象恢宏，不同婉約者。述之如次：

(a)高澹語　詞貴精艷，亦有語淡而意長者。如：

斜陽景裏寒烟明處，雙槳去悠悠。（查荎透碧霄）

兩槳不知消息，遠汀時起鸂鶒。（孫光憲河瀆神）

醉中扶上木蘭舟，醒來忘却桃源路。（洪叔璵踏莎行）

賀裳謂查詞「令人不能為懷，然尚不如孫，洪兩君，專以澹語入情也。」

(b)壯烈語　詞多委婉，有以氣象勝者。如：

西風殘照，漢家陵闕。（李白憶秦娥）

寥寥八字，氣象雄闊。後惟范希文之漁家傲，夏英公之喜遷鶯，差足繼武。又趙鼎文和東坡赤壁詞，亦雄壯震動，有渴驥怒猊之勢。視「大江東去」在伯仲之間也。

(c)迷離語　某氏玉樓春云：

小窗斜日到芭蕉，半牀斜月疎鐘後。

賀氏謂其「寫迷離之況，止須述景，不言愁而愁自見。因思韓致光『空樓雁一聲，遠屏燈半滅。』已足悲涼，何必又贅『眉山愁正絕』耶？」

(d)決絕語　小詞以含蓄爲佳，亦有作決絕語者。如

誰家年少足風流？妾擬將身嫁與，一生休。縱被無情棄，不能羞。韋莊思帝鄉

衣帶漸寬終不悔，爲伊消得人憔悴。柳永詞

(e)險麗語　詞貴險麗，須泯其鏤劃之痕。如王通叟春游云：

晴則個，陰則個，餖飣得天氣有許多般。須教撩花撥柳，爭要先看，不道吳綾繡襪。香泥斜沁幾行斑。東風巧，盡綠，吹在眉山。

賀氏謂其「痕跡都無，眞猶石慰香塵，漢皇掌上也。」

(f)本色語　詞以險麗爲工，實不及本色語之妙。如：

眼波才動被人猜。李清照詞

去也不教知，怕人留戀伊。蕭淑蘭詞

留不得，留得也應無益。孫光憲詞

3. 想像

(a) 擬人例　詞中多以草木鳥獸擬人者。如：

把酒祝東風，且莫恁忽忽去！王安石傷春怨

揚杯邀勸天邊月，願月圓無缺。蘇軾虞美人

不如桃杏，猶解嫁東風。張先一叢花

(b) 設譬例　用直喻者，如：

鑪邊人似月，皓腕凝霜雪。韋端己菩薩蠻

簾捲西風，人比黃花瘦。李清照醉花陰

右單句喻法。

問君能有幾多愁，恰似一江春水向東流。李煜虞美人

右複句喻法。

春慵恰似春塘水，一片縠紋愁。溶溶洩洩，東風無力，欲皺還休。范成大眼兒媚

右全章喻法。

用隱喻者，如：

水晶簾下斂「羞蛾」。孫光憲思帝鄉

愁勻紅粉淚，眉剪「春山」翠。牛嶠菩薩蠻

右名詞隱喻。

淩波不過橫塘路，但目送「芳」塵去。賀鑄青玉案

右狀詞隱喻。

黃昏獨倚朱闌，西南新月「眉」彎。馮正中清平樂

右名詞用如狀詞。

一樣綠陰庭院，「瑣」斜暉。田不伐南柯子

籠街細柳「嬌」無力。陳克菩薩蠻

右動詞喻。

用提喩，或轉喩者。如：

騎馬倚斜橋，滿樓「紅袖」招。（韋莊菩薩蠻）

以代紅袖美人，是部分代全體。

「玉勒雕鞍」游冶處，樓高不見章臺路。（歐陽修蝶戀花）

以鞍勒代馬，例同前。

嗁到春歸無嗁處，苦恨「芳菲」都歇。（辛棄疾賀新郎）

右以玄名代察名。

芳草「王孫」知何處？（李玉賀新郎）

右以專名代公名。

(c)聯想例

遺蹤何在，一池萍碎，春色三分，二分塵土，一分流水。細看來；不是楊花，點點是離人淚。（蘇軾水龍吟）

明月樓高休獨倚，酒入愁腸，化作相思淚。（范仲淹蘇幕遮）

(d)想像例

明月幾時有？把酒問靑天。不知天上宮闕，今夕是何年？我欲乘風歸去，又恐瓊樓玉宇，高處不勝寒。蘇軾水調歌頭

（六）詞家之派別

詞家者流，濫觴於齊梁，成立於隋世，至五季而體製日盛。溫潤綺麗，後鮮其倫。至兩宋而派別分歧。或以氣盛，或以情盛，或以格勝，要皆異曲同工，各臻極詣。張惠言嘗從論古今詞人曰：「自唐之詞人，李白爲首。其後韋應物，王建，韓翃，白居易，劉禹錫，皇甫淞，司空圖，韓偓，並有述造，而溫庭筠最高，其言深美閎約。五代之際，孟氏，李氏，君臣爲謔，競作新調，詞之雜流，由此起矣。至其工者，往往絕倫，亦如齊梁五言，依託魏晉，近古然也。宋之詞家，號爲極盛，然張先，蘇軾，秦觀，周邦彥，辛棄疾，姜夔，王沂孫，張炎，淵淵乎文有其質焉。其盪而不反，傲而不理，枝而不物，柳永，黃庭堅，劉過，吳文英之倫，亦各引一端，以取重於當世，而前數子者，又不免有一時放浪通脫之言出於其間。後進彌以馳逐，不務原其指意，破折乖刺，攘亂而不可紀。故自宋之亡

而正聲絕，元之末而規矩隳。以至於今，四百餘年，作者十數，諒其所是，互有繁變，皆可謂安蔽乖方，迷不知門戶者也。」（詞選叙）按張氏論詞，首舉太白，以隋世所傳諸詞，眞贋無從究詰，（詳見後）初唐諸家述造，出入五七言詩，至太白而詞式始定也。茲廣徵衆說，見各派之正變得失焉。

(a)隋唐　韓偓海山記曰：「隋煬帝起西苑，鑿五湖，作湖上八曲曰望江南，令宮中美人歌之。」段安節樂府雜錄辨煬帝詞爲僞託，望江南實李德裕作。然朱弁曲洧舊聞又載煬帝有夜飲朝眠二曲。韓偓迷樓記又載侯夫人有看梅二曲，杜佑通典載煬帝將征遼，樂人王令言聞琵琶新翻安公子曲，調在太簇角。是詞中小令，確起原於隋世，至唐人一點春，回紇曲而後，其製益繁。特與五七言詩相出入，究未能特創一體也。逮李白出而詩詞之界畫始明，溫庭筠始有專集。故今言詞人派別，自太白，飛卿始。

1. 李白　黃昇花菴詞選謂：「李氏菩薩蠻，憶秦娥二詞，爲百代詞曲之祖。」

劉熙載曰：「太白菩薩蠻，憶秦娥兩闋，足抵少陵秋興八首，想其情境，殆作於明皇西幸後乎？」按世傳白詞，後人每多致疑。清平樂令，黃昇以其「無清逸氣韻，疑非太白所作。」王世貞謂「清平調本三絕句，不應復有詞，」（四部藁）桂殿秋，許彥周詩話謂是李衞公作。連理枝則疑宋人小桃紅之半。即菩薩蠻，憶秦娥二首，莊嶽委談亦斷其僞託；然吾觀菩薩蠻詞之繁情促節，憶秦娥詞之遠慕長吟，要屬大家之詞。而「西風殘照，漢家陵闕」之句，氣象閎闊，迥在范仲淹漁家傲夏英公喜鶯遷之上，尤非太白不克有此吐屬也。

2. 溫庭筠　北夢瑣言謂：「飛卿才思豔麗。」張惠言云：「飛卿之詞，深美閎約。」周濟極然其言，且謂：「飛卿醞釀最深，故其言不怒不懾，備剛柔之氣，鍼縷之密，南宋人始露痕迹，花間極有渾厚氣象。如飛卿則神理超越，不復可以迹象求矣。然細繹之，正字字有脈絡。」（介存齋論詞）劉熙載曰：「溫飛卿詞精妙絕人，然類不出乎綺怨。」王國維則謂：「深美閎約四字，惟馮正中足以當之。劉融齋謂飛卿精豔絕人，差近之耳。」（人間詞話）按趙崇祚花間集錄溫詞六十六首，以菩薩蠻弁冕全集。張氏謂爲感士不遇之作，篇法與長門賦彷彿。胡仔尤推更漏子，意與菩薩蠻近似。信乎旨存哀怨，寄託遙深，非後人纂組所能幾及。故張炎詞原曰：「詞之難於令曲，如詩之難於絕句，不過數十句，一字一句閒不得。末句最當留意，有有餘不盡之意始佳。溫氏得之矣。」其推崇之者甚至。令曲中之有溫韋，殆猶絕句之稱龍標，供奉乎？

(b)五代　陸游曰：「詩至晚唐，五季，氣格卑陋，千人一律；而長短句獨精巧高麗，後世莫及。」（花間集跋）王士禎亦曰：「五季文運萎薾，他無可稱，獨所作小詞，濃艷穩秀，璧金結繡而無痕跡。」蓋其時君臣爲謔，務裁綺語，競作新聲，遂以小詞著於一代。其見於花間集者，有韋莊，薛昭蘊，牛嶠，毛文錫，牛希濟，歐陽炯，顧夐，魏承班，鹿虔扆，閻選，尹鶚，毛熙震，李珣，諸家，多西蜀人。晉漢之間，則有和凝。南平有孫光憲。南唐諸詞，箸於尊前集者都凡八家。茲擇其尤著者權而論之。

1.韋莊　古今詞話：「韋莊作荷葉杯，小重山調，情意悽怨，人相傳播，盛行於世。」按張炎詞原謂「令曲當以花間集中韋莊，溫飛卿爲則。」劉熙載謂：「飛卿詞精妙絕人，韋端己，馮正中詞，留連光景，惆悵自憐，蓋亦易飄颻於風雨者。」以韋詞清麗，與飛卿之穠豔者不同。故周濟曰：「端己詞清艷絕倫，初日芙蓉春月柳，使人想見風度。」（介存齋論詞）王國維曰：「畫屏金鷓鴣，飛卿語也，其詞品似之。弦上黃鶯語，端己語也，其詞品亦似之。」（人間詞話）蓋以韋之弁冕五季，亦如溫之崛起晚唐，故雖風格懸殊，世每相提並論也。

2. 馮延己 陳世修曰：「馮公樂府，思深詞麗，韵律調新，眞清奇飄逸之才。」——（陽春集序）張惠言曰：「延己爲人專蔽固嫉，而其言忠愛纏綿，此其君所以深信而不疑也。」（介存齋論詞引詞選註）馮煦曰：「公顛卬身世，所懷萬端，繆悠其辭，若顯若晦，揆之六義，比興爲多。若三臺令、歸國謠、蝶戀花諸作，其旨隱，其辭微，類勞人思婦羈臣屏子鬱伊愴怳之所爲。」（陽春集敘）按世修爲延己外甥，與系出文昌左相，故於延己多恕詞。要其辭典雅豐容，視五季諸家堂廡特大，啟北宋一代風氣之先，故能於花間範圍以外，獨樹一幟也。

3. 南唐二主 中主李璟有山花子、浣溪沙等詞，王安石賞其「細雨夢回雞塞遠，小樓吹徹玉聲寒」一聯，不知其起句「菡萏香消翠葉殘，西風愁起綠波間」二語，不勝「衆芳蕪穢，美人遲暮」之感。其下復言「不堪看，」「何限恨，」尤覺頓挫有致，令人悽然欲絕。與後主之淒涼怨慕，真亡國之音者，亦復不同。蓋後主身爲囚虜，日夕只以淚洗面，愴懷故國，情難自已。故其遇愈慘，其情愈悲，而其詞調愈悽惋也。周濟曰：「李後主詞，如生馬駒，不受控捉。」又曰：「毛嬙西施，天下美婦人也，嚴妝佳，淡妝亦佳，粗服亂頭，不掩國色。飛卿，嚴妝也；端己，淡妝也；後主則粗服亂頭矣。」王國維曰：「溫飛卿之詞，句秀也；韋端己之詞，骨秀也；李重光之詞，神秀也。」蓋詞至後主而語俊情真，氣象一變。觀其吐屬遺詞，一字一滴淚，令人一讀一愴神。「自是人生長恨水長東，」「流水落花春去也，天上人間。」世間習見語，一經道出，便有無限感慨，奔赴筆端，故非溫韋諸家所能幾及。

(c)兩宋　周濟曰：「兩宋詞各有盛衰，北宋盛於文士，而衰於樂工；南宋盛於樂工，而衰於文士。」又曰：「北宋主樂章，故情景但取當前，無窮高極深之趣；南宋則文人弄筆，彼此爭名，故變化益多，取材益富。然南宋有門逕，有門逕故似深而轉淺；北宋無門逕，無門逕，故似易而實難。」按詞至北宋而體製日盛，至南宋而流變益繁。北宋詞人世際清明，故雍容揄揚，詞旨和婉；南宋時逢擾攘，故語多寄託，感慨遙深。以處境不同，致粗細精渾，疏密隱顯，各有風格。斯宜分別立論，誠難强爲軒輊也。若言其嬗變之勢，則宋初諸家，大抵祖述二主，憲章正中。晏殊去五代未遠，馨烈所扇，得之最先，爲北宋倚聲家之初祖。（馮煦六十一家詞選例言說）先後感發而興起者，有歐陽修，黃庭堅，王安石諸家，並以小令擅聲詞壇。（歐有摸魚兒慢詞，詞旨淺近，西清詩話辨爲劉輝僞託。）慢詞起於宋仁宗朝，柳永開其先聲，詞境至是而一變。蘇軾繼是有作，吐屬豪放，健筆凌雲，遂開南宋辛氏一流，實爲詞中別派。詞境至是而再變。逮徽宗崇寧四年，置大成府，以周邦彥爲樂正，乃與製撰官晁端禮等，審定舊詞，增演新調，詞境至是三變。南渡而後，作者益繁，辛棄疾，姜夔，陸游，史達祖，吳文英，周密，王沂孫輩，格調各殊，句法挺異，並能特立清新之意，刪削靡曼之詞。蓋倚聲之道，至是始極其工，足以矜式來茲矣。至各派中之得失，容分論之。

1. 晏殊及子幾道　劉攽中山詩話：「元獻喜馮延己歌詞，其所自作，亦不減延己。」黃庭堅曰：「叔原樂府，寓以詩人句法，精壯頓挫，自能動搖人心。上者高唐洛神之流，下者亦不減桃花團扇。」按晏氏父子祖述南唐，以二主一馮爲法，小晏精力尤勝。故毛晉以之追配二主，信無媿也。

2. 歐陽修　馮煦曰：「宋初大臣之爲詞者，寇萊公，晏元獻，宋景文，范蜀公與歐陽公，並有聲藝林。然數公或一時興到之作，未爲專詣；獨文忠與元獻學之既至，爲之亦勤，翔雙鵠於交衢，馭二龍於天路。且文忠家廬陵，而元獻家臨川，詞家遂有西江一派。其詞與元獻同出南唐，而深致則過之。宋至文忠，文始復古，天下翕然師尊之，風尚爲之一變。卽以詞言，亦疏雋開子瞻，深婉開少游。本傳云：『超然獨鶩，衆莫能及。』獨其文乎哉？」（六十一家詞選敍）按歐詞經劉輝竄亂（見西清詩話及名臣錄）故瑕瑜互見。卽李清照所稱「深得疊字法」之蝶戀花詞，亦實出於正中，誤入歐集。要其秀逸委宛，可於臨江仙，踏莎行諸詞驗之。

3. 柳永　周濟曰：「耆卿爲世訾謷久矣，然其鋪敍委宛，言近意遠，森秀幽淡之趣在骨。」又曰：「耆卿樂府多，故惡濫可笑者多。使能珍重下筆，則北宋高手也。」劉熙載曰：「耆卿詞細密而妥溜，明白而家常，善於敍事，有過前人。惟綺羅香澤之態，所在多有，故覺風期未上耳。」馮煦曰：「耆卿詞曲處能直，密處能疏，奡處能平，狀難狀之景，達難達之情，而出之以自然，自是北宋巨手。然好爲排體，詞多媟黷，有不僅如提要所云：『以俗爲病』者。避暑錄話謂：『凡有井水飲處，卽能歌柳詞。』三變之爲世詬病，亦未嘗不由於此。蓋與其千夫競聲，毋甯白雪之和寡也。」按永以失意無聊，流連坊曲，乃盡取俚俗語言，編次入詞，以便伎人傳習。（樂府餘論說）故詞格不高，語多俚俗。獨善於敘事，且能溶情入景，詞旨遠淡，故言北宋之慢詞者，必於耆卿首屈一指焉。

4. 張先　先與柳永齊名，享年較久，故歌詞聞於天下。以「雲破月來花弄影，」「嬌柔嬾起，簾壓捲花影，」「柳徑無人，墮飛絮無影，」三句，生平得意，自號張三影云。晁無咎謂：「子野與耆卿齊名，而時以子野不及耆卿，然子野韻高，是耆卿所乏處。」蓋其清出處，生脆處，味極雋永，非若耆卿之僅工鋪敘也。」

5. 蘇軾　陳師道曰：「東坡以詩爲詞，如教坊雷大使之舞，雖極天下之工，要非本色。」胡寅曰：「東坡一洗綺羅香澤之態，擺脫綢繆宛轉之度，使人登高望遠，舉首高歌，逸懷浩氣，超乎塵埃之外。於是花間爲皂隸，柳氏爲輿臺矣。」按前說病其粗豪，後說稱其曠放。以東坡詞橫溢傑出，不屑裁剪以就聲律，不能不謂之別格。然東坡非純然雄傑而不能婉約者，周濟曰：「人賞東坡粗豪，吾賞東坡韶秀，韶秀是其佳處，粗豪則病也。」觀其「大江東去」及「把酒問青天」諸作，誠如天風海水之逼人，若「乳燕飛華屋，缺月挂疏桐。」及「綵索身輕長趁燕，紅窗睡重不聞鶯」諸句，淸綺何減周秦？後人無其才情而徒襲其面目，粗獷之譏，誠所難免，則不善學者之弊也。劉熙載曰：「東坡詞頗似老杜詩，以其無意不可入，無事不可言也。若其豪放之致，則時與太白爲近。」又曰：「東坡定風波云：『尙餘孤瘦雪霜姿。』荷花媚云：『天然地別是風流標格。』雪霜姿，風流標格，學東坡者，便可從此領取。」洞微之言也。

平蘇柳之得失者，徐釚云：「東坡大江東去，有銅將軍鐵綽板之譏。柳七曉風殘月，謂可令十七八女郞，按紅牙檀板歌之。此袁綯語也。後人遂奉爲美談。然僕謂東坡詞自有橫槊氣概，固是英雄本色。柳纖艷處亦麗以淨耳。」按宛轉綺麗，從橫豪爽，雖非一派，原可並行，特婉約而不流於柔曼，豪放而不入於粗疏，斯不失倚聲之正軌耳。

6. 賀鑄 張文潛曰：「方回樂府，妙絕一世，盛麗如游金、張之堂，妖冶如攬嬙、施之袪，幽索如屈、宋，悲壯如蘇、李。」以其造語穠麗，而筆力遒勁，兩者兼而有之也。詞原謂其善於練字，多於李長吉、温庭筠詩中來。考其柳色黃詞「芭蕉不展丁香結」一句，本玉溪代贈詩，雁後歸詞「人歸落雁後，思發在花前」句，本隋薛道衡聘陳爲人日詩。即青玉案詞「梅子黃時雨」句，亦用寇萊公詩。特其全章及踏莎行，望湘人，下水船諸闋，沉著痛快，非僅以溶景入情，造微入妙稱也。

7. 秦觀 黃庭堅 陳師道曰：「今代詞手，惟秦七，黃九耳，餘人不逮也。」按淮海，山谷齊名，而論者多乙黃而甲秦。如彭孫遹云：「詞家每以秦七，黃九並稱，其實黃不及秦甚遠。猶高之視史，劉之視辛，雖齊名一時，而優劣自不可掩。」以山谷時出淺俚褻諢之辭，不免傖父之譏也。晁補之云：「魯直小詞固高妙，然不是當行家，乃著腔子唱好詩也。」則尤非少游樂府之語工而協律者比矣。（葉少蘊語）

亦有以子瞻，耆卿況少游者：張綖云「少游多婉約，子瞻多豪放，當以婉約爲主。」蔡伯世云「子瞻辭勝乎情，耆卿情勝乎辭，辭情相稱者，惟少游而已。」以少游實兼兩家之長，故晁氏又謂：「近來作者，皆不及少游，如『斜陽外，寒鴉數點，流水繞孤村。』雖不識字人，亦知是天生好言語也。」馮煦曰：「淮海，小山，古之傷心人也。其淡語皆有味，淺語皆有致。」王國維謂：「此惟淮海足以當之。小山矜貴有餘，但可方駕子野，未足抗衡淮海也。」蓋淮海與小山同其妍麗，而幽秀則過之。故東坡歎爲詞手，山谷傾倒其千秋歲詞也。

8.周邦彥　宋人論美成者：沈義父曰：「凡作詞，當以清眞爲主。蓋清眞最爲知音，且無一點市井氣。下字運氣，皆有法度。」張原曰：「美成負一代詞名，所作之詞，渾厚和雅，善於融化詩句。」按常州派尊美成而薄姜，張，以其詞沈鬱頓挫，有轉無竭，全用縮筆，包舉時事也。周濟曰：「清眞渾厚，正於鈎勒處見。他人一鈎勒便刻削，清眞愈鈎勒愈渾厚。」又曰：「清眞沈痛至極，乃能含蓄。」又曰：「美成集大成者也。」其推尊之者至矣。而劉克莊乃以「頗偸古句」少之。周密亦曰：「美成長短句，純用唐人詩句。如「低鬟蟬影動，私語口脂香。」此乃元白全句。」（浩然齋雅談）然能隱括入律，混然天成，不足爲病。（陳振孫說）若夫玉田謂其軟媚不宜學，彭孫遹辨之曰：「美成詞如十三女子，玉艷珠鮮，政未可以其軟媚而少之也。」不知詞原雜論明云：「美成詞只當看他渾成處，於軟媚中有氣魄，采唐詩融化爲自己者乃其所長。惜乎意趣不高遠。所以出奇之語，以白石騷雅句法潤色之，眞天機雲錦也。」是玉田之意，謂無氣魄而學美成，則必失之軟媚，未嘗以軟媚病美成也。馮煦曰：「張綱孫言：『結構天成，而中有艷語，雋語，奇語，豪語，苦語，癡語，沒要緊語，如巧匠運斤，毫無痕跡。』毛先舒言：『北宋詞之盛也，其妙處不在豪快而在高健，不在艷冶而在幽咽。豪快可以氣取，艷冶可以言工，高健幽咽則關乎神理骨性，難可强也。』又曰：『言欲層深，語欲渾成。』諸家所論，未嘗專屬一人，而求之兩宋，惟片玉，梅溪足以備之，周之勝史，則又在渾之一字。詞至於渾而無可復進矣。」戈載亦稱「其意淡遠，其氣渾厚，其音節又復淸妍和雅，爲詞家之正宗」以美成倚聲，流美而復精審，沈著而尤空靈，故能集各派之大成，爲萬世所宗仰也。

右述北宋諸作者，擇其尤箸者耳。他如王安石，張耒，陳師道之倫，各有名篇，流傳人口，要非卓然大家，故並略而不述。述南渡詞壇諸領袖，作者計七人焉。

9. 辛棄疾　黎莊曰：「稼軒當弱宋末造，負管樂之才，不能盡展其用，一腔忠憤，無處發洩，故悲歌慷慨，抑鬱無聊之氣，一寄之於詞。」蓋辛氏負抑塞磊落之才，値銅駝荆棘之會，弔古傷今，長歌當哭，斯淩厲風發，前無古人。劉潛夫論其詞云：「公所作大聲鏜鞳，小聲鏗鍧，橫絕六合，掃空萬古。」毛晉云：「詞家爭鬬穠纖，而稼軒率多撫時感事之作，磊砢英多，絕不作妮子態。」彭孫遹曰：「稼軒詞胸有萬卷，筆無點塵，激昂排宕，不可一世。」可以識其梗概矣。陳廷焯獨賞其賀新郎（別茂嘉弟）一篇，謂：「沈鬱蒼涼，跳躍動盪，古今無此筆力。」（白雨齋詞話）徐釚則謂：「此詞集許多怨事，與李白擬恨賦相似。」古今詞話亦載：「稼軒守南徐日，每開宴，必令侍姬歌所作賀新郎（獨坐停雲）自誦其中警句，『我見青山多嫵媚，料青山見我應如是。』與『不恨古人吾不見，恨古人不見吾狂耳。』顧問座客何如。旣而作永遇樂，『千古江山，英雄無覓孫仲謀處。』特置酒招客，使妓按歌，自擊節徧問客，必使摘其疵。客多遜謝。相臺岳柯時年最少，曰：「前篇豪視一世，獨前後二警句差相似新作，微覺用事太多耳。」稼軒大喜，酌酒謂座中曰：「夫夫也實中予痼。」乃改其語，日數十易，累月未竟。其刻意如此。」用事太多，誠辛詞之一病，然稼軒筆力峭拔，故能驅使莊騷經史，無一點斧鑿痕。如水調歌頭云：「凡我同盟鷗鷺，今日既盟之後，來往莫相猜。」雖用經語而新奇特甚，故非讀書多，氣魄大者，不敢步趨。且稼軒非僅以激揚奮厲爲工也。至其「寶釵分桃葉渡」一曲，昵狎溫柔，魂銷意盡。才人伎倆，眞不可測。（沈謙說）故劉潛夫謂「其穠麗綿密者，亦不在小晏秦郎之下。」信不誣也。後人無其雄才浩氣，徒事叫囂，仿其豪從，則東施之效捧心，益可怪耳。

世以蘇辛並稱。劉熙載謂：「兩家皆至情至性人，故其詞瀟灑卓犖，悉出於溫柔敦厚。」周濟則謂：「東坡天趣獨到處，殆成絕詣。而苦不經意，完璧甚少。稼軒則沈著痛快，有轍可循。南宋諸公，無不傳其衣裘，固未可同年而語。」又謂：「蘇之自在處，辛偶能到之；辛之當行處，蘇必不能到。」按兩家詞並稱豪放，而東坡胸襟曠遠，出語清超；稼軒意氣從橫，下筆沈着。兩者輕重殊涂，仙俠異趣。故宋人以東坡爲詞詩，稼軒爲詞論，信的平也。

10. 姜夔　吳興掌故集：「堯章長於音律，嘗著大樂議，欲正廟樂。慶元三年，詔付奉常有司收掌，令太常寺與議太樂。時嫉其能，是以不獲盡其所議，人大惜之。」白石蓋善於度曲，故率意爲長短句，無不協律。宋詞曲譜後世無傳，惟白石自度腔十七支，宮詞樂譜，並在人間，信定珍矣。張炎論其詞品，「如野雲孤飛，去留無迹。」毛晉云：「范石湖平堯章詩：『有裁雲縫月之妙手，敲金戛玉之奇聲。』予於其詞亦云。」劉熙載曰：「白石詞幽韻冷香，令人挹之無盡。擬諸形容，在樂則琴，在花則梅也。」馮煦曰：「白石爲南渡一人，千秋論定，無俟揚榷，樂府指迷獨稱其暗香，疏影，揚州慢，一萼紅，琵琶仙，探春慢，淡黃柳等曲，詞品則以詠蟀蟋齊天樂一闋爲最勝。其實石帚所作，超脫蹊逕，天籟人力，兩臻絕頂，筆之所至，神韻俱到；非如樂笑二窗輩，可以奇對警句相與標目。又何事於諸調中強分軒輊也。野雲孤飛，去留無迹，彼讀姜詞者，必欲求下手處，則先自俗處能雅，滑處能澀始。」按自叔夏論詞，但主清空，過尊白石，南渡一人，遂成定論。至常州派尊美成而薄張姜，竟一反其說。周濟乃曰：「白石號爲宗工，然亦有俗濫處，（揚州慢淮左名都，竹西佳處。）寒酸處，（法曲獻仙音象筆鸞箋，甚而今不道秀句。）補湊處，（齊天樂幽詩漫與，笑籬落呼燈，世間兒女。）敷衍處，（淒涼犯追念西湖上半闋。）支處，（湘月舊家樂事誰省。）複處，（一萼紅翠藤共閑穿徑竹，記曾共西樓雅集。）不可不知。」立論未免太苛。昔沈義父亦嘗謂其有生硬處。然詞中之有白石，猶詩中之有昌黎。世固有以昌黎爲穿鑿生割者，則以白石爲生硬也亦宜。（詞林紀事引師說）若夫劉氏藝概謂：「玉田盛稱白石而不甚許稼軒，耳食者遂於兩家有軒輊意。不知稼軒之體，白石嘗效之矣。集中如永遇樂，漢宮春諸闋，均次稼軒韻。其吐屬氣味，皆若秘響相通，後人過分門戶邪？」周濟亦謂：「白石脫胎稼軒，變雄健爲清剛，變馳驟爲流宕。」其說並可信也。

11. 史達祖　張鎡曰：「史生之作，辭情俱到，織綃泉底，去塵眼中，妥帖輕圓，特其餘事。至於奪苕豔於春景，起悲音於商素，有瓌奇警邁，清新閑婉之長，而無訑蕩汚淫之失，端可以分鑣清眞，平睨方回。」姜堯章云：「邦詞奇秀清逸，蓋能融情景於一家，會句意於兩得。」按梅溪綺羅香詞「臨斷岸」以下數語，及雙雙燕詞「柳昏花暝」之句，並爲堯章稱贊，世因以白石、梅溪並稱。然許蒿廬云：「驟閱之，史似勝姜；其實則史少減堯章。昔鈍翁嘗問漁洋曰：『王孟齊名，何以孟不及王？』曰：漁洋曰：『孟詩味之未能免俗耳。』吾於姜史亦云。」以梅溪用筆，多涉纖巧，終非大家。周濟謂：「其詞中喜用偸字，品格便不高。」加以依附權相，至被彈章，史直至不屑道其姓字，尤足惜也。

12. 吳文英　詞人途徑，清空，質實，各有家數。張叔夏云：「夢窗如七寶樓臺，眩人眼目，拆碎下來，不成片段。」沈伯時云：「其失在用事，下語太晦處，人不可曉。」則主清空者也。尹唯曉云：「求詞於宋，前有清眞，後有夢窗。」沈伯時亦許其深得清眞之神。周濟云：「夢窗奇思壯采，騰天潛淵，返南宋之清泚，爲北宋之穠摯。」則大反前說。惟提要云：「天分不及周邦彥，而研鍊之功則過之。詞家之有文英，如詩家之有李商隱。」較爲平允。蓋夢窗詞雕琢字句，非無晦澀處；要其至者神韵流美，如天光雲影，搖蕩綠波，仍是一片靈機。矧其詞旨綿邈，意態幽逸，有非驟觀所能測者。戈載曰：「夢窗從吳履齋諸公游，晚年好塡詞，以綿麗爲尚，運意深遠，用筆幽邃，鍊字鍊句，迥不猶人。貌觀之雕繢滿眼，而實有靈氣行乎其間。細心吟繹，覺味美於回，引人入勝，既不病其晦澀，亦不見其堆垛。此與淸眞梅溪，白石，並爲詞學正宗。一脈眞傳，特稍變其面目耳。猶之玉溪生之詩，藻采組織，而神韻流轉，旨趣永長，未可識其獺祭也。」馮煦曰：「夢窗之詞麗而則，幽邃而緜密，脈絡井井，而卒焉不能得其端倪。」可謂知夢窗矣。周濟謂：「皋文不取夢窗，是爲碧山門逕所限耳。夢窗立意高，取逕遠，皆非餘子所及。惟過嗜餖飣，以此被議。若其虛實並到之作，雖淸眞不過也。」褒貶亦得其平，非如尹氏，戈氏之推崇過當也。

13. 周密 公謹號草窗與吳文英之作，合稱爲二窗詞。以其與夢窗交誼至篤，且精究聲律，風格淸標，無一不似夢窗也。戈載曰：「草窗詞盡洗靡曼，獨標淸麗，有韶秀之色，有綿渺之思，與夢窗旨趣相侔。二窗並稱，允矣無忝。其於律亦極嚴謹，蓋交游甚廣，深得切劘之益。」周濟曰：「公謹敲金戛玉，嚼雪盥花，新妙無與爲匹。公謹只是詞人，頗有名心，未能自克，故雖才情詣力色色絕人，終不能超然遐舉。」又曰：「草窗鏤冰刻楮，精妙絕倫。但立意不高，取韵不遠。當與玉田抗行，未可方駕王，吳也。」今按草窗詞之精粹者，如一萼紅之登蓬萊閣詞，情詞俱勝，雖王，吳何以過之？

14. 張炎　樓敬思曰：「南宋詞人，姜白石外，惟張玉田能以翻筆，側筆取勝。其章法，字法俱超，清虛騷雅，可謂脫盡蹊徑，自成一家。訖今讀集中諸闋，一氣卷舒，不可方物，信乎其爲『山中白雲』也。」按南渡詞人，好纖穠者不出乎秦，柳，矯靡曼者自比於蘇，辛，求其折衷至當，厥長補短，堯章，叔夏，實爲正宗。叔夏信足與白石老仙相頡頏也。戈載曰：「玉田之詞，鄭所南稱其『飄飄徵情，節節弄拍。』仇山村稱其『意度超玄，律呂協洽。』是眞詞家之正宗。塡詞者必由此入手，方爲雅音。玉田云：『詞欲雅而正。』雅正二字，示後人之津染，卽寫自家之面目。……玉田易學而難學。玉田以空靈爲主，但學其空靈而筆不轉深，則其意淺，非入於滑，卽入於粗矣。玉田以婉麗爲宗，但學其婉麗而句不鍊精，則其音卑，非近於弱，卽近於靡矣，故善學之，則得其門而入，升其堂，造其室，卽可與清眞白石，夢窗諸公互相鼓吹。否則浮光掠影，貌合神離，仍是門外漢而已。」然則周濟所言：「專恃磨礱雕琢，裝頭作脚，毫無脈絡」者，非深知玉田者也。玉田詞主雅淡，意至深婉，後人徒以修飾字句學之，浮滑靡弱之譏，乃不能免，斯亦不善學者之過，未容遽斥古人也。

15. 王沂孫 戈載曰：「中仙詞運意高遠，吐韻妍和，其氣淸，故無沾滯之音。其筆超，故有宕往之趣。是眞白石之入室弟子也。」周濟選詞，欲人問途碧山，謂「碧山饜心切理，言近指遠，風容調度，一一可尋。」又曰「碧山胸次恬淡，故黍離麥秀之感，只以唱歎出之，無劍拔弩張習氣。詠物最爭託意，隸事處以意貫串，渾化無痕，碧山勝場也。」以碧山詞託意既深，隸事亦妙。張惠言謂「其詠物詞並有君國之憂。媚嫵喜君有恢復之志，而惜無賢臣也。高陽臺傷君臣晏安，不思國恥，天下將亡也。慶淸朝言亂世尙有人才，惜世不用也。」（並見張氏詞選）端木埰謂「其齊天樂詞，宮魂點出命意。乍咽三句，慨播遷也。西窗三句，傷敵騎暫退，燕安如故也。鏡掩二句，殘破滿眼，而側媚依然也。銅仙三句，宗器遷移，澤不下究也。病翼三句，言海島棲流，斷不能久也。餘音三句，遺臣孤憤，哀怨難論也。謾想二句，責諸臣到此，尚安危利災，視若全盛也。」（王鵬運本集跋引）信乎寄慨遙深，情詞悱惻。南宋諸家，靡與倫匹矣。

右述南宋七家，舍稼軒外，戈載所稱為諸大家者也。此外若周必大，陸游，劉克莊，陳亮，劉過輩見於黃昇中興以來絕妙詞選者凡八十九家。見周密絕妙好詞者，凡百三十二家。未能詳述也。馮煦曰：「北宋大家每從空際盤旋，故無椎鑿之跡。竹坡以下漸以字句求工，而昔賢疏宕之致微矣。」劉熙載曰：「北宋詞用密亦疏，用隱亦亮，用沈亦快，用細亦闊，用精亦渾。南宋只是掉轉過來。」於兩派之同異，言之至晰。若夫統括兩朝，喻諸詩品，則劉氏謂：「東坡，稼軒，李，杜也。耆卿，香山也。夢窗，義山也。白石，玉田，大曆十才子也。其有似韋，蘇者，張子野當之。」對照參觀，亦足徵詞場之正變焉。

（七）餘論

詞之為調，萬氏詞律所載凡六百五十有九，計一千七百七十三體。欽定詞譜，又倍增之。其律呂音韻，俱有定格。而遣詞，造意，則無定格也。昔沈義父謂作詞之法，實難於詩。其言曰：

音律欲其協，不協則成長短句之詩。下字欲其雅，不雅則近乎纏令之體。用字不可太露，露則直突而無深長之味。發意不可太高，高則狂怪而失柔婉之意。

陳子龍更暢其說曰：

以沈摯之思而出之必淺近。使讀之者驟遇之如在耳目之前，久誦之而得儁永之趣。則用意難也。以儇利之詞，而製之必工練，使篇無累句，句無累字，圓潤明密，言如貫珠。則鑄詞難也。其爲體也，纖弱明珠翠羽，猶嫌其重，何況龍鸞？必有鮮妍之姿而不藉粉澤。則設色難也。其爲境也，婉媚雖以驚露取妍，實貴含蓄不盡，時在低徊唱歎之餘。則命篇難也。

兩說互相發明，足爲準則。茲更就小調，中調，長調，三者析論之。沈謙曰：

小調要言短意長，忌尖弱。中調要骨肉停匀，忌平板。長調要操從自如，忌粗率。能於豪爽中著一二精緻語，綿婉中著一二激厲語，尤見錯綜。

又曰：小令中調有排蕩之勢者，吳彥高之「南朝千古傷心事，」范希文之「塞下秋來風景異」是也。長調極狎昵之情者，周美成之「衣染鶯黃，」柳耆卿之「晚晴初」是也。於此足悟偷聲變律之妙。

夫小令猶詩中之絕句，貴乎節短音長，含蓄不盡。中調，長調，猶排律，歌行，則須沈鬱頓挫，穠麗婉轉。沈氏所論，殆非常則。沈雄柳塘詞話曰：

詞貴柔情曼聲，第宜於小令。若長調而亦喁喁細語，失之約矣。惟沈雄悲壯，情致亹亹，方爲合作。其多有不轉韵者，以調長勢散，恐其氣不貫也。如俞彥所云：「意窘於侈字，貧於複，氣竭於鼓，鮮不納敗。」

鄒祗謨遠志齋詞衷亦曰：

余常與文友論詞，謂小調不學花間，則當學歐，晏，秦，黃。花間綺琢處，於詩爲靡，而於詞則爲古錦紋理，自有黯然異色。歐，晏蘊藉，秦，黃生動，一唱三歎，總以不盡爲佳。淸眞樂章，以短調行長調，故滔滔莽莽處，如唐初四傑作七古，嫌其不

308

能盡變。至姜，史，高，吳，而融篇練句琢字之法，無一不備。今惟合肥兼擅其勝，正不用修好入六朝麗字，似近而實遠也。

並謂小令以警策爲工，雖以稼軒之雄健，於短調亦間作嫵媚語；曲折變化，無所用之。非若長調之須麗情盛藻，布置周密，節節轉換，而又能一氣貫注也。學者可以知所取法矣。

本章參考書

全唐詞——附全唐詩後

毛晉宋六十一詞　又詞苑英華

沈辰垣歷代詩餘

江標宋元名家詞

朱彝尊詞綜

朱祖謀彊村叢書

以上總集

趙崇祚花間集

尊前集

草堂詩餘

黃昇花菴詞選

周密絕妙好詞

王沂孫樂府補題

陳耀文花草粹編

張惠言詞選

董毅續詞選

周濟宋四家詞選　又詞辨

戈載宋七家詞選

成肇麐唐五代詞選

馮煦宋六十一家詞選

以上詞選

張炎詞原　附楊纘作詞五要

沈義父樂府指迷

王灼碧雞漫志

周密浩然齋雅談下卷

陸韶詞旨

楊慎詞品

王世貞詞評

沈雄古今詞話　又柳塘詞話

沈辰垣歷代詞話　附歷代詩餘後

鄒祇謨詞衷

王士禎花草蒙拾

賀裳詞筌

劉體仁詞繹

徐釚詞苑叢談

張橚詞林紀事

毛奇齡西河詞話

方成培詞塵

劉熙載詞曲概

宋翔鳳樂府餘論

孫麟趾詞逕

周濟介存齋論詞雜著附詞辨後

俞彥爰園詞話

謝章鋌賭棋山莊詞話

陳廷焯白雨齋詞話

鄭文焯詞原斠律

王國維人間詞話

任訥詞原斠法

吳梅詞學通論

劉毓盤詞史

以上詞平

王奕清等欽定詞譜

萬樹詞律　杜文瀾校正

舒夢蘭白香詞譜

戈載詞林正韻

以上詞律及詞韻

劉經庵《詞史綱》（《中國純文學史綱》）

劉經庵（生卒年不詳），河南衛輝人，曾就學於燕京大學。中國民俗學運動早期參加者。著有《中國純文學史綱》《歌謠與婦女》等。

《詞史綱》乃從劉經庵《中國純文學史綱》中輯出。有鑒於當時一般《中國文學史》的內容或失於蕪雜，或失於簡略。作者注重的是中國的純文學，即除詩歌、詞、曲及小説外，其他概付闕如。全書除緒論、結論外，共分詩歌、詞、曲及小説四編。其中第二編為詞，共五章，第一章詞的來源，以下各章分别述論唐代、五代、北宋、南宋及南宋以後的詞。論及詞人約計有六十餘位，代表詞約有一百十餘首。《詞史綱》之名乃輯者所加。《中國純文學史綱》於民國二十四年（1935）北平著者書店初版。本書據北平著者書店初版影印。

第二編 詞

第一章 詞的來源

詞的發達，比詩晚得多。他的胚胎期，是在晚唐，最早是在中唐；萌芽期，是在五代；到了宋朝，乃爲長大期。宋代的詞，如唐代的詩一樣，在中國文學史上佔了同等的位置，——黃金時代。

詞一名詩餘，所謂「詞者詩之餘也」。又稱長短句，因詞的本身不是像從前整齊的五七言詩，乃是極不整齊的長短句。爲什麼由整齊的詩變爲長短句的詞呢？在朱子語類中說：「古樂府只是詩，中間却添許多泛聲，後來人怕失了那泛聲，逐一泛聲，添個實字，遂成長短句，今曲子便是」。在香研居詞麈說：「唐人所歌多五七言絕句，必雜以散聲，然後可被之管絃。……後來遂譜其散聲，以字句實之，而長短句興焉。故詞者，所以濟近體之窮，而上承樂府之變也」。這樣看來，長短句的發生，是由於詩中有泛聲和散聲，經人填入文字，就成長短句的詞了。

第二編 詞 第一章詞的來源

至詩中爲什麼有泛聲和散聲呢？這完全是音樂上的關係。我們知道唐代的律絕，多有樂調可歌，如旗亭畫壁的故事。不過律絕是整整齊齊的句子，而樂調可自由伸縮，不必和歌詞一樣整齊。那末樂工和伶人爲音調好聽起見，自然就有泛聲和散聲了。這時詩人作詩（整齊的律絕），樂工伶人作譜，（自由變化的樂調）兩不相干。後來詩人有通音律的，既然覺得整齊的律絕，不適宜於樂，於歌是就自作與樂歌相諧的句子，即所謂長短句。這時詩人依曲拍的長短，而作歌詞，不像從前讓樂工或伶人把整齊的詩歌，勉強譜入不整齊的調子了。這樣的詩人，大概是自中唐起，晚唐以後，更爲盛行。溫庭筠是晚唐提倡長短句最有功的人，在舊唐書說他：「能逐絃吹之音，爲側艷之詞」。可知他的確是先依曲拍而後填詞了，故詞亦稱填詞。

胡適之在他的詞選裏說：「凡填詞有三個動機：一，樂曲有調而無詞，文人作歌詞填進去，使此調由此更容易流行。二，樂曲本已有了歌詞，但作於不通文藝的伶人倡女，其詞不佳，不能滿人意。於是文人給他另作新詞，使美調得美詞而流行更久遠。三，詞曲盛行之後，長短句的體裁，漸漸得文人的公認，成爲一種新詩體。於是詩人常用這種長短句體作新詞，形式是詞，其實只是一種借用詞調的新體詩。這種詞未必不可歌唱，但作者並不注重歌唱」。這三種動機，我們可以說，唐五代的作家是屬於前二種的，宋代及宋後的作家是屬於第三種的。

以上所說詞的來源，間接是由古樂府流變的，直接是從唐代律絕中生出來的。最近有人主張：詞是一種新生的詩體，他的來源雖說在文體的統系上，與樂府是同類，都是可歌唱的，卻與五七言律絕無多大關係。因爲唐之律絕，不儘可歌唱，能歌唱亦是偶然的。這樣看來，不能說詞是直接由唐之律絕生出來的，不能說他是詩餘，是五七言之餘，是五七言詩添上了泛聲而成的。

詞的本身是譜與辭已具於一體的，每個詞都已有了譜，按譜填詞，不過亦間先有詞，而後製新譜以歌唱的。他的來源，有的是舊詞，有的是新製，有的是民間原有之物，有的是外邦輸入之品。歐陽炯說：「楊柳，大堤之句，樂府相傳；芙蓉，曲渚之篇，豪家自製」。這足可知詞的來源，一是舊有，一是新製了。在舊唐樂音樂志上說：「自開元以來，歌者雜用胡夷里巷之曲」。這又可知詞的來源一是民間，一是外邦了。胡夷之曲，可考見於中國舊籍者：如太平樂曲，破陣樂

第二編 詞 第一章詞的來源

曲，天仙子，涼州，甘州，伊州，烏夜啼，憶漢月……等。里巷之曲，見於詞中者，如竹枝詩，楊柳枝，浪淘沙，憶江南，調笑，三台……等。自胡夷里巷之曲盛行後，歌者作者，無不靡然成風。文人先擬胡夷里巷之曲以作詞，後來更由此而別創新聲，製新譜，所謂「豪家自製」。經過這三個時期——胡夷里巷之曲盛行時期，文人倣胡夷里巷之曲作詞時期，豪家自製時期——便成了詞的黃金時代。這樣說來，詞的來源並不是出於唐之律絕，乃是受了樂府的舊詞，豪家的新製，及胡夷里巷之曲的影響。這兩種主張，究竟何者爲是呢？我以爲各有所見，不能絕對的否認任何一說，因爲一種新的文學之發生，是受了多方面的影響，並不單是一方面，所謂一條線下去的。總之：詞的來源，可說有五：一由可歌唱的樂府流變的，二由律絕中的泛聲演出的，三由豪家出自心裁新製的，四受了胡夷樂調，五及里巷俗曲的影響。

詞的本身，在文學上，原是進化的，作者想用長短句，自由抒情，打破一切形式上的束縛，如五七言律絕，整齊的詩體。故自晚唐至兩宋，有很多的絕妙好詞，尤其是在宋朝成了詞的黃金時代，如唐之詩，元之曲一樣的可稱。不料後來作家缺少天才，不能創作新調，一依前人的舊規，專事模倣，把名家的作品，作為圖譜，分題立章，依圖填詞，隨譜諧聲，完全泥於形式，拘於法度，沒有一點自由餘地，自明以後，詞即奄奄無生氣，不過只在戲曲中留些殘影罷了。

第二章　唐代的詞

唐朝不但是詩的黃金時代，亦是詞的啓發時代。據一般論者，多主詞是起於中唐，大流行於晚唐及五代之間，這大概是不錯的。至有人上推明皇與李白爲詞曲之祖，就未免有點臆測了。——按明皇的好時光，與李白的菩薩蠻，憶秦娥都是贋品——今將中唐與晚唐的詞人，擇其要者，而敘述之：

中唐詞人及其作品○張志和（730至810）字子同，金華人。肅宗朝待詔翰林，後被貶，遂隱居不仕。此後便放浪江湖，自號爲「煙波釣徒」，著有玄眞子。爲人瀟灑靜，吐屬雋妙，李德裕曾比之嚴光。他曾做當時的漁歌，作漁父詞。這首詞完全把作者的瀟洒恬淡的人格，表現出來了。據傳他的哥哥張松齡，因他浪遊不歸，曾和其韻以招之。原詞見羅湖野錄，亦詞史之逸話也。

王建（750?至836?）字仲初，潁川人，——河南許昌附近——大歷十年進士，他作宮詞百首，傳誦頗廣。在唐代詩人中，與張籍齊名。他有調笑令等詞，多是詠失寵的婦女的，詞甚哀惋濃艷。

此外中唐詩人兼作詞者，有戴叔倫（字幼公，潤州，金壇人）的調笑令，韋應物的調笑令，二者寫的都是邊塞征人的愁苦。劉禹錫與白居易都有憶江南詞，二者寫的都是春光易逝的可悲；這幾個作家，都可稱爲詞的先驅者。

漁父　　張志和

西塞山前白鷺飛，桃花流水鱖魚肥。青箬笠，綠簑衣，斜風細雨不須歸。

漁父　　張松齡

樂是風波釣是閑，草堂松徑已勝攀；太湖水，洞庭山，狂風浪起且須還。

調笑令　　王建

團扇，團扇，美人並來遮面，玉顏顦顇三年，誰復商量管絃?絃管，絃管，春草昭陽路斷。

調笑令　　韋應物

河漢，河漢，曉掛秋城漫漫，愁人起望相思，塞北江南別離。離別，離別，河漢雖同路絕。

調笑令　　戴叔倫

邊草，邊草，邊草盡來兵老。山南山北雪晴，千里萬里月明。明月，明月，胡笳一聲愁絕。

憶江南 白居易

江南好，風景舊曾諳：日出江花紅勝火，春來江水綠如藍，能不憶江南？

憶江南 一名春去也 劉禹錫

春去也，共惜艷陽年。猶有桃花流水上，無辭竹葉醉尊前，惟待見青天。

晚唐詞人及其作品

〇溫庭筠不但是晚唐時代的著名詩人，亦是詞的初期的大作家。詞的發生，固由於中唐詩人的嘗試，與啓發，可是對於後來詞壇影響最大，而且最遠的，莫過於他。在他以前，可稱是詩歌的時代，自他以後，就由詩歌而轉入詞的時代了。據舊唐書說庭筠，「能逐絃吹之音，爲側艷之詞」。他既懂音律，又好綺語，故詞婉轉柔媚，多兒女氣，無怪花間集以他爲首選了。他創的詞調多至六十餘首，占全集的十分之一以上，在詞史上他眞可稱爲一位開山大師。總之，唐代的詞，除溫庭筠外，其他都是模倣里巷，或胡夷的曲譜，甚至曲詞而作的。詞的情調和筆調，一如所模倣者，並無新色彩，新情趣。到了溫庭筠乃大胆的造出了文人所特有的筆調和情調的詞來，於是便由里巷和胡夷之曲的模擬，而入了文人創作的時代了。

除溫庭筠外，晚唐詞人之知名者，尚有司空圖（837至908）字表聖，河中虞鄉人。他有酒泉子一詞，詞意深長，把他晚歲歸隱的高士風，完全流露於字裏行間了。以作艷體詩聞名的韓偓，亦善作詞，有生查子，浣溪沙等，多是描寫女兒的情態和風致的。作風同詩一樣，都以綺艷稱。

憶江南　溫庭筠

梳洗罷，獨倚望江樓。過盡千帆皆不是，斜暉脈脈水悠悠，腸斷白蘋州

更漏子

玉鑪香，紅蠟淚，偏照畫堂秋思。眉翠薄，鬢雲殘，夜長衾枕寒。

梧桐樹，三更雨，不道離情正苦！一葉葉，一聲聲，空階滴到明！

訴衷情

鶯語，花舞，春晝午，雨霏微。金帶枕，宮錦，鳳凰帷。柳弱蝶交飛，依依。

遼陽音信稀，夢中歸。

酒泉子 司空圖

買得杏花，十載歸來方始折。假山西畔藥闌東，滿枝紅。旋開旋落旋成空。白髮多情人更惜，黃昏把酒祝東風，且從容。

生查子 韓偓

侍女動壯奩，故故驚人睡。那知本未眠，背面偷垂淚。懶卸鳳凰釵，羞入鴛鴦被。時復見殘燈，和烟墜金穗。

第三章 五代的詞

詞是五代唯一的文學，除了詞，幾無文學之可言。當時的文人，受了中唐晚唐作家的影響，尤以受溫庭筠作風的影響爲最深。於是詞家之多，作品之豐，乃超乎前朝之上，五代的詞，精巧自然，渾厚含蓄，是其特色。

當時中國文學的中心，不在中原，而在中國的南部與西部。這是因爲五代擾攘，兵戈連年，中原的作家，如韓偓韋莊牛嶠等都避居西蜀，此外惟有李存勗和凝二人了。故中原的文壇，一時大現冷落之象，反不如南唐及西蜀文風之盛了。

中原的詞人及其作品

〇李存勗（885?至926）（後唐莊宗）爲李克用長子，其先本西突厥人。他酷好音樂，又能自作曲子，他雖是一個入中國籍未久的武夫，但其詞深情婉約，風格旖旎，絕不像是個武人。可惜在位僅有四年，因好與伶人嘻遊，竟被伶人高從謙所弒，伶人們曾將他的樂器和尸首一同焚化了。

和凝（898至955）字成績，鄆州，須昌人。他少時即好爲曲，當時號爲「曲子相公」。除曲外，所作詩文亦甚富，不愧稱爲當時的一個偉大作家。他雖生逢亂世，宦運却很亨通，中原曾數易主，但他和長樂老的馮道一樣，始終沒有失了他的富貴的地位。他和馮道的遭遇，可稱無獨有偶了。

如夢令　　李存勗

曾宴桃源深洞，一曲清歌舞鳳，長記別伊時，和淚出門相送。如夢，如夢，殘月落花烟重。

一葉落

一葉落，搴朱箔，此時景物正蕭索。畫樓月影寒，西風吹羅幕。吹羅幕，往事思量着。

薄命女　　和凝

天欲曉，宮漏穿花聲繚繞，窗裏星光少。冷露寒侵帳額，殘月光沈樹杪。夢斷錦幃悄悄，强起愁眉小。

江城子

竹裏風生月上門，理秦箏，對雲屏，輕發朱絃，恐亂馬嘶聲。含恨含嬌獨自語：今夜約，太遲生。

又

斗轉，星移，玉漏頻；已三更。對棲鶯，歷歷花間，似有馬蹄聲。含笑整衣開繡戶，斜斂手，下階迎。

西蜀的詞人及其作品

〇五代時，中原政局不定，變亂頻仍，蜀地遠處西南隅，又是山川明媚之鄉，故當時作家多由中原避難而趨赴之。且前蜀主王建王衍，和後蜀主孟昶都好作詞，無怪詞風甚盛。看蜀人趙崇祚所編的花間集有十卷之多，自溫飛卿而下凡十八人，作品五百首，可稱爲蜀中詞人的總集了。

韋莊(850?至910)字端已，杜陵人。他是五代詞人中，有名作家之一。——其他爲李後主與馮延已二人——因在長安應舉時，遇到黃巢之亂，自已適在圍城中，離亂的情形，曾目覩身嘗，遂作了一首千六百餘字的秦婦吟長詩。當時此詩很有名，人稱之爲「秦婦吟秀才」。後來此詩不知爲何竟而失傳，近來才由燉煌石室中把他發現了。莊因中原大亂，乃赴蜀爲王建書記，後便爲他的宰相。其詞淸新明白，不事雕斲，在庭筠及其他花間詞人之上。觀其作品內容有二：一是寫懷念故鄉之情的，一是寫悽婉的戀愛之情的，不過前者較少，以詠兒女間之離愁別恨爲多。

前蜀主王衍與後蜀主孟昶均喜作詞，所作雖不算多，却頗可稱。如王衍的醉妝詞，孟昶的玉樓春。一流利直捷，一靜穆疏爽，都可稱爲佳作。此外如顧夐的訴衷情，歐陽炯的賀明朝，毛文錫的醉花間，牛嶠的江城子，及其兄子希濟的生查子等，均是蜀中有名的作家與作品。

菩薩蠻　韋莊

洛陽城裏春光好，洛陽才子他鄉老。柳暗魏王堤，此時心轉迷。桃花春水綠，水上鴛鴦宿。凝恨對斜暉，憶君君不知。

謁金門

空相憶，無計得傳消息，天上嫦娥人不識，寄書何處覓。新睡覺來無力，不忍把伊書跡。滿院落花春寂寂，斷腸芳草碧。

女冠子

作夜夜半，枕上分明夢見，語多時。依舊桃花面，頻低柳葉眉。半羞還半喜，欲去又依依。覺來知是夢，不勝悲。

荷葉杯

記得那年，花下深夜，初識謝娘時。水堂西面畫簾垂，攜手暗相期。惆悵曉鶯殘月，相別從此隔香塵。如今俱是異鄉人，相見更無因。

據傳上二詞均爲思念其愛姬而作，因其姬爲王建奪入宮中，後見莊所作之荷葉杯，不食而死。

醉壯詞　　王衍

者邊走，那邊走，只是尋花柳。那邊走，這邊走，莫厭金杯酒。

玉樓春　　孟昶

冰肌玉骨清無汗，水殿風來暗香滿。繡簾一點月窺人，欹枕釵橫雲鬢亂。起來瓊戶啓無聲，時見疏星渡河漢。屈指西風幾時來，只恐流年暗中換。

訴衷情　　顧夐

永夜拋人何處去，絕來音。香閣掩眉斂，月將沈，爭忍不相尋。怨孤衾，換我心爲你心，始知相憶深。

賀明朝 歐陽炯

憶昔花間初識面，紅袖半遮粧臉，輕撚石榴裙帶，故將玉指纖纖，偷撚雙鳳金線。碧梧桐鎖深深院，誰料得兩情何日教繾綣。羨春來雙燕，飛到玉樓，朝暮相見。

醉花間 毛文錫

休相問，怕相問，相問還添恨。春水滿塘生，鸂鶒還相趁。昨夜雨霏霏，臨明寒一陣，偏憶戍樓人，久絕邊庭信。

江城子 牛嶠

鵁鶄飛起郡城東，碧江空，半灘風。越王宮殿，蘋葉藕花中。簾捲水樓魚浪起，千片雪，雨濛濛。

生查子 牛希濟

春山煙欲收，天澹星稀小。殘月臉邊明，別淚臨清曉。語已多，情未了。回首又重道。記得綠羅裙，處處憐芳草。

南唐的詞人及其作品

（一）南唐的詞和西蜀一樣地發達。西蜀有王氏與孟氏皆好文而喜士，南唐的中主和後主亦然。若眞個比較起來：西蜀二主的詞，遠不如南唐二主。其詞臣之多，亦不在花間之下，不過沒有好事者像趙崇祚一流人，把他們彙集起來罷了。

李璟（916至961）字伯玉，徐州人，爲李昇長子，曾被封齊王，昇卒，他嗣立，是謂中主。周世宗時，去帝號稱唐國主。此後他主張保境安民，偏安於江南的一隅，不敢爭雄中原，因之江南文物，頗極一時之盛。他的詞雖不多，但甚高雋。璟嘗戲問馮延己道：『「吹皺一池春水」，干卿底事』？延己答道：『未若陛下「小樓吹徹玉笙寒」也』。這眞是詞話中的一件軼聞。

李煜（937至978）字重光，璟之子，是爲後主。後曹彬克金陵，肉袒出降，同他的家人，近臣數十人，遷到宋京。宋太祖封他爲違命侯，此後他便由帝王一變而爲俘擄了。他對於治國，實在是個昏主庸才，但他在文學上富有天才，不愧爲一代大作家。除善作詞外，又工書畫，諳音律。他的詞可分兩個時期：一是未亡國前，耽於富貴榮華生活中的作品。一是亡國後，終日以淚洗面，忍辱含羞生活中的作品。前者是帝王時代所處的環境，是嬉笑歡愉，柔情蜜意，後者是俘虜時代所處的環境，是愁苦悲憤，監獄牢卒。二者相差有天淵之別。故前期的詞不過風華綺麗，尚未到深刻工夫；後期的詞就哀感頑艷，使人讀之不禁爲之掬一把傷心淚了。據樂府紀聞說：「後主歸宋後，賦浪淘沙和虞美人諸詞，舊臣聞之有泣下者。七夕—後主生日在賜第作樂，太宗怒，更得其詞，因命人賜牽機藥毒死之」。後主的遭遇可謂極人間之慘痛了！

馮延巳（903至960）字正中，廣陵人。—今江蘇江都附近—曾爲中主宰相，君臣相處甚得，觀其「吹皺一池春水」與「小樓吹徹玉笙寒」的問答，可見一斑。他的詞清新綺麗，而兼蘊藉渾厚，在五代詞人中，除韋莊後主外，無有可與之比肩的。宋初的詞人，如宴殊，歐陽修以及後來賀鑄晏幾道等，都受過他詞風的影響。王國維在人間詞話中說：「馮正中詞雖不失五代風格，而堂廡特大，開北宋一代風氣」，確是的評！有陽春集一卷傳於世。

浣溪沙　　李璟

菡萏香銷翠葉殘，西風愁起綠波間。還與韶光共憔悴，不堪看。細雨夢回雞塞遠，小樓吹徹玉笙寒。多少淚珠無限恨，倚闌干。

長相思　　李煜

雲一緺，玉一梭，澹澹衫兒薄薄羅，輕顰雙黛螺。秋風多，雨相和，簾外芭蕉三兩窠，夜長人奈何！

清平樂

別來春半，觸目愁腸斷，砌下落梅如雪亂，拂了一身還滿。雁來音信無憑，路遙歸夢難成。離恨却如春草，更行更遠還生。

浪淘沙

簾外雨潺潺，春意闌珊。羅衾不耐五史寒。夢裏不知身是客，一晌貪歡。獨自莫憑闌，無限江山，別時容易見時難。流水落花春去也，天上人間。

虞美人

春花秋月何時了？往事知多少？小樓昨夜又東風，故國不堪回首月明中！雕闌玉砌應猶在，只是朱顏改。問君能有幾多愁？恰似一江春水向東流。

謁金門　　馮延巳

風乍起，吹皺一池春水。閑引鴛鴦芳徑裏，手挼紅杏蕊。鬥鴨，闌干獨依，碧玉搔頭斜墜。終日望君君不至，舉頭聞鵲喜。

阮郎歸

南園春半踏青時，風和聞馬嘶。青梅如豆柳如綿，日長蝴蝶飛。花路重，草煙低，人家簾幕垂。鞦韆慵困，解羅衣，畫梁雙燕棲。

長命女

春日宴，綠酒一杯歌一遍，再拜陳三願：一願郎君千歲；二願妾身長健；三願如同梁上燕，歲歲長相見！

第四章　北宋的詞

總論　(一)詞至北宋，其發達已至頂點，無論文士，武夫，小官，大臣，沒有不喜歡作詞的。他們無論在任何場所，不是塡詞，便是唱詞。詞這樣東西，幾成他們生活中所不可缺者。所以北宋乃成了詞的黃金時代了。

北宋的詞比起五代來，進步得多，從前僅有小令，(五十字以內)中調，(九十字以內)並無慢詞，(九十字以上)至柳永後，慢詞流行，對於抒意表情上，更加自由了。從前的詞未脫古典的桎梏，至此俚言俗語，運用自如，較前解放多了。從前的詞多是婉約一派，脫不了花間的氣息，至此有蘇東坡的豪放派，為詞又打出一條新途徑來。且新詞的創作，較前亦加多，不僅拘拘於胡夷里巷的舊調了。不過物極則反，蘇派的詞因太自由了，從可歌的詞一變而不能歌了。因之有他的反動派起來，提倡樂府詞特別注重音律格調，使之能以歌唱，恢復詞的本來面目。

總之：北宋的詞是詞的黃金時代，變化極多，約可分為四期：第一期是小詞的時期，作者尚未完全脫離晚唐五代的綺切婉麗的詞風，這時期的詞人，以晏氏父子及歐陽修等爲代表。第二期是慢詞的時期，作者已由小詞演變而爲長調了。這時期的詞人，以柳永秦觀及張先等爲代表。第三期是詩人的詞的時期，作者不拘舊格，詞體雖因之大爲解放，但多有不能歌者，這時期的詞人以蘇軾及黃庭堅等爲代表。第四期是樂府詞的時期，作者注重詞的聲律格調，使詞仍然可以歌唱。這時期的代表作家，爲周邦彥及李淸照等。茲分述之：

第一期的詞人及其作品

〇晏殊（991至1055）字同叔，江西，臨川人，七歲便能屬文，有神童之稱。爲人剛直，官至宰相，范仲淹歐陽修皆出其門。他的詞，意境淸利，音調婉和，受五代花間集的影響不少。宋劉攽在中山詩話中說：「元獻（殊之諡號）喜延己歌詞，其所自作亦不減延己」。有珠玉詞集行於世。

晏幾道字叔原，殊之幼子。黃庭堅稱其詞，謂：「寓以詩人之句法，淸壯頓挫，能動搖人心」。他詞中的麗句艷語，尤勝于乃父，仍未脫花間的作風。有小山詞一卷。若彼父子相較：大晏官運亨通，位極人臣，他的詞常有安富樂榮，及時行樂之意。小晏官運乖蹇，大不如其父，故他的詞不免有窮愁牢騷之作。因此小晏較大晏的詞，自易深刻動人了。

歐陽修是北宋的詩人兼古文家，這我們在前編裏已經說過了。他不但是個詩人兼古文家，他還是當時的一位鼎鼎有名的大詞家呢。在他的詩文裏，我們看不出他的眞性格來，只知道他是個道貌儼然的學者，誰知道這全是他的假面具。我們讀了他的詞，可以看出他的性格和生活，全是很活潑，很生動的，實不愧爲一個偉大的抒情作家。他的詞，抒寫情懷，婉轉纏綿而眞摯，描述自然生動親切而雋妙，我們若讀他的六一詞集，怕不會認他爲提倡「文以載道」的先生吧。

訴衷情　　晏殊

芙蓉金菊鬥馨香，天氣欲重陽。遠村秋色如畫，紅樹間疏黃。流水淡，碧天長，路茫茫。憑高目斷，鴻雁來時，無限思量。

淸平樂

紅箋小字，說盡平生意。鴻雁在雲魚在水，惆悵此情難寄。斜陽獨倚西樓，遙山恰對簾鉤。人面不知何處，綠波依舊東流。

浣溪沙　晏幾道

家近旗亭酒易酤，花時長得醉工夫，伴人歌笑嬾妝梳。戶外綠楊春繫馬，牀前紅燭夜呼盧，相逢還解有情無。

菩薩蠻

個人輕似低飛燕，春來綺陌時相見。堪恨兩横波，惱人情緒多。長留青鬢住，莫放紅顏去！占取艷陽天，且教伊少年！

生查子　歐陽修

去年元夜時，花市燈如晝；月上柳梢頭，人約黃昏後。今年元夜時，月與燈依舊；不見去年人，淚濕春衫袖。

玉樓春

別後不知君遠近，觸目淒涼多少悶。漸行漸遠漸無書；水闊魚沉何處問？夜深風竹敲秋韻，萬葉千聲皆是恨。故欹單枕夢中尋，夢又不成燈又燼！

長相思

花似伊，柳似伊，花柳青春人別離，低頭雙淚垂。長江東，長江西，兩岸鴛鴦兩處飛，相逢知幾時。

南歌子

鳳髻金泥帶，龍紋玉掌梳；走來窗下笑相扶，愛道「畫眉深淺入時無」？弄筆偎人久，描花試手初，等閒妨了繡工夫，笑我雙鴛鴦字怎生書。

第二期的詞人及其作品

○柳永（990?至1050?）初名三變，字耆卿，福建，崇安人，官至屯田員外郎，故世稱「柳屯田」。有樂章集。他的詞有幾點特色處：第一，慢詞由永大爲發達，從前的詞人多作小令，重含蓄不盡，永作慢詞，重盡情流露。李端叔批評耆卿的詞，謂：「鋪叙展衍，備足無餘，較之花間所集，韻終不勝」。這是他的短處，亦正是他的長處，因爲脫盡了花間的含蓄，而別創一番境界，——流暢透辟。鄭振鐸在他的中國文學史中說：「花間的好處在於不盡，在於有餘韻；耆卿的好處，卻在於盡，在於「鋪叙展衍，備足無餘」。花間諸代表作，如絕代少女，立於絕細絕薄的紗廉之後，微露丰姿，若隱若現，可望而不可即。耆卿的作品，則如初成熟的少婦，「偎香倚暖」恣情歡笑，無所不談，亦無所不盡」。這個比喻恰好，前者是在含蓄，後者是在奔放，把五代和耆卿的詞，完全給分開了。第二，用白話入詞，從前的詞家，都重典雅，俚言俗語絕無僅有，自耆卿大胆把「恁地」「則個」和「麽」等白話，運用作詞，詞的流傳更為廣大。據說「凡有井水飲處，即能歌柳詞」。他的詞和白居易的詩一樣地被人歡迎。第三，詞多綺語艷辭，涉於淫媟，這是由於他性好嫖妓，寧可不作官，妓院是不能不去的。據傳因他有「忍把浮名換了淺斟低唱」之句，而被仁宗所斥，不能取士做官。因之他的一生潦倒妓院，每月的生活差不多都是在「淺斟低唱」，和「依紅偎翠」中度過的。他不但善於作詞，且長音律，常為妓女寫詞，令其歌唱。後來他死在襄陽，身後頗為蕭條，葬資完全由羣妓捐籌，葬於襄陽花山，每遇淸明時節，多載酒肴祭之，稱吊柳會。耆卿生前雖不得志，死後能得群妓眷念，亦可含笑於九泉了。

張先（990至1078）字子野，吳興人，曾為都官郎中，有安陸集詞一卷。外號張三影，因他詞中有「雲破月來花弄影」，「嬌柔懶起，簾壓捲花影」，及「柳徑無人墮飛絮無影」。此三影中尤以雲破月來花弄影爲最著。相傳宋祁往見他時，令曰：『尚書欲見「雲破月來花弄影」郎中』子野道：『得非「紅杏枝頭春意鬧」尚書耶』？由此可知他這樣的名何無人不曉了。他的詞小令優於長調，這大概他缺乏豪邁奔放的氣魄，和健全創造的毅力罷。

秦觀（1049至1100）字少游，高郵人，與黃庭堅齊名，時稱「秦七黃九」。有淮海詞集。他的詞在當時頗有名，晁補之說：『近來作者皆不及少游，如「斜陽外寒鴉數點，流水遶孤村」，雖不識字人，亦知是天生好言語』。蔡伯世說：『子瞻辭勝乎情，耆卿情勝乎辭；辭情相稱者，惟少游而已』。張綖說：『少游多婉約，子瞻多豪放，當以婉約爲主』。他雖是蘇門四學士之一，但受東坡的影響，却不及耆卿和花間之深，我們只要一看他的小令及慢詞就可知道了。

賀鑄（1063至1120）字方回，衛州人，自號慶湖遺老，有東山樂府。詞尚婉約，不脫花間之習，他的靑玉案和石州引可代表其詞風。鑄有小築在姑蘇盤門外十餘里處，地名橫塘，常往來其間，曾作靑玉案以紀之。此詞盛傳於世，後黃庭堅贈以詩道：『解道江南腸斷句，只今惟有賀方回』。因該詞有「梅子黃時雨」之句，時人呼爲賀梅子。此外又有賀鬼頭之綽號。前者因佳句而得雅稱，後者因貌醜而得渾名，二者迥然不同。方回雖醜，據傳嘗眷一姝，甚相愛好，曾寄別詩與之。有「深思縱似丁香結，難展芭蕉一寸心」。方回乃賦石州引相答，此亦詞中佳話也。

晝夜樂 柳永

洞房記得初相遇，便只合長相聚。何期小會幽歡，變作離別情緒。況値闌珊春色暮，對滿目亂花狂絮，直恐好風光，盡隨伊歸去。 一場寂寞憑誰訴？算前言總輕負。早知恁地難拚，悔不當時留住。其奈風流端正外，更別有繫人心處。一日不思量，也攢眉千度。

雨霖鈴

寒蟬淒切，對長亭晚，驟雨初歇。都門帳飲無緒，留戀處蘭舟催發，執手相看淚眼，竟無語凝噎。念去去千里烟波，暮靄沈沈楚天闊。 多情自古傷離別，更難堪冷落清秋節。今宵酒醒何處？楊柳岸曉風殘月。此去經年，應是良辰好景虛設。便縱有千種風情，更與何人說。

憶帝京

薄衾小枕涼天氣，乍覺別離滋味。展轉數寒更，起了還重睡。畢竟不成眠，一夜長如歲。也擬把却回征轡，又爭奈已成行計！萬種思量，多方開解，只恁寂寞厭厭地！繫我一生心，負你千行淚。

天仙子　　張先

水調數聲持酒聽，午醉醒來愁未醒。送春春去幾時回？臨晚鏡，傷流景，往事後期空記省。沙上並禽池上暝，雲破月來花弄影。重重簾幕密遮燈，風不定，人初靜，明日落紅應滿徑。

更漏子

錦筵紅，羅幕翠，侍宴美人姝麗。十五六，解憐才，勸人深酒杯。

黛眉長，檀口小，耳畔向人輕道：「柳陰曲，是兒家，門前紅杏花」。

玉樓春　　宋祁　字子京安陸人

東城漸覺風光好，縠皺波紋迎客棹。綠楊煙外曉寒輕，紅杏枝頭春意鬧。浮生長恨歡娛少，肯愛千金輕一笑，爲君持酒勸斜陽，且向花間留晚照。

第二編 詞 第四章北宋的詞

畫堂春 秦觀

落紅鋪徑水平池，弄晴小雨霏霏。杏園顦顇杜鵑啼，無奈春歸。柳外畫樓獨上，凭闌手撚花枝。放花無語對斜暉，此恨誰知。

南歌子

香墨彎彎畫，胭脂淡淡勻，揉藍衫子杏黃裙，獨倚玉闌無語點檀脣。人去空流水，花飛半掩門。亂山何處覓行雲？又是一鈎新月照黃昏。

滿庭芳

山抹微雲，天粘衰草，畫角聲斷譙門。暫停征棹，聊共引離尊。多少蓬萊舊事，空回首烟靄紛紛。斜陽外，寒鴉數點，流水遶孤村。消魂當此際，香囊暗解，羅帶輕分，謾贏得青樓薄倖名存。此去何時見也，襟袖上空染啼痕。傷情處，高城望斷，燈火已黃昏。

青玉案 賀鑄

凌波不過橫塘路，但目送芳塵去。錦瑟年華誰與度？月臺花榭，綺窗朱戶，惟有春知處。碧雲冉冉蘅皋暮，綵筆新題斷腸句。試問閒愁都幾許？一川烟草，

—196

滿城風絮，梅子黃時雨。

石州引　一作柳色黃

薄雨催寒，斜照弄晴，春意空闊。長亭柳色才黃，遠客一枝先折。烟橫水際，映帶幾點歸鴉。東風消盡龍沙雪，還記出門時，恰而今時節。將發，畫樓芳酒，紅淚清歌，頓成輕別，已是經年，杳杳音塵都絕。欲知方寸，共有幾許清愁：芭蕉不展丁香結，枉望斷天涯，兩厭厭風月。

第三期的詞人及其作品(一)蘇軾的詞屬於豪放一派，是詞中的一個別枝，開後來南宋辛劉作風的先河。晁補之說他的詞，「橫放傑出，自是曲子中縛不住者」。陸游也說：「試取東坡諸詞歌之，曲終，覺天風海雨逼人」。我們看他的大江東去，有多麼雄邁奔放，眞是又爲詞開了一個新天地，不像花間派動輒作婦女語者可比。在吹劍續錄中說：「東坡在玉堂日，有幕士善歌，因問我詞何如柳七？對曰「柳郎中詞只合十七八女郎，執紅牙板，歌楊柳外曉風殘月；學士詞，須關西大漢，銅琵琶，鐵綽板，唱大江東去」。東坡爲之絕倒」。不過詞是一稱純然抒情的東西，像東坡這類「橫放傑出」的詞，總是詞之變體，不得爲之正宗派。東坡是一個天才絕頂的作家，他的詞並非完全是豪放的，亦有不少是清空靈隽，細賦婉約的。張炎說『東坡詞清麗舒徐處，高出人表，周秦諸人，所不能到』。我們若看他婉約的詞，和大江東去比起來，就宛若兩人了。

黄庭堅是江西詩派的開山祖，他的詩多重古典，流弊甚大，這在宋詩內已經說過了。至於他的詞，却和詩不同。有山谷詞，詞中很多是俗語，較柳七更爲解放。若和他的詩比較起來，好像不是一個時代，一個作家寫的。他的詞雖似俚近，實則真摯可喜，雖似鄙俗，實則深刻動人，不能以「時出俚淺，可稱傖父」——陳師道語——便一筆抹煞的。

念奴嬌　　蘇軾

大江東去，浪淘盡千古風流人物。故壘西邊，人道三國周郎赤壁。亂石穿空，驚濤拍岸，捲起千堆雪。江山如畫，一時多少豪傑。　遙想公瑾當年，小喬初嫁了，雄姿英發。羽扇綸巾談笑間，强虜灰飛烟滅。故國神遊，多情應笑我早生華髮，人間如夢，一尊還酹江月。

水調歌頭

明月幾時有？把酒問青天。不知天上宮闕，今夕是何年。我欲乘風歸去，又恐瓊樓玉宇，高處不勝寒。起舞弄清影，何似在人間。　轉朱閣，低綺戶，照無眠。不應有恨，何事長向別時圓？人有悲歡離合，月有陰晴圓缺，此事古難全。但願人長久，千里共嬋娟。

蝶戀花

花褪殘紅青杏小，燕子飛時，綠水人家繞。枝上柳綿吹又少，天涯何處無芳草？　牆上鞦韆牆外道，牆外行人，牆裏佳人笑。笑漸不聞聲漸杳，多情却被無情惱！

望江東　　黃庭堅

江水西頭隔煙樹，望不見江東路。思量只有夢來去，更不怕江闌住。　燈前寫了書無數，算沒個人傳與。直饒尋得雁分付，又還是秋將暮。

好女兒

粉淚一行行，啼破曉來妝。懶繫酥胸羅帶，羞見繡鴛鴦。　擬待不思量，怎奈向日下恓惶？假饒來後，教人見了，卻去何妨？

清平樂

春歸何處？寂寞無行路。若有人知春去處，喚取歸來同住。 春無蹤跡誰知，除非問取黃鸝。百囀無人能解，因風吹過薔薇。

第四期的詞人及其作品

（一）周邦彥（1056至1121）字美成，號清眞，錢塘人。他曾在宋徽宗所創設的大晟府裏，主持過關於詞的音律和歌調，因之他的詞，完全有曲拍可以歌唱，較之蘇軾以詩爲詞，或以古文爲詞，那樣的自由奔放，不能入歌，相差很遠。這一期的詞人，可以說是前期的反動者。據宋史說他：「好音樂，能自度曲，製樂府長短句，詞韻清蔚，傳於世」。南宋沈義父亦說：「作詞當以清眞爲主，蓋清眞最爲知音」。因之他的詞，音律諧美，下字用韻，皆有一定法度，故後來作家，多以他的詞爲規矩準繩，來按譜填腔，不敢稍失尺寸。查其詞不但合於音律，好唱好聽，且善融詩句入詞，不露痕跡。有清眞集，內容多述兒女情思，和柳永相彷彿。故有「周情柳思」之說。不過周詞的風格較柳詞爲高

，這在他作品中可以看到的

李清照（1081至1145?）號易安居士，濟南人，有漱玉詞集。她父親李格非有文名，母親是狀元王拱辰的女兒，亦能作文章，故她得天者獨厚，而能成爲一代女詞家，在中國文學史上占一個很重要的位置。她嫁於趙明誠爲妻，趙亦是個學者。據傳明誠幼夢誦一書曰：「言與司合，安上已脫，芝芙草拔」。明誠父告以『此離合字「詞女之夫」也』。嫁後，夫婦愛好彌篤，生活甚是愉快，我們看她的采桑子，浣溪沙，及減字木蘭花，可知其閨房燕樂之一斑。結褵不久，明誠遠游，她作一剪梅詞以表相思之意，寫在錦帕上送他。後又塡寄醉花陰詞，明誠思勝之[四]，謝絕一切，廢寢忘食者三日夜，做得五十餘首，把清照所作混在一起，請友人陸德夫加以品評。德夫說，「有三句絕佳」。問以那三句，乃清照的「莫道不消魂，簾捲西風，人比黃花瘦」也。她曾作詞論，批評當時有名的作家，如論柳永「雖協音律而詞語塵下」。論晏殊歐陽修及蘇軾等詞，「皆句讀不葺之詩耳，又往往不協音律」。這可見她不但注重詞的修句，且很講求詞的音律了。她一生最幸福的生活，是和她丈夫趙明誠在歸來堂共同讀書，研究金石學的時候。及後金人南犯，把她快樂的家庭打破，便和她丈夫渡江過逃亡的生活，後來她丈夫不幸又一病而死了。唉，以一個孱弱的嫠婦，孤獨的到處避難，她這時的生活，眞算悲苦極了。

少年遊　周邦彥

井刀如水，吳鹽勝雪，纖指破新橙。錦幄初溫，獸香不斷，相對坐調笙。低聲問，向誰行宿？城上已三更，馬滑霜濃，不如去休，直是少人行。

按此詞是美成與汴妓李師師相愛情篤師師欲嫁之而未能一夕徽宗幸師師家美成倉卒不能出遂匿複壁間因製此詞以紀其事

紅窗迥

幾日來眞個醉！不知道窗外亂紅已深半指，花影被風搖碎。擁春醒乍起。有個人人生得濟楚，來向耳邊問道：「今朝醒未」？情性兒慢騰騰地，惱得人又醉！

聲聲慢　李清照

尋尋，覓覓，冷冷，清清，悽悽，慘慘，戚戚。乍暖還寒時候，最難將息。三杯兩盞淡酒，怎敵他晚來風急？雁過也，正傷心，却是舊時相識。滿地黃花堆積，憔悴損，而今有誰堪摘？守着窗兒，獨自怎生得黑！梧桐更兼細雨，到黃昏點點滴滴。這次第，怎一個愁字了得！

武陵春

風住，塵香，花已盡；日晚倦梳頭。物是，人非，事事休！欲語淚先流。 聞說雙溪春尚好，也擬汎輕舟。只恐雙溪舴艋舟，載不動許多愁。

醉花陰

薄霧濃雲愁永晝，瑞腦消金獸。佳節又重陽，寶枕紗櫥，半夜涼初透。 東籬把酒黃昏後，有暗香盈袖。莫道不消魂，簾捲西風，人比黃花瘦。

一剪梅

紅藕香殘玉簟秋，輕解羅裳，獨上蘭舟。雲中誰寄錦書來，雁字回時，月滿西樓。 花自飄零水自流，一種相思，兩處閑愁。此情無計可消除，才下眉頭，卻上心頭。

第五章 南宋及南宋以後的詞

總論○南宋的詞雖比較不如北宋，但亦有不少偉大的作家，和作品貢獻於後世。這一時代的詞，約可分為前後兩個時期：宋剛南遷時，如辛棄疾陸游等人的詞，都很豪放自然，淺白明暢；及後偏安之局稍定，如姜夔吳文英等人的詞，便變靡麗雕琢，典雅古奧了。前期的豪放自然，與後期的靡麗雕琢，都與環境有密切的關係。因為宋室南渡，大好中原，陷於胡人之手，一般憂時之士，見國事蜩螗，金人橫行，怎能不悲憤激昂，以圖恢復舊山河呢？故他們所歌唱的，多是奔放雄豪，有如「大江東去」一類的詞。後來金人內亂，未遑南侵，宋室得偏安江左，於是大家又把國事忘懷，盡情享樂，依然是過的歌舞昇平時代。於是辛陸豪邁的詞，已歸淘汰，「大江東去」一類的作品，已視為粗暴而遭唾棄。當時的作家，如姜夔專着意於寫雋語，吳文英用全力於造辭句。總之：他們的字句是精斲細磨的，他們的詞意是絮語低吟的，較之前期的自然和豪放就大不相同了。

前期的詞人及其作品(一)辛棄疾(1140至1207)字幼安，號稼軒，歷城人，是南宋的唯一作家。他的才氣橫秋，意志高邁，所作之詞，或悲壯激烈，能傳達其深厚的感情；或放恣流動，能抒寫其曲折的意思，無論小令或慢詞，做得都非常佳妙。詞以豪放自然稱，與蘇軾同。他的豪放自然，是由於時勢的造成，因爲他生性任俠，素有大志，眼看宋室南遷，受辱異族，故不覺悲憤填膺，歌而出之。其詞固以豪放著稱，但亦有不少婉約多情之作，較之專擅情語的秦柳或未必多讓能。有人批評他的詞好「掉書袋」，音律亦不諧合，這與他整個的詞，沒有大影響的。有稼軒長短句十二卷，傳於世。

浪淘沙　山寺夜半聞鐘

身世酒杯中，萬事皆空。古來三五個英雄。雨打風吹，何處是漢殿秦宮？夢入少年叢，歌舞匆匆。老僧夜半誤鳴鐘，驚起西窗眠不得，捲地西風。

南鄉子　登京口北固亭

何處望神州？滿眼風光北固樓。千古興亡多少事，悠悠，不盡長江滾滾流。

少年萬兜鍪，坐斷東南戰未休！天下英雄誰敵手，曹劉！生子當如孫仲謀。

尋芳草 嘲陳莘叟憶內

有得許多淚，更閑卻許多鴛被；枕頭兒放處都不是。舊家時，怎生睡？更也沒書來！那堪被雁兒調戲，道無書卻有書中意：排幾個「人人」字！

武陵春

走去走來三百里，五日以為期。六日歸時已是疑，應是望多時。 鞭個馬兒歸去也，心急馬行遲。不免相煩喜鵲兒，先報那人知。

醜奴兒近 博山道中效李易安體

千峰雲起，驟雨一霎兒價；更遠樹斜陽，風景怎生圖畫。青旗賣酒，山那畔別有人家。只消山水光中，無事過者一夏！午醉醒時，松窗竹戶，萬千瀟灑。野鳥飛來，又是一般閑暇。卻怪白鷗覷着人，欲下未下。舊盟都在，新來莫是別有說話？

陸游是南宋的大詩家，這在前編內已經說過了，他的詞雖不及詩，但在當時亦頗負盛名，與稼軒並稱。他少有大志，和辛一樣，欲恢復中原，故詞多豪放雄快，不過旖旎婉約的却也不少。楊愼稱：「放翁詞纖麗處似淮海，雄快處似東坡」。這看他的釵頭鳳和雙頭蓮自可想見。據傳放翁與其妻唐氏愛情甚篤，祗因其母不喜唐氏，遂出之，唐氏即改嫁於同郡趙士程。後來春日出遊，相過於沈園，唐語士程爲致酒肴。陸悵然賦釵頭鳳，唐氏和之，未幾即怏怏卒。放翁後日復過沈園，更賦一詩以紀之：「落日城頭畫角哀，沈園非復舊池台，傷心橋下春波綠，曾見驚鴻照影來」。觀乎此，可知放翁不惟在政治上鬱鬱不得志，家庭的生活亦不能令其滿意，無怪自號放翁以自嘲了。

雙頭蓮

華鬢星星，驚壯志成虛，此身如寄。蕭條病驥，向暗裏消盡當年豪氣。夢斷故國山川，隔重重烟水身萬里。舊社凋零，靑門俊遊誰記！　盡道錦里繁華，歎官閑晝永，柴荆添睡，淸愁自醉。念此際付與何人心事。縱有楚柂吳檣，知何時東逝！空悵望，鱠美菰香，秋風又起。

夜遊宮　記夢

雪曉淸笳亂起！夢遊處不知何地。鐵騎無聲望似水。想關河，雁門西，靑海際。睡覺寒燈裏，漏聲斷，月斜窗紙，自許封侯在萬里。有誰知，鬢雖殘，心未死。

釵頭鳳

紅酥手，黃藤酒，滿城春色宮牆柳。東風惡，歡情薄，一懷愁緒，幾年離索，錯，錯，錯！春如舊，人空瘦，淚痕紅浥鮫綃透。桃花落，閒池閣。山盟雖在，錦書難托，莫，莫，莫！

釵頭鳳　　陸游妻唐氏

世情薄，人情惡。雨送黃昏花易落。曉風乾，淚痕殘。欲箋心事，獨語斜闌，難，難，難！人成各，今非昨，病魂嘗似秋千索。角聲寒，夜闌珊。怕人尋問，咽淚妝歡，瞞，瞞，瞞！

朱敦儒（1080?至1175?）字希眞，洛陽人，有樵歌三卷，內存詞約二百餘首。他在南北宋之交的詞人中，是很負聲譽的。論行輩他長於稼軒，而且又是一個極有天才的人，當然不會受到辛派作風——豪放——的多大影響，不過他們生同一個時代，——南遷——對於二宗的不返，中原的淪陷，與辛陸有共同的感憤，故不知不覺間在他的作品中，和辛陸一樣的充滿了悲壯慷慨，但亦有其婉麗淸暢處，不僅是豪放而已。黃昇的花菴詞選說他：「天資曠逸，有神仙風姿」，這在他的作品中很可看到的。

鷓鴣天

曾爲梅花醉不歸，佳人挽袖乞新詞，輕紅遍寫鴛鴦帶，濃碧爭斟翡翠卮。 人已老，事皆非。花前不飲，淚沾衣。如今但欲關門睡，一任梅花作雪飛。

好事近 漁父詞

搖首出紅塵，醒醉更無時節。活計綠蓑靑笠，慣披霜衝雪。 晚來風定釣絲閑，上下是新月。千里水天一色，看孤鴻明滅。

劉過（1154至1206）字改之，江西，廬陵人，亦有說是太和或襄陽人的，有龍洲詞。他是個慷慨豪放的血性男兒，本有志仕宦，屢向當局陳恢復中原策，可惜均未見用，他便去過放浪江湖的生活了。他的詞完全是學稼軒的，黃昇說，「改之，稼軒之客，詞多壯語，蓋學稼軒者也」。不過其詞亦有纖麗可愛，造句贍逸處。

西江月

堂上謀臣尊俎，邊頭將士干戈。天時，地利，與人和：燕可伐歟？曰，可。今日樓台鼎鼐，明年帶礪山河。大家齊唱大風歌，不日四方來賀。

醉太平

情高，意眞，眉長，鬢青。小樓明月調箏，寫春風數聲。思君，憶君，魂牽，夢縈。翠綃香煖雲屏，更那堪酒醒！

天仙子 初赴省，別妾於三十里頭。

別酒醺醺渾易醉，回過頭來三十里！馬兒不住去如飛；牽一憩，坐一憩，斷送煞人山與水！ 是則是功名終可喜，不道恩情拚得未！雪迷村店酒旗斜：去也是？住也是？煩惱自家煩惱你！

劉克莊（1187至1269）字潛夫，號後村，莆田人，官至煥章閣學士，有後村長短句，存詞約二百餘首。他是最崇拜辛稼軒和陸放翁的，所以他的詞亦很豪放自然，詩文均佳，在南宋不愧爲一個有名的作家。

玉樓春 戲林推

年年躍馬長安市，客裏似家家似寄。青錢喚酒日無何，紅燭呼盧宵不寐。易挑錦婦機中字，難得玉人心下事。男兒西北有神州，莫滴水西橋畔淚。

賀新郎　送陳子華知眞州

北望神州路，試平章這場公事，怎生分咐！記得太行山百萬，曾入宗爺駕馭。今把作握蛇騎虎。君去，京東豪傑喜，想投戈下拜「眞吾父」！談笑裏，定齊魯。　兩河蕭瑟惟狐兔！問當年祖生去後，有人來否？多少新亭揮淚客，誰夢中原塊土！算事業須由人做！應笑書生心胆怯，向車中閉置如新婦；空目送，塞鴻去。

清平樂　贈陳參議師文家侍兒

宮腰束素，只怕能輕舉。好築避風台護取，莫遣驚鴻飛去。　一團香玉溫柔，笑顰俱有風流。貪與蕭郎眉語，不知舞錯伊州。

朱淑貞是南宋唯一的女詞家，自號幽棲居士，錢塘人，大約較李清照後數十年，不但生死不可考，連她父母的姓氏，亦無可查究。總觀她的作品，當是大家閨秀，在未出閣前，有很美滿的處女生活；不過因所適非人，她幸福的命運，一到嫁後便失去了。她的丈夫是誰，也考失，大概是一個孜孜爲利的「市儈」，不是一個雅潔清高的詩人，所以二人的性情不合。看她的愁懷及舟行即事詩，即可窺見其隱衷。讀了他的詩詞，大概那不融洽的丈夫，後來把她拋棄，另有所戀。她呢，爲反抗那不自由的婚姻，亦別有所歡，不過男子多薄倖，他的新戀人不久也和她隔絕了。如果事情屬實，淑眞的遭遇眞算太可憐了。她的詞清新自然，哀婉動人，有斷腸集。

謁金門

春已半，觸目此情無限。十二闌干倚遍，愁來天不管。好是風和日暖，輸與鶯鶯燕燕。滿院落花簾不捲，斷腸芳草遠。

菩薩蠻

山亭水榭秋方半，鳳幃寂寞無人伴。愁悶一番新，雙蛾只暗顰。起來臨繡戶，時有疏螢度。多謝月相憐，今宵不忍圓。

江城子

斜風細雨作春寒，對尊前，憶前歡，曾把梨花寂寞淚闌干。芳草斷烟南浦路，和別淚，看青山。昨宵結得夢因緣，水雲間，悄無言，爭奈醒來愁恨又依然。！展轉衾裯空懊惱，天易見，見伊難！

後期的詞人及其作品

姜夔（1155?至1235?）字堯章，號白石，鄱陽人，因世亂不仕。常與范成大楊萬里相唱和，登山遊水以自適。他通音律，每作新詞即自吹簫，令愛妾小紅歌而和之。曾詠垂虹詩，以紀其事道：「自作新詞韻最嬌，小紅低唱我吹簫，曲終過盡松陵路，回首烟波十四橋。」他的詞清雋精工，合於音律，因選字鍊句，詞稿輒經旬始爲改定，所以作品不免有雕琢不自然之誚。當時人對於他的暗香疏影二詞，推崇備至，張炎且稱之爲「前無古人，後無來者，自立新意，眞是絕唱！」其實不過是咏物詩的兩篇名作，未有何深刻高妙處。在我們看，還不如淡黃柳，和長亭怨慢，有眞實的情緒表現呢。總之，後期的詞人，過重音律，和雕琢字句的風氣，是由白石提倡起的。這種風氣影響於詞的本身者爲：因重音律，常有犧牲詞的內容的；因重辭句，常有流於晦澀難讀的。他的作品有白石道人歌曲，傳於世。

長亭怨慢

漸吹盡枝頭香絮，是處人家，綠深門戶。遠浦縈廻，暮帆零亂向何許？閱人多矣，誰得似長亭樹。樹若有情時，不會得青青如此！ 日暮望高城不見，只見亂山無數。韋郎去也，怎忘得玉環分付：第一是早早歸來，怕紅萼無人爲主。算只有幷刀，難剪離愁千縷。

淡黃柳

空城曉角，吹入垂楊陌，馬上單衣寒惻惻。看盡鵝黃嫩綠，都是江南舊相識。正岑寂，明朝又寒食。强攜酒小橋宅，怕梨花落盡成秋色。燕燕飛來，問春何在，唯有池塘自碧。

吳文英（1205?至1270?）字君特，號夢窗，四明人，有夢窗詞集。尹煥說：「求詞於吾宋，前有清眞，後有夢窗，此非余之言，四海之公言也。」可見他的詞，在當時已頗風行，不過一究其實，他的詞多是古典和套語堆切而成，並沒有眞情緒，眞意境。張炎說：「吳夢窗詞，如七寶樓台，眩人眼目，拆碎下來，不成片段。」眞是不錯！他的詞自然佳妙者雖不多，但亦頗有幾首好的，如唐多令，張炎以爲「最爲疏快不質實。」風入松亦確有「不經人道」語。總之：白石與夢窗的詞，氣魄都不大，遂走入精密細膩一途。他們只知雕琢字句，以纖麗爲工；他們只知致力新語，以奇巧爲妙，像辛陸一派的豪放自然的詞風，早已過去了。

唐多令

何處合成愁？離人心上秋，縱芭蕉不雨也颼颼。都道晚涼天氣好，有明月，怕登樓。 年事夢中休，花空烟水流。燕辭歸客尚淹留，垂柳不縈裙帶住，謾長是繫行舟。

風入松

聽風聽雨過清明，愁草瘞花銘。樓前綠暗分攜路，一絲柳，一寸柔情。料峭春寒中酒，交加曉夢啼鶯。 西園日日掃林亭，依舊賞新晴。黃蜂頻撲秋千索，有當時纖手香凝。惆悵雙鴛不到，幽堦一夜苔生。

蔣捷（1245?至1310）字勝欲，宜興人，有竹山詞一卷。他和周密，王沂孫，張炎爲宋末元初的四大家。詞尚典雅純正，其內容多是詠物的，很少有感時的悲憤情緒表現出來。他們雖丁亡國之際，好像和這個紛亂的時代，沒有發生過什麼關係。

這固由於在異族鐵蹄之下，不能自由抒懷，亦實因此時的作風，惑於典雅，認爲憤慨的豪放語爲外道了。不過在四大家中，蔣捷的詞還算最有自然之趣，比較能超脫詞律的束縛的。

霜天曉角

人影窗紗，是誰來折花？折則從他折去，知折去向誰家？ 簷牙枝最佳，折時高折些。說與折花人道：須插向鬢邊斜。

虞美人

少年聽雨歌樓上，紅燭昏羅帳。壯年聽雨客舟中，江闊雲低，斷雁叫西風。而今聽雨僧廬下，鬢已星星也。悲歡離合總無情，一任堦前點滴到天明。

周密（1232至1308）字公謹，號蘋齋，濟南人僑居吳興。有草窗詞二卷，又編絕妙好辭，爲詞選中的佳作。他的詞穠麗隱約，意境和辭語有時作的很好，與吳文英齊名，當時稱爲「二窗」，並有「樂府妙天下」之說。

南樓令

開了木芙蓉，一年秋已空。送新愁千里孤鴻。搖落江蘺多少恨，吟不盡，楚雲峯。往事夕陽紅，故人江水東，翠衾寒，幾夜霜濃。夢隔屏山飛不去，隨夜鵲，繞疎桐。

王沂孫（1240?至1290?）字聖與，號碧山，會稽人，有碧山樂府一名花外集。他亦長於咏物，清代詞人周濟很贊許他說：「詠物最爭托意。隸事處以意貫串，渾化無痕，碧山勝場也」。其實他的詠物詞，多晦澀好似燈謎費猜，倒不如高陽台一類的詞有感慨，而且自然呢。

高陽台　和周草窗寄越中諸友韻

殘雪庭陰，輕寒簾影，霏霏玉管春葭。小帖金泥，不知春在誰家！想思一夜窗前夢，奈個人水隔雲遮！但淒然，滿樹幽香，滿地橫斜。　江南自是離愁苦；況遊驄古道，歸雁平沙？怎得銀箋，殷勤與說年華！如今處處生芳草，縱凭高，不見天涯！更消他，幾度東風，幾度飛花？

張炎（1248至1320?）字叔夏號玉田生，又號樂笑翁，西秦人，是南渡名將張俊的後裔，有玉田詩三卷，又作詞源一書。他的詞以咏物著名，如「咏春水一詞，絕唱今古，人以張春水目之。」——鄧牧語——此外咏孤雁亦有名，至有張孤雁之稱。

其實裏面並沒有多大情感和意境，倒不如其他的詞有情致動人呢。總之：南宋的詞到了張炎，可稱為當時樂府詞壇上最後的一位「殿軍」。此後，詞的運命，便日就沒落了。

高陽台 西湖春感

接葉巢鶯，平波捲絮，斷橋，斜日，歸船。能幾番遊，看花又是明年！東風且伴薔薇住，到薔薇春已堪憐！更淒然，萬綠西冷，一抹荒煙！當年燕子知何處？但苔深韋曲草暗斜川！見說新愁，如今也到鷗邊！無心再續笙歌夢，掩重門淺醉閒眠，莫開簾！怕見飛花，怕聽啼鵑！

清平樂

候蛩淒斷，人語西風岸。月落，沙平，江似練；望盡蘆花無雁。 暗敎愁損蘭成，可憐夜夜關情。只有一枝梧葉，不知多少秋聲。

南宋以後的詞人及其作品(一)　詞一到了南宋以後，便完全爲雅正古典派所佔有，從前所謂悲壯豪放，活潑生動的作品，就很少見了。當時的作家，第一，要講求音律的諧合，第二，要注重文辭的工緻典雅。作家在這樣雙重的嚴壓之下拘泥自守，除摹倣舊調外，不敢創作新詞。他們不是學東坡耆卿，便是學夢窗，白石，因之南宋以後的詞，離開民衆一天遠似一天，他們的作品只是士大夫階級的玩藝兒，不是大多數所能了解的東西。總之：南宋以後的詞，不但與民衆斷絕了關係，並且與優倡階級也絕了緣，特獨的成爲一種文人學士的無聊消遣品了。論詞者以爲詞經金元以至明朝是爲詞的衰微期，迨至滿淸作家蠭出，是爲詞的復興期，但較之南宋所差遠甚。玆擇其要者一略述之：

金代作家以元遺山爲最著，在他所編的中州集中附有中州樂府一卷，爲金人詞唯一的選本。元代作家趙孟頫有松雪詞一卷，——趙妻管道昇亦有詞名——薩都剌有雁門集詞一卷，張翥有蛻巖樂府三卷，均稱名作。明代作家雖多——不下三百餘家，而特出者頗少，惟明末陳子龍以天然之神韻，寫悱惻之深情，淸麗婉轉，不愧爲一代作家。

清初文風甚盛，詞家承明末陳子龍之風，作家蔚然而起。當時號稱能手者：如吳梅村溫柔宛轉，流麗穩貼，詞如其詩。毛西河詞溫麗精深，更諧音律。顧貞觀有彈指詞，兼有南北兩派之長。彭羨門有延露詞，長詞小令均稱佳妙。王士禎有衍波詞，體備唐宋，而小令尤爲獨步。厲鶚有樊榭山房詞，最爲世所稱道。曹貞吉有珂雪詞，脫習花間，而寄託遙深。納蘭性德（1655至1685）有飲水詞，其悽惋清麗處，不下南唐二主。至清代最著名的詞人，當推朱彝尊與陳其年。朱（1639至1709）字錫鬯號竹垞，秀水人，曾編詞綜卅六卷，有曝書亭詞。陳維崧（1625至1682）字其年，號迦陵，宜興人，有烏絲詞，二人素相友好，合刻所著曰朱陳村詞，一般作家受他們的影響很大，康乾間言詞者多稱之，及其末流，不免有纖巧雕琢之病。後有陽湖張惠言（1761至1802）張琦兄弟二人選唐宋詞四十四家，爲詞選一書，力矯其弊，所作自然疏快，一反朱陳之雕琢，所謂常州詞派者是。此外有吳藻字蘋香，仁和人，爲清代惟一的女詞家，曾嫁於同邑黃某爲妻，晚年寡居，生活甚苦，著有花簾詞。鄭板橋的詞多吊古悲今，富於感懷，爲近代難得的至情作品。至於其他作家：惲敬有兼塘詞，黃景仁有竹眠詞，王鵬運有半塘詞，龔自珍有定實詞等，眞是作家如林，不勝臚舉了。

紅豆詞　　朱竹垞

凝珠吹黍，似早梅作萼，新桐初乳，莫是珊瑚零落。敲殘石家樹，記得南中舊事：金齒屐，小鬟蠻女，向西岸樹底，盈盈拾素手，摘新雨延佇；碧雲暮，休逗入茜裙，欲尋無處。唱歌歸去，先向綠窗飼鸚鵡，惆悵檀郎路遠，待寄與相思猶阻；燭影下，開玉合，背人偷數。

憶江南　　納蘭性德

昏鴉盡，小立恨因誰？急雪乍翻香閣絮，輕風吹到膽瓶梅，心字已成灰！

采桑子

而今才道當時錯，心緒淒迷，紅淚偷垂，滿眼春風百事非。

情知別後來無計，強說歡期。一別如斯，落盡梨花月又西。

閨情詞

夢裏蘼蕪靑一剪，玉郎經歲音書遠；暗鐘明月不歸來，梁上燕，輕羅扇，好風又落桃花片。

第二編 詞 第五章南宋及南宋以後的詞

玉樓春 張惠言

一春長放秋千靜，風雨和愁都未醒。裙邊餘翠掩重簾，上有落紅傷晚鏡。朝雲卷盡雕闌暝，明月還未照孤凭。東風飛過悄無蹤，却被楊花微送影。

—222

如夢令 吳藻

燕子未隨春去，飛到繡簾深處。軟說話多時，莫是要和儂住？延佇，延佇，含笑回他不許。

浪淘沙——和洪覺範瀟湘八景 錄三 鄭燮

山市晴嵐

雨淨又風恬，山翠新添；薰蒸上接蔚藍天。惹得王孫芳草色，醞釀春田。朝景尚拖煙，日午澄鮮；小橋山店倍增妍。近到略無些色相，遠望依然。

漁村夕照

山迴暮雲遮，風緊寒鴉；漁舟箇箇泊江沙。江上酒旗飄不定，旗外煙霞。爛醉作生涯，醉夢清佳；船頭鷄犬自成家。夜火秋星渾一片，隱躍蘆花。

遠浦歸帆

遠水淨無波，蘆荻花多；暮帆千叠傍山坡。望裏欲行還不動，紅日西矬。名利竟如何？歲月蹉跎；幾番風浪幾晴和。愁水愁風秋不盡，總是南柯。

戲管夫人詞　　趙孟頫

我為學士，你做夫人，豈不聞陶學士有桃葉桃根，蘇學士有朝雲暮雲？我便多娶幾個吳姬越女何過分。你年紀也過四旬，只管占住玉堂春。

答詞　　管夫人

你儂我儂，忒煞情多。情多處，熱似火。把一塊泥，捻一箇你，塑一個我。將咱兩個，一齊打破，用水調和。再捻一箇你，再塑一箇我。我泥中有你，你泥中有我。我和你生同一箇衾，死同一箇槨。

按松雪欲納姬，以前詞戲管夫人。夫人作此詞答之，遂止。

西江月——靈巖聽法　　吳偉業

昔日君王舞榭，而今般若經臺。千年霸業總成灰，只有白雲無碍。看取庭前柏樹，那些石上青苔。殘山廢塔講堂開，明月松間長在。

辭春風——閨夜

第二編 詞 第五章南宋及南宋以後的詞

眼底桃花媚，羅襪鈎人處，四肢紅玉輭無言，醉，醉，醉。小閣廊深，玉壺茶暖，水沈香細。 重整蘭膏膩，偷解羅襦繫，知心侍女下簾鈎，睡，睡，睡。皓腕頻移，雲鬟低擁，羞眸斜睇。

憶秦娥—楊花　　陳子龍

春漠漠，香雲吹斷紅文幕。紅文幕，一簾殘夢，任他飄泊。 輕狂無奈東風惡，蜂黃蝶粉同零落。同零落，滿池萍水，夕陽樓閣。

清平樂—春繡

繡簾花散，難與東風算，拈起金針絲又亂，尚剩檀心一半。 幾回黛蹙雙蛾，斜添紅縷微波。閒看燕泥欲墮，柳綿吹滿輕羅。

相見歡—閒情　　毛西河

倚牀還繡芙蓉，對花叢，牽得絲絲柳線翠烟籠。 愁思遠拋金剪，睡殘絨，羞殺鴛鴦啣去一絲紅。

謁金門—春景　　張蓋

溪水漫，岸口小橋衝斷，沽酒人家門巷短，柳陰旗一半。 細雨鳴鳩相喚，曲

224

港落花流滿，兩兩睡紅鸂鶒暖，惱人春不管。

清平樂—春閨　　元好問

離腸宛轉，瘦覺粧痕淺。飛來飛去雙乳燕，消息知郎近遠。　樓前小雨珊珊，海棠簾幕輕寒。杜宇一聲春去，樹頭無數青山。

繫裙腰—咏裙　　陳維崧

滿園草色綠迢迢，都吹上，小裙腰。棲鸞宿蝶風流甚，暗暈紅潮，輕軟處，稱垂髫。　有時沈在簾兒底，依稀微露輕綃。隔花繡帶無風轉，淺立春宵。想應拂遍落梅嬌。

小闌干—感舊　　薩都剌

去年人在鳳凰池，銀燭夜彈絲。沈水香消，梨雲夢暖，深院繡簾垂。

今年冷落江南夜，心事有誰知。楊柳風柔，海棠月淡，獨自倚闌時。

蝶戀花—閨思　　王士禎

涼夜沈沈花漏凍，欹枕無眠，漸聽荒雞動。此際閒愁郎不共，月移窗罅春寒重。憶共錦衾無半縫，郎似桐花，妾似桐花鳳。往事迢迢徒入夢，銀箏斷續連珠弄。

賀新郎—咏鴉　　曹貞吉

鴉陣來沙渚，逗輕寒，霜天一抹，晚紅如縷。掠下晴窗驚帛裂，影逐斷雲歸去。伴黃葉，蕭蕭亂舞，寒話空林飛且止。似商量，明日風兼雨，聲啞啞，倩誰訴。黃雲城畔知無數，趁星稀，月明三匝，一枝休妬。雁字横斜分幾點，極目江村烟樹。惆悵煞，落霞孤鶩，啼向碧紗堪憶遠。最淒涼，織錦秦川女，空房宿，泪偷注。

如夢令—惜別　　顧貞觀

顛倒鏡鸞釵鳳，繊手玉台呵凍。惜別儘俄延，也只一聲珍重。如夢，如夢，傳語曉寒休送。

丘瓊蓀《詞概論》(《詩賦詞曲概論》)

丘瓊蓀(1897–1964),名琪,別號強齋,今安亭鎮方泰人。民國八年(1919)畢業於江蘇省立第一師範學校。曾任中學教員和銀行經理。新中國成立後,寓居上海,潛心研究古典音樂理論,曾年被聘任中央音樂學院中國音樂研究所通訊研究員、上海市文史館館員。著有《樂律舉要》《白石道人歌曲通考》《燕樂探微》,另有《歷代樂志律志校釋》稿五冊,惜于『文革』中遺失。

《詞概論》乃從丘瓊蓀《詩賦詞曲概論》中輯出。《詩賦詞曲概論》全書共分詩、賦、詞、曲四編,第三編為『詞之部』,又分為四章:詞的起源、詞的體制、詞的聲律、詞的演進。《詞概論》之名乃輯者所加。《詩賦詞曲概論》於民國二十三年(1934)中華書局初版。本書據中華書局初版影印。

丘瓊蓀著

詩賦詞曲概論

中華書局印行

民國二十三年三月印刷
民國二十三年三月發行

詩賦詞曲概論（全一册）

（外埠另加郵匯費）

著者　丘瓊蓀

發行者　中華書局有限公司
代表人　陸費逵

印刷者　中華書局印刷所
上海靜安寺路

總發行所　上海棋盤街中華書局

分發行所　各埠中華書局

（七六七二）

編輯大意

一、在國文學中之韻文，以詩賦詞曲四種爲最重要。本書爰分爲四編敘述之。

二、本書敘述方法，每編之體例相同。先述起源：詳論其原始形式，與其成立之時代，及其所以成立之故。次述體製及其聲律：詳論體裁、結構、格律、聲韻等等，是爲內容的。次述演進：詳論成立後之演變與進化，直至形式固定，不再演進爲止，是爲歷史的。并附錄名篇若干首，以示範例。

三、詩之敘述，上自皇古及三代之歌謠，下及詩經、楚辭、兩漢、魏晉南北朝之詩篇樂府，至唐代之古近體詩爲止。

四、賦之敘述，上自晚周屈宋及荀卿之賦篇，下逮兩漢之古賦，魏晉六朝之俳賦，唐代之律賦，宋代之文賦，皆并列焉。

五、詞之敘述，上自南朝之絲竹樂府，唐五代之小令，下及兩宋之作。

六、曲之敘述，上自宋大曲、諸宮調、金院本、元雜劇，下及明清傳奇，等及小令散套等。

七、本書可供高中程度國文科教學之用，并可供一般文學上之參考及瀏覽。

詩賦詞曲概論

目錄

詩賦詞曲概論

緒論

中國文字中用韻，是很古的，如尚書、易經中，很多叶韻的句子。中國詩歌的產生，並不較散文爲遲。有整篇或整段散文的時候，卽可找得出有韻的詩歌來。用韻這件事，好像很技巧，很雕飾的，實在很自然，很原始的。

中國文學中有韻的文字，大別爲詩、賦、詞、曲四類。這是一般中國文學者所公認的。茲編所論，卽分詩、賦、詞、曲四部。此外在宗教文字中亦頗有韻文存在，以非文學的範圍，可不論。民間小曲大都有韻，其中不乏有極美妙的抒情，極成熟的技巧，與散詞散曲相較，决不多讓。然而材料之收集較難，且多猥褻的作品；能俗不傷雅，好色不淫者，十不得一，故未爲一般學者所注意。近來雖有稍稍搜討之者，亦僅采輯而已，不遑深論。近年在敦煌石室中，發見俗曲數種，亦爲有韻的聲學文字，論其性質，實與今之宣卷同科。爲含有宗教性的民間樂曲，可視爲聲樂文字之一支派。惟材料絕少，本編亦略而弗論。卽如漢魏以下之樂府，繁衍亙九世紀，各家所作，不下千萬首，皆人亦目之爲詩，認爲詩之一體，本編即附入詩的部分，不另立焉。

詩、賦、詞、曲四者之次第，是依其產生的時代排列的，其間不一定有連續的關係，他們繁衍的曲綫及其興衰的時距，大有參差。四者之中，詩的發生最早，幾經變演，傳遞至今。其間可分先秦爲一時期，以詩經及楚辭爲代表；詩經多四言，楚辭則稱騷體，此詩之二大派也，以四言詩爲大宗。漢魏以降，演爲五言，下逮六朝，厥體未變，所變者只在牠的氣局與風調，牠的體式還是五言。這又是一時期，此五言詩之時期也。在這一時期中，別有所謂樂府詩者，與五言詩異趨，在當時也盛極一時的。雖現存的數量並不比五言詩爲多，然而在當時是惟一的聲樂文字，且是一種抒情文學。到了唐代，詩體又起一大變化，有所謂近體詩者出，其託體雖在六朝，但是格律體式的完成，是在初唐。從此近體詩十分發達，且形成千古未有的昌盛局面，一直傳到現在，有一千三百年之久。兩宋以後的詩，都是唐人的舊面目，所有著作，僅能另翻新意，要未能軼出唐人的藩籬。故以李唐一代之詩，作以後一千年詩的代表，實無不可。這是詩的又一時期，此近體詩之時期也。

在唐代詩的變化，尚不止此。即近體詩成立後，民間歌曲，幾有爲近體詩獨占之勢。漢魏以來之樂府，雖一班文人仍有擬代之者，但已殭化而爲徒詩。樂府詩的發展，到唐代便停止了。

這也有原因的。其間自有綫索可尋，決不是突變的。樂府詩的後期，吳歌及西曲很爲發達，這吳歌與西曲，多五言四句，不能不說是與五言絕句很相近的東西，不過沒有聲律的限制罷了。進一步說，五言絕句的形成，不無受牠的影響，或者竟於此變演而成，亦未可知。這五言絕句，時人稱之爲近體詩，不與五古或樂府相混，樂府詩便從此衰歇了，在聲樂上的地位也被奪了。

這樣說來，在唐代似乎又聲詩合一起來，好像三百篇的時期。這又不然。唐代的五七絕，大概可歌的成分很多，但也決不能說是一齊可歌的。那律體詩可歌的便很少。擬樂府既成徒詩，五七古本不能合樂聲；唐代所創的七言長歌，也不能歌唱合樂。所謂聲詩合一的作品，只占唐詩中一小部分。況且唐代的樂聲中，尚有所謂大曲法曲，又有所謂教坊曲者。大曲法曲的歌詞，類爲五七絕，但又不能完全肯定。教坊曲詞，今已無傳，就其調名觀之，似爲樂府之遺，其中有不少與詞調同名者，是否亦五七絕，殊未可必也。且中唐以後，小詞已漸發達，這不用說是唐代樂府之一，故唐代的詩，一部分與聲樂合，爲唐樂府的一部分，比了漢魏六朝之詩與樂府截然異趣者，已見融合，若竟謂爲聲詩合一則又未也。

宋以後詩與樂便完全分離了。

賦非聲樂文字，楚辭雖可以歌誦，但宋玉之風賦、高唐、神女等，不言可歌，這大概不可歌的。兩漢的古賦，魏晉以後之俳賦，唐以後之律賦、文賦，自然是更不可歌了。賦雖是古詩之流，但是牠一變而爲非聲樂文字，這是賦與詩、詞、曲三者不同之點一。

詩、詞、曲是抒情的文字，重在發抒內在的情感，或表達意志。牠描寫的對象，偏重在作者的內心。賦是體物的文字，多描寫外界的事物，體察萬物以形容之。牠的對象，偏重在作者的外觸。陸士衡說：詩緣情而綺靡，賦體物而瀏亮。這緣情體物四字，便抉出了詩賦的精髓，也辨明了詩賦的體製。這是賦與詩、詞、曲三者不同之點二。

屈宋爲賦家二祖，楚辭中所著錄的幾篇，大都是抒情的聲樂文字，與詩歌不相遠，應認爲詩歌中的一支派。宋玉的風賦、高唐、神女等賦，爲賦之一大轉變，由此演化而爲漢賦，遂與詩歌大異，除用韻外，幾不復包含詩歌中重要的因素，而另有其所託命者了。

賦的繁衍時期，不十分長。兩漢以迄六朝，爲賦的極盛時代。唐以賦取士，故律賦獨發達，而古賦俳賦微矣。但這並不是賦的自然發展的途徑，一方有名利富貴在引誘他，一方又頒布規律以限制他。因有名利富貴的引誘，遂使天下之士競入此途；因有規律的限制，而體格非常嚴整，雕飾非常精巧，遂蔚成一代的奇文。宋、元、明、清四代因之，律賦之傳，獨遞嬗不絕。今科舉既廢，作者無人，古俳二體，能者亦尠。賦的創作，將從此停止了。

唐代中葉以後，小詞已逐漸發達，到了晚唐，牠已占聲樂上重要的地位。由五代而至宋，牠已成爲唯一的聲樂文字。宋代也有大曲法曲等，皆由唐代沿襲而來，但其詞句，已變爲詞的形式，不復爲五七絕之舊。故兩宋的樂府，幾爲詞所獨占，詞之於兩宋，乃特別昌盛。但詞的這種地位，並不很久，前後不過三百多年。自其類似的曲興起之後，其地位便被奪了。但此後六百多年間，詞的創作，並不見得有如何的衰退，至今還是不絕若縷，若與詩相較，作詞的數量，自然遠不及詩。即就其最繁昌的兩宋計之，也是如此，何況現在呢！此其故，詩在中國文學中據有一極高的地位，三百篇的詩，至尊爲儒家經典之一，爲國家教化所繫，所以特別尊重牠。固然詩在文學中自有牠客觀的高價，詞所以不及詩的發達，尙有他種原因在。即此一端，詩已足當得起風雅二字，可凌駕乎一般文學之上。詞乃目爲小道，不爲正人君子所喜了。

曲之於詞，尤其變也。其間多雜胡元俗諺，坊曲俚辭。雖六百年來，歌場獨步，然不爲一般文人所重，僅視爲詩文餘事，類於遊戲筆墨而已。明清的傳奇，高華典麗得多了，比之於詞，毫無遜色，然終目爲優俳之事，非雅正之文。所謂雕蟲末技，不是傳統的文學者所尙的。此中有一事足資印證，即乾隆時有一次太后萬壽節，大張慶典，廷臣中有不少人作曲進奉，備宮中採擇，所以上壽而娛耳目。於此可見皇皇大典也用牠作樂章的，但乾隆纂修四庫全書時，却以曲爲俚俗全不著錄。這是一極矛盾的現象，而當時一班纂修的文人也全都同意的；此其故，自不難想像得之。

乾嘉而後，作曲者漸少。皮黃的範圍，逐漸推廣，到現在皮黃已完全取而代之。能歌南北曲的人，既不數數覯，能作曲製譜的，眞似鳳毛麟角。數十年之後，此道將成絕學，與賦同爲中國文學上的一種陳迹。但是賦，僅爲文字方面的事，卽數十百年之後，未嘗不可摹擬舊文，效爲新製，蓋作賦並不是十分的難事，爲後人所不可能。不過，牠的時代早已過去，又無應用之處，或沒有人去做牠了。

曲則不然，其法一經失傳，將僅存徒詞，後之人偶作曲以自娛，亦將限於散曲與今之塡詞同。雜劇傳奇，恐不復有人彷效，牠的演唱的功用既失，誰耐煩去做這冗長的東西！卽使去做，難免錯誤百出，文字之優劣還在其次呢。

第三編　詞之部

第一章 詞的起源

詞由樂府演變而來，近則託體於唐的近體樂府，遠則導源於六朝的樂府歌辭，或更溯而上之，遠及漢魏。唐代的樂府即是詩，爲五七言絕律，故稱詞爲詩餘，餘字之義，說者頗不一定。或作賸餘之餘，或作餘聲之餘，或作亡餘之餘：紛無的解。詞既從樂府演變而來，不言可知牠是可以歌唱入樂的，所以也稱樂府或曲子，又因其字句參差不齊，與律絕詩有異，亦稱長短句，長短句者，長短句之樂府詩也。我們從下列的例子看來，可以見得牠如何的與詩相像，說牠血統中混有詩的成分，這是不能否認的，

不喜秦淮水，生憎江上船。載兒夫壻去，經歲又經年！ （囉嗊曲劉采春作）

灩歌豆蔻北人愁，蒲雨杉風野艇秋。浪起鵁鶄眠不得，寒沙細細入江流。 （浪淘沙皇甫松作）

祖席駐征橈，開帆候信潮，隔筵桃葉泣，吹管杏花飄。船去鷗飛閣，人歸塵上橋。別離惆悵淚，江路濕紅蕉， （怨回紇皇甫松作）

纔罷嚴妝怨曉風，粉牆西畔宋家東。蕙蘭有恨枝猶綠，桃李無言花自紅。燕燕飛時羅幕捲，鶯鶯啼處鳳樓空。少年薄倖知何處！每夜歸來春夢中。 （瑞鷓鴣馮延巳作）

詞又名長短句，其字句大都是參差的，此長短句的詞，如何演變來的呢？詞昉自漢魏六

朝的雜言樂府，其大部分還自從唐樂府變化來的。且看下例：

秋夜香閨思寂寥，漏迢迢。鴛幃羅幌麝煙消，燭光搖。正憶玉郎遊蕩去，無尋處。更聞簾外雨瀟瀟，滴芭蕉。（添聲楊柳枝顧夐作）

晴野鷺鷥飛一隻，水葓花發秋江碧。劉郎此日別天仙，登綺席，淚珠滴，十二晚峯青歷歷。（天仙子皇甫松作）

西塞山前白鷺飛，桃花流水鱖魚肥。青蒻笠，綠蓑衣，斜風細雨不須歸。（漁歌子張志和作）

花非花，霧非霧。夜半來，天明去。來如春夢不多時，去似朝雲無覓處。（花非花白居易作）

在上列各例中，我們很可以看出將近體詩加以添減或變化的痕跡。此外則受漢魏六朝雜言樂府的影響，雖不一定找得出痕跡，終是淵源有自的。如梁武帝之江南弄，侯夫人之看梅曲等，雖不能逕認爲詞，但都有詞的氣息，多少啓示了詞的演化的途徑。漢魏六朝雜言樂府之體例，已略見上編，不贅述，茲錄江南弄、看梅曲二曲于后：

衆花雜色滿上林，舒芳耀綠垂輕陰，連手躞蹀舞春心。舞春心，臨歲腴，中人望，獨踟躕。（江南弄梁武帝作）

砌雪消無日，卷簾時自顰。庭樹對我有憐意，先露枝頭一點春。（看梅曲隋煬帝侯夫人作）

第二章　詞的體製

第一節　均拍上的分類

詞之體製，張炎詞源凡列九類，其中五類爲散詞：令，引，近，慢，三臺，序子是也。

令　令也稱小令，篇幅最短，詞之初興，多爲小令，如如夢令，三臺令等，其調自二均拍至三均拍，雙疊倍之。

引近　引，謂將小令稍稍引長之；近，謂音調相近。如千秋歲引，陽關引，訴衷情近，撲蝴蝶近等。引近皆雙疊，自六均拍至八均拍。

慢　慢亦稱慢詞，慢曲，引而愈長之則爲慢，又有曼聲[illegible]永歌的意義，如浪淘沙慢，揚州慢等。雙疊者自八均拍至十二均拍，三疊者自十均拍至十六均拍。

三臺　三臺與慢詞同，傳者僅三臺，解紅慢二調，詞皆三片。（片卽疊，亦稱段，大曲中之一遍亦稱一片，名同而體異。）兩者之分，在乎音節；慢詞爲八均拍或多至十六均拍的慢曲，三臺爲每片慢二急三拍或三十促拍的急曲子。

序子　序子在詞中爲最長，其詞四片十六均拍，三臺則爲促拍，序子爲碎拍，此皆異於慢曲之處。如鶯啼序是。

張炎詞源所述的九類：1令。2引、近。3慢曲。4三臺。5序子。（以上五類統稱散詞，散詞者，不成套數可以單譜單唱者也。）6法曲。7大曲。（大曲有散序，鞁，排遍等等十數遍或多至數十遍以成一大遍。法曲之遍數，與大曲不相上下。）8纏令。9諸宮調。（以上二類爲成套之曲纏令即賺詞合同一宮調之曲若干以成套，諸宮調則以不同宮調之曲合成一套者也。可參閱本書曲之部第一章。）

詞之分令、引、近、慢，蓋視詞中之均拍多寡而定。均，猶節也，拍卽一板三眼之板，合若干拍以成一均，均之拍數無定，所謂『一曲有一曲之譜，一均有一均之拍』也。詞源謳曲旨要云『歌曲令曲四掯勻，破近六均慢八均』。其意卽令曲以四均拍爲正常，過此者爲變例；引、近以六均拍爲正常，慢曲以八均拍爲正常。過此者皆爲變例。惟令曲之中若不及四均拍者，亦有過六均拍者，此其大較也。

所謂均又略同詩文中之『句』，（指包含兩讀以上之長句而言。）詞中通常以兩小句爲一均，在引、近與慢曲中，儘有三四句爲一均者。此猶詩文中合兩讀或三四讀以成一長句也。均末必住韻，而住韻處不必爲均，蓋起韻、轉韻皆不算詞中所藏之短韻與連韻（猶短

茲統括一表以明之。

古今中西音律對照表

宋俗名（宮／商／羽）		正宮／大石調／般涉調	高宮／高大石調／高般涉調	中管高宮／中管高大石調／中管高般涉調	中呂宮／雙調／中呂調	中管中呂宮／中管雙調／中管中呂調	道宮／小石調／正平調	中管道宮／中管小石調／中管正平調	南呂宮／歇指調／高平調	仙呂宮／商調／仙呂調	中管仙呂宮／中管商調／中管仙呂調	黃鐘宮／越調／羽調	中管黃鐘宮／中管越調／中管羽調
古律名		黃鐘	大呂	太簇	夾鐘	姑洗	仲呂	蕤賓	林鐘	夷則	南呂	無射	應鐘
西調名		F	#F bG	G	#G bA	A	#A bB	B	C	#C bD	D	#D bE	E
古音名		宮		商		角	變徵		徵		羽		變宮
西音名		fa		sol		la		ti	do		re		mi
常笛	小工調	乙	上		尺		工		凡	合		四	
	正工調	凡	合		四		乙	上		尺		工	
曲笛	小工調	上				工		凡	合		四		乙
	正工調	合		四		乙	上		尺		工		凡

宋時通行者祇七宮十二調，實則祇宮、商、羽三音所生之宮調。角調自古已不用。徵與二變之調，咸非流美，故亦不用。

七宮： 黃鐘宮 仙呂宮 正宮 高宮 南呂宮 中呂宮 道宮

十二調： 大石調 小石調 般涉調 歇指調 越調 仙呂調 中呂調 正平調 高平調 雙調 羽調 商調

第三節 詞調

詞的字句有多少，篇幅有短長，其音響節族各各不同，乃不得不立調名以區別之，使歌唱、奏演時有所識別。調名的產生，近則得之於唐教坊曲名，或民間舊曲，如菩薩蠻、清平樂、浪淘沙、望江南等；或以舊曲譜新詞，或借調衍聲。其自創新調，大都別立新名。調名之見於詞譜者凡八百二十六調，二千三百有六體，別名尚不在內，可見調體的多了。

調名的原起，大概昉自古樂府，如飲馬長城窟之述征戍之思，陌上桑之詠采桑女，采蓮曲、采菱曲之詠采蓮、采菱，都顯而易見的。所以唐代初興的詞，也多緣題所賦，如女冠子述道情，河瀆神緣祠廟，巫山一段雲狀巫峽，雖未必每調都是如此，其有古樂府之遺意，可斷言也。

然此不過指一部分而言，其得名之由正多着呢。

第四節　詞韻

詞的用韻，較詩稍寬；其變化則較詩爲複雜。詩中四聲都單押，詞則上去通押；東冬、江陽、支微齊灰……皆通用入聲韻又只併爲五部，此皆用韻較寬處。其詳具見韻書。

疊韻　謂疊上一句之韻，有疊數字、疊全句者。如白居易長相思之『深畫眉，淺畫眉。』如辛棄疾東坡引之『羅衣寬一半，羅衣寬一半。』此近體詩中所沒有的。

轉韻　謂由平轉仄，或由仄轉平，有仄轉仄者，詞調中很多此例。詩中惟古體有之。

平仄通叶　調中如西江月、少年心等皆平仄通叶，然須同在一韻，否則即出韻而爲轉韻之調。如平用東、同，則仄須用董、送，平用支、脂，則仄須用紙、寘等。

換韻　詞中某調爲平韻或仄韻，皆有一定，不可亂押。上去與入，亦有區別，而通曉音律者，每將平仄韻互換大抵互換之時，其仄類爲入聲（如本爲入聲韻，或換以入聲韻）以平入二聲相近故也。如姜夔以滿江紅押平韻，李清照以聲聲慢押入韻是。

三聲單押　即上、去、入三聲，均須單押，上去亦不許通押，如秋宵吟、清商怨宜單押上聲，菊花新，翠樓吟宜單押去聲，蘭陵王、雨霖鈴宜單押入聲。單押入聲之調較多，餘亦少見。

福唐獨木橋體　通首只用某一字以押韻者，謂之福唐體；亦稱獨木橋體。乃一時戲作，不可爲訓。

拗句　詞中拗句，很當注意，這是詞中特異處，與全調的音響有關，不可以其難塡而改爲順適也。

第五節　句法

詩句的組織無定式，通常五言用上二下三的法式，七言用上四下三的法式，很少例外。惟好爲生硬奇險的詩人，間有不依式者，如韓愈的『淮之水悠悠』爲上三下二，陸龜蒙之『歸在浮雲端隱身』爲上五下二，這是不多見的。詩句多五七言，其法式簡單而無變化，所以無須講什麼句法。詞稱長短句，字數至爲參差，自一字至十字都有。其在某調某句中都有一定的法式，決不可見五七言而概作詩句塡也。

四字句　此類多用折腰格，如水龍吟之『遙岑遠目，獻愁供恨，玉簪螺髻』等。又水龍吟末句之『揾英雄淚』，永遇樂末句之『倚紅杏處』，皆作一二一句法，不可不知

五字句　此類有上二下三，上一下四兩種。上二下三者，與詩句同。上一下四者，必用一字領句，如一萼紅之『正雲黃天淡，雪意未全休，』晝夜樂之『一日不思量，也攢眉千度。』皆連續兩句，用兩種句法的。

六字句　此類亦有兩種，一爲常格，一爲折腰格，如風入松之『門外薔薇開也，枝頭梅子酸時』，又青玉案之『綠染福江頭樹』『被芳草將愁去』

七字句　其法亦有兩種，一如七言詩之上四下三格，一爲上三下四格，如多麗之『采菱新唱最堪聽』『館娃歸吳臺遊鹿』『自湖上愛梅仙遠』末一例亦可看作上一下六

其他各種句法，不再贅述，塡詞時取名作參照可也。其所以要講句法者，以不如此塡，使將不成其爲某調，其精神面目勢必完全失掉，讀者將無可分辨之也

一調有一調所特有的音響、節奏、氣派等，我可特稱之爲「調色，」「調色」凡平仄、拗句、句法等，都是顯出「調色」的地方。若隨便亂塡，則「調色」不顯，學詞者不可不留意焉！

第四章　詞的演進

第一節　詞的發生期

李白的菩薩蠻、憶秦娥二詞，昔人謂爲千古詞曲之祖。李詞之傳於今者，共十六首，其中不無可疑的地方，所以很有人一概否認，以爲全是僞託，卽菩薩蠻、憶秦娥二詞亦加否認。惟其論證不甚堅强有力，似未能作爲定論，故詞體發生之期，不妨定爲盛唐。

第二節　詞的分期與演進

中國文學的分期，大都以朝代爲斷，這種分法，實在不甚妥當，因爲文學的演進，決不因朝代的更易而截然變異的，好像其中劃成一道鴻溝一樣。何況我們所論的並非某一朝代的某種文學，是某種文學在某時期內聯續演進的整個的歷程，所以決不能以朝代爲斷。然而不這樣分劃似嫌瑣碎，初學者又不易得到一明晰的槪念，故仍斷代論述，蓋有所不得已也。

第一期　唐代，玄宗元年至唐亡，（公元七四二——九〇六）凡一六五年。

第二期　五代十國，梁太祖元年至宋太祖末年，南唐亡。（公元九〇七——九七五）凡七九年。

第三期　北宋，太宗元年至欽宗靖康，（公元九七六——一一二六）凡一五一年。

第四期　南宋，高宗元年至宋亡，（公元一一二七——一二七九）凡一五三年。

四期的年數差不多，惟第二期祇及各期的一半。

第一期　詞的幼年期，詞即在此期中孕育和生長，李白是產母，經張子和、王建、劉禹錫、白居易等哺乳長大的。若論撫育之功，便不得不推溫庭筠、皇甫松兩人，溫庭筠的提攜捧護，鞠育維周，尤爲詞的唯一好保母。

自李白的菩薩蠻、憶秦娥二詞出，詞體乃正式成立，不再是六朝雜言樂府的聲響了。這二詞氣象宏闊，音節蒼勁，可稱絕唱，因此有人疑心牠不是初期的作品，且進一步把菩薩蠻一詞歸宗溫氏，因爲飛卿的子女中如此者實在很多又很好，他原是一位子孫太太呵！太白其他各首，都是宮體，風調與此不同。

張子和，字子同，金華人，自稱煙波釣徒。著玄眞子十二卷，又稱玄眞子，名重當世。有漁歌子五首，其『西塞山前』一首，最炙膾人口，朱敦儒的樵歌，似淵源於是。

王建，字仲初，穎川人，以宮詞百首著稱，傳詞十首，團扇一首，最哀婉可誦。

劉禹錫、白居易二人，都做了很多的竹枝、楊柳枝、浪淘沙等，但都是七絕。白氏集中頗有長短句，且很佳。

溫庭筠，字飛卿，太原人，詩與李商隱齊名，實不及李，李不作詞，溫爲花間鼻祖，亦第一期最偉大的詞人。他的詞縟麗穠豔，不可方物，可信者凡六十七首，見花間、尊前二集。詞集名握蘭，金荃，今雖不傳，但爲專集之創始者。

皇甫松，字子奇，睦州人，也是一位極有成就的詞人，以天仙子一詞著名，今傳二十三首。

這第一期的詞家都是詩人。可見詞體正在創始，還沒有完全成立，不過幾位好奇的作家在那裏嘗試，要想在詩之外另闢一條新的蹊徑，到別一天地去，直至溫飛卿披荊斬棘，很費一番氣力，迺出一條路來，發見了繁華的詞國。由是經由此道而赴詞國的，便驟然興盛了。

唐代作詞的尚有幾人，因爲作品的數量很少，又沒有可以注意的地方，所以不復述了。

菩薩蠻　李白

平林漠漠煙如織，寒山一帶傷心碧。暝色入高樓，有人樓上愁。　玉階空佇立，宿鳥歸飛急。何處是歸程？

長亭連短亭。

憶秦娥　　李白

簫聲咽，秦娥夢斷秦樓月；秦樓月，年年柳色，灞陵傷別。　樂遊原上清秋節，咸陽古道音塵絕；音塵絕，西風殘照，漢家陵闕。

案此調前後第三句必疊三字定格也。

漁歌子　　張志和

西塞山前白鷺飛，桃花流水鱖魚肥。青蒻笠，綠蓑衣，斜風細雨不須歸。

調笑　　王建

團扇，團扇，美人病來遮面。玉顏憔悴三年，誰復商量管弦？弦管，弦管，春草昭陽路斷。

憶江南　　白居易

江南好，風景舊曾諳：日出江花紅勝火，春來江水綠如藍，能不憶江南？

菩薩蠻　　溫庭筠

小山重疊金明滅，鬢雲欲度香腮雪。懶起畫蛾眉，弄妝梳洗遲。　照花前後鏡，花面交相映。新貼繡羅襦，雙雙金鷓鴣。

滿宮明月梨花白，故人萬里關山隔。金雁一雙飛，淚痕沾繡衣。小園芳草綠，家在越溪曲。楊柳色依依，燕歸君不歸。

南園滿地堆輕絮，愁聞一霎清明雨。雨後卻斜陽，杏花零落香。無言勻睡臉，枕上屏山掩。時節欲黃昏，無憀獨倚門。

更漏子　溫庭筠

玉爐香，紅蠟淚，偏照畫堂秋思。眉翠薄，鬢雲殘，夜長衾枕寒。梧桐樹，三更雨，不道離情正苦。一葉葉，一聲聲，空階滴到明。

南歌子　溫庭筠

轉眄如波眼，娉婷如柳腰，花裏暗相招。憶君腸欲斷，恨春宵！

夢江南　溫庭筠

梳洗罷，獨倚望江樓；過盡千帆皆不是，斜暉脈脈水悠悠，腸斷白蘋洲。

天仙子　皇甫松

晴野鷺鷥飛一隻，水葓花發秋江碧。劉郎此日別天仙，登綺席，淚珠滴，十二晚峯青歷歷。

浣溪沙　張曙

不朽之作後來竟因是有牽機藥之賜，死得很慘。也有南唐二主詞版本頗多，合得四十五首

馮延巳字正中，其先彭城人，後居廣陵。仕南唐爲相。有陽春錄詞一百二十六首，不盡可信。其詞清麗靡縟，亦一代大作手。宋初晏殊歐陽修輩都受他的影響。

五代十國的君主，不僅南唐二主，長於文辭，如後唐莊宗李存勗（沙陀人，也是一位外國的中國文學者）知音律，能度曲，傳詞四首。又前蜀主王衍，後蜀主孟昶，亦能歌詞，惟傳者甚少。其他臣下之能詞者，代有其人，爲節省篇幅，不復述。

此中有一可注意之點，即第一期的詞家都是詩人，第二期中已多專家，但都是官吏，除蜀布衣閻選外，再找不出一位平民。可見這時期的詞，祇流行於貴族階級，還不曾普遍到民間去。但此種聲樂，久已普遍在民間，或一般平民不敢嘗試作辭，也未可知。或者因爲他是平民，所以他們的詞便散失了。宋代的情形便不這樣。此中就可見得各時期中的詞，究屬發展到怎樣的一個程度？詞在各時期中的演進，究屬經過怎樣的一個歷程？

一葉落　　後唐莊宗

一葉落，褰朱箔，此時景物正蕭索。畫樓月影寒，西風吹羅幕；吹羅幕，往事思量着。

如夢令　　後唐莊宗

曾宴桃源深洞，一曲舞鸞歌鳳。長記別伊時，和淚出門相送。如夢，如夢，殘月落花煙重。

案此調第五六句例用疊句

采桑子 和凝

蝤蠐領上訶梨子，繡帶雙垂，椒戶閑時，競學樗蒱賭荔枝。 叢頭鞋子紅編細，裙窣金絲，無事嚬眉，春思翻教阿母疑。

菩薩蠻 韋莊

人人盡說江南好，遊人只合江南老。春水碧於天，畫船聽雨眠。 罏邊人似月，皓腕凝霜雪。未老莫還鄉，還鄉須斷腸。

應天長(有長詞) 韋莊

別來半歲音書絕，一寸離腸千萬結。難相見，易相別，又是玉樓花似雪。 暗相思，無處說，惆悵夜來煙月。想得此時情切，淚沾紅袖黦。

木蘭花 韋莊

獨上小樓春欲暮，愁望玉關芳草路。消息斷，不逢人，卻斂細眉歸繡戶。 坐看落花空歎息，羅袂濕斑紅淚滴。千山萬水不曾行，魂夢欲教何處覓？

小重山　韋莊

一閉昭陽春又春，夜寒宮漏永，夢君恩。臥思前事暗消魂，羅衣濕，紅袂有啼痕。　歌吹隔重閽，遶庭芳草綠，倚長門。萬般惆悵向誰論？凝情望，宮殿欲黃昏。

夢江南　牛嶠

紅繡被，兩兩間鴛鴦。不是鳥中偏愛爾，爲緣交頸睡南塘，全勝薄情郎。

生查子　牛希濟

春山煙欲收，天澹星稀小。殘月臉邊明，別淚臨清曉。　語已多，情未了，迴首猶重道。記得綠羅裙，處處憐芳草。

浣溪紗　薛昭蘊

握手河橋柳似金，蜂鬚輕惹百花心，蕙風蘭思寄清琴。　意滿便同春水滿，情深還似酒盃深，楚煙湘月兩沈沈。

傾國傾城恨有餘，幾多紅淚泣姑蘇，倚風凝睇雪肌膚。　吳主山河空落日，越王宮殿半平蕪，藕花菱蔓滿重湖。

玉樓春　魏承班

寂寂畫堂梁上燕，高卷翠簾橫數扇。一庭春色惱人來，滿地落花紅幾片。　愁倚錦屏低雪面，淚滴繡羅金縷線。好天涼月盡傷心，爲是玉郎長不見。

浣溪沙　李珣

晚出閑庭看海棠，風流學得內家妝，小釵橫戴一枝芳。　鏤玉梳斜雲鬢膩，縷金衣透雪肌香，暗思何事立殘陽？

巫山一段雲　李珣

古廟依青嶂，行宮枕碧流。水聲山色鎖妝樓，往事思悠悠。　雲雨朝還暮，煙花春復秋。啼猿何必近孤舟，行客自多愁。

定風波　歐陽炯

暖日閑窗映碧紗，小池春水浸晴霞。數樹海棠紅欲盡，爭忍？玉閨深掩過年華。　獨凭繡床方寸亂，腸斷，淚珠穿破臉邊花。鄰舍女郎相借問，音信，教人羞道未還家。

浣溪紗　顧敻

春色迷人恨正賒，可堪蕩子不還家，細風輕露著梨花。　簾外有情雙燕颺，檻前無力綠楊斜，小屏狂夢極天涯。

醉公子　　顧夐

漠漠秋雲澹，紅藕香侵檻。枕倚小山屏，金鋪向晚扃。　睡起横波慢，獨望情何限！衰柳數聲蟬，魂銷似去年。

臨江仙　　鹿虔扆

金鎖重門荒苑靜，綺窗愁對秋空。翠華一去寂無蹤，玉樓歌吹，聲斷已隨風。　煙月不知人事改，夜闌還照深宮。藕花相向野塘中，暗傷亡國，清露泣香紅。

浣溪沙　　孫光憲

覽鏡無言淚欲流，凝情半日懶梳頭，一庭疏雨濕春愁。　楊柳只知傷怨別，杏花應信損嬌羞，淚沾魂斷軫離憂。

浣溪沙　　南唐中主

風約輕雲貼水飛，乍晴池館燕爭泥，沈郎多病不勝衣。　沙上未聞鴻雁信，竹間時有鷓鴣啼，此時惟有落花知。

山花子　　南唐中主

菡萏香銷翠葉殘，西風愁起綠波間。還與韶光共憔悴，不堪看！　細雨夢回雞塞遠，小樓吹徹玉笙寒。多少淚珠何限恨，倚闌干。

蝶戀花 南唐後主

遙夜亭皋閒信步，乍過清明，早覺傷春暮。數點雨聲風約住，朦朧淡月雲來去。 桃李依依春暗度，誰在秋千？笑裏低低語。一片芳心千萬緒，人間沒個安排處。

虞美人 南唐後主

春花秋月何時了？往事知多少。小樓昨夜又東風，故國不堪回首月明中。 雕闌玉砌應猶在，只是朱顏改。問君能有幾多愁？恰似一江春水向東流。

相見歡 南唐後主

林花謝了春紅，太匆匆，無奈朝來寒雨晚來風。 胭脂淚，留人醉，幾時重？自是人生長恨水長東。

無言獨上西樓，月如鉤，寂寞梧桐深院鎖清秋。 剪不斷，理還亂，是離愁；別是一般滋味在心頭。

菩薩蠻 南唐後主

人生愁恨何能免，銷魂獨我情何限！故國夢重歸，覺來雙淚垂。 高樓誰與上，長記秋晴望。往事已成空，還如一夢中。

浪淘沙令 南唐後主

往事只堪哀，對景難排，秋風庭院蘚侵階。一桁珠簾閒不捲，終日誰來？　金劍已沉埋，壯氣蒿萊，晚涼天淨月華開。想得玉樓瑤殿影，空照秦淮。

簾外雨潺潺，春意闌珊，羅衾不耐五更寒。夢裏不知身是客，一晌貪歡。　獨自莫憑闌！無限江山，別時容易見時難！流水落花春去也，天上人間。

蝶戀花　馮延巳

誰道閒情拋棄久？每到春來，惆悵還依舊。日日花前常病酒，不辭鏡裏朱顏瘦。　河畔青蕪堤上柳，爲問新愁，何事年年有？獨立小橋風滿袖，平林新月人歸後。

幾日行雲何處去？忘卻歸來，不道春將暮。百草千花寒食路，香車繫在誰家樹？　淚眼倚樓頻獨語，雙燕來時，陌上相逢否？撩亂春愁如柳絮，依依夢裏無尋處。

六曲闌干偎碧樹，楊柳風輕，展盡黃金縷。誰把鈿箏移玉柱？穿簾燕子雙飛去。　滿眼遊絲兼落絮，紅杏開時，一霎清明雨。濃睡覺來鶯亂語，驚殘好夢無尋處。

采桑子　馮延巳

小堂深靜無人到，滿院春風，惆悵牆東，一樹櫻桃帶雨紅。　愁心似醉兼如病，欲語還慵，日暮疏鐘，雙燕歸來畫閣中。

第三期　詞的壯年期，詞在這時期，活現出一種欣榮蓬勃的氣象，在各方面都十分的發展，決不是唐五代那種跼蹐偏安的景狀所可比擬的。這便成了趙宋一朝的時代文學。牠在體製上，已由小令演化爲慢詞，這是詞的一大進步，由是作者可以暢所欲言了。等到豪放的一派興起之後，詞本只宜於言情的，如今可以發爲議論，發爲感慨，氣象益發闊大，內容更形充實。已由宮體而散文化了。牠在聲樂上，已獨佔了當時樂府的地位，大概近體詩的歌唱，此時已掃蕩無餘。牠的勢力，已滲透入各階級，一般人都公認了牠的文學的價值，牠便正式取得了文學上的地位，得與詩文辭賦等並比齊觀，不復以小道目之。所以宋代作詞的格外多，可說任何階級都有。試以政治階級，有閒階級而論，上自帝皇，下至小吏，以及朝廷的名公巨卿，宮中的太監，執筆爲文的士子，持刀殺人的武夫，念經拜懺的僧道，雕花搨臉的優伶，道貌岸然而挾妓吃酒的道學先生，偷親送抱嬌嗔媚笑的倡妓，都有篇章流傳後世。眞是洋洋乎大觀也哉！

照此說來，宋詞的盛好像唐詩一樣，宋詩當然遠不及了。其實不然，以數量而論，非但不及唐詩，且遠不及宋詩。唐人的詩在全唐詩中搜羅得很完備。其所著錄，凡二千二百餘人，四萬八千九百餘首。宋詩尚無此巨大的總集，然以宋詩紀事及補遺二書計之，著錄的人數約五千家，詩篇的數量，實無法統計，據籠統的說一句，約十數萬首。宋詞究竟怎樣呢？將幾家彙刻的總集，如汲古閣刻六十一家詞，四印齋彙刻詞，疆邨叢書等計之，去其重復，僅得一百八九十家，其篇數則未曾統計。歷代詩餘中的詞人姓氏錄，其所搜羅，大概很完備的，得五百三十八人，篇數的總量縱不可知，比了唐詩宋詩，終瞠乎後矣！南宋辛棄疾詞，以毛刻王刻朱刻三種計之，共得詞六百零七首，在宋人中可算篇數最多的一個；其同時的陸游，他的劍南詩稿凡八十五卷，都一萬四千餘首，試看詞如何比得上呢？即此看來，宋詞的全數量，縱以唐詩作比例，至多在一萬首以上，僅與陸放翁個人的詩相埒，這不是太奇怪了麼？雖然，宋詞的可貴在質不在量，若宋人的詩，反較唐詩為多，明、清人的詞，大概也要比宋詞為多。若以詞與詩較，不論在當代或異代，終見得非常之少，其原因何在呢？曰：聲律的限制有以致之。詞的聲樂，在宋代已十分普遍，民間亦非常流行。因了聲律的限制，非率爾操觚者都可歌唱入樂，也非販夫、走卒、村童、野老等所可信口謅成，且白描的說，更不易協律，又非一般人所可染指。又因聲律的關係，字句多長短，平仄又很嚴，調子又很多；除稍普通極圓熟而又較盤的調子外，簡直不易記憶。非有樂譜放在旁邊，或有現成的詞可作依傍，或正有人在旁歌唱或吹奏等，洵屬不易下手；要下手亦非通曉聲律者不辦。決非稍通文墨的人都可從事的。

我們看了北曲的情形，未嘗不可以揣想到定有很多的民間作品流布當代，但曲宜於通俗，且爲代言體，有的地方反要鄙俚些，不可過文；詞則主雅，不可粗俗，像黄山谷的俳語，實因詩名過大，得以流傳至今，然已受够了一般人的譏議。大凡民間的作品，不免粗鄙些，自然沒有人爲之選錄，爲之彙集，爲之刊布，就此淹沒無聞，這又是詞少的一個原因。

我想一個捷才的詩人，一天也許可以作幾十首或百首的小詩，詞則不能。宋人作詞以供歌唱，非爲名山之業，故並不作得怎樣的多。因此，宋代的詞，雖非常發達，若以人數及篇數而論，都比詩差得太遠了。

北宋開國的七八十年間，詞人很少。其時國事倘未十分寧定，無暇注意到文藝。等得晏歐崛起，宋詞便勃然興盛，作者如雨後春筍了。其同時之張先、柳永二人，成就更大，創調獨多，慢詞即於此時創立，向横的方面竭力發展，氣魄格局，突然恢廓，很明顯的表白牠在文學上獨立的資格，從此不甘再爲詩的附庸了。繼張柳而起的，有晏幾道、蘇軾及蘇門四學士。此外有賀鑄、謝逸等。此期之末，以周邦彥、李清照二家爲最偉大。

晏殊字同叔，臨川人，歐陽修字永叔，廬陵人，二人的詞都與馮延巳相近，沒有脱掉花間的風格。集中都是小詞，二人中，歐較好一些。歐本復古衛道的一位先生，在歐也有些道學氣，但其詞，則豔情綺思，放出一副好色的本來面目，無怪有人要替他們諱飾了。晏有珠玉詞，歐有六一詞。

張先字子野，吳興人。他的詞也工言情。集中頗有長調。此公享高壽，雖生在永叔之前，尚得與東坡輩交遊。而其耽悅聲色的習性，至老不衰，故其詞很多贈妓的作品。有子野詞。

柳永字耆卿，崇安人，初名三變，是一位極偉大的詞人，他偃蹇不得志，乃縱情聲色，日處煙花巷陌以至潦倒終身。他的不朽的盛業，未嘗不因此造成的。耆卿的詞，有幾種特色，也就是他對於詞學極有功績的地方。(一)脫盡了花間的氣韻，創立了宋詞的慢調，就是小令也少扭揑遮飾的姿態。(二)盛創慢詞，這是詞體上的一大解放。境界既經擴大，自可注入不少的新生命，好似蟄屈已久的秦國，一朝出了崤函一樣，不數年間，便席卷天下，創立了盛大的帝業，決不是蹋蹐邊陲的一副小邦景象了。(三)尚白描。耆卿的詞不尚藻繢，多用白描，非當行者無此運用的能力，蓋以白描的詞，更難出色。風尚既開，不啻在詞中另外覓得一處新大陸，供牠發展。市井里巷之語，鄙夫野叟之談，都可寫入詞中，只須俗不傷雅。於是沒有一種境界不可用詞來描寫；沒有一種情意，不可用詞來宣達。且更覺得維妙維肖，點化入神。元曲的興起，未嘗不於此等處啓示出一條新的途徑，而後經人開闢。耆卿實為詞國中一創業的人，如漢武、秦皇一樣，建了不少的豐功偉烈！有樂章集。

晏幾道字叔原，殊之幼子。他的詞十分像他的父親，真佇子也。其工緻精巧，殊亦有所不及，是則跨竈的佳兒。有小山詞。

蘇軾字子瞻，號東坡居士，眉山人。他是個天才作家，姿質高，才氣大，學力深，於文學藝術方面，樣樣都登峯造極，而別創一格的。他是中國文學史、藝術史上一位怪傑，可稱千古一人！他的詞是豪放一宗的開山之祖，其實是高曠而非豪放，惟大江東去一詞，確是豪放的，但集中很難找得同樣的第二首。而高曠的詞，則所在都有。這派作風在當代沒有多大影響，直至南宋辛劉繼起，方才發展得在婉約之外另成一宗。有東坡詞。

黃庭堅、秦觀、晁補之、張耒，被稱為蘇門四學士，他們和東坡過從很密。庭堅字魯直，號山谷道人，分寧人。他的詩被稱為江西詩派之祖，影響極大。他的詞與秦觀並稱秦七黃九。實在很不高明，遠不及秦七。集中俳作不遜什一，都是許多鄙俗惡劣的話，不墮入犂舌地獄，也得吃乾矢橛。有山谷詞。

秦觀字少遊，初字太虛，號淮海居士，高郵人。他的詞，在四學士中是傑出的。語工入律，風格與柳七相近，較柳七為婉麗，自是一大作手。古來的人都稱許他的。有淮海詞。

晁補之字無咎，自稱濟北詞人，鉅野人。亦四學士之一，他的詞有些近於東坡，其實不很像，像的也只有作瀟逸語的幾首，其風情之作，則似子野。有雞肋詞。張耒的詞不多見，故不論。

賀鑄字方回，衛州人，他的詞清倩有致，風格與少游爲近，而不及少游的穠麗。他以『梅子黃時雨』一句，被稱爲賀梅子，有東山寓聲樂府。

謝逸字無逸，臨川人，以三百首蝴蝶詩而被稱爲謝蝴蝶。他的詞輕倩清新，無長調。風格近永叔、小山，有溪堂詞。

周邦彥字美成，錢塘人。他是一位典型的詞人，受其影響者已幾百年。精音律，提舉大晟府，在當時即有顧曲周郎的稱譽。創調很多，僅亞於柳耆卿，他也縱情聲色，好遊狹邪。因此鬧出一件笑話，也是中國文學史上絕無僅有的一件韻事，這笑話是小小的一齣悲喜劇，先喜後悲，悲而又喜，可惜沒有曲家編演戲劇，事實要比梅龍鎮有趣得多。個中關鍵，即爲的二首詞，先以一詞而得禍，又以一詞而轉福。看來和皇帝幹那吃醋的勾當，大約只有他一人。他的詞是南北宋的一個樞紐，他歸結了北宋的詞局，又開發了南宋的詞風。南宋詞家之屬婉約一派者，沒有不受到他的影響。他的詞很近耆卿，而有他獨創的典雅嚴整的風格，這種風格最受後人的尊崇和倣效。有片玉詞李清照是中國唯一的女詞人，也是唯一的女文學家。能詩，能文也作考證之學。無奈流傳的太少，散佚得太多，這是非常的損失（她有文七卷僅存數篇，詞六卷僅存二十餘首。）她作詞多用白描，當色當行，男子中也就少見。又其詞都一氣呵成，情意摯切，有活躍的生命，有清新的氣韻。其作風是特立獨行的，她並不取法人家，人家也不容易取法她。丰神綽約，如藐姑射仙子。她對當代詞家，無一稱許，其自負有如此者。這位大詞人中年以後的遭際十分可憫，竟至家破人亡，孑然一身的奔波轉徙於吳越間，後即客死於越。千古才人多遭不幸，可悲者又豈獨易安一人已哉！有漱玉詞。

玉樓春　錢維演

城上風光鶯語亂，城下煙波春拍岸。綠楊芳草幾時休？淚眼愁腸先已斷。　情懷漸覺成衰晚，鸞鏡朱顏驚暗換。昔年多病厭芳尊，今日芳尊惟恐淺。

漁家傲　范仲淹

塞下秋來風景異，衡陽雁去無留意。四面邊聲連角起，千嶂裏，長煙落日孤城閉。　濁酒一杯家萬里，燕然未勒歸無計。羌管悠悠霜滿地，人不寐，將軍白髮征夫淚。

蘇幕遮　范仲淹

碧雲天，黃花地；秋色連波，波上寒煙翠。　映斜陽天接水，芳草無情，更在斜陽外。　黯鄉魂，追旅思，夜夜除非好夢留人睡。明月樓高休獨倚！酒入愁腸，化作相思淚。

御街行　范仲淹

紛紛墜葉飄香砌，夜寂靜，寒聲碎。真珠簾捲玉樓空，天淡銀河垂地。年年今夜，月華如練，長是人千里。

愁腸已斷無由醉。酒未到，先成淚。殘燈明滅枕頭欹，諳盡孤眠滋味。都來此事，眉間心上，無計相迴避。

浣溪紗　晏殊

一曲新詞酒一杯，去年天氣舊亭臺。夕陽西下幾時回？　無可奈何花落去，似曾相識燕歸來，小園芳徑獨徘徊。

踏莎行　晏殊

小徑紅稀，芳郊綠遍，高臺樹色陰陰見。春風不解禁楊花，濛濛亂撲行人面。　翠葉藏鶯，朱簾隔燕，爐香靜逐遊絲轉。一場愁夢酒醒時，斜陽却照深深院。

蝶戀花　晏殊

簾幕風輕雙語燕，午醉醒來，柳絮飛撩亂。心事一春猶未見，餘花落盡青苔院。　百尺朱樓閒倚徧，薄雨濃雲，抵死遮人面。消息未知歸早晚，斜陽只送平波遠。

玉樓春　晏殊

綠楊芳草長亭路，年少抛人容易去。樓頭殘夢五更鐘，花底離愁三月雨。　無情不似多情苦，一寸還成千萬縷。天涯地角有窮時，只有相思無盡處。

玉樓春　賈昌朝

都城水綠嬉遊處，仙棹往來人笑語。紅隨遠浪泛桃花，雪散平隄飛柳絮。　東君欲共春歸去，一陣狂風和驟雨。碧油紅旆錦障泥，斜日畫橋芳草路。

鳳簫吟　韓縝

鎖離愁連綿無際，來時陌上初熏。繡幃人念遠，暗垂珠露，泣送征輪。長行長在眼，更重重遠水孤雲。但望極樓高，盡日目斷王孫。　銷魂，池塘別後，曾行處，綠妒輕裙。恁時攜素手，亂花飛絮裏，緩步香茵。朱顏空自改，向年年芳意長新。遍綠野嬉遊醉眼，莫負青春！

玉樓春　宋祁

東城漸覺風光好，縠皺波紋迎客棹。綠楊煙外曉寒輕，紅杏枝頭春意鬧。　浮生長恨歡娛少，肯愛千金輕一笑。為君持酒勸斜陽，且向花間留晚照！

蝶戀花　歐陽修

海燕雙來歸畫棟，簾幕無風，花影頻移動。半醉騰騰春睡重，綠鬟堆枕香雲擁。　翠被雙盤金縷鳳，憶得前春，有個人人共。花裏黃鶯時一弄，日斜驚起相思夢。

庭院深深深幾許？楊柳堆煙，簾幕無重數。玉勒雕鞍遊冶處，樓高不見章臺路。　雨橫風狂三月暮，門掩黃昏，無計留春住。淚眼問花花不語，亂紅飛過秋千去。

玉樓春　歐陽修

東風本是開花信，及至花時風更緊。吹開吹謝苦匆匆，春意到頭無處問。　把酒臨風千萬恨，欲掃殘紅猶未忍。夜來風雨轉離披，滿眼淒涼愁不盡。

南歌子　歐陽修

鳳髻金泥帶，龍紋玉掌梳。走來窗下笑相扶，愛道：「畫眉深淺入時無？」　弄筆偎人久，描花試手初。等閒妨了繡功夫，笑問：「鴛鴦兩字怎生書？」

浣溪沙　歐陽修

春杏園林煮酒香，佳人初試薄羅裳，柳絲搖曳燕飛忙。　乍雨乍晴花自落，閒愁閒悶晝偏長，爲誰消瘦損容光？

天仙子　張先

水調數聲持酒聽，午醉醒來愁未醒。送春春去幾時回？臨晚鏡，傷流景，往事後期空記省。　沙上並禽池上暝，雲破月來花弄影。重重簾幙密遮燈，風不定，人初靜，明日落紅應滿徑。

千秋歲（一作歐陽修詞）　張先

數聲鶗鴂，又報芳菲歇。惜春更把殘紅折。雨輕風色暴，梅子青時節。永豐柳，無人盡日花飛雪。　莫把么弦撥！怨極絃能說。天不老，情難絕。心似雙絲網，中有千千結。夜過也，東窗未白孤燈滅。

青門引　張先

乍暖還輕冷，風雨晚來方定。庭軒寂寞近清明，殘花中酒，又是去年病。　樓頭畫角風吹醒，入夜重門靜。那堪更被明月，隔牆送過秋千影。

滿江紅　張先

飄盡寒梅，笑粉蝶遊蜂未覺。漸迤邐，山明水秀，暖生簾幙。過雨小桃紅未透，舞煙新柳青猶弱。記畫橋深處水邊亭，曾偷約。　多少恨，今猶昨。愁和悶，都忘却。拚從前爛醉，被花迷著。晴鴿試鈴風力軟，雛鶯弄舌春寒薄。但只愁錦繡鬧妝時，東風惡。

雨霖鈴　柳永

寒蟬淒切。對長亭晚，驟雨初歇。都門帳飲無緒，方留戀處，蘭舟催發。執手相看，淚眼竟無語凝噎。念去去千里煙波，暮靄沈沈楚天闊。　多情自古傷離別，更那堪冷落清秋節！今宵酒醒何處？楊柳岸，曉風殘月。此去經年，應是良辰好景虛設。便縱有千種風情，更與何人說？

卜算子慢　　柳永

江楓漸老，汀蕙半凋，滿目敗紅衰翠。楚客登臨，正是暮秋天氣。引疏碪斷續殘陽裏。對晚景傷懷念遠，新愁舊恨相繼。　脈脈人千里。念兩處風情，萬重煙水。雨歇天高，望斷翠峯十二。儘無言誰會憑高意！縱寫得離腸萬種，奈歸鴻難寄。

戚氏　　柳永

晚秋天，一霎微雨灑庭軒。檻菊蕭疏，井梧零亂，惹殘煙。淒然，望江關。飛雲黯淡夕陽閒。當時宋玉悲感，向此臨水與登山。遠道迢遞，行人淒楚，倦聽隴水潺湲。正蟬吟敗葉，蛩響衰草，相應聲喧。　孤館度日如年，風露漸變，悄悄至更闌。長天淨，絳河清淺，皓月嬋娟。思綿綿，夜永對景，那堪屈指，暗想從前。未名未祿，綺陌紅樓，往往經歲遷延。　帝里風光好，當年少日，暮宴朝歡。況有狂朋怪侶，遇當歌對酒競流連。別來迅景如梭，舊遊似夢，煙水程何限，念利名憔悴長縈絆。追往事空慘愁顏。漏箭移稍覺輕寒，漸嗚咽畫角數聲殘。對閑窗畔，停燈向曉，抱影無眠。

望海潮　　柳永

東南形勝，江湖都會，錢塘自古繁華。煙柳畫橋，風簾翠幕，參差十萬人家。雲樹繞隄沙，怒濤卷霜雪，天塹無涯。市列珠璣，戶盈羅綺競豪奢。　重湖疊巘清嘉，有三秋桂子，十里荷花。羌管弄晴，菱歌泛夜，嬉嬉釣叟蓮娃。千騎擁高牙，乘醉聽簫鼓，吟賞煙霞。異日圖將好景，歸去鳳池誇。

玉蝴蝶　　柳永

望處雨收雲斷，凭闌悄悄，目送秋光。晚景蕭疏，堪動宋玉悲涼。水風輕，蘋花漸老；月露冷，梧葉飄黃。遣情傷，故人何在？煙水茫茫！　難忘！文期酒會，幾孤風月，屢變星霜。海闊山遙，未知何處是瀟湘。念雙燕難憑遠信，指暮天空識歸航。黯相望，斷鴻聲裏，立盡斜陽。

八聲甘州　　柳永

對瀟瀟暮雨灑江天，一番洗清秋。漸霜風淒緊，關河冷落，殘照當樓。是處紅衰綠減，苒苒物華休。惟有長江水，無語東流。

不忍登高臨遠，望故鄉渺邈，歸思難收。歎年來蹤跡，何事苦淹留。想佳人妝樓長望，誤幾回天際識歸舟。爭知我！倚闌干處，正恁凝愁。

桂枝香（金陵懷古）　　王安石

登臨送目，正故國晚秋，天氣初肅。千里澄江似練，翠峰如簇。歸帆去棹殘陽裏，背西風酒旗斜矗。綵舟雲淡，星河鷺起，畫圖難足。念往昔豪華競逐。歎門外樓頭，悲恨相續！千古憑高對此，漫嗟榮辱。六朝舊事隨流水，但寒煙芳草凝綠。至今商女，時時猶唱，後庭遺曲。

眼兒媚　王雱

楊柳絲絲弄輕柔，煙縷織成愁。海棠未雨，梨花先雪，一半春休。而今往事難重有，歸夢遶秦樓。相思只在，丁香枝上，豆蔻梢頭。

此調首句拗者爲正體

臨江仙　晏幾道

夢後樓臺高鎖，酒醒簾幙低垂。去年春恨卻來時：落花人獨立，微雨燕雙飛。記得小蘋初見，兩重心字羅衣。琵琶絃上說相思。當時明月在，曾照彩雲歸。

蝶戀花　晏幾道

捲絮風頭寒欲盡，墜粉飄紅，日日香成陣。新酒又添殘酒困，今春不減前春恨。蝶去鶯飛無處問，隔水高樓，望斷雙魚信。惱亂層波橫一寸，斜陽只與黃昏近。

夢入江南煙水路，行盡江南，不與離人遇。睡裏銷魂無說處，覺來惆悵銷魂誤。欲盡此情書尺素，浮雁沉魚，終了無憑據。卻倚緩絃歌別緒，斷腸移破秦箏柱。

鷓鴣天　晏幾道

彩袖殷勤捧玉鍾，當年拚卻醉顏紅。舞低楊柳樓心月，歌盡桃花扇底風。　從別後，憶相逢，幾回魂夢與君同。今宵剩把銀釭照，猶恐相逢是夢中。

十里樓臺倚翠微，百花深處杜鵑啼。殷勤自與行人語，不似流鶯取次飛。　驚夢覺，弄晴時，聲聲只道不如歸。天涯豈是無歸意，爭奈歸期未可期！

木蘭花　晏幾道

秋千院落重簾暮，彩筆閑來題繡戶。牆頭丹杏雨餘花，門外綠楊風後絮。　朝雲信斷知何處？應作襄王春夢去。紫騮認得舊遊蹤，嘶過畫橋東畔路。

水調歌頭　蘇軾

明月幾時有？把酒問青天。不知天上宮闕，今夕是何年？我欲乘風歸去，又恐瓊樓玉宇，高處不勝寒！起舞弄清影，何似在人間。　轉朱閣，低綺戶，照無眠。不應有恨，何事長向別時圓？人有悲歡離合，月有陰晴圓缺，此事古難全。但願人長久，千里共嬋娟！

此詞前段「去」與「宇」叶，後段「合」與「缺」叶。宋人偶爾爲之，非必如此也。

永遇樂　蘇軾

明月如霜，好風如水，清景無限。曲港跳魚，圓荷瀉露，寂寞無人見。紞如五鼓，鏗然一葉，黯黯夢雲驚斷，夜茫茫重尋無處，覺來小園行徧。天涯倦客，山中歸路，望斷故園心眼。燕子樓空，佳人何在？空鎖樓中燕。古今如夢，何曾夢覺，但有舊歡新怨。異時對黃樓夜景，爲余浩歎。

洞仙歌　蘇軾

冰肌玉骨，自清涼無汗，水殿風來暗香滿。繡簾開，一點明月窺人，人未寢，欹枕釵橫鬢亂。起來攜素手，庭戶無聲，時見疏星渡河漢。試問夜如何？夜已三更，金波淡，玉繩低轉。但屈指西風幾時來？又不道流年，暗中偷換。

念奴嬌　赤壁懷古　蘇軾

大江東去，浪淘盡千古風流人物。故壘西邊，人道是三國周郎赤壁。亂石崩雲，驚濤拍岸，卷起千堆雪。江山如畫，一時多少豪傑。遙想公瑾當年，小喬初嫁了，雄姿英發。羽扇綸巾，談笑間強虜灰飛煙滅。故國神遊，多情應笑我，早生華髮。人間如夢，一尊還酹江月。

水龍吟　蘇軾

似花還似非花，也無人惜從教墜。拋家傍路，思量卻是，無情有思。縈損柔腸，困酣嬌眼，欲開還閉。夢隨風萬里，尋郎去處，又還被鶯呼起。不恨此花飛盡，恨西園落紅難綴！曉來雨過，遺蹤何在？一池萍碎。春色三分，二分塵土，一分流水。細看來不是楊花，點點是離人淚。

蝶戀花　蘇軾

花褪殘紅青杏小，燕子飛時，綠水人家繞。枝上柳綿吹又少，天涯何處無芳草。　牆裏鞦韆牆外道，牆外行人，牆裏佳人笑。笑漸不聞聲漸悄，多情卻被無情惱。

春事闌珊芳草歇，客裏風光又過清明節。小院黃昏人憶別，落紅處處聞啼鴂。　咫尺江山分楚越，目斷魂銷，應是音塵絕。夢破五更心欲折，角聲吹落梅花月。

虞美人　蘇軾

落花已作風前舞，又送黃昏雨。曉來庭院半殘紅，惟有遊絲千丈裊晴空。　殷勤花下重攜手，更盡杯中酒。美人不用斂蛾眉！我亦多情無奈酒闌時。

驀山溪　黃庭堅

鴛鴦翡翠，小小思珍偶。眉黛斂秋波，盡湖南山明水秀。娉娉嫋嫋，恰近十三餘；春未透，花枝瘦，正是愁時候。　尋芳載酒，肯落他人後。祇恐遠歸來，綠成陰，青梅如豆。心期得處，每自不由人，長亭柳，君知否？千里猶回首。

清平樂　黃庭堅

春歸何處？寂寞無行路。若有人知春去處，喚取歸來同住！　春無蹤跡誰知，除非問取黃鸝。百囀無人能解，因風飛過薔薇。

滿庭芳　　　　秦觀

山抹微雲，天連衰草，畫角聲斷譙門。暫停征棹，聊共引離尊。多少蓬萊舊事，空回首，煙靄紛紛。斜陽外，寒鴉數點，流水繞孤村。　銷魂，當此際，香囊暗解，羅帶輕分。謾贏得青樓，薄倖名存。此去何時見也？襟袖上空惹啼痕。傷情處，高城望斷，燈火已黃昏。

晚色雲開，春隨人意，驟雨纔過還晴。古臺芳榭，飛燕蹴紅英。舞困榆錢自落，秋千外綠水橋平。東風裏，朱門映柳，低按小秦箏。　多情，行樂處，珠鈿翠蓋，玉轡紅纓。漸酒空金榼，花困蓬瀛。豆蔻梢頭舊恨，十年夢屈指堪驚。憑闌久，疏煙淡日，寂寞下蕪城。

江城子　　　　秦觀

西城楊柳弄春柔，動離憂，淚難收，猶記多情，曾爲繫歸舟。碧野朱橋當日事，人不見，水空流。　韶華不爲少年留，恨悠悠，幾時休？飛絮落花時候一登樓。便作春江都是淚，流不盡，許多愁。

鵲橋仙　　　　秦觀

纖雲弄巧，飛星傳恨，銀漢迢迢暗度。金風玉露一相逢，便勝却人間無數。　柔情似水，佳期如夢，忍顧鵲橋歸路。兩情若是久長時，又豈在朝朝暮暮！

踏莎行　秦觀

霧失樓台，月迷津渡，桃源望斷無尋處。可堪孤館閉春寒！杜鵑聲裏斜陽暮。　驛寄梅花，魚傳尺素，砌成此恨無重數。郴江幸自繞郴山，爲誰流下瀟湘去？

浣溪沙　秦觀

漠漠輕寒上小樓，曉陰無賴是窮秋，淡煙流水畫屏幽。　自在飛花輕似夢，無邊絲雨細如愁，寶簾閒挂小銀鉤。

鷓鴣天　秦觀

枝上流鶯和淚聞，新啼痕間舊啼痕。一春魚鳥無消息，千里關山勞夢魂。　無一語，對芳尊，安排腸斷到黃昏。甫能炙得燈兒了，雨打梨花深閉門。

摸魚兒　晁補之

買陂塘旋栽楊柳，依稀淮岸江浦。東皋雨足新痕漲，沙觜鷺來鷗聚。堪愛處，最好是一川夜月光流渚。無人獨舞，任翠幄張天，柔茵藉地，酒盡未能去。　青綾被，莫憶金閨故步，儒冠曾把身誤。弓刀千騎成何事？荒了邵平瓜圃。君試覷，滿青鏡星星鬢影今如許！功名浪語，便似得班超，封侯萬里，歸計恐遲暮。

南鄉子　李之儀

綠水滿池塘，點水蜻蜓避燕忙。杏子壓枝黃半熟，鄰牆，風送荷花幾陣香。　角簟襯牙床，汗透鮫綃晝影長。點滴芭蕉疏雨過，微涼，畫角悠悠送夕陽。

睡起繞回塘，不見銜泥燕子忙。前度花梢都綠遍，西牆，猶有輕風遞晚香。　步懶恰尋床，臥看游絲到地長。自恨無聊常病酒，淒涼，豈有才情似沈陽。

燭影搖紅　王詵

香臉輕勻，黛眉巧畫宮妝淺。風流天付與精神，全在嬌波轉。早是縈心可慣，更那堪頻頻顧盼！幾回得見，見了還休，爭如不見！　燭影搖紅，夜闌飲散春宵短。當時誰解唱陽關？離恨天涯遠。無奈雲收雨散，憑闌干東風淚眼。海棠開後，燕子來時，黃昏庭院。

蝶戀花　僧揮

開到杏花寒食近，人在花前，宿酒和春困。酒有盡時情不盡，日長只恁厭厭悶。　經歲別離閑與悶，花上啼鶯，解道深深恨。可惜斷雲無定準，不能爲寄藍橋信。

踏莎行　賀鑄

楊柳回塘，鴛鴦別浦，綠萍漲斷蓮舟路。斷無蜂蝶慕幽香，紅衣脫盡芳心苦。　返照迎潮，行雲帶雨，依依似與騷人語。當年不肯嫁春風，無端卻被秋風誤。

青玉案　賀鑄

凌波不過橫塘路，但目送，芳塵去。錦瑟年華誰與度？月橋花院，瑣窗朱戶，只有春知處。　碧雲冉冉蘅皋暮，彩筆新題斷腸句。若問閒愁都幾許？一川煙草，滿城風絮，梅子黃時雨。

望湘人　賀鑄

厭鶯聲到枕，花氣動簾，醉魂愁夢相半。被惜餘薰，帶驚賸眼，幾許傷春春晚。淚竹痕鮮，佩蘭香老，湘天濃暖。記小江風月佳時，屢約非煙遊伴。　須信鸞弦易斷，奈雲和再鼓，曲終人遠。認羅襪無蹤，舊處弄波清淺。青翰棹艤，白蘋洲畔，盡目臨臯飛觀。不解寄一字相思，幸有歸來雙燕。

西江月　毛滂

煙雨半藏楊柳，風光初到桃花。玉人細細酌流霞，醉裏將春留下。　柳畔鴛鴦作伴，花邊蝴蝶為家。醉翁醉裏也隨他，月在柳橋花榭。

泛高樓　毛滂

微雨過，深院芰荷中香冉冉，綉重重。玉人共倚闌干角，月華猶在小池東。入人懷，吹鬢影，可憐風。　分散後，輕如雲與夢；賸下了，許多風與月；侵枕簟，冷簾櫳。甫能小睡還驚覺，略成輕醉早醒鬆。仗行雲，將此恨，到眉峯。

卜算子　　杜安世

尊前一曲歌，歌裏千重意。纔欲歌時淚已流，恨應更多於淚。　試問緣何事？不語如癡醉。我亦情多不忍聞，怕和我成憔悴。

慶清朝慢　　王觀

調雨爲酥，催冰做水，東君分付春還。何人便將輕暖？點破殘寒。結伴踏青去好，平頭鞋子小雙鸞。煙郊外，望中秀色，如有無間。　晴則個，陰則個，餖飣得天氣有許多般。須教鏤花撥柳，爭要先看。不道吳綾繡襪，香泥斜沁幾行斑。東風巧，盡收翠綠，吹在眉山。

鷓鴣天　　陳克

小市橋彎更向東，便門長記舊相逢。踏青會散秋千下，髮影衣香怯晚風。　悲往事，向孤鴻，斷腸腸斷舊情濃。梨花院落黃茅店，綉被春寒此夜同。

柳梢青　　謝逸

香雪輕拍，尊前忍聽，一聲將息。昨夜濃歡，今朝別後，明日行客。　後回來則須來，便去也如何去得！無限離情，無窮江水，無邊山色。

南歌子 謝逸

雨洗溪光淨，風掀柳帶斜，畫樓朱戶玉人家。簾外一眉新月浸梨花。 金鴨香凝袖，銅荷燭映紗，鳳搖宮錦小屏遮。夜靜寒生春筍理琵琶。

江神子 謝逸

杏花村館酒旗風，水溶溶，颺殘紅；野渡舟橫，楊柳綠陰濃。望斷江南山色遠，人不見草連空。 夕陽樓外晚煙籠，粉香融，淡眉峯；記得年時，相見畫屏中。只有關山今夜月，千里外素光同。

千秋歲 謝逸

楝花飄砌，簌簌清香細。梅雨過，蘋風起。情隨湘水遠，夢遶吳峯翠。琴書倦，鷓鴣喚起南窗睡。 密意無人寄，幽恨憑誰洗？修竹畔，疏簾裏。歌餘塵拂扇，舞罷風掀袂。人散後，一鉤淡月天如水。

水龍吟 程垓

夜來風雨匆匆，故園定是花無幾。愁多怨極，等閑孤負，一年芳意。柳困花慵，杏青梅小，對人容易。算好春長在，好花長見，原只是人顦顇。 回首池南舊事，恨星星不堪重記。如今但有，看花老眼，傷時清淚。不怕逢花瘦，只愁怕老來風味。待繁紅亂處，留雲借月，也須拚醉。

滿江紅（憶別） 程垓

門掩垂楊。寶香度翠簾重疊。春寒在羅衣初試，素肌猶怯。薄霧籠花天欲暮，小風逆角聲初咽。但獨褰幽幌悄無言，傷初別。　衣上雨，眉間月；滴不盡，顰空切。羨栖梁歸燕，入簾雙蝶。愁緒多於花絮亂，柔腸過似丁香結。問甚時重理錦囊詩？從頭說。

江城梅花引　　程垓

娟娟霜月冷侵門，怕黃昏，又黃昏，手撚一枝，獨自對芳尊。酒又不禁花又惱，漏聲遠，一更更，總斷魂。　斷魂，斷魂，不堪聞。被半溫，香半熏。睡也睡也睡不穩，誰與溫存？惟有牀前，銀燭照啼痕。一夜爲花憔悴損，人瘦也，比梅花，瘦幾分？

最高樓　　程垓

舊心事，說着兩眉羞。記得並肩遊。湘裙羅襪桃花岸，薄衫輕扇杏花樓。幾番行，幾番醉，幾番留。　也誰料春風吹又斷，又誰料朝雲飛亦散；天易老，恨難酬。蜂兒不解知人苦，燕兒不解說人愁。舊情懷，消不盡，幾時休。

瑞龍吟　　周邦彥

章台路，還見褪粉梅梢，試花桃樹。愔愔坊陌人家，定巢燕子，歸來舊處。黯凝佇，因念箇人癡小，乍窺門戶。侵晨淺約宮黃，障風映袖，盈盈笑語。　前度劉郎重到，訪鄰尋里，同時歌舞。惟有舊家秋娘，聲價如故。吟牋賦筆，猶記燕臺句。知誰伴，名園露飲，東城閑步。事與孤鴻去！探春盡是，傷離意緒。官柳低金縷。歸騎晚，纖纖池塘飛雨。斷腸院落，一簾風絮。

瑣窗寒　越調　周邦彦

暗柳啼鴉，單衣佇立，小簾朱戶、桐花半畝，靜鎖一庭愁雨。灑空階夜闌未休，故人剪燭西窗語。似楚江暝宿，風燈零亂，少年羈旅。　遲暮，嬉遊處、正店舍無煙，禁城百五。旗亭喚酒，付與高陽儔侶。想東園桃李自春，小脣秀靨今在否？到歸時，定有殘英，待客攜尊俎。

過秦樓　周邦彦

水浴清蟾，葉喧涼吹，巷陌馬聲初斷。閒依露井，笑撲流螢，惹破畫羅輕扇。人靜夜久憑闌，愁不歸眠，立殘更箭。歎年華一瞬，人今千里，夢沉書遠。　空見說鬢怯瓊梳，容銷金鏡，漸懶趁時勻染。梅風地溽，虹雨苔滋，一架舞紅都變。誰信無聊爲伊，才減江淹，情傷荀倩。但明河影下，還看稀星數點。

齊天樂　正宮調　秋思　周邦彦

綠蕪凋盡臺城路，殊鄉又逢秋晚。暮雨生寒，鳴蛩勸織，深閣時聞裁剪。雲窗靜掩，歎重拂羅裀，頓疏花簟。尚有練囊，露螢清夜照書卷。　荊江留滯最久，故人相望處，離思何限！渭水西風，長安亂葉，空憶詩情宛轉。憑高眺遠，正玉液新篘，蟹螯初薦。醉倒山翁，但愁斜照斂。

少年遊 **商調** 周邦彥

「并刀如水，吳鹽勝雪，纖手破新橙。錦幄初溫，獸香不斷，相對坐調笙。低聲問：「向誰行宿？城上已三更。馬滑霜濃，不如休去，直是少人行！」

蘭陵王 越調 柳 周邦彥

柳陰直，煙裏絲絲弄碧。隋堤上曾見幾番，拂水飄綿送行色？登臨望故國。誰識？京華倦客。長亭路，年去年來，應折柔條過千尺。 閒尋舊蹤跡。又酒趁哀弦，燈照離席。梨花榆火催寒食。愁一箭風快，半篙波暖，回頭迢遞便數驛。望人在天北。 悽惻，恨堆積。漸別浦縈回，津堠岑寂。斜陽冉冉春無極。念月榭攜手，露橋聞笛。沈思前事，似夢裏，淚暗滴。

意難忘 中呂 周邦彥

衣染鶯黃，愛停歌駐拍，勸酒持觴。低鬟蟬影動，私語口脂香。檐露滴，竹風涼，拚劇飲淋浪。夜漸深，籠燈就月，子細端相。 知音見說無雙，解移宮換羽，未怕周郎。長顰知有恨，貪要不成妝。些箇事，惱人腸，試說與何妨！又恐伊尋消問息，瘦減容光。

解連環 周邦彥

怨懷無託，嗟情人斷絕，信音遼邈。縱妙手能解連環，似風散雨收，霧輕雲薄。燕子樓空，暗塵鎖一床絃索。

想移根換葉，盡是舊時手種紅藥。汀洲漸生杜若，料舟移岸曲，人在天角。漫記得當日音書，把閒語閒言待總燒却。水驛春回，望寄我江南梅萼。拚今生對花對酒，爲伊淚落。

一剪梅 李清照

紅藕香殘玉簟秋，輕解羅裳，獨上蘭舟。雲中誰寄錦書來？雁字回時，月滿西樓。花自飄零水自流，一種相思，兩處閑愁。此情無計可消除，才下眉頭，却上心頭。

醉花陰 李清照

薄霧濃雲愁永晝，瑞腦噴金獸。時節又重陽，玉枕紗櫥，半夜涼初透。東籬把酒黃昏後，有暗香盈袖。莫道不消魂，簾卷西風，人比黃花瘦。

念奴嬌 李清照

蕭條庭院，又斜風細雨，重門須閉。寵柳嬌花寒食近，種種惱人天氣。險韻詩成，扶頭酒醒，別是閑滋味。征鴻過盡，萬千心事難寄。樓上幾日春寒，簾垂四面，玉闌干慵倚。被冷香銷新夢覺，不許愁人不起。清露晨流，新桐初引，多少遊春意。日高煙斂，更看今日晴未。

蝶戀花 李清照

暖雨和風初破凍，柳潤梅輕，已覺春心動。酒意詩情誰與共？淚融殘粉花鈿重。乍試夾衣金縷縫，山枕攲斜，枕損釵頭鳳。獨抱濃愁無好夢，夜闌猶剪燈花弄。

鳳凰臺上憶吹簫　李清照

香冷金猊，被翻紅浪，起來慵自梳頭。任寶奩塵滿，日上簾鈎。生怕離懷別苦，多少事欲說還休。新來瘦，非干病酒，不是悲秋！　休休！這回去也，千萬遍陽關，也則難留。念武陵人遠，煙鎖秦樓。惟有樓前流水，應念我終日凝眸。凝眸處，從今又添，一段新愁。

聲聲慢　李清照

尋尋覓覓，冷冷清清，悽悽慘慘戚戚。乍暖還寒，時候最難將息。三杯兩盞淡酒，怎敵他晚來風急。雁過也，正傷心，却是舊時相識。　滿地黃花堆積。憔悴損，如今有誰忺摘？守着窗兒，獨自怎生得黑？梧桐更兼細雨，到黃昏點點滴滴。這次第，怎一個愁字了得？

清平樂　趙令畤

春風依舊，著意隋堤柳。搓得鵝兒黃欲就，天氣清明時候。　去年紫陌青門，今宵雨魄雲魂。斷送一生憔悴，能消幾個黃昏？

鷓鴣天　春情　李之膺

寂寞千秋兩綉旗，日長花影轉堦遲。燕驚午夢周遮語，蝶困春遊落托飛。　思往事，入顰眉，柳梢陰重又當時。薄情風絮難拘束，飛過東牆不肯歸。

南歌子　田　爲

夢怕愁時斷，春從醉裏回。淒涼懷抱向誰開？些子清明時候被鶯催。　柳外都成絮，闌邊半是苔。多情簾燕獨徘徊，依舊滿身花雨又歸來。

二郎神　徐　伸

悶來彈鵲，又攪碎一簾花影。漫試著春衫，還思纖手，熏徹金猊燼冷。動起愁端如何向？但怪得新來多病。嗟舊日沈腰，如今潘鬢，怎堪臨鏡？　重省！別時淚濕，羅衣猶凝。料爲我厭厭，日高慵起，長託春醒未醒。雁足不來，馬蹄難駐，門掩一庭芳景。空佇立，盡日闌干倚遍，晝長人靜。

念奴嬌　沈公述

杏花過雨，漸殘紅零落，胭脂顏色。流水飄香人漸遠，難託春心脈脈。恨別王孫，牆陰目斷，手把青梅摘。金鞍何處？綠楊依舊南陌。　消散雲雨須臾，多情因甚有輕離輕拆？燕語千般爭解說，些子伊家消息。厚約深盟，除非重見，見了方端的。而今無奈，寸腸千恨堆積。

燕山亭（北行見杏花）　宋徽宗

裁翦冰綃，輕疊數重，淡着燕脂勻注。新樣靚妝，豔溢香融，羞殺蕊珠宮女。易得凋零，更多少無情風雨？愁苦！閒院落淒涼，幾番春暮！ 憑寄離恨重重，這雙燕何曾，會人言語！天遙地遠，萬水千山，知他故宮何處！怎不思量除夢裏有時曾去。無據！和夢也新來不做。

第四期 詞的老年期，人當中年以後，正事業最盛之時，然而『夕陽無限好，只是近黃昏！』讀詞至南宋，每有此感。南宋人詞，專研練在字面和音律方面，詞的技術，實已達到了最高峯。可惜過於雕飾，生機垂絕，已爲詞之沒落時期，過此以往，便無可進展了。以南北宋相較，則北宋詞大，南宋詞高，北宋任自然，多天籟，南宋尚雕琢，工技巧；北宋詞淵博雄渾，南宋詞精細幽密；北宋詞明快疏放，南宋詞凝鍊滯重，這都是顯而易見的。

此期的詞，在南渡初二三十年間，詞人雖不少，然佼佼者不多見。以趙長卿，向子諲，葉夢得三人爲稍足稱述。此後則張孝祥，張元幹不愧名家。及辛棄疾姜夔二人繼起，便成剛柔兩派的柱石，達到了詞的最高點。與辛同派者有劉過劉克莊等；與姜合流者，有史達祖吳文英等。南宋末年，則有蔣捷周密王沂孫張炎等，他們都嘗到亡國的苦味，便借詞以發洩他們的哀痛。

趙長卿，自號仙源居士，宋宗室。他的詞富於情感，輕倩側豔，非常秀巧。集名惜香，有以也。

向子諲字伯恭，臨江人，有酒邊詞，其中分江北舊詞及江南新詞爲兩部。舊詞多言情，當爲少年時作。新詞淸高瀟遠，殆不食人間煙火者，當爲南渡後作。

葉夢得字少蘊，吳縣人，號石林居士，有石林詞，其詞於沖淡中時有豪放雄傑語，蓋與蘇辛同派的。

張孝祥字安國，歷陽人。他的詞雄渾高峻，無絲毫浮靡之氣，雖小詞也是如此，蓋其人氣骨很硬。有于湖詞。

張元幹字仲宗，三山人。他也是很有風骨的人，他的詞近美成，有的與石林、稼軒相似。有蘆川詞。

辛棄疾字幼安，號稼軒，歷城人。能文能武，是南宋的豪傑之士。他與李易安同鄉。他的性格，行爲，詞品，都有極濃的北方氣概。豪放一宗，開自東坡，其時尚未光大，到得稼軒始激昂排宕，頓挫沈雄，成爲此派之極則，後之作者，簡直難乎爲繼。他又是一位憂國之士，雖歷任武職，但沒有恢復中原的機會。他也是主戰派的人物，然朝廷力主和議，他不能夠一抒抱負？所以他的詞多感慨、悲壯、激昂、怨憤的話。他另有一特點，能把經、史、莊、騷的句子，引用入詞，雖是掉書袋，然須有大才力纔行。故稼軒的詞，很是散文化。有稼軒詞。

姜夔字堯章，號白石道人，番陽人，精音律，多自度曲，曲旁注譜字，惜歌法失傳，今已不復可歌。他的詞清勁高麗，然未免生硬，音節亦過於促迫，少寬和之音。其詞影響很大，宋末諸家，大都與他有關係的。有白石道人歌曲。

劉過字改之，號龍洲道人，太和人。爲辛棄疾幕客，其詞效法稼軒，品格稍低。粗疏淺露，無稼軒之沈著。有龍洲詞。

劉克莊字潛夫，號後村，莆田人，亦蘇辛一派的詞人，長調尤近稼軒，惟不如稼軒之有力。有後村別調。

史達祖字邦卿，汴人。他的詞清新婉媚，纖巧刻畫，如鮫綃霧縠，可稱大家。有梅溪詞。

吳文英字君特，號夢窗，四明人。他最工彫琢，以至隱晦艱澀，讀其詞殊覺費力，且很乏味、甚者竟至不通。蓋彫琢過分，因是失了他的生機，雖似華麗，實爲七寶樓臺，無整個的生命存在其間，故拆卸下來，不成片段。然而功力之深，古來罕有其匹。其作詞字字都用研鍊功夫，好像獅子搏兎，必用全力。宋末詞人多受其影響，較白石爲尤甚。晚近學他的也不少，成爲一種風氣，幾有非學夢窗寧可不作之概，詞人中一大權威也。有夢窗甲乙丙丁稿。

蔣捷字勝欲，號竹山，陽羨人。爲宋遺民，然其詞絕少身世之感，新巧妍麗，有似謝無逸。有竹山詞。

周密字公謹，號草窗，濟南人。其詞近於夢窗，故並稱爲二窗。較夢窗爲新儁，不像他的質實。有草窗詞。

王沂孫字聖與，號碧山，會稽人。他的詠物詞，寄託遙深，凡家國之痛，身世之感，都寫入詞中。悽愴嗚咽，如嫠婦之夜泣。有碧山樂府。

張炎字叔夏，號玉田，又號樂笑翁，本西秦人，家臨安。其論詞稱白石而抑夢窗，他本主張清空，不要質實的。與白石並稱姜張，爲浙派之宗。其詞多身世之嘅，有蒼涼激楚之音，其才氣似較周密王沂孫等爲大，不一味作哀怨可憐的話。有山中白雲詞。

宋後詞之聲律漸亡，作者僅能模倣宋人，絕少新的創造與發展。故宋以後詞不再述，猶詩之及唐而止。

滿江紅　岳飛

怒髮衝冠，憑闌處瀟瀟雨歇。擡望眼仰天長嘯，壯懷激烈。三十功名塵與土，八千里路雲和月。莫等閒白了少年頭，空悲切！　靖康恥，猶未雪；臣子憾，何時滅？駕長車踏破賀蘭山缺。壯志飢餐胡虜肉，笑談渴飲匈奴血。待從頭收拾舊山河，朝天闕。

又　岳飛

遙望中原，荒煙外許多城郭。想當日花遮柳護，鳳樓龍閣。萬歲山前珠翠繞，蓬壺殿裏笙歌作。到而今鐵騎滿郊畿，風塵惡！　民安在？填溝壑。兵安在？膏鋒鍔。歎江山如故，千村寥落！何日請纓提銳旅？一鞭直渡清河洛。待歸來再續漢陽遊，騎黃鶴。

臨江仙　　趙長卿

過盡征鴻來盡燕，故園消息茫然。一春顦顇有人憐。懷家寒食夜，中酒落花天。　見說江頭春浪渺，殷勤欲送歸船。別來此處最縈牽：短篷南浦雨，疏柳斷橋煙。

賀新郎（春晚）　　葉夢得

睡起流鶯語。掩蒼苔房櫳向晚，亂紅無數。吹盡殘花無人見，惟有垂楊自舞，漸暖靄初回輕暑。寶扇重尋明月影，暗塵侵尚有乘鸞女，驚舊恨鎮如許。　江南夢斷衡皋渚。浪黏天葡萄漲綠，半空煙雨。無限樓前滄波意，誰采蘋花寄取？但悵望蘭舟容與。萬里雲帆何時到？送孤鴻目斷千山阻。誰為我，唱金縷。

臨江仙　　陳與義

憶昔午橋橋上飲，坐中都是豪英。長溝流月去無聲。杏花疏影裏，吹笛到天明。　二十餘年如一夢，此身雖在堪驚。閒登小閣看新晴。古今多少事，漁唱已三更。

玉樓春　　康與之

青駿後約無憑據，誤我碧桃花下語。誰將消息問劉郎？悵望玉溪溪上路。 春來無限傷情緒，擬欲題紅都寄與。東風吹落一庭花，手把新愁無寫處。

金人捧露盤 曾覿

記神京，繁華地，舊遊蹤。正御溝春水溶溶。平康巷陌，繡鞍金勒躍青驄。解衣沽酒，醉絃管柳綠桃紅。 到如今，餘霜鬢；嗟舊事，夢魂中。但寒煙滿目飛蓬。雕闌玉砌，空餘三十六離宮。塞笳驚起，暮天雁寂寞東風。

鷓鴣天 朱敦儒

曾爲梅花醉不歸，佳人挽袖乞新詞。輕紅徧寫鴛鴦帶，濃碧爭斟翡翠卮。 人已老，事皆非，花前不飲淚沾衣。如今但欲關門睡，一任梅花作雪飛。

好事近 朱儒敦

搖首出紅塵，醒醉更無時節。活計綠蓑青笠，慣披霜衝雪。 晚來風定釣絲閑，上下是新月。千里水天一色，看孤鴻明滅。

六州歌頭 張孝祥

長淮望斷，關塞莽然平。征塵暗，霜風勁，悄邊聲，黯銷凝。追想當年事，殆天數，非人力；洙泗上，絃歌地，亦羶腥。隔水氈鄉，落日牛羊下，區脫縱橫。看名王宵獵，騎火一川明。笳鼓悲鳴，遣人驚。 念腰間箭，匣中劍，空埃蠹，竟何成？時易失，心徒壯，歲將零，渺神京。干羽方懷遠，靜烽燧，且休兵。冠蓋使，紛馳騖，若爲情。聞道中原遺老，常南望翠葆霓旌。使行人到此，忠憤氣填膺，有淚如傾。

念奴嬌（過洞庭）　張孝祥

洞庭青草，近中秋更無一點風色。玉鑒瓊田三萬頃，著我扁舟一葉。素月分輝，銀河共影，表裏俱澄澈。悠然心會，妙處難與君說！　應念嶺表經年，孤光自照，肝膽皆冰雪。短髮蕭疏襟袖冷，穩泛滄溟空闊。盡吸西江，細斟北斗，萬象爲賓客。叩舷獨嘯，不知今夕何夕。

水調歌頭（聞采石戰勝）　張孝祥

雪洗虜塵靜，風約楚雲留。何人爲寫悲壯？吹角古城樓。湖海平生豪氣，關塞如今風景，剪燭看吳鉤。剩喜燃犀處，駭浪與天浮。　憶當年，周與謝，富春秋。小喬初嫁，香囊猶在，功業故優遊。赤壁磯頭落照，淝水橋邊衰草，渺渺喚人愁。我欲乘風去，擊楫誓中流。

眼兒媚　范成大

酣酣日腳紫煙浮，妍暖試輕裘。困人天氣，醉人花氣，午夢扶頭。　春慵恰似春塘水，一片縠紋愁。溶溶洩洩，東風無力，欲皺還休。

滿江紅　辛棄疾

春水連天，桃花浪幾番風惡？雲乍起，遠山遮盡，晚風還作。綠漲芳洲容杜若，楚帆帶雨煙中落。認向來沙嘴共停橈，傷飄泊。 寒猶在，衾偏薄；腸欲斷，愁難着。倚蓬窗無寐，引杯孤酌。寒食清明都過了，可憐孤負年時約。想小樓日日望歸舟，人如削。

賀新郎（賦琵琶） 辛棄疾

鳳尾龍香撥，自開元霓裳曲罷，幾番風月！最苦潯陽江頭客，畫舸亭亭待發。記出塞黃雲堆雪。馬上離愁三萬里，望昭陽宮殿孤鴻沒。弦解語，恨難說！ 遼陽驛使音塵絕，瑣窗寒，輕攏慢撚，淚珠盈睫。推手含情還卻手，一抹梁州哀徹。千古事雲飛煙滅。賀老定場無消息，想沈香亭北繁華歇！彈到此，爲嗚咽。

又（別茂嘉十二弟） 辛棄疾

綠樹聽鵜鴂。更那堪鷓鴣聲住，杜鵑聲切！啼到春歸無啼處，苦恨芳菲都歇，算未抵人間離別。馬上琵琶關塞黑，更長門翠輦辭金闕。看燕燕，送歸妾。 將軍百戰身名裂。向河梁回頭萬里，故人長絕。易水蕭蕭西風冷，滿座衣冠似雪。正壯士悲歌未徹。啼鳥還知如許恨，料不啼清淚長啼血。誰共我，醉明月。

又（獨坐停雲賦此） 辛棄疾

甚矣吾衰矣！悵平生交遊零落，只今餘幾？白髮空垂三千丈，一笑人間萬事。問何物能令公喜？我見青山多嫵媚，料青山見我應如是。情與貌，略相似。 一尊搔首東窗裏。想淵明停雲詩就，此時風味。江左沈酣求名者，豈識濁醪妙理！回首叫雲飛風起。不恨古人吾不見，恨古人不見吾狂耳！知我者，二三子。

水調歌頭　辛棄疾

長恨復長恨，裁作短歌行。何人爲我楚舞？聽我楚狂聲。余既滋蘭九畹，又樹蕙之百畝，秋菊更餐英。門外滄浪水，可以濯吾纓。　一杯酒，問何似，身後名？人間萬事，毫髮常重泰山輕。悲莫悲生離別，樂莫樂新相識，兒女古今情。富貴非吾事，歸與白鷗盟。

滿江紅（暮春）　辛棄疾

點火櫻桃，照一架荼蘼如雪。春正好見龍孫穿破，紫苔蒼壁。乳燕引雛飛力弱，流鶯喚友嬌聲怯。問春歸不肯帶愁歸！腸千結。　層樓望，春山疊；家何在？煙波隔。把古今遺恨，向他誰說？蝴蝶不傳千里夢，子規叫斷三更月。聽聲聲枕上勸人歸，歸難得。

又（江行）　辛棄疾

過眼溪山，怪都是舊時曾識。還記得夢中行遍，江南江北。佳處徑須攜杖去，能消幾兩半生屐？笑塵勞三十九年非，長爲客。　吳楚地，東南坼；英雄事，曹劉敵。被西風吹盡，了無塵跡。樓觀甫成人已去，旌旗未卷頭先白。歎人生哀樂轉相尋，今猶昔。

又　辛棄疾

敲碎離愁，紗窗外風搖翠竹。人去後吹簫聲斷，倚樓人獨。滿眼不堪三月暮，舉頭已覺千山綠。但試把一紙寄來書從頭讀。相思字空盈幅；相思意何時足？滴羅襟點點，淚珠盈掬。芳草不迷行路客，垂楊只礙離人目。最苦是立盡月黃昏，欄干曲。

水龍吟　　辛棄疾

楚天千里清秋，水隨天去秋無際。遙岑遠目，獻愁供恨，玉簪螺髻。落日樓頭，斷鴻聲裏，江南遊子。把吳鈎看了，闌干拍徧，無人會，登臨意！　休說鱸魚堪膾，儘西風季鷹歸來？求田問舍，怕應羞見，劉郎才氣。可惜流年，憂愁風雨，樹猶如此。倩何人喚取？紅巾翠袖，搵英雄淚。

摸魚兒　　辛棄疾

更能消幾番風雨？匆匆春又歸去。惜春長怕花開早，何況落紅無數！春且住！見說道天涯芳草無歸路。怨春不語，算只有殷勤，畫檐蛛網，盡日惹飛絮。　長門事，準擬佳期又誤。蛾眉曾有人妒。千金縱買相如賦，脈脈此情誰訴？君莫舞！君不見玉環飛燕皆塵土！閑愁最苦。休去倚危欄，斜陽正在，煙柳斷腸處。

永遇樂（京口北固亭懷古）　　辛棄疾

千古江山，英雄無覓，孫仲謀處。舞榭歌臺，風流總被，雨打風吹去。斜陽草樹，尋常巷陌，人道寄奴曾住。想當年金戈鐵馬，氣吞萬里如虎。　元嘉草草，封狼居胥，贏得倉皇北顧。四十三年，望中猶記，烽火揚州路。

可堪回首佛狸祠下，一片神鴉社鼓，憑誰問：「廉頗老矣，尚能飯否？」

祝英台近（晚春） 辛棄疾

寶釵分，桃葉渡，煙柳暗南浦。怕上層樓，十日九風雨。斷腸點點飛紅，都無人管，更誰勸流鶯聲住？鬢邊覷，試把花卜歸期，才簪又重數。羅帳燈昏，哽咽夢中語。是他春帶愁來，春歸何處，却不解帶將愁去？

南鄉子（登京川北固亭有懷） 辛棄疾

何處望神州？滿眼風光北固樓。千古興亡多少事？悠悠，不盡長江滾滾流。年少萬兜鍪，坐斷東南戰未休。天下英雄誰敵手？曹劉，生子當如孫仲謀。

菩薩蠻（書江西造口壁） 辛棄疾

鬱孤台下清江水，中間多少行人淚？西北是長安，可憐無數山。青山遮不住，畢竟東流去。江晚正愁余，山深聞鷓鴣。

醜奴兒 辛棄疾

少年不識愁滋味：愛上層樓，愛上層樓，為賦新詞強說愁。而今識盡愁滋味：欲說還休，欲說還休，却道天涼好個秋。

浪淘沙（山寺夜半聞鐘） 辛棄疾

身世酒杯中，萬事皆空。古來三五個英雄，雨打風吹何處是，漢殿秦宮。　夢入少年叢，歌舞匆匆，老僧夜半誤鳴鐘。驚起西窗眠不得，捲地西風。

臨江仙　陸游

鳩雨催成新綠，燕泥收盡殘紅。春光還與美人同，論心空眷眷，分袂却匆匆。　只道真情易寫，那知怨句難工。水流雲散各西東，半廊花院月，一帽柳橋風。

齊天樂（蟋蟀）　姜夔

庾郎先自吟愁賦，淒淒更聞私語。露濕銅鋪，苔侵石井，都是曾聽伊處。哀音似訴，正思婦無眠，起尋機杼。曲曲屏山，夜深獨自甚情緒。　西窗又吹暗雨，爲誰頻斷續？相和砧杵。候館吟秋，離宮弔月，別有傷心無數。豳詩漫與，笑籬落呼燈，世間兒女。寫入琴絲，一聲聲更苦。

揚州慢　姜夔

淮左名都，竹西佳處，解鞍少駐初程。過春風十里，盡薺麥青青。自胡馬窺江去後，廢池喬木，猶厭言兵。漸黃昏清角，吹寒都在空城。　杜郎俊賞，算而今重到須驚。縱豆蔻詞工，青樓夢好，難賦深情。二十四橋仍在，波心蕩冷月無聲。念橋邊紅藥，年年知爲誰生？

暗香　姜夔

舊時月色，算幾番照我，梅邊吹笛。喚起玉人，不管清寒與攀摘。何遜而今漸老，都忘却春風詞筆。但怪得竹外疏花，香冷入瑤席。　江國，正寂寂。歎寄與路遙，夜雪初積。翠尊易泣，紅萼無言耿相憶。長記曾攜手處，千樹壓西湖寒碧。又片片吹盡也，幾時見得？

翠樓吟　　姜夔

月冷龍沙，塵清虎落。今年漢酺初賜。新翻胡部曲，聽氈幕元戎歌吹。層樓高峙，看檻曲縈紅，簷牙飛翠。人姝麗，粉香吹下，夜寒風細。　此地宜有詞仙，擁素雲黃鶴，與君遊戲。玉梯凝望久，歎芳草萋萋千里。天涯情味，仗酒祓清愁，花消英氣。西山外，晚來還卷，一簾秋霽。

賀新郎　　劉克莊

湛湛長空黑。更那堪斜風細雨，亂山如織。老眼平生空四海，賴有高樓百尺。看浩蕩千崖秋色。白髮書生神州淚，儘淒涼不向牛山滴。追往事，去無迹。　少時自負凌雲筆，到如今春華落盡，滿懷蕭瑟。常恨世人新意少，愛說南朝狂客。把破帽年年拈出。若對黃花孤負酒，怕黃花也笑人岑寂。鴻北去，日西匿。

水龍吟（春恨）　　陳亮

鬧花深處層樓。畫簾半捲東風軟。春歸翠陌，平莎茸嫩，垂楊金淺。遲日催花，淡雲閣雨，輕寒輕暖。恨芳菲世界。遊人未賞。都付與，鶯和燕。　寂寞憑高念遠，向南樓一聲歸雁。金釵鬥草，青絲勒馬，風流雲散。羅綬分香，翠綃封淚，幾多幽怨？正銷魂又是，疎煙淡月，子規聲斷。

賀新郎 劉過

老去相如倦，問文君說似，而今怎生消遣？衣袂京塵曾染處，空有香紅尚軟。料彼此魂銷腸斷。一枕新涼眠客舍，聽梧桐疎雨秋聲顫。燈暈冷，記初見。 樓低不放珠簾捲。晚妝殘翠鈿狼藉，淚痕凝臉。人道愁來須殢酒，無奈愁深酒淺。但寄與焦琴紈扇。莫鼓琵琶江上曲，怕荻花楓葉俱悽怨。雲萬疊，寸心遠。

憶秦娥 孫氏（鄭文妻）

花深深，一鉤羅襪行花陰。行花陰，閑將柳帶，試結同心。 日邊消息空沈沈，畫眉樓上愁登臨。愁登臨，海棠開後，望到如今。

風入松 俞國寶

一春長費買花錢，日日醉湖邊。玉驄慣識西湖路，驕嘶過沽酒壚前。紅杏香中簫鼓，綠楊影裏秋千。 暖風十里麗人天，花壓鬢雲偏。畫船載取春歸去，餘情付湖水湖煙。明日重扶殘醉，來尋陌上花鈿。

賀新郎（三高祠前釣雪亭） 俞國寶

挽住風前柳，問鴟夷當日扁舟，近曾來否？月落潮生無限事，零亂茶煙未久。漫留得蓴鱸依舊。可是從來功名誤，撫荒祠誰繼風流後？今古恨，一搔首。 江涵雁影梅花瘦。四無塵雪飛風起，夜窗如畫。萬里乾坤清絕處，付與漁翁釣叟。又恰是題詩時候。猛拍闌干呼鷗鷺，道他年我亦垂綸手。飛過我，共樽酒。

齊天樂　　高觀國

碧雲缺處無多雨，愁與去帆俱遠。倒葦沙閒，枯蘭溆冷，寥落寒江秋晚。樓陰縱覽，正魂怯清吟，病多依黯。怕挹西風，袖羅香自去年減。　風流江左久客，舊遊得意處，珠簾曾卷。載酒春情，吹簫夜約，猶憶玉嬌香怨。塵棲故苑，嘆碧月空檐，夢雲飛觀。送絕征鴻，楚峯煙數點。

綺羅香（春雨）　　史達祖

做冷欺花，將煙困柳，千里偷催春暮。盡日冥迷，愁裏欲飛還住。驚粉重蝶宿西園，喜泥潤燕歸南浦。最妨他佳約風流，鈿車不到杜陵路。　沈沈江上望極，還被春潮晚急，難尋官渡。隱約遙峯，和淚謝娘眉嫵。臨斷岸新綠生時，是落紅帶愁流處。記當日門掩梨花，剪燈深夜語。

雙雙燕　　史達祖

過春社了，度簾幕中間，去年塵冷。差池欲往，試入舊巢相並。還相雕梁藻井，又軟語商量不定。飄然快拂花梢，翠尾分開紅影。　芳徑芹泥雨潤，愛貼地爭飛，競誇輕俊。紅樓歸晚，看足柳昏花暝。應自棲香正穩，便忘了天涯芳信。愁損翠黛雙蛾，日日畫闌獨凭。

臨江仙（閨思）

愁與西風應有約，年年同赴清秋。舊遊簾幙記揚州。一燈人著夢，雙雁月當樓。　羅帶鴛鴦塵暗澹，更須整頓風流，天涯萬一見溫柔。瘦應緣此瘦，羞亦為郎羞。

齊天樂　吳文英

煙波桃葉西陵路，十年斷魂潮尾。古柳重攀，輕鷗聚別，陳迹危亭獨倚。涼颸乍起，渺煙磧飛帆，暮山橫翠。但有江花，共臨秋鏡照憔悴。　華堂燭暗送客，眼波四盼處，芳艷流水。素骨凝冰，柔蔥蘸雪，猶憶分瓜深意。清尊未洗，夢不濕行雲，漫沾殘淚。可惜秋宵，亂蛩疏雨裏。

風入松　吳文英

聽風聽雨過清明，愁草瘞花銘。樓前綠暗分攜路，一絲柳一寸柔情。料峭春寒中酒，交加曉夢啼鶯。　西園日日掃林亭，依舊賞新晴。黃蜂頻撲秋千索，有當時纖手香凝。惆悵雙鴛不到，幽階一夜苔生。

鶯啼序（春晚感懷）　吳文英

殘寒正欺病酒，掩沈香繡戶。燕來晚飛入西城，似說春事遲暮。畫船載清明過却，晴煙冉冉吳宮樹。念羈情遊蕩隨風；化為輕絮。　十載西湖，傍柳繫馬，趁嬌塵軟霧。遡紅漸招入仙溪，錦兒偷寄幽素。倚銀屏春寬夢窄，斷紅濕歌紈金縷。暝隄空輕把斜陽，總還鷗鷺。　幽蘭漸老，杜若還生，水鄉尚寄旅。別後訪六橋無信，事往花委；瘞玉埋香，幾番風雨？長波妒盼，遙山羞黛，漁燈分影春江宿，記當時短楫桃根渡。青樓彷佛，臨分敗壁題詩，淚墨慘淡塵土。 危亭望極，草色天涯，歎鬢侵半苧。暗點檢離痕歡唾，尚染鮫綃；嚲鳳迷歸，破鸞慵舞。殷勤待寫，書中長恨，藍霞遼海沈過雁，漫相思彈入哀箏柱。傷心千里江南，怨曲重招，斷魂在否？

高陽台（落梅）　吳文英

宮粉雕痕，仙雲墮影，無人野水荒灣。古石埋香，金沙鎖骨連環。南樓不恨吹橫笛，恨曉風千里關山。半飄零，庭院黃昏，月冷闌干。 壽陽空理愁鸞。問誰調玉髓？暗補香瘢。細雨歸鴻，孤山無限春寒。離魂難倩招清些，夢縞衣解佩溪邊。最愁人，啼鳥晴明，葉底青圓。

虞美人　蔣捷

絲絲楊柳絲絲雨，春在溟濛處。樓兒忒小不藏愁，幾度和雲飛去覓歸舟。 天憐客子鄉關遠，借與花消遣。海棠紅近綠闌干，纔卷珠簾却又晚風寒。

又　蔣捷

少年聽雨歌樓上，紅燭昏羅帳。壯年聽雨客舟中，江闊雲低斷雁叫西風。 而今聽雨僧廬下，鬢已星星也。悲歡離合總無情，一任階前點滴到天明。

一剪梅（舟過吳江）　蔣捷

一片春愁待酒澆，江上舟搖，樓上帘招。秋娘容與泰娘嬌，風又飄飄，雨又蕭蕭。何日歸家洗客袍？銀字笙調，心字香燒。流光容易把人拋，紅了櫻桃，綠了芭蕉。

唐多令 蔣捷

休去采芙蓉！秋江煙水空。帶斜陽一片征鴻。欲頓閒愁無頓處，都著在，兩眉峯。心事寄題紅，畫橋流水東。斷腸人無奈秋濃。回首層樓歸去嬾，早新月，挂梧桐。

湘春夜月 黃孝邁

近清明，翠禽枝上消魂。可惜一片清歌，都付與黃昏。欲共柳花低訴，怕柳花輕薄，不解傷春。念楚鄉旅宿，柔情別緒，誰與溫存？空尊夜泣，青山不語，殘照當門。翠玉樓前，惟是有一波湘水，搖蕩湘雲。天長夢短，問甚時重見桃根？者次第算人間沒個并刀剪斷，心上愁痕。

青玉案 黃公紹

年年社日停針線，怎忍見雙飛燕？今日江城春已半。一身猶在，亂山深處，寂寞溪橋畔。春衫著破誰針線？點點行行淚痕滿。落日解鞍芳草岸。花無人戴，酒無人勸，醉也無人管。

摸魚兒（酒邊留同年徐雲屋） 劉辰翁

怎知他春歸何處！相逢且盡尊酒！少年嫋嫋天涯恨，長結西湖煙柳。休回首！但細雨斷橋憔悴人歸後。東風似舊，問前度桃花，劉郎能記，花復認郎否？　君且住！草草留君剪韭，前宵正恁時候。深杯欲共清歌滑，翻濕春衫半袖。空眉皺，看白髮尊前，已似人人有。臨分把手。歎一笑論文，清狂顧曲，此會幾時又？

瓊華　　周密

朱鈿寶玦，天上飛瓊，比人間春別。江南江北，曾未見漫擬梨雲梅雪。淮山春晚，問誰識芳心高潔？消幾番花落花開？老了玉關豪傑！　金壺剪送瓊枝，看一騎紅塵，香度瑤闕。韶華正好，應自喜初識長安蜂蝶。杜郎老矣，想舊事花須能說！記少年一夢揚州，二十四橋風月。

曲遊春　　周密

禁苑東風外。颺暖絲晴絮，春思如織。燕約鶯期，惱芳情偏在，翠深紅隙。漠漠香塵隔，沸十里亂絃叢笛。看畫船盡入西泠，閒却半湖春色。　柳陌新煙凝碧。映簾底宮眉，隄上遊勒。輕暝籠寒，怕梨雲夢冷，杏香愁冪。歌管酬寒食。奈蝶怨良宵岑寂。正滿湖碎月搖花，怎生去得？

醉蓬萊（歸故山）　　王沂孫

掃西風門徑，黃葉凋零，白雲蕭散。柳換枯陰，賦歸來何晚？爽氣霏霏，翠蛾眉嫵，聊慰登臨眼。故國如塵，故人如夢，登高還嬾。　數點寒英，爲誰零落；楚魄難招，暮寒堪攬。步屧荒籬，誰念幽芳遠？一室秋燈，一庭秋雨，更一聲秋雁。試引芳樽，不知消得，幾多依黯。

齊天樂（蟬）　王沂孫

一襟餘恨宮魂斷，年年翠陰庭樹。乍咽涼柯，還移暗葉，重把離愁深訴。西窗過雨，怪瑤佩流空，玉箏調柱。鏡暗妝殘，爲誰嬌鬢尚如許。　銅仙鉛淚似洗，歎移盤去遠，難貯零露。病翼驚秋，枯形閱世，消得斜陽幾度？餘音更苦，甚獨抱清商，頓成淒楚？漫想薰風，柳絲千萬縷。

高陽台（西湖春感）　張炎

接葉巢鶯，平波卷絮，斷橋斜日歸船。能幾番遊，看花又是明年。春風且伴薔薇住，到薔薇春已堪憐！更淒然萬綠西冷，一抹荒煙。　當年燕子知何處？但苔深韋曲，草暗斜川。見說新愁，如今也到鷗邊。無心再續笙歌夢，掩重門淺醉閑眠。莫開簾！怕見飛花，怕聽啼鵑。

渡江雲　張炎

山空天入海，倚樓望極，風急暮潮初。一簾鳩外雨，幾處閑田，隔水動春鋤。新煙禁柳，想如今綠到西湖。猶記得當年深隱，門掩兩三株。　愁余！荒洲古溆，斷梗疏萍，更漂流何處？空自覺圍羞帶減，影怯燈孤。常疑即見桃花面，甚近來翻笑無書？書縱遠，如何夢也都無？

探春慢（雪霽）　張炎

銀浦流雲，綠房迎曉，一抹牆腰月淡。暖玉生煙，懸冰解凍，碎滴瑤階如霰。才放些晴意，早瘦了梅花一半。

也知不做花看，東風何事吹散？搖落似成秋苑。甚釀得春來，怕教春見？野渡舟回，前村門掩，應是不勝清怨。次第尋芳去，灞橋外蕙香波暖。猶妬簫聲，看燈人在深院。

臺城路(送周方山遊吳)　張　炎

朗吟未了西湖酒，驚心又歌南浦。折柳官橋，呼船野渡，還聽垂虹風雨。漂流最苦！況如此江山，此時情緒。怕有鴟夷，笑人何事載詩去。　荒臺只今在否？登臨休望遠，都是愁處！暗草埋沙，明波洗月，誰念天涯羈旅？荷陰未暑。快料理歸程，再盟鷗鷺。只恐空山，近來無杜宇。

龍榆生《詞曲史》(《中國韻文史》)

龍榆生(1902–1966),名沐勳,字榆生,別號忍寒居士、風雨龍吟室主,江西萬載人。曾任上海暨南大學、中山大學、中央大學、上海音樂學院教授。1933 年在上海創辦《詞學季刊》,任主編。1940 年在南京創辦詞學刊物《同聲月刊》。著有《東坡樂府箋》《唐宋名家詞論》《唐宋名家詞選》《近三百年名家詞選》《詞曲概論》《唐宋詞格律》等。其自作詞,有《風雨龍吟室詞》《忍寒廬詞》。

《詞曲史》乃從龍榆生《中國韻文史》中輯出。《中國韻文史》全書分為詩歌、詞曲上下編。下編詞曲部分分為二十七節,從詞曲與音樂之關係、燕樂雜曲子之興起,到州派之興起與道咸以來詞風、清詞之結局。本書注重文體的發展與流變。《詞曲史》之名乃輯者所加。《中國韻文史》於民國二十三年(1934)商務印書館初版,1935 年再版。本書據商務印書館初版影印。

下篇　詞曲

第一章　詞曲與音樂之關係

「詞」「曲」二體，原皆樂府之支流；特並因聲度詞，審調節唱，舉凡句度長短之數，聲韻平上之差，莫不依已成之曲調爲準；復因所依之曲調，隨音樂關係之轉移，而「詞」與「曲」各自分支，別開疆界。

宋翔鳳云：「宋元之間，詞與曲一也；以文寫之則爲詞，以聲度之則爲曲。」（樂府餘論）「詞」「曲」皆有「曲度」，故謂之「塡詞」，又稱「倚聲」；並先有「聲」而後有「詞」，非若古樂府之始或「徒歌」，終由知音者爲之作曲，被諸管弦也。

中國音樂自漢、魏以迄隋唐爲一大轉變。所謂房中舊曲，九代遺聲，與夫「西曲」「吳聲」，並漸銷歇於陳隋之際。宋王灼云：「蓋隋以來，今之所謂『曲子』者漸興，至唐稍盛；今則繁聲淫奏，殆不可數。古歌變爲古樂府，古樂府變爲今曲子，其本一也。」（碧雞漫志）此所謂「今曲子」，卽「詞」所依之聲；其法原出龜茲人蘇祇婆。自周武帝時，傳入中國；（詳隋書音樂志）至隋唐間而西域樂大盛，且漸普遍於民間；所謂「自開元已來，歌者雜用胡夷里巷之曲」（舊唐書音樂志）是也。

據崔令欽教坊記所載開元以來「燕樂雜曲」，至三百餘曲之多；唐宋人塡詞，卽多用其中「曲調」。宋史樂志亦云：「燕樂自周以來用之。唐貞觀增隋九部爲十部，以張文收所製歌名燕樂而被之管弦。厥後至坐伎部琵琶曲盛流於時，匪直漢氏上林樂府縵樂不應經法而已。宋初置教坊，得江南樂，已汰其坐部不用。自後因舊曲創新聲，轉加流麗。」燕樂以琵琶爲主，而張炎言協音之法，亦取正於啞篳篥；（詳詞源下）篳篥亦出胡中，而爲燕樂中之主要樂器；故謂「詞」爲依「燕樂雜曲」之聲而成，可無疑也。

西域樂流行既久，漸染華風，所謂「因舊曲創新聲，」不免流於靡曼。金元崛興沙塞，所用純粹胡樂，嘈雜緩急之間，舊詞至不能按；乃更造新聲，而北曲大備；（參用吳梅說）所謂「以吹笳鳴角之雄風，汰金粉靡麗之末俗」（詞餘講義）是也。明王驥德敍南北曲之淵源流變云：「入宋而詞始大振，署曰『詩餘』，於今曲益近，周待制、柳屯田其最也；而單詞隻韻，歌止一闋，又不盡其變；而金章宗時，漸更爲北詞；如世所傳董解元西廂記者，其聲猶未純也。入元而益漫衍，其製櫛調比聲，『北曲』遂擅盛一代；顧未免滯於絃索，且多染胡語，其聲近噍以殺，南人不習也。迨季世入我明，又變而爲『南曲』，婉麗嫵媚，一唱三歎；於是美善兼至，極聲調之致。始猶南北畫地相角，邇年以來，燕趙之歌童舞女，咸棄其捍撥，盡效南聲，而北詞幾廢。至北之濫，流而爲粉紅蓮、銀紐絲、打棗竿；南之濫，流而爲吳之山歌、越之採茶諸小曲，不啻『鄭聲』，而各有其致。」（曲律）據王氏所言，南北曲之不得不隨音樂關係爲轉變，又可知矣。

「詞」爲文人娛賓遣興之資，以「清謳」爲主，不與舞蹈同用；歐陽炯所謂：「綺筵公子，繡幌佳人，遞葉葉之花牋，文抽麗錦；舉纖纖之玉指，拍按香檀」（花間集序）者，可想見其意趣。南北曲之「小令」、「套數」，其應用亦與「詞」同；「套數」之曲，元人謂之「樂府」，作「小令」與五七言絕句同法，要醞藉，要無襯字，要言簡而趣味無窮；（並見曲律）實與唐五代之「令詞」相仿；特「曲調」變易耳。今故以「詞」「曲」同篇，藉見演化之迹云。

第二章　燕樂雜曲詞之興起

今之所謂「詞」，爲「曲子詞」之簡稱；在唐宋間，或稱「曲子詞」，（花間集序）或稱「今曲子」，（碧雞漫志）或僅稱「曲子」。（畫墁錄）至稱「長短句」，或曰「詩餘」，則又晚出之名，非其朔也。

「曲子詞」之興起，當溯源於樂府詩集中之「近代曲辭」。郭茂倩云：「近代曲者，亦雜曲也；以其出於隋、唐之世，故曰近代曲也。隋自開皇初，文帝置七部樂：一曰西涼伎，二曰清商伎，三曰高麗伎，四曰天竺伎，五曰安國伎，六曰龜茲伎，七曰文康伎。至大業中，煬帝乃立清樂、西涼、龜茲、天竺、康國、疏勒、安國、高麗、禮畢以爲九部；樂器工衣，於是大備。唐武德初，因隋舊制，用九部樂。太宗增高昌樂，又造讌樂而去禮畢曲；其著令者十部：一曰讌樂，二曰清商，三曰西涼，四曰天竺，五曰高麗，六曰龜茲，七曰安國，八曰疏勒，九曰高昌，十曰康國，而總謂之燕樂；聲辭繁雜，不可勝紀。凡燕樂諸曲，始於武德、貞觀，盛於開元、天寶，其著錄者十四調，二百二十二曲。」（樂府詩集七九）據此，知隋唐間爲「燕樂雜曲」之創作極盛時代。

樂府詩集所載「近代曲」，計與教坊記合者，有拋球樂、破陣樂、還京樂、千秋樂、長命女、楊柳枝、浪淘沙、望江南、想夫憐、鳳歸雲、離別難、拜新月、征步郎、太平樂、大郎神、胡渭州、楊下采桑、大酺樂、山鷓鴣、醉公子、嘆疆場、如意娘、何滿子、水鼓子（教坊記作水沽子）綠腰、涼州、伊州、甘州、采桑、霓裳、雨霖鈴、回波樂等三十二曲；幷其餘出教坊記外者，共收「近代曲」至八十四種之多；而唐人作除劉禹錫之瀟湘神，白居易、劉禹錫之憶江南，王建之宮中調笑，韋應物之調笑，戴叔倫之轉應詞，吉中孚妻張氏之拜新月爲長短句，確立後來「詞」體外，餘並五七言詩；則知開元、天寶間雖「燕樂雜曲」盛行，而仍以舊體詩入曲；朱熹所謂：「古樂府只是詩，中間卻添許多泛聲；後來人怕失了那泛聲，逐一添個實字，遂成長短句」（朱子語類百四十）者，在此時風氣尚未大開；又王灼所云：「唐時古意亦未全喪」（碧雞漫志一）是也。

依「燕樂雜曲」之聲，因而創作新詞者，前人則以李白菩薩蠻、憶秦娥二詞，爲百代詞曲之祖。

（黃昇唐宋諸賢絕妙詞選）然二詞晚出，且來歷不明，近人已多疑之；而謂「依曲拍爲句」之詞，實始於劉禹錫、白居易。（參看胡適詞的啓源）惟攷之樂府詩集，隋煬帝及其臣王胄同作之紀遼東，實爲後來「倚聲塡詞」之「濫觴」。特爲拈出比勘如下：

煬帝作：

遼東海北翦長鯨，（韻）風雲萬里淸。（叶）方當銷鋒散馬牛，（句）旋師宴鎬京。（叶）
前歌後舞振軍威，（換韻）飲至解戎衣。（叶）判不徒行萬里去，（句）空道五原歸。（叶）
秉旄仗節定遼東，（韻）俘馘變夷風。（叶）淸歌凱捷九都水，（句）歸宴雒陽宮。（叶）
策功行賞不淹留，（換韻）全軍藉智謀。（叶）詎似南宮複道上，（句）先封雍齒侯？（叶）

王胄作：

遼東浿水事龔行，（韻）俯拾信神兵。（叶）欲知振旅旋歸樂，（句）爲聽凱歌聲。（叶）
十乘元戎纔渡遼，（換韻）扶濊已冰消。（叶）詎似百萬臨江水，（句）按轡空迴鑣。（叶）
天威電邁舉朝鮮，（韻）信次即言旋。（叶）還笑魏家司馬懿，（句）迢迢用一年。（叶）

鳴鑾詔蹕發淸潼，（換韻）合爵及疇庸。（叶）何必豐沛多相識，（句）比屋降堯封。（叶）

綜觀一調四詞，雖平仄尙未盡諧，而每首八句六叶韻，前後段各四句換韻，句法則七言與五言相間用之，四詞無或差舛，形式最與唐末五代「令曲」相近；郭氏錄冠近代曲辭，其爲後來「倚聲塡詞」之祖明矣。

「詞」在隋代，既有創作，何以中間歇絕，竟尠嗣音？推其最大原因，一爲士大夫守舊心理，不甘俯就「胡夷里巷之曲」，爲撰新詞；一爲樂工多取名人詩篇，爲加「泛聲」合之弦管；（參看詞學季刊創刊號拙著詞體之演進）前者爲中國文人傲慢性之表現，後者足以助長其偸怠心理；長短句詞發展之遲緩，皆此兩重心理作祟於其間也。

尊前集收唐人「詞」，有明皇之好時光一首，李白之連理枝一首，淸平樂五首，菩薩蠻三首，淸平調三首，韋應物之調笑二首，三臺二首，王建之宮中三臺二首，江南三臺四首，宮中調笑四首，杜牧之八六子一首，劉禹錫之楊柳枝十二首，竹枝十首，紇那曲二首，憶江南一首，浪淘沙九首，瀟湘神二首，拋球樂二首，白居易之楊柳枝十首，竹枝四首，浪淘沙六首，憶江南二首，宴桃源三首，盧貞之楊柳枝一首，張志和之漁父五首，司空圖之酒泉子一首，韓偓之浣溪沙二首，薛能之楊柳枝十八首，成文幹之楊柳枝十首，溫庭筠之菩薩蠻五首。自韋應物以下，皆開元、天寶以後人，其詞又多爲五七言絕句詩體；在溫庭筠以前長短句詞，固未風行於士丈夫間也。歐陽炯花間集序稱：「在明皇朝，則有李太白之應制清平樂調四首」，不及其他；而所謂「清平樂調」，果爲尊前集所載之清平樂，抑爲七言絕句體之清平調？未易遽下斷語。至明皇好時光：

寶髻偏宜宮樣，蓮臉嫩，體紅香。眉黛不須張敞畫，天教入鬢長。　莫倚傾國貌，嫁取箇、有情郎。彼此當年少，莫負好時光。

據近人劉毓盤之說，謂「此詞疑亦五言八句詩，如『偏』、『蓮』、『張敞』、『箇』等字，本屬和聲，而後人改作實字。」（詞史）志和漁父，亦七言絕句詩，特於第三句減一字，化作三字兩句耳。然則「幷和聲作實字，長短其句，以就曲拍者，」（全唐詩注）雖在開元、天寶早肇其端，而當時士大夫間，固不輕於嘗試也。

第三章　雜曲子詞在民間之發展

隋唐之際，西域樂既普徧流行於民間，民間雜曲歌詞，乘時競作。中國所有新興文體，其始皆出自民間；迨行之既久，乃爲文人所注意，由接受而加以改進，以躋於「大雅之堂」。「詞」體之興，亦猶此例。吾人研究詞學演進之歷史，正須考核當世民間歌曲情形；特以年遠代湮，其人又皆無名作者，不及後起專家之易爲推論耳。

自敦煌石室藏書，爲法蘭西人伯希和所發現；而唐寫本雲謠集雜曲子，乃復顯於人間；使吾人得以窺見唐代民間流行歌曲之眞面，因而證知「令」「慢」曲詞，實同時發展於開元、天寶之世，可以解決詞學史上之疑案不少。其書分歸倫敦博物館，及巴黎國家圖書館，近由歸安朱氏（孝臧）合校爲三十首足本；所用詞調十三，除內家嬌外，全見於教坊記；其詞又多述征婦怨情，與盛唐詩人王昌齡輩所咨嗟詠歎之「閨怨」等作，題材極爲相近；意必爲開元、天寶間盛行之民間歌曲，由戍卒傳往西陲者。其修辭極樸拙，少含蓄之趣，亦足爲初期作品，技術未臻巧妙之證。例如鳳歸雲：

綠窗獨坐，修得君書。征衣裁縫了，遠寄邊虞。想得爲君貪苦戰，不憚崎嶇。終朝沙磧裏，已憑三尺，勇戰奸愚。（疑爲「單于」之誤） 豈知紅臉，淚滴如珠。枉把金釵卜，卦卦皆虛。魂夢天涯無暫歇，枕上長噓。待卿迴故里，容顏憔悴，彼此何如？

此類作品，在全集中所佔成分最多；餘或述男女思慕之情，或作一般嬌豔之語，大率皆普徧情感，爲當時民衆所易瞭解之歌曲；特樸質無華，故未見稱道於文人學士之口耳。

燉煌發現唐人寫本小曲，除雲謠集外，零篇斷簡，散佚尙多。就其傳入中土者，有上虞羅氏（振玉）敦煌零拾所收之魚歌子一首，長相思三首，雀踏枝二首，日本橋川醉軒所傳之楊柳枝一首，魚歌子二首，南歌子一首，又缺曲名者一首；劉復敦煌掇瑣所收之南歌子一首，又缺曲名者一首；所用皆開元教坊舊曲，題材亦多與雲謠集相同；惟句度長短之差，與世傳詞調，顯有違異；轉足爲後來「因舊曲造新聲」之左證；而「詞」之最初作品，固原於民間流行之小曲也。其間最可怪者，羅本之魚歌子，竟題曰：「上王次郎」詞云：

春雨微香風少，簾外鶯啼聲聲好。伴孤屏，微語笑寂對前庭悄悄。當初去向郎道：莫保青娥花容貌。恨惶交不歸早，教妾思在煩惱。

似確出征婦手筆；如此無名女作家不知埋沒幾許矣！又如雀踏枝：

叵耐靈鵲多滿語，送喜何曾有憑據？幾度飛來活捉取，鎖上金籠休共語：比擬好心來送喜，誰知鎖我在金籠裏？欲他征夫早歸來，騰身卻放我向青雲裏。

設爲少婦與靈鵲對語之辭，充分表現癡念征人情緒民間歌曲，具見情眞。又如橋川醉軒所傳之楊柳枝：

春去春來春復春，寒暑來頻。月生月盡月還新，又被老催人。只見庭前千歲月，長在常存。不見堂上百年人，盡總化爲陳。

劉復所收之南歌子：

悔嫁風流婿，風流無準憑。攀花折柳得人憎。夜夜歸來沈醉，千聲喚不應。迴覷簾前月，鴛鴦帳裏燈，分明照見負心人。問道與須（此二字應有誤）心事，搖頭道不曾。

並與今所傳楊柳枝、南歌子「句度」全異，最足推求「詞」體演變情形；其價值殆不在劉、白、溫、韋諸家之下矣。

第四章　唐詩人對於令詞之嘗試

詞中之「令曲，」蓋出於尊前席上，歌以侑觴，臨時倚曲製詞，性質略同「酒令。」全唐詩話：「中宗宴侍臣，酒酣，各命為回波辭。」據樂府詩集：「回波，商調曲，唐中宗時造，蓋出於曲水引流泛觴也。後亦為舞曲。」回波為六言四句體，近似三臺；當時李景伯、沈佺期、裴談等，皆曾於侍宴時為之，可想見令詞命意之所在。詩人對於令詞之嘗試，較之「慢曲」為早，亦緣其體近「絕句，」且於宴飲時游戲出之，故易流行於士大夫間也。

開元、天寶間，為以絕句入曲之極盛時代；倚曲塡詞之風氣，猶未大開。直至貞元以還，詩人始漸注意新興樂曲，而從事於令詞之嘗試。韋應物、王建並有三臺、調笑之作；三臺六言四句，未脫「絕句」形式；調笑則純粹後來長短句詞體也。二家之詞，並見樂府詩集。茲各錄一闋示例：

宮中調笑：　韋應物

胡馬胡馬，遠放燕支山下。咆沙咆雪獨嘶，東望西望路迷。迷路迷路，邊草無窮日暮。

宮中調笑：　　王建

團扇團扇，美人病來遮面。玉顏憔悴三年，誰復商量管絃？絃管絃管，春草昭陽路斷。

戴叔倫（字幼公，金壇人）同時有作，風氣漸開；劉禹錫白居易繼之，始特注意。禹錫憶江南題云：「和樂天春詞，依憶江南曲拍爲句，」（劉夢得外集四）則已明言依曲塡詞矣。其一闋云：

春去也！多謝洛城人。弱柳從風疑舉袂，叢蘭裛露似霑巾，獨笑亦含嚬。

居易亦作憶江南三闋，其一云：

江南好，風景舊曾諳。日出江花紅勝火，春來江水綠如藍，能不憶江南？

劉白並能接受民間文藝所爲竹枝、楊柳枝、浪淘沙諸曲，雖仍爲七言絕句體，而已採用民歌音節及其風調。憶江南則直依「曲拍」爲句，下開晚唐五代之風。詞本出於「胡夷里巷之曲」，必至劉白諸人，始果於嘗試者，非偶然也。

令詞至晚唐，已如奇葩異卉之含苞待放；作者有唐昭宗、司空圖、韓偓、皇甫松等，而溫庭筠最爲專家。舊唐書文苑傳稱：「庭筠士行塵雜，不修邊幅，能逐絃吹之音，爲側豔之詞。」孫光憲北夢瑣言又言：「温庭筠詞有金荃集，蓋取其香而軟也。」庭筠爲詩，本工綺語，舉胸中之麗藻，以就絃吹之音，遂爲詞壇開山作祖。向所謂「胡夷里巷之曲」，一經改造，鏤金錯采，悉以婉麗之筆出之，遂進登「大雅之堂」，開花間一派之盛。其代表作如菩薩蠻云：

小山重疊金明滅，鬢雲欲度香腮雪。懶起畫蛾眉，弄粧梳洗遲。　照花前後鏡，花面交相映。新貼繡羅襦，雙雙金鷓鴣。

劉熙載稱：「温詞精妙絕人，然類不出乎綺怨，」（藝概）如此類之作是也。又如夢江南：

梳洗罷，獨倚望江樓。過盡千帆皆不是，斜暉脈脈水悠悠，腸斷白蘋洲。

則氣體清疏，饒有唱歎之音，不徒以金碧眩人眼目矣。

詩人嘗試塡詞，至庭筠遂臻絕詣；運思益密，技巧益精。然其末流，往往文浮於質，徒資王公大人以爲笑樂，而不足以道里巷男女哀樂之情；此亦文學進展所必然，不必以相詬病也。

第五章　令詞在西蜀之發展

唐末五代之亂，綿亘五六十年；惟西蜀南唐，克保偏安之局。蜀與三秦接壤，黄巢亂後，中原文士，多往歸之。大詩人韋莊（字端己，杜陵人。）兩度入蜀，留佐王建，建國稱尊，治號小康，得以餘力從事於文藝。其後王衍及後蜀孟昶，並好音樂，工聲曲，又沈醉於聲色歌舞之場，朝野歡娱，造成風氣。歐陽炯所謂：「綺筵公子，繡幌佳人，遞葉葉之花牋，文抽麗錦；舉纖纖之玉指，拍按香檀」（花間集序）者，猶可想像當時蜀中歌樂之盛；而「詩客曲子詞」乃於此「天府之土」發榮滋長，蔚爲偉觀。一代開山，端推韋氏。莊既挾歌詞種子，移植西川，薛昭藴、牛嶠（字松卿，隴西人。）毛文錫（字平珪，南陽人。）牛希濟、（嶠兄子。）歐陽炯、（益州人。）顧夐、魏承班、鹿虔扆、閻選、尹鶚（成都人。）毛熙震、（蜀人。）李珣（字德潤，梓州人。）之徒，相繼有作。花間一集，所收十八家詞，除溫庭筠、皇甫松、張泌、和凝、孫光憲外，餘皆蜀人，或曾仕宦於前後蜀者也。

花間詞派，首推溫、韋二家。庭筠開風氣之先，特工「香軟」；趙崇祚取冠花間集，藉見蜀中詞學之淵源。莊承其風，格已稍變；由其身經黃巢之亂，轉徙流離，後雖卜居成都，官至宰輔，而俯仰今昔，不能無慨於中；故其詞筆清疏，情意悽怨。古今詞話稱：「莊有寵人，資質豔麗，兼善詞翰。建聞之，托以教內人爲詞，強奪去。莊追念悒怏，作荷葉杯、小重山詞。」其幽怨深情，又非庭筠之爛醉「狹邪」中者可比。其小重山云：

一閉昭陽春又春。夜寒宮漏永，夢君恩。卧思陳事暗銷魂。羅衣溼，新揾舊啼痕。　歌吹隔重閽。遶庭芳草綠，倚長門。萬般惆悵向誰論？凝情立，宮殿欲黃昏。

堯山堂外紀稱此詞「流傳入宮，姬聞之，不食死。」韋詞牽涉此事者甚多，故其情特濃摯；而意深語淺，善用白描。近人況周頤稱其「尤能運密入疏，寓濃於淡」（詞林攷鑒稿本）其藝術之高在此。茲爲舉例如下：

浣溪沙：

夜夜相思更漏殘，傷心明月凭闌干，想君思我錦衾寒。　咫尺畫堂深似海，憶來惟把舊書看，幾時攜手入長安？

思帝鄉：

春日遊，杏花吹滿頭。陌上誰家年少足風流？妾擬將身嫁與一生休。縱被無情棄，不能羞。

西蜀詞人，受溫、韋二家影響，不免「分道揚鑣」。大抵濃麗香軟，專言兒女之情者，類從溫出；其淸疏緜遠，時有感歎之音者，則韋相之流波，而皇甫松實其先導也。

花間集稱松爲「皇甫先輩，」松爲湜子，疑其人或因避亂隱居蜀中。其詞格極悽婉。例如浪濤沙：

灘頭細草接疏林，浪惡罾船半欲沈。宿鷺眠鷗飛舊浦，去年沙觜是江心！

承松遺緒，而感慨興亡，開後來「懷古」一類之詞者，則有薛昭蘊與鹿虔扆。昭蘊有浣溪沙：

傾國傾城恨有餘，幾多紅淚泣姑蘇，倚風凝睇雪肌膚。吳主山河空落日，越王宮殿半平蕪，藕花菱蔓滿重湖。

虔扆有臨江仙：

金鏁重門荒苑靜，綺窗愁對秋空。翠華一去寂無蹤。玉樓歌吹，聲斷已隨風。 煙月不知人事改，夜闌還照深宮。藕花相向野塘中。暗傷亡國，清露泣香紅。

孫光憲稱昭蘊「恃才傲物，好唱浣溪沙詞。」（北夢瑣言）倪瓚謂：「鹿公抗志高節，偶爾寄情倚聲，而曲折盡變，有無限感慨淋漓處。」（古今詞話引）此在花間集中，又爲別具面目者也。

花間多作豔詞，而牛嶠、牛希濟、歐陽炯、顧敻尤工此體。況周頤稱嶠作西溪子、望江怨諸闋，「繁絃促柱間有勁氣暗轉，愈轉愈深。」（餐櫻廡詞話）其尤妖豔之作，則有菩薩蠻：

玉樓冰簟鴛鴦錦，粉融香汗流山枕。簾外轆轤聲，斂眉含笑驚。 柳陰煙漠漠，低鬢蟬釵落。須作一生拚，盡君今日歡。

結句與南唐後主之「奴爲出來難，教郎恣意憐，」同其風致。希濟爲嶠兄子，綽有家風。歐陽炯詞「大抵婉約輕和，不欲強作愁思。」（蓉城集）至其浣溪沙：

相見休言有淚珠，酒闌重得敘歡娛，鳳屏鴛枕宿金鋪。 蘭麝細香聞喘息，綺羅纖縷見肌膚，此時還恨薄情無？

況周頤謂：「自有豔詞以來，未有豔於此者。」（蕙風詞話）然以上三家之造語，所受庭筠影響爲多；顧敻喜用白描，乃與韋莊爲近。例如訴衷情：

永夜抛人何處去？絶來音。香閣掩，眉斂月將沈。爭忍不相尋？怨孤衾。換我心，爲你心，始知相憶深。

西蜀詞人，當以上述諸家爲最特色。至和凝（鄆州人。）歷仕後唐、後晉、後周三朝，著有紅葉稿；張泌（淮南人。）爲南唐內史；孫光憲（貴平人。）官荊南；而詞並爲花間集所收，特爲附著。三家以光憲著作最富，詞亦清婉，的是雅人吐屬。茲舉浣溪沙一闋爲例：

半踏長裾宛約行，晚簾疏處見分明，此時堪恨昧平生。　早是銷魂殘燭影，更愁聞著品絃聲，杳無消息若爲情。

令詞至花間諸賢，發展已臻極詣。陸游稱：「斯時天下岌岌，士大夫乃流宕如此，或者出於無聊。」（花間集跋）在無聊之中促進一種新興文藝之發達，亦事之不可解者已。

第六章　令詞在南唐之發展

南唐立國，近四十年；錦繡江山，免遭兵燹。中主李璟，（字伯玉，徐州人。）既擅文詞；後主煜（字重光，璟第六子。）繼之，兼精音律，嘗造念家山及振金鈴曲破。（五國故事）其妻昭惠后周氏，「通書史，善歌舞，尤工琵琶，」嘗製邀醉舞破。（陸游南唐書）後主夫婦，並工度曲。一時風氣所趨，故倚聲而作之歌詞，在南唐遂益發展。雖作者不及西蜀之衆，而開創之精神，或有過之。南唐詞境界日高，時復充分表現作者之個性，非花間詞派之所得牢籠也。

中主詞傳世不過四闋，而攤破浣溪沙二闋爲最著。茲錄其一云：

菡萏香銷翠葉殘，西風愁起綠波間。還與韶光共憔悴，不堪看。細雨夢回雞塞遠，小樓吹徹玉笙寒。多少淚珠何限恨，倚闌干。

江表志稱：「元帝（卽中主）割江之後，金陵對岸，卽爲敵境；因徙都豫章，每北顧忽忽不樂。」其詞之哀婉正見傷心人別有懷抱，南唐詞格之高以此；固不僅如王國維所稱：「大有衆芳蕪穢，美人遲暮之感」（人間詞話）而已也。

後主生於深宮之中，長於婦人之手，性仁愛而頗儒怯，在位十五年，保境安民，有小康之象；因得寄情聲樂，極意歌詞。其前期作品，類極風流豔麗。例如菩薩蠻：

花明月暗籠輕霧，今宵好向郎邊去。剗襪步香階，手提金縷鞋。　畫堂南畔見，一晌偎人顫。奴爲出來難，教郎恣意憐。

詞爲小周后作，極溫柔狎昵之致。迨國亡歸宋，日惟度其「眼淚洗面」之生活，而詞格一變。王國維云：「詞至李後主而眼界始大，感慨遂深，」（人間詞話）蓋亦就後期作品言耳。茲錄二闋如下：

相見歡：

林花謝了春紅，太悤悤，無奈朝來寒雨晚來風！　胭脂淚，相留醉，幾時重？自是人生長恨水長東！

浪淘沙：

簾外雨潺潺，春意闌珊，羅衾不耐五更寒。夢裏不知身是客，一晌貪歡。獨自莫憑欄，無限江山，別時容易見時難。流水落花春去也，天上人間。

讀之但覺血淚模糊，不勝悽抑。蓋後主以絕世才華，歷盡人間可喜可悲之境，兩重身世，懸隔天淵；所受刺激愈深，其所流露於文詞者，乃盡爲心頭之血；此後主詞之高絕，亦環境造成之也。

二主之外，有馮延己（字正中，廣陵人。）足爲南唐詞壇生色。延己作詞動機，由於「娛賓遣興。」其甥陳世脩嘗序其陽春集云：「公以金陵盛時，內外無事，朋僚親舊，或當燕集，多運藻思，爲樂府新詞，俾歌者倚絲竹而歌之。」由此可知南唐之風尚，正同西蜀；而延己所作，思深辭麗，時有「憂生念亂」之嗟，殆亦身世使然歟？近人馮煦稱其「鼓吹南唐，上翼二主，下啓歐晏，實正變之樞紐，短長之流別。」（唐五代詞選序）其影響北宋諸家，乃較花間爲大。例如鵲踏枝：

煩惱韶光能幾許？腸斷魂銷，看卻春還去。祇喜牆頭靈鵲語，不知青鳥全相誤。　心若垂楊千萬縷。水闊華蜚，夢斷巫山路。滿眼新愁無問處，珠簾錦帳相思否？

第七章　令詞之極盛

令詞自温庭筠之後，廣播於西蜀、南唐，經數十年之發揚滋長，蔚爲風氣。至宋統一中國，定都汴梁，士大夫承五代之遺風，留意聲樂，而令詞益臻全盛。卽席塡詞以付歌管，蓋已視爲文人「娛賓遣興」必要之資矣。

宋初詞接受南唐遺產。名家如晏氏父子、（殊字同叔，幾道字叔原，臨川人。）歐陽修皆江西人。江西故南唐屬地，中主曾一度遷都南昌，遺韻流風，必有存者。宋定江南，并收其樂以入汴京；歌詞所依之聲，亦遂相隨以俱北。馮氏陽春一集，又爲晏歐所宗；光大發揚，以成令詞之全盛時代；蓋亦多方面之關係，有以致之也。

宋初作者，有王禹偁、（字元之，鉅野人。）寇準、（字平仲，華州下邽人。）錢惟演、（字希聖，吳越王錢俶子。）范仲淹、（字希文，吳縣人。）潘閬（字逍遥，大名人。）諸人，然皆偶一爲之，未成專詣。其間惟范仲淹之漁家傲、蘇幕遮諸闋，蒼涼悲壯，開後來豪放一派之先河；潘閬之憶餘杭十首，風骨高峻，語帶烟霞，自成別調。其直接南唐令詞之系統者，則晏殊其首出者也。

殊官至宰相，極盡榮華，而所作小詞，「風流蘊藉，一時莫及。」（碧雞漫志）劉攽嘗稱：「元獻（殊）尤喜馮延己歌詞，其所自作，亦不減延己。」（中山詩話）其代表作如浣溪沙：

一曲新詞酒一杯，去年天氣舊亭臺，夕陽西下幾時回？　無可奈何花落去，似曾相識燕歸來，小園香徑獨徘徊。

一洗花間之穠豔，而千迴百折，哀感無端，轉於李後主爲近，不僅爲陽春法乳也。

繼晏殊而起，以令詞名家者，爲歐陽修。修爲詩文，並宗韓愈，以「道統」自任；獨游戲作小詞，至爲婉麗，與其詩格絕不相同。所爲六一詞，據陳振孫云「其間多有與花間、陽春相混者；亦有鄙褻之語一二廁其中，當是仇人無名子所爲也。」（直齋書錄解題）歐詞風格本近陽春，世所傳誦之蝶戀花，亦有傳爲延己作者；惟「庭院深深」一闋，李易安酷愛其語，（詞苑叢談）當爲歐作無疑。全闋如下：

庭院深深深幾許？楊柳堆煙，簾幙無重數。玉勒雕鞍游冶處，樓高不見章臺路。　雨橫風狂三月暮。門掩黃昏，無計留春住。淚眼問花花不語，亂紅飛過鞦韆去。

修又嘗爲采桑子十一闋，以述西湖之勝；漁家傲十二闋，以紀十二月節令；以一曲重疊製詞，聯成一套；蓋亦漸感令詞之篇幅過隘，不足以資發抒矣。

北宋令詞，發揚於晏殊、歐陽修，而極其致於晏幾道。幾道生長富貴家，壯乃落拓不偶，而又「賦性耿介，不踐諸貴之門」（碧雞漫志）「磊隗權奇，疏於顧忌」（黃庭堅小山詞序），其前後生活狀況之變化，足以養成其千迴百折之詞心。其自序小山詞云：「叔原往者浮沈酒中，病世之歌詞，不足以析酲解慍；試續南部諸賢緒餘，作五七字語，期以自娛；不獨敍其所懷，兼寫一時杯酒間聞見所同游者意中事。」其詞多抒離合悲歡之感，而技術特高；黃庭堅稱其「嬉弄於樂府之餘，而寓以詩人之句法，清壯頓挫，能動搖人心；……可謂狹邪之大雅，豪士之鼓吹，其合者高唐洛神之流，其下者豈減桃葉團扇？」（小山詞序）不爲溢美矣。茲錄二闋如下：

臨江仙：

夢後樓臺高鎖，酒醒簾幙低垂，去年春恨卻來時。落花人獨立，微雨燕雙飛。 記得小蘋初見，兩重心字羅衣，琵琶絃上說相思。當時明月在，曾照彩雲歸。

生查子：

墜雨已辭雲，流水難歸浦。遺恨幾時休？心抵秋蓮苦。 忍淚不能歌，試託哀絃語。絃語願相逢，知有相逢否？

小山詞意格之高超，結構之精密，信爲令詞中之上乘；令詞之發展至此遂達最高峯；後有作者，不復能出其範圍矣。

北宋初年，小令盛行於士大夫間，而教坊樂工，乃極意於慢曲；慢詞日盛，而小令漸衰。歐晏當新舊遞嬗之交，雖專精於小令，而漸用較長之調，以應歌者之需求。殊雖不曾道「鍼綫慵拈伴伊坐」（畫墁錄引殊答柳永語）而所作山亭柳：

家住西秦，賭薄藝隨身。花柳上，鬭尖新。偶學念奴聲調，有時高遏行雲。蜀錦纏頭無數，不負辛勤。 數年來往咸京道，殘杯冷炙謾銷魂。衷腸事，託何人？若有知音見采，不辭徧唱陽春。一曲當筵落淚，重掩羅巾。

與其小令之含婉不露者，風致自殊；其爲適應歌者之要求，可以想見。六一詞中所有鄙褻之作，亦長調爲多。意當時士大夫間，與倡樓酒館，歌詞需要，雅俗不同；修以游戲出之，不必悉爲小人僞造也。

第八章　慢詞之發展

慢曲之爲文人注意，實始於柳永。（字耆卿，初名三變，崇安人。）南宋吳曾云：「詞自南唐以來，但有小令。慢曲當起於宋仁宗朝，中原息兵，汴京繁庶，歌臺舞席，競賭新聲。耆卿失意無俚，流連坊曲；遂盡收俚俗語言編入詞中，以便伎人傳習。一時動聽，散播四方。其後東坡、少游、山谷等相繼有作，慢詞遂盛。」（能改齋漫錄）世之言詞學者，遂以永爲長調之「開山」，而雲謠集雜曲子中，唐人已有長調，特皆出於民間之無名作者，恆爲士大夫所鄙夷，必待永之「日與儇子縱游倡館酒樓間，無復檢約」（藝苑雌黃）者，始肯低首下心爲之製作，故發展稍遲耳。

宋史樂志稱：「宋初置教坊，得江南樂，已汰其坐部不用。自後因舊曲創新聲，轉加流麗。」柳詞依此種新聲而作，樂章一集，長調爲多。葉夢得稱：「永爲舉子時，多游狹邪，善爲歌詞。教坊樂工，每得新腔，必求永爲辭，始行於世。」（避暑錄話）陳師道亦言：「三變游東都南北二巷，作新樂府，骫骳從俗，天下詠之。」（后山詩話）永對慢詞創作之多，蓋應樂工歌妓之請而擴張詞體，遂爲詞壇別開廣大法門；雖內容「大概非羇旅窮愁之詞，則閨門淫媟之語，」（藝苑雌黃）不足引以爲病也。柳詞既多應歌之作，爲迎合倡家心理，不得不雜以「俚俗語言。」黃昇稱：「耆卿長於纖豔之詞，」（唐宋諸賢絕妙詞選）實出當時需要。例如晝夜樂之下闋：

洞房飲散簾幃靜，擁香衾，歡心稱。金鑪麝裊青煙，鳳帳燭搖紅影。無限狂心乘酒興，這歡娛漸入嘉景。猶自怨鄰雞，道秋宵不永。

此類作品在樂章集中佔最多數；其流傳之廣，所謂「凡有井水處，必能歌柳詞」（避暑錄話）者，必爲此類之作無疑。然柳詞勝處，固不在此。其述羇旅行役之感於「鋪敍展衍」中，有縱橫排宕之致，具見筆力。例如戚氏：

晚秋天，一霎微雨灑庭軒。檻菊蕭疏，井梧零亂惹殘煙。淒然，望江關，飛雲黯淡夕陽閒。當時宋玉悲感，向此臨水與登山。遠道迢遞，行人淒楚，倦聽隴水潺湲。正蟬吟敗葉，蛩響衰草，相應喧喧。孤館度日如年。風露漸變，悄悄至更闌。長天淨，絳河清淺，皓月嬋娟。思緜緜，夜永對景那堪屈指暗想從前。未名未祿，綺陌紅樓，往往經歲遷延。　帝里風光好，當年少日，暮宴朝歡。況有狂朋怪侶，遇當歌對酒競留連。別來迅景如梭，舊遊似夢，煙水程何限？念利名憔悴長縈絆，追往事空慘愁顏。漏箭移稍覺輕寒，漸嗚咽畫角數聲殘。對閒窗畔，停燈向曉，抱影無眠。

直將作者個性，及其生活狀況，充分表現於字裏行間。以二百十二字之歌詞，兼寫景、抒情、述事，頗似杜甫作歌行手段；其體勢之開拓，實亦下啓東坡。又不獨八聲甘州之「霜風淒緊，關河冷落，殘照當樓，」爲「不減唐人高處」（侯鯖錄引東坡說）而已。

與永並稱而亦常作慢詞者，有張先。（字子野，烏程人。）晁无咎云：「子野與耆卿齊名，而時以子野不及耆卿。然子野韻高，是耆卿所乏處。」（詞林紀事引）先以天仙子一詞負盛譽，宋祁至呼爲「雲破月來花弄影郎中。」（古今詞話）所作慢詞，質與量皆遠不及永之豐富；然其人極爲蘇軾所推重，謂：「子野詩筆老妙，歌詞乃其餘波耳。」（張子野詞跋）陳師道稱：「張子野老於杭，多爲官伎作詞；」（后山詩話）是其詞亦多應歌之作，與永同爲依新聲而創製。其長調以謝池春慢爲最著，題爲「玉仙觀道中逢謝媚卿」云：

繚牆重院，時聞有啼鶯到。繡被掩餘寒，畫幕明新曉。朱檻連空闊，飛絮知多少？徑莎平，池水渺。日長風靜，花影閒相照。　塵香拂馬，逢謝女城南道。秀豔過施粉，多媚生輕笑。鬪色鮮衣薄，碾玉雙蟬小。歡難偶，春過了。琵琶流怨，都入相思調。

此外長調尚有山亭宴慢、卜算子慢、喜朝天、破陣樂、傾杯、熙州慢等十數闋，大抵皆清代周濟所謂：「只是偏才，無大起落」（介存齋論詞雜著）者也。

宋史樂志以「慢曲」與「急曲」對舉，而後世悉以詞中之長調為慢詞，推張、柳二家，為創作慢詞之祖。然長調是否悉為「慢曲」，尚有疑問；特慢詞之創作，在文人則張、柳實開風氣之先，要為不可掩之事實耳。

第九章　詞體之解放

自柳永多作慢詞，恢張詞體，疆域日廣，其所容納之資料，遂亦日見豐富。惟在永爲應教坊樂工之要求，倚曲製詞，勢必求諧音律，不能無所拘制；且爲迎合羣衆心理，不得不側重於兒女之情，「骫骳從俗，」以取悦於當世，而體勢既經拓展，曲調又極流行，高尚文人，亦多嫻習；乃有感於此種新興體製之可以應用無方，而僅言兒女私情，不足以饜知識階級之慾望；於是内容之擴大，相挾促進詞體，以入於解放之途；而蘇軾以橫放傑出之才，遂爲詞壇别開宗派；此詞學史上之劇變，亦即詞體所以能歷久常新之故也。

胡寅嘗稱：「詞曲者古樂府之末造；然文章豪放之士，鮮不寄意於此者，隨亦自掃其跡，曰浪謔遊戲而已。柳耆卿後出，掩衆製而盡其妙，好之者以爲不可復加。及眉山蘇氏，一洗綺羅香澤之態，擺脱綢繆宛轉之度，使人登高望遠，舉首高歌，而逸懷浩氣，超然乎塵垢之外；於是花間爲皁隸，而柳氏爲與豪矣。」（酒邊詞序）以嚴肅態度塡詞，而提高詞在文學上之地位，一洗士大夫卑視詞體之心理，實自軾發之。王灼云「東坡先生，非心醉於音律者；偶爾作歌，指出向上一路，新天下耳目，弄筆者始知自振」（碧雞漫志）可謂深知蘇詞價值之所在者矣。

軾以才情學問爲詞，晁補之所謂「橫放傑出，自是曲子內縛不住者。」由是而傷今懷古，說理談禪，並得以詞表之，體用遂益宏大。東坡詞全部風格，王鵬運以「清雄」二字當之；（說詳詞林攷鑒）然亦隨年齡環境爲轉移，大約以中年官徐州及謫貶黃州數年中所作爲最勝。例如：

永遇樂：

明月如霜，好風如水，清景無限。曲港跳魚，圓荷瀉露，寂寞無人見。紞如三鼓，鏗然一葉，黯黯夢雲驚斷。夜茫茫，重尋無處，覺來小園行徧。　天涯倦客，山中歸路，望斷故園心眼。燕子樓空，佳人何在，空鎖樓中燕。古今如夢，何曾夢覺，但有舊歡新怨。異時對，黃樓夜景，爲余浩歎。（徐州作）

臨江仙：

夜飲東坡醒復醉，歸來髣髴三更。家童鼻息已雷鳴。敲門都不應，倚杖聽江聲。 長恨此身非我有，何時忘卻營營？夜闌風靜縠紋平。小舟從此逝，江海寄餘生。（黃州作）

以及洞仙歌「冰肌玉骨，」念奴嬌「大江東去，」卜算子「缺月挂疏桐」諸闋，皆此一時期作品也。

自軾解放詞體，而作者個性，始充分表現於詞中；其特徵則調外有題，不必全諧音律。聞軾風而起者，有黃庭堅、晁補之、葉夢得、（字少蘊，吳縣人。）向子諲、（字伯恭，臨江人。）陳與義、辛棄疾（字幼安，歷城人。）諸人。元好問稱：「坡以來，山谷、晁無咎、陳去非、辛幼安諸公，俱以歌詞取稱，吟詠情性，留連光景，清壯頓挫，能起人妙思；亦有語意拙直，不自緣飾，因病成妍者，皆自坡發之。」（遺山文集新軒樂府序）辛爲南宋大家，後當別論；葉、向、陳雖入南渡，而詞派純出東坡；近人朱孝臧嘗稱：「學東坡得眞髓者，惟葉少蘊一人。」茲幷黃晁二家，附述於下：

黃晁二家，皆東坡門下士。王灼稱：「晁無咎、黃魯直皆學東坡，韻製得七八；黃晚年（案當作早年）間放於狹邪，故有少疏蕩處。」（碧雞漫志）黃與秦觀並稱「秦七黃九，」（后山詩話）而作風迥不相同。庭堅少作多豔詞，且雜方言俚語，實於柳永爲近；晚年始步趨蘇氏，間以禪理入詞；又如檃括醉翁亭記爲瑞鶴仙，叶韻處全用「也」字，下開南宋稼軒一派詭異之風。補之嘗言：「魯直間作小詞固高妙，然不是當行家語，自是著腔子唱好詩；」（直齋書錄解題引）亦就其作品之近東坡者言也。茲舉鷓鴣天（答史應之）一闋爲例：

黃菊枝頭生曉寒，人生莫放酒杯乾。風前橫笛斜吹雨，醉裏簪花倒著冠。　身健在，且加餐，舞裙歌板盡清歡。黃花白髮相牽挽，付與時人冷眼看。

補之詞坦易之懷，磊落之氣，確是東坡「法乳」。近人馮煦謂：「无咎無子瞻之高華，而沈咽則過之。」（宋六十一家詞選序例）其作品最爲世所稱誦者，無過摸魚兒「東皐寓居」一闋：

買陂塘、旋栽楊柳，依稀淮岸江浦。東皐嘉雨新痕漲，沙觜鷺來鷗聚。堪愛處，最好是、一川夜月光流渚。無人獨舞。任翠幕張天，柔茵藉地，酒盡未能去。　青綾被、莫憶金閨故步，儒冠曾把身誤。弓刀千騎成何事？荒了邵平瓜圃。君試覷，滿青鏡星星，鬢影今如許！功名浪語。便似得班超，封侯萬里，歸計恐遲暮。

波瀾壯闊，下啓稼軒。晁、辛皆山東人，同具豪放之氣，而補之繼往開來之功，爲不可沒矣。

夢得爲紹聖四年進士，宜亦及見東坡。關注序其石林詞，謂：「晚歲落其華而實之，能於簡淡時出雄傑，合處不減靖節、東坡之妙，豈近世樂府之流？」其代表作如水調歌頭：

霜降碧天凈，秋事促西風。寒聲隱地，初聽中夜入梧桐。起瞰高城四顧，寥落關河千里，一醉與君同。疊鼓鬧清曉，飛騎引雕弓。　歲將晚，客爭笑，問衰翁：平生豪氣安在？走馬爲誰雄？何似當筵虎士，揮手絃聲響處，雙雁落遙空。老矣眞堪惜，回首望雲中。

在東坡以前，塡詞者類爲娛賓遣興，應用之途至狹。至東坡乃悍然不顧一切，借其體而解縱之，以建立「詩人之詞」。同時如陳師道，嘗譏：「子瞻以詩爲詞，如教坊雷大使之舞，雖極天下之工，要非本色」；（后山詩話）而王安石桂枝香一曲，則頗引東坡爲同調。安石非專力於詞者，不足以壯陣容；東坡特自行其是，別開疆域，亦恃其才名足以凌駕當時豪俊，故能嘗試成功耳。既得黃晁二家，爲之輔翼，夢得更延一綫；下逮南宋，向子諲以理學名臣，陳與義以一代詩家，助其張目，遂蔚成風氣，廣被於南北各方矣。

第十章　正宗詞派之建立

自蘇軾與柳永分道揚鑣，而詞家遂有「別派」「當行」之目；後來更分「婉約」「豪放」二派，而認「婉約」者爲正宗。李清照論詞，謂「別是一家，知之者少。後晏叔原、賀方回、秦少游、黃魯直出，始能知之。又晏苦無鋪敍，賀苦少典重；秦則專主情致而少故實，譬如貧家美女，非不妍麗，而終乏富貴；黃卽尚故實而多疵病，如良玉有瑕，價自減半」（苕溪漁隱叢話引）此論詞者所以有「當行」之說也。又其譏柳永則曰：「雖協音律，而詞語塵下；」對晏殊、歐陽修、蘇軾則曰：「皆句讀不葺之詩爾，又往往不協音律。」由此以言，則所謂正宗派，必須全協音律，而又不可「詞語塵下；」此秦、賀諸家之所以爲「當行」也。晏、黃業見前章；其建立正宗詞派者，當自秦賀二家始，而周邦彥實集其成。

秦觀（字少游，揚州高郵人。）少豪雋，慷慨溢於文詞，（宋史文苑傳）而其詞特以「婉約」

稱，初亦頗受柳永影響。葉夢得云：「少游亦善爲樂府語工而入律，知樂者謂之作家；元豐間，盛行於淮楚。蘇子瞻于四學士中最善少游；故他文未嘗不極口稱善，豈特樂府？然猶以氣格爲病，故嘗戲云：『山抹微雲秦學士，露華倒影柳屯田。』『露華倒影』柳永破陣樂語也。」（避暑錄話）秦詞應歌之作，有近似柳、黃二家者；而其出色當行，情景交鍊處，則多深婉不迫之趣，迥絕時流。例如八六子：

倚危亭，恨如芳草，萋萋剗盡還生。念柳外青驄別後，水邊紅袂分時，愴然暗驚。無端天與娉婷，夜月一簾幽夢，春風十里柔情。怎奈向、歡娛漸隨流水，素絃聲斷，翠綃香減，那堪片片飛花弄晚，濛濛殘雨籠晴。正銷凝，黃鸝又啼數聲。

傷離念遠之情，描寫達於聖境。迨坐黨籍謫貶南遷，詞格遂由溫婉而入於淒咽。例如阮郎歸郴州作：

湘天風雨破寒初，深沈庭院虛。麗譙吹罷小單于，迢迢淸夜徂。 鄉夢斷，旅魂孤，崢嶸歲又除。衡陽猶有雁傳書，郴陽和雁無！

純爲哀婉之音。其在衡陽作千秋歲一詞，尤爲蘇、黃所激賞。要之觀以環境關係，晚年稍變作風；而其衣被詞人，則仍在以「婉約」爲正宗派「開山作祖」也。

賀鑄（字方回，山陰人。）喜劇談天下事，可否不略少假借，人以爲近俠。然博學強記，工語言，深婉麗密，如比組繡；尤長於度曲，掇拾人所遺棄，少加檃括，皆爲新奇。嘗言：「吾筆端驅使李商隱、溫庭筠，當奔命不暇。」（葉夢得建康集賀鑄傳）張耒序其東山樂府云：「余友賀方回，博學業文，而樂府之詞，高絕一世；攜一編示余，大抵倚聲而爲之詞，皆可歌也。」鑄以青玉案「梅子黃時雨」一語負盛名，時謂之「賀梅子。」王灼以鑄與周邦彥並稱，謂：「賀六州歌頭、望湘人、吳音子諸曲，周大酺、蘭陵王諸曲最奇崛。」（碧雞漫志）鑄詞有以「奇崛」勝者，然以近於「婉約」一派者爲多；特以健筆寫柔情，又與秦觀異趣耳。例如伴雲來：（即天香）

烟絡橫林，山沈遠照，邐迤黃昏鐘鼓。燭映簾櫳，蛩催機杼，共苦清秋風露。不眠思婦，齊聲和幾聲砧杵。驚動天涯倦宦，駸駸歲華行暮。　當年酒狂自負，謂東君以春相付。流浪征驂北道，客檣南浦，幽恨無人晤語。賴明月曾知舊游處，好伴雲來，還將夢去。

其小令於二晏之外，又別具風格，時近南朝樂府。例如陌上郎：（即生查子）

西津海鷁舟，徑度滄江雨。雙艣本無情，鴉軋如人語。　揮金陌上郎，化石山頭婦。何物繫君心？

三歲扶牀女。

周邦彥（字美成，自號淸眞居士，錢塘人）以獻汴都賦知名。徽宗置大晟樂府，命邦彥作提舉官，而製撰官又有万俟詠（字雅言，自號大梁詞隱）等相與「討論古音，審定古調。淪落之後，少得存者；由是八十四調之聲稍傳，而美成諸人又復增演慢曲、引、近，或移宮換羽，爲三犯、四犯之曲，按月律爲之，其曲遂繁。」（張炎詞源）宋史亦稱：「邦彥好音樂，能自度曲。」（文苑傳）其詞以健筆寫柔情，承賀氏之風而發揚光大之，更多創調。近人王國維謂：「讀其詞者，猶覺拗怒之中，自饒和婉；曼聲促節，繁會相宣，清濁抑揚，轆轤交往，兩宋之間，一人而已。」（淸眞先生遺事）音律與詞情兼美，淸眞實集詞學之大成，宜後世之奉爲正宗也。其代表作如六醜「薔薇謝後作」：

正單衣試酒，悵客裏光陰虛擲。願春暫留，春歸如過翼，一去無迹。爲問家何在？夜來風雨，葬楚宮傾國。釵鈿墮處遺香澤，亂點桃蹊，輕翻柳陌。多情更誰追惜？但蜂媒蝶使，時叩窗隔。　東園岑寂，漸蒙籠暗碧。靜遶珍叢底，成歎息。長條故惹行客，似牽衣待話，別情無極。殘英小，強簪巾幘，終不似，一朵釵頭顫裊，向人欹側。漂流處，莫趁潮汐。恐斷紅尚有相思字，何由見得？

千迴百折，令人玩味無窮；法度謹嚴，尤足示人矩矱。沈伯時謂：「作詞當以清眞爲主。蓋清眞最爲知音，且無一點市井氣；下字運意，皆有法度，往往自唐宋諸賢詩句中來，而不用經史中生硬字面。」（樂府指迷）所謂正宗詞派之標準如此，此清眞詞之所以爲當行出色者歟？

詞家所謂「當行」之作，除上述三家外，其在北宋，尙有趙令時、（字德麟，宋宗室。）晁端禮、（字次膺，其先澶州清豐人，徙家彭門。）李之儀、（字端叔，滄州無棣人。）毛滂（字澤民，衢州人。）之徒，並以詞著稱一時，風格與秦、周一派爲近。令時作商調蝶戀花十首，詠會眞記事，開後來歌劇之風。端禮以鳴頭錄一詞負盛名，作風殊清婉；其人曾官大晟府協律，又作黃河清慢，「偉男髫女皆爭唱之。」（鐵圍山叢談）之儀姑溪一集，風調在片玉、漱玉之間；（毛晉說）其卜算子詞，直是古樂府俊語，又與賀鑄爲近。其詞如下：

我住長江頭，君住長江尾。日日思君不見君，共飲長江水。　此水幾時休？此恨何時已？只願君心似我心，定不負相思意。

毛滂以惜分飛詞著名，其結句云：「今夜山深處，斷魂分付潮來去。」周煇所稱：「語盡而意不盡，意盡而情不盡」者是也。自趙令時以下四家，皆與東坡或其門人往還至密，而詞格則絕不受東坡影響；知當時所重固在「當行」作家矣。

收北宋「當行」詞家之局，而以「婉約」著稱者，爲女詞人李淸照。（號易安居士，濟南人，格非女，諸城趙明誠妻。）張端義極稱其聲聲慢詞，連下十四疊子，謂爲「公孫大娘舞劍器手。」（貴耳集）近人沈曾植又謂：「易安跌宕昭彰，氣調極類少游，刻摯且兼山谷。」（菌閣瑣談）要其當行本色，固秦、賀之流亞也。茲錄浣溪沙一闋爲例：

髻子傷春懶更梳，晚風庭院落梅初，淡雲來往月疏疏。　玉鴨熏鑪閒瑞腦，朱櫻斗帳掩流蘇，通犀還解辟寒無？

第十一章　民族詞人之興起

自金兵南侵，二帝北狩，汴京歌舞，散爲雲煙，大晟遺聲，同歸歇絶；而一時富於民族思想之士，憤「金甌」之乍缺，傷「左衽」之堪羞，莫不慷慨激昂，各抱收復失地之雄心，藉抒「直搗黄龍」之蓄念；而高宗誤信讒佞，不惜靦顏事仇，逼處臨安，以度其「小朝廷」生活；坐令士氣消阻，一蹶而不可復興。志士仁人，内蔽於國賊，外迫於強寇，滿腔忠憤，無所發抒；於是乃藉「横放傑出」之歌詞，以一洩其抑塞磊落不平之氣，悲歌當哭，鬱勃蒼涼。自南渡以迄於宋亡，此一系之作者，繇繇不絶；此詞體解放後之産物，爲民族生色不少也。

南渡初期作家，如張元幹、（字仲宗，長樂人。）張孝祥、（字安國，歷陽烏江人。）韓元吉、（字无咎，許昌人。）辛棄疾、（字幼安，號稼軒，歷城人。）陸游、陳亮、（字同甫，婺州永康人。）劉過（字改之，號龍洲道人，吉州太和人。）之倫，並有關懷家國，表現民族精神之作品，而辛棄疾爲之魁。其在當時名將，則岳飛（字鵬舉，相州湯陰人。）之滿江紅一闋，最爲世所傳誦，亦稼軒一派之先聲也。其詞如下：

怒髮衝冠，憑闌處、瀟瀟雨歇。擡望眼，仰天長嘯，壯懷激烈。三十功名塵與土，八千里路雲和月。莫等閒，白了少年頭，空悲切。靖康恥，猶未雪。臣子憾，何時滅？駕長車踏破，賀蘭山缺。壯志飢餐胡虜肉，笑談渴飲匈奴血。待從頭、收拾舊山河，朝天闕。

棄疾年二十三，決策南向，屢官至湖南安撫使，鍊飛虎營，慨然以恢復中原爲己任；（事詳宋史本傳）性豪爽，尚氣節，識拔英俊。既阻於邪議，志不克伸，乃一發之於詞。劉辰翁稱其「橫豎爛漫，乃如禪宗棒喝，頭頭皆是；又如悲笳萬鼓。」又謂：「斯人北來，喑嗚鷙悍，欲何爲者？而讒擯銷沮，白髮橫生，亦如劉越石陷絕失望，花時中酒，託之陶寫，淋漓慷慨，此意何可復道？」（須溪集稼軒詞序）稼軒詞之精神所寄，即在其悲壯襟懷，充分表現於長短句中。劉克莊稱：「公所作大聲鏜鎝，小聲鏗鍧，橫絕六合，掃空萬古。」（後邨詩話）其晚年退居江西之作，雖力求閒淡，且以「明白如話」出之；而「老驥伏櫪，壯心未已」一種鬱勃蒼莽之氣，猶躍然楮墨間。其代表作如摸魚兒「淳熙己亥，自湖北漕移湖南，同官王正之置酒小山亭爲賦：」

更能消、幾番風雨？匆匆春又歸去！惜春長怕花開早，何況落紅無數？春且住，見說道、天涯芳草無歸路。怨春不語。算只有殷勤，畫簾蛛網，盡日惹飛絮。　長門事，準擬佳期又誤！蛾眉曾有人妒。千金縱買相如賦，脈脈此情誰訴？君莫舞，君不見、玉環飛燕皆塵土。閑愁最苦。休去倚危闌，斜陽正在，煙柳斷腸處！

張元幹以送胡邦衡、（銓）李伯紀（綱）詞獲罪。其送胡賀新郎，有「夢繞神州路，悵秋風連營鼓角，故宮離黍。底事崑崙傾砥柱？九地黄流亂注，聚萬落千村狐兔」之語；其感時憂國之懷抱，可於絃外得之。

張孝祥詞駿發踔厲，寓以詩人句法。其在建康留守席上所賦六州歌頭一曲，尤爲慷慨激昂；今日讀之，尚有餘痛。迻錄如下：

長淮望斷，關塞莽然平。征塵暗，霜風勁，悄邊聲，黯銷凝。追想當年事，殆天數，非人力，洙泗上，絃歌地，亦羶腥。隔水氈鄉，落日牛羊下，區脫縱横。看名王宵獵，騎火一川明，笳鼓悲鳴，遣人驚。

念腰間箭匣中劍，空埃蠹，竟何成？時易失，心徒壯，歲將零。渺神京，干羽方懷遠，靜烽燧，且休兵。冠蓋使紛馳騖，若爲情。聞道中原遺老，常南望翠葆霓旌。使行人到此，忠憤氣塡膺，有淚如傾。

韓元吉、陳亮、劉過並與稼軒交遊，引爲同調；詞格雖遠不逮辛氏，要亦具有壯烈懷抱者也。陸游號稱「愛國詩人」，間作小詞，聲情激壯。例如夜游宮：

雪曉淸笳亂起，夢游處不知何地？鐵騎無聲望似水。想關河，雁門西，靑海際。　睡覺寒燈裏，漏聲斷，月斜牕紙。自許封侯在萬里。有誰知？鬢雖殘，心未死。

南宋偏安既久，故老凋零，悲壯之音，漸見銷歇。逮乎末季，復有劉克莊、（字潛夫，號後村，莆田人。）劉辰翁（字會孟，廬陵人。）二大家，皆醉心於稼軒者。克莊詞於豪邁中具有家國之感，足予銷沈放任之士習以極大教訓。例如玉樓春「戲林推」：

年年躍馬長安市，客舍似家家似寄。靑錢換酒日無何，紅燭呼盧宵不寐。　易挑錦婦機中字，難得玉人心下事。男兒西北有神州，莫滴水西橋畔淚。

辰翁身經亡國之痛，寄其悲憤於「倚聲」。其摸魚兒「酒邊留同年徐雲屋」詞，有「東風似舊，問前度桃花，劉郎能記，花復認郎否？」之句；湖山易主，血淚同流；視稼軒之「煙柳斜陽」同其哀怨。近人況周頤謂：「須溪詞多眞率語，滿心而發，不假追琢，有掉臂游行之樂。其詞筆多用中鋒，風格遒上，略與稼軒旗鼓相當。」（餐櫻廡詞話）辛、劉詞格略同，特劉多亡國哀思之音耳。

南宋民族詞人，除上述諸家外，如朱敦儒（字希眞，洛陽人。）相見歡之「中原亂，簪纓散，幾時收？試倩悲風吹淚過揚州；」劉仙倫（字叔儗，廬陵人。）念奴嬌之「勿謂時平無事也，便以言兵爲諱，眼底關河，樓頭鼓角，都是英雄淚；」陳經國（潮州人。）沁園春之「平戎策就，虎豹當關，渠自無謀，事猶可做，更剔殘燈抽劍看；」方岳（字巨山，號秋崖，祁門人。）水調歌頭之「莫倚闌干北，天際是神州；」李演（字廣翁，號秋堂。）賀新郎之「落落東南牆一角，誰護河山萬里？」（以上參考陳廷焯白雨齋詞話）文天祥（字宋瑞，號文山，吉安人。）大江東去之「銅雀春情，金人秋淚，此恨憑誰雪？」凡茲所列，無不悲憤蒼涼，饒有激壯之音，足見人心未死。此在詞家爲「別派」，而生氣凜然；誰謂詞體脫離音樂，即失其活動性哉？

第十一章　南宋詞之典雅化

清代朱彝尊論詞，謂：「至南宋始極其工，至宋季而始極其變。」（詞綜發凡）又言：「詞莫善於姜夔；宗之者張輯、盧祖皋、史達祖、吳文英、蔣捷、王沂孫、張炎、周密、陳允平、張翥、楊基、皆具夔之一體。」（黑蝶齋詞序）張翥、楊基為元、明人，餘並為南宋之所謂正統詞派，而以「醇雅」為歸者也。

宋室南渡，大晟遺譜莫傳；於是音律之講求，與歌曲之傳習，不屬之樂工歌妓，而屬之文人與貴族所蓄之家姬；向之歌詞為雅俗所共獲聽者，至此乃為貴族文人之特殊階級所獨享；故於辭句務崇典雅，音律益究精微；此南宋詞之所以為「深」，而與北宋殊其歸趣者也。

南宋偏安之局既定，士習苟安，時或放意聲歌，藉以「亂思遺老」。是時臨安方面，則有張鎡（字功甫，號約齋，俊孫。）極聲伎之盛；浩然齋雅談曾記陸游會飲於鎡之南湖園，酒酣，主人出小姬新桃者歌自製曲以侑尊。蘇州方面，則有范成大，亦家蓄聲伎。硯北雜志稱：「堯章（姜夔）製暗香疎影兩曲，公（成大）使二妓肄習之，音節清婉。堯章歸吳興，公尋以小紅贈之。」張、范二家，以園亭聲伎，馳譽蘇、杭；一時名士大夫，競相趨附。紫桃軒雜綴又稱：「功甫豪侈而有清尚，嘗來吾郡海鹽，作園亭自恣，令歌兒衍曲，務爲新聲，所謂海鹽腔也。」南宋聲曲產生之地，既屬私家，其人又儒雅風流，故宜與教坊樂工異其好尚。姜、張詞派之歸於「醇雅」，此其重大原因也。

姜夔（字堯章，自號白石道人，鄱陽人。）生於饒，長於沔，流寓於湖，往來於蘇、杭之間，與鎡、成大並爲文字友。張羽稱其「通陰陽律呂，古今南北樂部；凡管絃雜調，皆能以詞譜其音。」（白石道人傳）夔亦自言：「予頗喜自製曲，初率意爲長短句，然後協以律，故前後闋多不同。」（長亭怨慢）夔以詞家兼精音律，特多創調；其音節之諧婉，與詞筆之清空，視北宋秦、周諸家，又自別闢境界。張炎論詞主「清空」，謂：「清空則古雅峭拔；」又稱：「白石詞如暗香、疎影、揚州慢、一萼紅、琵琶仙、探春、八歸、淡黃柳等曲，不惟清空，又且騷雅，讀之使人神觀飛越。」茲錄揚州慢一闋如下：

淮左名都，竹西佳處，解鞍少駐初程。過春風十里，盡薺麥青青。自胡馬窺江去後，廢池喬木，猶厭言兵。漸黃昏清角，吹寒都在空城。　杜郎俊賞，算而今重到須驚。縱豆蔻詞工，青樓夢好，難賦深情。二十四橋仍在，波心蕩冷月無聲。念橋邊紅藥，年年知爲誰生？

此詞洵可以「清空騷雅」四字當之。至暗香、疏影二闋，最爲世所稱道，而多用故實，反令人莫測其旨意所在，此吾國文人之慣技，亦過崇典雅者之通病也。

汪森爲詞綜作序，謂：「鄱陽姜夔出，句琢字鍊，歸於醇雅；於是史達祖、高觀國羽翼之。」達祖（字邦卿，汴人。）惟工詠物，別詳下章。張炎以觀國（字賓王，山陰人。）與姜、史及吳文英（字君特，號夢窗，四明人。）並稱，謂其「格調不凡，句法挺異，俱能特立清新之意，删削靡曼之詞，自成一家。」（詞源）張輯，（字宗瑞，號東澤，鄱陽人。）盧祖皋，（字申之，號蒲江，永嘉人。）雖與白石同調，而無甚獨到處；盧較眞力彌滿耳。典雅詞派之中堅人物，不得不推吳文英。

與文英同時之尹煥，（字惟曉，號梅津，山陰人。）卽極推重吳詞，謂：「求詞於吾宋，前有清眞，後有夢窗，此非煥之言，天下之公言也。」（絕妙好詞箋）而張炎則持反對之說，謂：「詞要清空，不要質實；質實則凝澀晦昧。吳夢窗詞，如七寶樓臺，眩人眼目，碎拆下來，不成片段。」（詞源）夢窗之於白石，雖境界不同，而風氣所趨，並崇典雅；詞家之典雅派，亦至夢窗始正式建立。沈義父述其曾與夢窗講論作詞之法，而爲之說云：「音律欲其協，不協則成長短之詩；下字欲其雅，不雅則近乎纏令之體；用字不可太露，露則直突而無深長之味；發意不可太高，高則狂怪而失柔婉之意」（樂府指迷）此南宋典雅詞派之最高標準也。義父又言：「夢窗深得清眞之妙，其失在用事下語太晦處，人不可曉。」（樂府指迷）後之論吳詞者，毀譽參半；要其造語奇麗，而能以疏宕沈著之筆出之；其虛實兼到之作，誠有如周濟所稱：「奇思壯采，騰天潛淵」（宋四家詞選序論）者；亦豈容以其有過晦澀處，而一概抹殺之也？茲錄八聲甘州「靈巖陪庾幕諸公游」一闋爲例：

渺空煙四遠，是何年青天墜長星？幻蒼崖雲樹，名娃金屋，殘霸宮城。箭徑酸風射眼，膩水染花腥。時靸雙鴛響，廊葉秋聲。　宮裏吳王沈醉，倩五湖倦客，獨釣醒醒。問蒼波無語，華髮奈山青。水涵空、闌干高處，送亂鴉斜日落漁汀。連呼酒、上琴臺去，秋與雲平。

吳文英後，惟王沂孫（字聖與，號碧山，又號中仙，會稽人。）詞格最高；然亦偏工詠物，後當別論。蔣捷（字勝欲，號竹山，宜興人。）詞「洗鍊縝密，語多創獲」（劉熙載藝概）其「思力沈透處，可以起懦」（周濟說）陳允平（字君衡，四明人。）詞學周邦彥，有西麓繼周集，不失雅正之音。二家亦典雅派之「附庸」也。

周密、（字公謹，號草窗，濟南人，流寓吳興。）張炎、（字叔夏，號玉田，又號樂笑翁，俊五世孫，家臨安。）爲南宋典雅詞派之後勁。二人並經亡國之痛，時有哀怨之音。密著作甚富，或與吳文英合稱「二窗」。周濟稱其詞「敲金戛玉，嚼雪盥花，新妙無與爲匹」；（介存齋論詞雜著）又謂：「草窗最近夢窗；但夢窗思沈力厚，草窗則貌合耳。若其鏤新鬬冶，固自絕倫。」（宋四家詞選）茲錄曲游春一闋如下：

禁苑東風外，颺暖絲晴絮，春思如織。燕約鶯期，惱芳情偏在，深翠紅隙。漠漠香塵隔，沸十里亂絃叢笛。看畫船盡入西泠，閒卻半湖春色。　柳陌，新煙凝碧。映簾底宮眉，隄上游勒。輕暝籠寒，怕梨雲夢冷，杏香愁冪。歌管酬寒食，奈蝶怨良宵岑寂。正滿湖碎月搖花，怎生去得？

張炎爲詞學專家，所著詞源，論律呂宮調與作詞之法甚備。其父樞（字斗南，號寄閒老人。）曉暢音律，炎承家學，作詞持律甚嚴；嘗稱：「先人每作一詞，必使歌者按之，稍有不協，隨即改正。」（詞源）又極稱楊纘（字繼翁，號守齋，又號紫霞翁，嚴陵人。）「精於琴，故深知音律，一字不苟作。」炎受其父及楊氏之薰陶，乃極端主張「詞以協音爲先，」至不惜犧牲詞意以就音譜；又特注重句法、字面；近人胡適遂有「詞匠」之譏。（詞選序）然其論詞，主「淸空騷雅，」爲典雅派作之矩矱，其影響於詞苑者至深。其自爲詞，則仇遠所謂：「意度超玄，律呂協洽，不特可寫音檀口，亦可被歌管，薦淸廟；方之古人，當與白石老仙相鼓吹」（山中白雲詞跋）者；可想見其風格。茲錄高陽臺「西湖春感」一闋如下：

接葉巢鶯，平波捲絮，斷橋斜日歸船。能幾番游？看花又是明年。東風且伴薔薇住，到薔薇春已堪憐。更淒然，萬綠西泠，一抹荒煙。當年燕子知何處？但苔深韋曲，草暗斜川。見說新愁，如今也到鷗邊。無心再續笙歌夢，掩重門淺醉閒眠。莫開簾，怕見飛花，怕聽啼鵑。

第十三章 南宋詠物詞之特盛

詞家之詠物，或「因寄所托，」藉抒身世之感；或「侔色揣稱，」略等「有聲之畫。」其在北宋，作者偶一爲之；如蘇軾水龍吟之詠楊花，晁補之鹽角兒之詠梅，其尤著者也。周濟云：「北宋有無謂之詞以應歌，南宋有無謂之詞以應社。」（介存齋論詞雜著）結合詞人爲社，以鬬靡爭奇較短長於一字一句之間，斯詠物之作尙焉。南宋詞人，湖山燕衎；又往往有達官豪戶，如范成大、張鎡之流，資以聲色之娛，務爲文酒之會；於是以塡詞爲點綴，而技術益精；其初不過文人階級，聊以「遣興娛賓；」相習成風，促進詠物詞之發展；其極則家國興亡之感，亦以詠物出之，有合於詩人比興之義；未可以「玩物喪志，」同類而非笑之也。

陸游以卜算子詠梅，其下半闋云：「無意苦爭春，一任羣芳妒。零落成泥碾作塵，只有香如故。」極見作者之高尙人格，而游非詠物專家也。張鎡、姜夔出，詠物之作漸繁。姜作暗香、疎影之詠梅，齊天樂之詠蟋蟀，或謂其寄慨於靖康北狩之恥；鎡作滿庭芳之詠蟋蟀，則繪影繪聲，極「伴色揣稱」之能事。遂錄如次：

月洗高梧，露溥幽草，寶釵樓外秋深。土花沿翠，螢火墜牆陰。靜聽寒聲斷續，微韻轉、淒咽悲沈。爭求侶，殷勤勸織，促破曉機心。　兒時曾記得，呼燈灌穴，斂步隨音。任滿身花影，猶自追尋。攜向華堂戲鬭，亭臺小、籠巧妝金。今休說，從渠牀下，涼夜伴孤吟。

史達祖於鎡爲晚輩，乃專以詠物名家，極爲鎡所稱賞，謂「生之作，辭情俱到，織綃泉底，去塵眼中，妥貼輕圓，特其餘事；有瓌奇警邁清新閑婉之長，而無訑蕩汙淫之失。」（梅溪詞序）夔亦稱其「奇秀清逸，蓋能融情景于一家，會句意于兩得。」（詞林紀事）史詞描摹物態，信極工巧；特無甚寄托耳。代表作如雙雙燕「詠燕」：

過春社了，度簾幕中間，去年塵冷。差池欲住，試入舊巢相並。還相雕梁藻井，又軟語商量不定。飄然快拂花梢，翠尾分開紅影。　芳徑，芹泥雨潤。愛貼地爭飛，競誇輕俊。紅樓歸晚，看足柳昏花暝。應自棲香正穩，便忘了天涯芳信。愁損翠黛雙蛾，日日畫闌獨凭。

集詠物詞之大成，而能提高斯體之地位者，厥惟王沂孫氏。周濟稱其詞「饜心切理，言近旨遠。」（宋四家詞選）又謂「中仙最多故國之感，故著力不多，地分高絕，所謂意能尊體也。」（論詞雜著）代表作如齊天樂「詠蟬：」

一襟餘恨宮魂斷，年年翠陰庭樹。乍咽涼柯，還移暗葉，重把離愁深訴。西窗過雨。怪瑤珮流空，玉箏調柱。鏡暗妝殘，爲誰嬌鬢尚如許？　銅仙鉛淚似洗。歎移盤去遠，難貯零露。病翼驚秋，枯形閱世，消得斜陽幾度？餘音更苦。甚獨抱清商，頓成淒楚？謾想薰風，柳絲千萬縷。

吳文英、周密、張炎諸家，皆兼工詠物，而文英尤洗著密麗。南宋詞人之「匠心獨運」處，率以詠物之作爲多也。茲錄文英宴清都「連理海棠」一闋，以見詠物詞之軌範：

繡幄鴛鴦柱，紅情密，膩雲低護秦樹。芳根兼倚，花梢鈿合，錦屏人妒。東風睡足交枝，正夢枕、瑤釵燕股。障灩蠟、滿照歡叢，嫠蟾冷落羞度。　人間萬感幽單，華清慣浴，春盎風露。連鬟並暖，同心共結，向承恩處。憑誰爲歌長恨？暗殿鎖、秋燈夜語。敍舊期、不負春盟，紅朝翠暮。

此外宋末應社之詞，今尚存樂府補題一卷。計作者有王沂孫、周密、王易簡、馮應瑞、唐藝孫、呂同老、李彭老、李居仁、陳恕可、唐珏、趙汝鈉、張炎、仇遠等十四人，佚名者一人。其題：一爲天香「宛委山房擬賦龍涎香，」二爲水龍吟「浮翠山房擬賦白蓮，」三爲摸魚兒「紫雲山房擬賦蓴，」四爲齊天樂「餘閒書院擬賦蟬，」五爲桂枝香「天柱山房擬賦蟹；」而宛委爲陳恕可別號，紫雲爲呂同老別號，天柱爲王易簡別號；以此知社集由諸人輪流作主，寓「以文會友」之意；而以詠物詞聊抒亡國之哀思，異乎臨安盛日之專以描摹物態爲能事者矣。

第十四章 豪放詞派在金朝之發展

金與南宋時代相同。自吳激（字彥高米芾婿。）諸人，由南入北，而東坡之學，遂相挾以俱來；其「橫放傑出」之詞風，亦深合北人之性格，發揚滋長，以造成金源一代之詞。辛棄疾更由北而南，爲南宋開豪放一派之風氣；其移植之因緣，不可忽也。

近人況周頤論宋、金詞人之得失云：「南宋佳詞能渾至，金源佳詞近剛方。宋詞深緻能入骨，如清眞、夢窗是；金詞清勁能樹骨，如蕭閒、（蔡松年）遯庵（段克己）是。南人得江山之秀，北人以冰霜爲清。南或失之綺靡，近於雕文刻鏤之技；北或失之荒率，無解深裘大馬之譏。」（蕙風詞話）南北詞風之不同如此。雖由地域之關係，而兩派種子之各爲傳播，亦其重大原因也。

金詞略備於元好問所輯之中州樂府。初期作者，以吳激、與蔡松年（字伯堅，自號蕭閒老人。）爲最知名。好問謂：「百年以來，樂府推伯堅與吳彥高，號吳蔡體。」（中州集）吳詞蒼涼激楚，時有故國之思。中州集載其北遷後爲故宮人賦人月圓詞，足見其詞格之一斑；迻錄如下：

南朝千古傷心地，猶唱後庭花。舊時王謝，堂前燕子，飛向誰家？　恍然一夢，仙肌勝雪，宮髻堆雅。江州司馬，青衫淚溼，同是天涯！

松年兩和東坡念奴嬌「赤壁懷古」詞，風格亦極相近。好問稱：「此歌以『離騷痛飲』爲首句，公樂府中最得意者。」（中州樂府）錄之如下：

離騷痛飲，問人生佳處，能消何物？江左諸人成底事？空想巖巖青壁。五畝蒼煙，一丘寒玉，歲晚憂風雪。西州扶病，至今悲感前傑。　我夢卜築蕭閒，覺來巖桂，十里幽香發。磈磊胸中冰與炭，一酌春風都滅。勝日神交，悠然得意，離恨無毫髮。古今同致，永和徒記年月。

黨懷英（字世傑，奉符人。）師亳社劉喦老；濟南辛幼安其同舍生也；（中州集）時稱「辛黨」。二家詞並有骨幹，辛凝勁而黨疏秀，南北分鑣，照映一時。其青玉案云：「痛飲休辭今夕永，與君洗盡，滿襟煩暑，別作高寒境。」以鬆秀之筆，達清勁之氣，倚聲家精詣也。（用況周頤說）

在中州樂府中，尚有王庭筠、（字子端，熊岳人。）完顏璹、（字子瑜，封密國公。）趙秉文、（字周臣，號閑閑，滏陽人。）李獻能、（字欽叔，河中人。）皆一時之傑出者；而獻能意境尤高絕，不亞於稼軒。錄浣溪沙「河中環勝樓感懷」一闋：

垂柳陰陰水拍堤，欲窮遠目望還迷，平蕪盡處暮天低。　萬里中原猶北顧，十年長路卻西歸，倚樓懷抱有誰知？

此外段氏兄弟，（克己字復之，成己字誠之，稷山人。）同有詞名，風格在吳、蔡之間；克己眞摯而成己俊逸，宜趙秉文有「二妙」之目也。

收金詞之局而冠絕諸家者，爲元好問。張炎稱：「遺山詞深于用事，精于鍊句，風流蘊藉處，不減周、秦。」（詞林紀事）然其所慕惟在東坡；徒以「絲竹中年，遭遇國變，卒以抗節不仕，顦顇南冠二十餘稔，神州陸沈之痛，銅駝荊棘之傷，往往寄託於詞。」（蕙風詞話）故其詞「極往復低徊，掩抑零亂之致，有骨幹，有氣象，」（況周頤說）置之蘇、辛間，眞堪「鼎足」，信宋、金詞苑之殿軍也。茲錄小令長調各一闋：

鷓鴣天：

只近浮名不近情，且看不飲更何成？三杯漸覺紛華近，一斗都澆磈磊平。　醒復醉，醉還醒，靈均憔悴可憐生。離騷讀殺渾無味，好箇詩家阮步兵。

水龍吟「從商帥國器獵於南陽同仲澤鼎玉賦此」

少年射虎名豪，等閒赤羽千夫膳。金鈴錦領，平原千騎，星流電轉。路斷飛潛，霧隨騰沸，長圍高捲。看川空谷靜，旌旗動色，得意似、平生戰。　城月迢迢鼓角，夜如何？軍中高宴。江淮草木，中原狐兔，先聲自遠。蓋世韓彭，可能只辦，尋常鷹犬。問元戎早晚，鳴鞭徑去，解天山箭。

第十五章　南北小令套曲之興起

自南宋歌詞之法式微，而南北曲先後繼起。唐宋以來，有大曲，有轉踏，且歌且舞，漸具戲劇之形式。至金元而有院本，有諸宮調，以次演化爲雜劇，爲傳奇，有科白，兼歌舞，儼然成爲舞臺劇；此當入於中國戲曲史，非本編之所可範圍也。

明王驥德推論南北曲之起源，以爲中國樂歌，自古卽分南北。（詳曲律總論南北曲）而今之所謂北曲，實始於金，至元而極盛。南曲始於何時，未有定說。據祝允明猥談云：「南戲出於宣和之後，南渡之際，謂之溫州雜劇。」（續說郛）其所用曲調，出於唐宋詞者爲多，其淵源可攷也。南曲至明代而大行。迨魏良輔創崑腔，而北曲遂廢。明康海論南北曲之流變云：「古曲與詩同。自樂府作，詩與曲始歧而二矣，其實詩之變也。宋元以來，益變益異，遂有南詞北曲之分。然南詞主激越，其變也爲流麗；北曲主慷慨，其變也爲朴實；惟朴實，故聲有矩度而難借；惟流麗，故唱得宛轉而易調；此二者，詞曲之定分也。」（沜東樂府序）南北曲以淵源之殊致，與音樂上之不同，其差別如此。

元明以來之小令、散套，並依南北曲之聲而作。小令、散套，統名「散曲，」又名「樂府，」別稱「清唱；」而散套亦稱「套數，」又名「大令；」小令別有「葉兒」之目；實皆清唱之曲，特體製長短微別耳。小令只用一曲，與宋詞略同。套數則合一宮調中諸曲爲一套，與雜劇之一折略同。（王國維說）魏良輔云：「清唱俗語謂之冷板凳；不比戲借鑼鼓之勢，全要閑雅整肅，清俊溫潤。」（曲律）清李斗亦云：「清唱以笙、笛、鼓、板、三絃爲場面。」（揚州畫舫錄）清唱有時摘取雜劇、傳奇中之一段，省其賓白用之；而散曲之本無場面可言者，恰爲清唱中最主要之資料。其唱而不演，場面清靜，亦與宋人歌詞之藉以「娛賓遣興」者，約略相同。此歌唱方面，詞曲之性質相近者也。

王驥德云：「套數之曲，元人謂之樂府；與古之辭賦，今之時義，同一機軸。有起、有止、有開、有闔，須先定下間架，立下主意，排下曲調，然後遣句，然後成章。切忌湊插，切忌將就；務如常山之蛇，首尾相應；又如鮫人之錦，不著一絲紕纇。意新語俊，字響調圓，增減一調不得，顛倒一調不得。有規、有矩、有色、有聲，衆美具矣，而其妙處政不在聲調之中，而在字句之外。又須煙波渺漫，姿態橫逸，攬之不得，挹之不盡。」（曲律論套數）又云「作小令與五七言絕句同法，要醞藉，要無襯字，要言簡而趣味無窮。」（論小令）此散曲結構上所應注意者也。

驥德又云「散曲絕難佳者。北詞載太平樂府、雍熙樂府、詞林摘豔，小令及長套多有妙絕可喜者。」（曲律雜論）今三書並存。太平樂府爲楊朝英（號澹齋，青城人。）所編，全爲元曲。雍熙樂府、詞林摘豔同出於明嘉靖間，兼收元、明諸家作品，而雍熙樂府搜羅尤富；特不標作者姓氏，爲一大缺點耳。此外元人選元曲之傳世者，尚有楊朝英之陽春白雪，無名氏之樂府羣玉、樂府新聲。由上六書，可以窺見元代及明初散曲流行之盛；而陽春白雪首錄宋、金人詞十首，題爲「大樂」，以別於元人之小令、套數；詞林摘豔亦間採趙令時、歐陽修、康與之諸家小詞；意此爲宋詞歌譜之僅存於元、明二代者；而詞與散曲之關係，與其源流盛衰之由，亦較然可睹矣。

第十六章　元人散曲之豪放派

散曲之於元代，亦猶兩宋之詞，作者既多，傳唱尤盛。茲略依近人任訥說，分「豪放」「清麗」兩派述之：

元曲以豪放爲主，一方固由音樂關係，一方則受蘇辛詞派之影響。金、元皆起自北方，而蘇辛詞派，大行於北。後雖詞變爲曲，而遞衍之際，塗轍可循。元虞集嘗云：「辛幼安自北而南，元裕之在金末國初，雖詞多慷慨，而音節則爲中州之正，學者取之。我朝混一以來，朔南暨聲教，士大夫歌詠，必求正聲，凡所製作，皆足以鳴國家氣化之盛。自是北樂府出，一洗東南習俗之陋。」（中原音韻序）北曲通協平仄韻，聲情慷慨，變而爲朴實，以本色語爲多。貫雲石爲楊朝英序陽春白雪云：「蓋士嘗云：『東坡之後，便到稼軒，』茲評甚矣。然而北來徐子芳滑雅，楊西庵平熟，已有知者。近代疎齋媚嫵，如仙女尋春，自然笑傲；馮海粟豪辣灝爛，不斷古今，心事又與疎翁不可同舌共談。關漢卿、庾吉甫、造語妖嬌，適如少美臨杯，使人不忍對殢。」窺貫氏之意，固以「豪辣灝爛」一派爲正宗；而「媚嫵妖嬌」於元曲中又別爲清麗一派；此元人散曲派別之約略可言者也。

楊西庵（名果，字正卿，蒲陰人。）與元好問友善，爲金末元初人。陽春白雪載其賞花時十套，其小令則與好問所作，同見太平樂府中。疑散曲即起於金源，入元而後，其流始暢耳。錄西庵賞花時一套：

春夜深沈庭院幽，偸訪吹簫鸞鳳友。良月過南樓，昨宵許俺，今夜結綢繆。（么）兩處相思一樣愁，及至相逢卻害羞。只是性兒柔，百般哀告，覥腆不擡頭。（煞尾）你溫柔咱淸秀，本是一對兒風流配偶。咫尺相逢說上手，緊推辭不肯承頭。又不敢久遲留，只怕妳母追求，料想伊家不自由。空躭著悶憂，虛陪了消息，不承望剛做了個口兒休。

如此柔媚本色語，而雲石以「平熟」譏之，則元人散曲，必尙豪辣可知矣。

元人豪放一派，盛稱馮子振、（字海粟，號怪怪道人，攸州人。）滕玉霄二人。貫雲石（畏吾人，父名貫只哥，遂以貫爲氏，自名小雲石海涯，又號酸齋。）與徐再思（字德可，嘉興人，好食甘飴，故號甜齋。）齊名，合稱酸甜樂府；而酸齋散曲，如天馬脫羈，以豪放勝。他如白樸、（字仁甫，眞定人。）馬致遠、（號東籬，大都人。）劉致、（字時中，號逋齋，洪都人。）汪元亨（號雲林。）馬九皐（字昂夫。）皆屬於豪放一派；而馬致遠其尤著者也。

致遠兼工雜劇，與關漢卿、（大都人。）鄭光祖、（字德輝，平陽襄陽人。）白樸、合稱四大家。所作散曲至多；除專家喬吉、張可久外，流傳篇什，無出其右者。其中以秋思一套爲尤著，周德清評爲一代散曲之冠，謂「萬中無一」。（中原音韻）迻錄如下：

（雙調夜行船）百歲光陰如夢蝶，重回首往事堪嗟！昨日春來，今朝花謝，急罰盞夜闌燈滅。（喬木查）秦宮漢闕，做衰草牛羊野，不恁漁樵無話說。縱荒墳橫斷碑，不辨龍蛇。（慶宣和）投至狐蹤與兔穴，多少豪傑，鼎足三分半腰折，魏耶晉耶？（落梅風）天教富，不待奢，無多時好天良夜。看錢奴硬將心似鐵，空辜負錦堂風月。（風入松）眼前紅日又西斜，疾似下坡車。曉來清鏡添白雪，上牀和鞋履相別。鳩巢計拙，葫蘆提一就粧呆。（撥不斷）利名竭，是非絕，紅塵不向門前惹，綠樹偏宜屋角遮，青山正補牆東缺，竹籬茅舍。（離亭宴煞）蛩吟一覺纔寧貼，雞鳴萬事無休歇，爭名利何年是徹？密匝匝蟻排兵，亂紛紛蜂釀蜜，鬧穰穰蠅爭血。裴公綠野堂，陶令白蓮社。愛秋來那些，和露摘黃花，帶霜烹紫蟹，煮酒燒紅葉。人生有限杯，幾個登高節？囑付俺頑童記者：便北海探吾來，道東籬醉了也。

白樸生金末，依元好問以長，擅長雜劇，兼工詞曲。其散曲流傳，較致遠不及三分之一。涵虛子（卽寧王權。）稱其「風骨磊磈，詞源滂沛，若大鵬之起北溟，奮翼凌乎九霄，有一舉萬里之志。」（太和正音譜）錄慶東原一段：

忘憂草，含笑花，勸君聞早冠宜掛。那里也能言陸賈？那里也良謀子牙？那里也豪氣張華？千古是非心，一夕漁樵話。

馮子振和白無咎鸚鵡曲（俗名黑漆弩）至三十六段之多；於聲韻束縛中別出奇險，想見筆力，不媿「豪辣灝爛」之評。錄感事一段：

江湖難比山林住，種果父勝刺船父。看春花又看秋花，不管顛風狂雨。（么）盡人間白浪滔天，我自醉歌眠去。到中流手腳忙時，則靠着柴扉深處。

滕玉霄有普天樂十四段，見樂府新聲。涵虛子稱其詞，如「碧漢閑雲，」亦多豪壯之筆。錄歸去來兮一段：

朔風寒，彤雲密。雪花飛處，落盡江梅。快意杯，蒙頭被，一枕無何安然睡。嘆邙山壞墓折碑，狐狼滿眼，英雄袖手，歸去來兮！

貫雲石序陽春白雪，有「西山朝來有爽氣」一語；其論曲固主豪爽一路，作風亦近馬東籬；涵虛子所以有「天馬脫羈」之評也。錄殿前歡一段：

暢幽哉！春風無處不樓臺。一時懷抱俱無奈，總對天開。就淵明歸去來，怕鶴怨山禽怪。問甚功名在？酸齋笑我，我笑酸齋。

劉致小令、見樂府羣玉及太平樂府。陽春白雪錄其代馬訴冤一套，多激昂悲憤之音。迻錄如下：

（雙調新水令）世無伯樂怨他誰？乾送了挽鹽車騏驥！空懷伏櫪心，徒負化龍威，索甚傷悲？用之行，捨之棄。（駐馬聽）玉鬣銀蹄，再誰想三月襄陽綠草齊？彫鞍金轡，再誰敢一鞭行色夕陽低？花間不聽紫騮嘶，帳前空嘆烏騅逝！命乖我自知，眼見的千金駿骨無人貴！（雁兒落）

誰知我汗血功？誰想我垂韁義？誰憐我千里才？誰識我千鈞力？（得勝令）誰念我當日跳檀溪救先主出重圍？誰念我單刀會隨着關羽？誰念我美良川扶持敬德？若論着今日，索輸與這驢羣隊。果必有征敵，這驢每怎用的？（甜水令）爲這等乍富兒曹，無知小輩，一概他把人欺。驀地裏快躧輕踮，亂走胡奔，緊先行不識尊卑。（折桂令）致令得官府聞知，驗數目存留，分官品高低。準備着竹杖芒鞋，免不得奔走驅馳，再不敢鞭駿騎向街頭鬧起，只索扭蠻腰將足下殃及。爲此輩無知，將我連累，把我埋沒在蓬蒿，失陷汙泥！（尾）有一等逞雄心屠戶貪微利，嚥饞涎豪客思佳味，一地把性命虧圖，百般地將刑法陵持，唱道任意欺公，全無道理，從今後誰買誰騎？眼見得無客販無人喂，便休說站驛難爲，只怕你東征西討那時節悔。

汪元亨、馬九皋俱工小令，散套傳作甚稀。二人風格俱近豪放一派，而九皋尤勝。錄九皋塞鴻秋「淩歊臺懷古」一段：

淩歊臺畔黃山鋪，是三千歌舞無家處！望夫山下烏江渡，教八千子弟思鄉去。江東日暮雲，渭北春天樹，青山太白墳如故。

張養浩（字希孟，濟南人。）爲雲莊休居自適小樂府，多恬退之言，艾俊序所謂「和而不流」者。然其山坡羊懷古諸篇，亦殊豪壯，與九皐風格相仿。錄潼關懷古一段：

> 峯巒如聚，波濤如怒，山河表裏潼關路。望西都，意踟躕，傷心秦漢經行處，宮闕萬間都做了土！興、百姓苦！亡、百姓苦！

元人豪放一派作家，略如上述。其所以豪放之故，蓋其所依之曲本「遼、金、北鄙殺伐之音，壯偉很戾，武夫馬上之歌，流入中原」（徐渭南詞敍錄）者，文學恆隨音樂爲轉移，其關係殊不可忽也。

第十七章　元人散曲之清麗派

自貫雲石標舉盧疎齋（名摯，字處道，一字莘老，涿郡人。）之媚嫵，與關漢卿、庾吉甫「名天錫，大都人。」之妖嬌，而散曲別有清麗一派。後人乃推喬吉、（字孟符，號笙鶴翁，太原人。）張可久（字小山，慶元人。）爲此派代表。明李開先云：「樂府之有喬、張，猶詩家之有李、杜。」（千頃堂書目引）清朱彝尊、厲鶚、劉熙載輩，皆無異辭。熙載稱：「張小山、喬夢符，爲曲家翹楚。小山極長於小令。夢符雖頗作雜劇、散套，亦以小令爲最長。兩家固同一騷雅，不落俳語；惟張尤翛然獨遠耳。」（藝概）喬、張皆久居杭州，疑頗受南宋姜、張詞派之影響。清許光治云：「至元曲幾謂俚言俳語矣，然張小山、喬夢符散曲猶有前人規矩在；儷辭追樂府之工，散句擷宋唐之秀；惟套曲則似涪翁俳詞，不足鼓吹風雅。」（江山風月譜散曲自序）俚言俳語，原爲元曲之本色；至喬、張而風氣一變，遂以「騷雅」爲歸；與盧、關諸家之「嫵媚妖嬌」者，又自歧爲二派。以盧、關爲奇麗，喬、張爲雅麗，庶幾近之耳。

關漢卿以雜劇擅勝場，其散套亦常有奇麗之作；而以不伏老一套爲尤著。錄其煞尾一段：

我卻是蒸不爛、煮不熟、搥不匾、炒不爆、響噹噹一粒銅豌豆，子弟每誰教你鑽入他鋤不斷、斫不下、解不開、頓不脫、慢騰騰千層錦套頭？我玩的是梁園月，飲的是東京酒，賞的是洛陽花，扳的是章臺柳。我也會吟詩，會篆籀，會彈絲，會品竹。我也會唱鷓鴣，舞垂手。會打圍，會蹴踘，會圍棋，會雙陸。你便是落了我牙，歪了我口，瘸了我腿，折了我手，天與我這幾般兒歹症候，尚兀自不肯休。只除是閻王親令喚，神鬼自來鉤，三魂歸地府，七魄喪冥幽，那其間纔不向這烟花路兒上走。

盧摯專工小令，風格有騷雅近喬、張者。酸齋所謂「仙女尋春，自然笑傲」之作，則仍以用本色語者爲多。錄壽陽曲「別珠簾秀」一段：

纔歡悅，早間別，痛煞煞好難割捨！畫船兒載將春去也，空留下半江明月！

庾天錫亦工雜劇，散曲見楊氏二選本中。貫氏所稱「適如少美臨杯，使人不能對殢」之作，殊不可見，則元曲之散佚者多矣！

徐再思與貫雲石之酸甜樂府，恰成兩派。近人任訥云：「酸則近於豪放，甜則近於清麗；而二人言情之作，尖透圓渾處，則莫辨酸甜，俱臻妙味。」（新輯酸甜樂府提要）再思僅有小令流傳。錄水仙子一段：

一聲梧葉一聲秋，一點芭蕉一點愁，三更歸夢三更後。落燈花棋未收，歎新豐孤館人留！枕上十年事，江南二老憂，都到心頭。

喬吉兼作雜劇，特工小令，傳世有惺惺道人樂府、文湖州集詞二種。其套數散見各選本，作品不多。明李開先嘗序其集云：「評其詞者，以爲若天吳跨神鰲，噀沫於大洋，波濤洶湧，有截斷衆流之勢。」（藝概引）清厲鶚亦稱其「出奇而不失之於怪，用俗而不失之爲文。」（散曲概論引）吉能以俗爲雅，以自成其清麗，其境或有爲可久所不及者。吉北人而久居錢塘山水之窟，於作品風格，不無相當影響。錄小令二段：

水仙子「詠雪」：

冷無香柳絮撲將來，凍成片梨花拂不開。大灰泥漫不了三千界。銀稜了東大海，探梅的心禁難捱。麵甕兒裏袁安舍，鹽罐兒裏党尉宅，粉缸兒裏舞榭歌臺。

殿前歡「登江山第一樓」：

拍闌干，霧花吹鬢海風寒，浩歌驚得浮雲散。細數青山，指蓬萊一望間。紗巾岸、鶴背騎來慣。舉頭長嘯，直上天壇。

張可久傳作之多，冠於元代。舊有小山北曲聯樂府，內分今樂府、蘇隄漁唱、吳鹽、新樂府四種。涵虛子稱可久爲「詞林宗匠」，謂：「其詞清而且麗，華而不豔，有不喫煙火食氣；眞可謂不羈之材；若被太華之仙風，招蓬萊之海月。」（太和正音譜）李開先又稱：「小山詞瘦至骨立，血肉銷化俱盡，乃鍊成萬轉金鐵軀。」（藝概引）可久爲散曲專家，不傳雜劇。其小令雅麗超逸，邁絕輩流；而散套「長天落彩霞」一曲，沈德符以與馬東籬「百歲光陰」並列，謂「爲一時絕唱，其餘皆不及也。」（顧曲雜言）題爲湖上晚歸，見太平樂府，未入本集。迻錄如下：

（南呂一枝花）長天落綵霞，遠水涵秋鏡。花如人面紅，山似佛頭青。生色圍屏，翠冷松雲徑，嫣然眉黛橫。但攜將旖旎濃香，何必賦橫斜瘦影？（梁州）挽玉手留連錦裀，據胡牀指點銀瓶，素娥不嫁傷孤另。想當年小小，問何處卿卿？東坡才調，西子娉婷，總相宜千古留名。吾二人此地私行，六一泉亭上詩成，三五夜花前月明，十四絃指下風生。可憎多情，捧紅牙合和伊州令。萬籟寂四山靜，幽咽泉流水下聲，鶴怨猿驚。〔尾〕岩阿禪窟鳴金磬，波底龍宮漾水精。夜氣清，酒力醒，寶篆銷，玉漏鳴。笑歸來髣髴二更，煞強似踏雪尋梅灞橋冷。

小山小令固以雅麗見長；在全集中約占十之七八。豪放之作，亦時有之。讀之如入寶山，殆有無處不工之感！其雅麗之作，可以下列二段爲例：

清江引「春思」：

黃鶯亂啼門外柳，雨細清明後。幾消幾日春？又是相思瘦。梨花小窗人病酒。

一半兒「秋日宮詞」：

花邊嬌月靜妝樓，葉底滄波冷翠溝，池上好風閒御舟。可憐秋！一半兒芙蓉，一半兒柳。

二段皆言簡而趣味無窮，太似唐人絕句。至其豪放之作，亦激壯蒼涼，不亞他家。例如下列二段：

紅繡鞋「天台瀑布寺」：

絕頂峯攢雪劍，懸崖水掛冰簾，倚樹哀猿弄雲尖。血華啼杜宇，陰洞吼飛廉。比人心山未險！

〔滿庭芳〕「客中九日」：

乾坤俯仰，賢愚醉醒，今古興亡！劍花寒夜坐歸心壯。又是他鄉！九日明朝酒香，一年好景橙黃。龍山上，西風樹響，吹老鬢毛霜。

可久開元人雅麗一派之宗。同時作者，除徐再思外，尚有任昱、（字則明，四明人。）曹明善、李致遠之流，皆其同派。曹李履貫無攷，作品並見元人諸選本；而任昱爲最富，致遠風調最佳。錄致遠〔天淨沙〕「春閨」一段：

畫樓徙倚闌干，粉雲吹做修鬟，璧月低懸玉灣。落花懶慢，羅衣特地春寒。

第十八章　元代散曲作家之盛

明寧王權列樂府十五體，有「丹丘」、「宗匠」、「黃冠」、「承安」、「盛元」、「江東」、「西江」、「東吳」、「淮南」、「玉堂」、「草堂」、「楚江」、「香奩」、「騷人」、「俳優」之目。又列元代作家一百八十七人，多加題品；（詳太和正音譜）可想見一代人才之盛。大抵詩人墨客多致力於小令，雜劇家則兼長套數，亦由其體格各有所近故也。

除上述二大派之外，小令作家有劉秉忠、元好問、王鼎（字和卿，大都人。）盍西村、胡祗遹（字少凱，號紫山，武安人。）姚燧（字端甫，號牧庵，柳城人。）周文質（字仲彬，其先建德人，後居杭州。）趙善慶（字文賢，饒州樂平人。）高克禮（字敬德，一字敬臣，河間人。）鍾嗣成（字繼先，號醜齋，大梁人。）劉庭信（俗呼黑劉五。）周德清（號挺齋，高安人。）鄧玉賓、查德卿、吳西逸、孫周卿（古邠人。）王元鼎、阿魯威（字叔重，號東泉，蒙古人。）趙顯宏（號學村。）景元啓、趙祐（字天錫，汴梁人）諸人，作品皆散見各選本；而鍾嗣成著錄鬼簿，詳紀一代曲家，足為研究元曲者之重要資料；周德清著中原音韻，分韻為十九部，派入聲入平、上、去三聲，足為後來倚曲塡詞者之準則；此又於元代曲學，最為有功者也。

楊氏二選所收散套，多至六七十家。其人或擅長雜劇，或兼工小令，如關、馬、鄭、白四大家，及喬吉、貫雲石、李致遠、周文質、張可久、鍾嗣成、周德清、庾天錫之流，其尤著者也。餘若朱庭玉、曾瑞（字瑞卿，自號褐夫，大興人。）睢景臣（字景賢，維揚人。）三人，多傳散套。嗣成錄鬼簿於曾、睢二氏，紀載尤詳；合當補述。

瑞卿自北來南，喜江浙人才之多，羨錢塘景物之盛，因而家焉。（錄鬼簿）所為套數，見太平樂府者至十二套，冠於各家。景臣自維揚至杭州，酣嗜音律，以漢祖還鄉一套負重名，亦滑稽，亦本色，洵傑作也。遂錄如下：

〔哨遍〕社長排門告示：但有的差使無推故，這差使不尋俗。一壁廂納草也根，一邊又要差夫索應付。又言是車駕，都說是鑾輿，今日還鄉故。王鄉老執定瓦臺盤，趙忙郎抱着酒葫蘆。新刷來的頭巾恰繃來的紬衫，暢好是粧么大戶。〔耍孩兒〕瞎王留引定火喬男女，胡踢蹬吹笛擂鼓。見一颩人馬到庄門，匹頭裏幾面旗舒。一面旗白胡闌套住箇迎霜兔，一面旗紅曲連打着箇畢月烏，一面旗鷄學舞，一面旗狗生雙翅，一面旗蛇纏葫蘆。〔五煞〕紅漆了叉，銀錚了斧，甜瓜苦瓜黃金鍍。明晃晃馬鐙鎗尖上挑，白雪雪鵝毛上扇鋪。這幾箇喬人物，拿着些不曾見的器仗，穿着些大作怪衣服。〔四〕轅條上都是馬，套頂上不見驢，黃羅傘柄天生曲。車前八箇天曹判，車後若干遞送夫。更幾箇多嬌女，一般穿着，一樣粧梳。〔三〕那大漢下的車，衆人施禮數。那大漢覷得人如無物。衆鄉老屈腳舒腰拜，那大漢挪身着手扶。猛可里擡頭覷，覷多時，認得熟，氣破我胷脯。〔二〕你須身姓劉，你妻須姓呂，把你兩家兒根腳從頭數。你本身做亭長，躭幾盞酒，你丈人教村學，讀幾卷書。曾在俺庄東住，也曾與我喂牛切草，拽埧扶鉏。〔一〕春採了桑，冬借了俺粟，零支了米麥無重數。換田契強秤了麻三秤，還酒債偷量了豆幾斛。有甚胡突處？明標着册曆，見放着文書。〔尾〕少我的錢，差發內旋撥還；欠我的粟，稅粮中私准除。只道劉三，誰肯把你揪捽住？白甚麼改了姓，更了名，喚做漢高祖？

元人散曲，略具於上述諸家。以其曲本「北鄙」之音，故當行之作，多用俚言俗語；而描摹物態口吻，漸近自然，視宋詞又爲一大進步。王世貞云：「自金元而後，半皆涼州豪嘈之習，詞不能按，乃爲新聲以媚之。」（雨村曲話引）後雖豪麗兩派分流，而同擅一代之勝；此亦與異民族結合之特產已！

第十九章 元明詞之就衰

元明兩代，南北曲盛行，詩詞並就衰頹，而詞尤甚。元代文人處於異族宰制之下，典雅派歌曲，既不復重被管絃；激昂悲憤之詞風，又多所避忌，不能如量發洩；淩夷至於明代，而詞幾於歇絕矣！

元初作者，皆宋、金遺民；如劉辰翁、王沂孫、周密、張炎、元好問之倫，多感慨悲涼之作，具見前章。此外如仇遠、（字仁近，號山村，錢塘人。）王惲、（字仲謀，號秋澗，汲縣人。）劉因、（字夢吉，容城人。）劉將孫、（字尚友，廬陵人，辰翁子。）劉秉忠、（字仲晦，邢州人。）詹玉、（號天游，郢人。）張埜、（字野夫，邯鄲人。）張翥、（字仲舉，號蛻巖，晉寧人。）邵亨貞、（字復孺，號淸溪，華亭人。）白樸、（字太素，一字仁甫，眞定人。）倪瓚、（字元鎭，號雲林，無錫人。）許有壬（字可用，湯陰人。）等，皆元代詞壇之健者；而劉因、劉將孫、張翥、邵亨貞、許有壬爲最勝。

劉因詞以性情樸厚勝；近人況周頤至推爲「元之蘇文忠。」（蕙風詞話）其代表作如人月圓：

茫茫大塊洪爐裏，何物不寒灰？古今多少，荒煙廢壘，老樹遺臺。　太山如礪，黃河如帶，等是塵埃。不須更歎，花開花落，春去春來。

劉將孫亦南宋遺民，其詞「撫時感事，淒豔在骨。」（況說）代表作如踏莎行：

水際輕煙，沙邊微雨，荷花芳草垂楊渡。多情移徙忽成愁，依稀恰是西湖路。　血染紅牋，淚題錦句，西湖豈憶相思苦？只應幽夢解重來，夢中不識從何去？

張翥少負才雋，放豪不羈，好蹴踘，喜音樂。（元史本傳）其詞乃上承姜夔之系統，樹骨既高，寓意亦遠；在元代諸家中，允推典雅派之上乘。例如陌上花「使歸閩浙歲暮有懷」：

關山夢裏，歸來還又，歲華催晚。馬影雞聲，諳盡倦郵荒館。綠牋密記多情事，一看一回腸斷。待殷勤寄與，舊遊鶯燕，水流雲散。　滿羅衫是酒，香痕凝處，唾碧啼紅相半。只恐梅花，瘦倚夜寒誰暖？不成便沒相逢日，重整釵鸞箏雁。但何郎縱有春風詞筆，病懷渾嬾。

邵亨貞詞「清麗宛約，學白石而乏騷雅之致，聲律亦未盡妍美。」（鄭文焯蛾術詞選跋）然其流連光景，感舊傷時之作，託寄遙遠，足張一幟於風靡波頹之際，亦未易多得之才也。

許有壬傳作甚多，詞筆超邁，情境意度，俱臻絕勝，洵元詞之「上駟」，亦蘇辛一派之流波也。例如水龍吟「過黃河」：

濁波浩浩東傾，今來古往無終極。經天亘地，滔滔流出，崑崙東北。神浪狂飆，奔騰觸裂，轟雷沃日。看中原形勝，千年王氣，雄壯勢，隆今昔。　鼓枻茫茫萬里，棹歌聲響凝空碧。壯游汗漫，山川綿邈，飄飄吟迹。我欲乘槎，直窮銀漢，問津深入。喚君平一笑，誰誇漢客，取支機石？

元詞作家，略盡於此。餘如楊果、（字西庵，蒲陰人。）趙孟頫、（字子昂，吳興人。）虞集、薩都剌等，或工詩，或工散曲，詞雖偶作，要非專家，故不贅云。

明代士大夫，吟詠性情，多爲散曲；風氣轉變，而詞益就衰。一代作家，推劉基、高啓、楊基、（字孟載，嘉州人。）瞿祐、（字宗吉，錢塘人。）楊慎、（字用修，新都人。）王世貞諸人；惟楊基小令，新俊可喜，不失姜張矩矱。蓋明人宗尚，不出花間、草堂二集；藝非專習，體益卑下，故尠有可觀也。

明季屈大均、（號翁山，番禺人。）陳子龍、（字臥子，華亭人。）出，始崇風骨，而斯道爲之一振。二人皆節概凜然，明亡，子龍以身殉；其詞能表現作者高尚之性格，故足稱也。大均以夢江南賦落葉五首爲最著；況周頤稱其「沈痛之至，一出以繁豔之音，讀之使人涕泗漣洏而不忍釋手。」（趙尊嶽道援堂詞提要）茲錄一首示例：

悲落葉，葉落絕歸期。縱使歸來花滿樹，新枝。不是舊時枝，且逐水流遲！

子龍詞風流婉麗；陳廷焯稱其「能以濃豔之筆，傳悽惋之神。」（白雨齋詞話）其風格略近秦觀、姜夔，而出之以沈著穠摯；洵明詞中之特色已。茲錄點絳脣一闋：

滿眼韶華，東風慣是吹紅去。幾番煙霧，只有花難護。　夢裏相思，故國王孫路。春無主！杜鵑啼處，淚溼胭脂雨。

第二十章　明散曲之北調作家

明人才思，多耗於八股文；雖偶以詩詞相標榜，都成「強弩之末。」惟於南北曲，承元季遺風，作者繁興，號稱極盛。除雜劇、傳奇外，散曲亦多專家。蓋自元以來，即以散曲爲樂府，亦稱「塡詞；」宋人歌詞之法不傳，而南北曲則盛行於明代；故文人學士，咸樂倚其聲而爲之製詞也。

王驥德歷述明代散曲作家云：「近之爲詞（即散曲）者，北調則關中康狀元對山、王太史渼陂，蜀則楊狀元升菴，金陵則陳太史石亭、胡太史秋宇、徐山人髯仙，山東則李尙寶國華、馮別駕海浮，山西則常廷評樓居，維揚則王山人西樓，濟南則王邑佐舜耕，吳中則楊儀部南峯。康富而蕪，王豔而整，楊俊而葩，陳、胡爽而放，徐暢而未汰，李豪而率，馮才氣勃勃，時見紕纇，常多俠而寡馴，西樓工短調，翩翩都雅，舜耕多近人情，兼善諧謔，楊較粗莽；諸君子間作南調，則皆非當家也。南則金陵陳大聲、金在衡，武林沈靑門，吳唐伯虎、祝希哲、梁伯龍，而陳、梁最著。唐、金、沈小令並斐亹有致，祝小令亦佳，長則草草，陳、梁多大套，頗著才情，然多俗意陳語，伯仲間耳。」（曲律雜論）此所舉諸家，其集或傳或不傳；而工北調者十九皆北人，南調則皆出於蘇、浙；其受音樂影響，較然可知。沈德符稱：「元人小令，行於燕、趙，後浸淫日盛。」（顧曲雜言）徐渭又言：「今唱家稱弋陽腔，則出於江西，兩京、湖南、閩、廣用之；稱餘姚腔者，出於會稽，常、潤、池、太、揚、徐用之；稱海鹽腔者，嘉、湖、溫、台用之。惟崑山腔止行於吳中，流麗悠遠，出乎三腔之上，聽之最足蕩人。」（南詞敍錄）明代諸家之散曲，雖歌唱用何腔，不易一一詳攷；而其與音樂關係，不可忽也。

明代崑腔未起以前，北曲爲盛。徐渭所謂：「遼金北鄙殺伐之音，流入中原，遂爲民間之日用；宋詞既不可被絃管，南人亦遂尚此；」（南詞敍錄）其風蓋至明初猶未稍殺也。渭又言：「本朝北曲，推周憲王、谷子敬、劉東生，近有王檢討、康狀元。」周憲王誠齋樂府，散套至多，而文字端謹，鮮有獨到處。明人北調，要推康海、（字德涵，號對山，武功人。）王九思、（字敬夫，號渼陂，鄠縣人。）楊慎、（字用修，號升庵，新都人。）胡汝嘉、（字懋禮，號秋宇，金陵人。）馮惟敏、（字汝行，號海浮，臨朐人。）常倫、（字明卿，號樓居，沁水人。）王磐、（字鴻漸，號西樓，高郵人。）王田、（字舜耕，濟南人。）楊循吉、（字君謙，號南峯，吳縣人。）諸家，而康海、王九思、馮惟敏、王磐四家，最爲傑出。

康、王在弘治、正德間，以散曲並稱，爲北方代表人物。而世多抑康而揚王。王驥德稱：「對山亦怍於時，放情自廢，與渼陂皆以聲樂相尙，彼此酬和不輟。康所作尤多，非不莽具才氣，然喜生造，喜堆積，喜多用老生語，不得與王並驅。」（曲律雜論）王世貞亦極推服九思，以爲「其秀麗雄爽，康大不如也。許者以敬夫聲價不在關漢卿、馬東籬下。」（藝苑巵言）要之二家之作，皆極豪爽，表現北人性格。南人愛醞藉重藻飾，致有「直是粗豪，原非本色」（曲律）之譏，要不足據爲定論也。

康氏沜東樂府，用本色爲豪放，擺脫明初關茸之習，（任訥說）有振衰起廢之功。其自序標出北曲之長爲「慷慨」，爲「朴實」；其自作亦充分表現其牢落不平之氣。例如歸田喜述一套：

〔仙呂點絳脣〕少日疏狂，不知度量，誇豪宕，倚馬穿楊，好沒事尋風浪！〔混江龍〕自那日恩榮放榜，却纔知峥嶸發迹是尋常。玉堂金馬，錦服牙章。櫛風沐雨，冒雪凌霜。攘攘勞勞成底事？兢兢戰戰爲誰忙？覷金張許史，鬭奢華，羡巢由卞務贏高尙。正這里悽然有感，早那壁劃地謀殃。〔油葫蘆〕得了個綠鬢酕醄入醉鄉，端的是天賜將。逐日價華堂開宴列紅妝，新醅飲盡奚童釀，新詞撰就花奴唱。與知音三兩人，對寒山四五觴，逍遙散誕情舒放。抵多少法酒大官羊。〔天下樂〕險些不斷送頭皮在市場，思量，著甚娘？惡風霜乾捱他十數場。止不過胡謅了幾道文，貪叨了數斗糧，比似那夢中蕉還較謊。〔鵲踏枝〕三十載離巖廊，一萬日美風光。既不曾惡紫奪朱，又甚的賣狗懸羊？賣文錢騰挪下數兩，但閑時恣意徜徉。〔賺煞〕原不似廟堂才，卻怎改虀鹽相分限？是綸巾鶴氅。詫不盡當年魚漏網，到如今又索甚提防？付行藏，酒罌詩囊，十萬八千有幾場。幸七九衰翁在堂，看四歲癡兒作樣，也只是爇明香夜夜謝穹蒼。

九思、嘉靖初猶在，所爲碧山樂府，於雄爽中時有「翩翩佳致」〔衡曲麈譚〕其豪放蒼莽之作，與康氏固勢均力敵，未容軒輊於其間也。例如水仙子：

一拳打脫鳳凰籠，兩腳蹬開虎豹叢，單身撞出麒麟洞。望東華人亂擁，紫羅襴老盡英雄！參詳破邯鄲一夢，歎息殺商山四翁，思量起華嶽三峯。

馮惟敏海浮山堂詞稿，小令、散套，皆喜用俗語俚言，而以蒼莽雄直之氣行之；其魄力之大，殆可凌駕康、王；而王驥德詆其「直是粗豪，原非本色，」殊不可解。馮氏散曲，包羅萬有，頗似詞家之辛棄疾。其詼諧玩世之作本色語尤多；其激壯蒼涼處，讀之又能使人神王；所謂「豪辣灝爛」之境，馮氏差足當之矣。節錄徐我亭歸田大令（馮集稱套數爲大令）之前三段，以見一斑：

（正宮端正好）跳出了虎狼穴，脫離了刀鎗寨，天加護及早歸來。甫能撮湊到紅塵外，總是超三界！（滾繡毬）磣可查荆棘排，活撲刺蛇蝎挨，打遇遭擠成一塊，諕得俺腳難挪眉眼難開。一箇虛圈套眼下丟，一箇悶葫蘆腦後摔。躧着他轉關兒登時成敗，犯着他訣竅兒當日與衰。幾曾見持廉守法躲了寃業？都只爲愛國憂民成了禍胎！論甚麼清白？（叨叨令）見了箇官來客來，繫上條低留答刺的帶。又不是金階玉階，免不得批留鋪刺的拜。恰便似天差帝差，做了些希留乎刺的態。但沾着時乖運乖，落得他稽留聒刺的怪。兀的不磣殺人也麼哥！兀的不磣殺人也麼哥！單看你胡歪亂歪，一角伊留兀刺的外。（脫布衫）謝天公特地安排，感吾生苦盡甘來。熱還了蠅頭利債，再不把文章賣。

王磐生富室，獨厭綺麗之習，雅好古文詞。（堯山堂外紀）王驥德稱其散曲爲北詞之冠，謂其「俊豔工鍊，字字精琢，惜不見長篇。」（曲律）磐善詼諧，兼工諷刺；雖同用北調，而作風與上述三家，截然不同；在元人中，於喬、張爲近。江盈科謂其「材料取諸眼前，句調得諸口頭，其視匠心學古，艱難苦澀者，眞不啻啖哀家梨也。」（雪濤詩話）錄滿庭芳「失雞」一段：

平生淡薄，雞兒不見，童子休焦。家家都有閒鍋竈，任意烹炮。煮湯的貼他三枚火燒，穿炒的助他一把胡椒，到省了我開東道。免終朝報曉，直睡到日頭高。

上述四家，在明曲北調中，分據文壇，足以領袖一代。此外如常倫之悲壯豔麗，風格在康、王間。楊循吉以吳人而爲北調，亦復瀟灑有致。楊愼夫婦，並工散曲。衡曲麈譚稱：「楊升庵頗有才情，所著陶情樂府，流膾人口。但楊本蜀人，調不甚諧，而摘句多佳。楊夫人亦饒才學，最佳者如黃鶯兒『積雨釀輕寒』一曲，字字絕佳。楊別和三詞，俱不能勝，固奇品也。」愼父廷和，有散曲集名樂府遺音，風調近張養浩雲莊休居樂府。是楊氏父子夫婦，直以散曲世其家矣。錄楊夫人黃鶯兒「雨中遺懷」一段：

積雨釀輕寒，看繁花樹樹殘，泥途滿眼登臨倦。雲山幾盤，江流幾灣，天涯極目空腸斷。寄書難，無情征鴈，飛不到滇南！（案此曲亦見南宮詞紀，以王驥德列愼於北調作家中，特爲附及。）

第二十一章　明散曲之南調作家

元人散曲，悉用北調。至明初，南曲猶未大行。最早之南調，惟南宮詞紀載琵琶記作者高則誠（永嘉平陽人。）之商調二郎神「秋懷」一套。其後楊維楨、劉東生、偶有傳作。周憲王（朱有燉）誠齋樂府，雖以北調擅長，亦爲南曲之一大作家。至陳鐸、（字大聲，號秋碧，金陵人。）沈仕（字懋學，一字子登，號青門山人，仁和人。）二家出而散曲中始漸行南調。沈德符稱：「元人俱嫻北調，而不及南音。今南曲如四時歡、窺青眼、人別後諸套最古，或以爲元人筆，亦未必然。即沈青門、陳大聲輩，南詞宗匠，皆本朝化治間人。又同時如康對山、王渼陂二太史，俱以北擅場，而不染指於南。」（顧曲雜言）由此可知風氣之轉移，蓋在陳、沈二家崛興之後；金、元北鄙之樂，深入人心，匪一朝一夕之所能改也。

陳鐸官指揮使，沈德符已有「今皆不知其爲何代何方人」之歎，而特推爲「我朝（明）塡詞高手。」又謂：「今人但知陳大聲南調之工耳！其北一枝花『天空碧水澄』全套，與馬致遠『百歲光陰，』皆咏秋景，眞堪伯仲。又題情新水令「碧桃花外一聲鐘」全套，亦綿麗不減元人。本朝詞手，似無勝之者。」（顧曲雜言）惟張旭初獨於鐸深致不滿，謂：「陳大聲、金陵將家子，所爲散套，尙多借襲，而才情亦淺。然句字流麗，可入絃索。如三弄梅花一闋，頗稱作家。」（衡曲麈談）鐸本工詞，而南曲特勝；沈張褒貶，皆不免於過情。其溫柔綺膩之作，固散曲中之大家數也。錄中呂鎖南枝「風情」一段：

　　腸中熱，心上癢，分明有人閒論講。他近日恩情又在他人上。要道是眞，又怕是慌。抵牙兒猜，皺眉兒想。

沈仕工詞曲，絕意仕進，有前賢曠達之風。（厲鶚唾窗絨跋）沈德符以與陳鐸並稱，譽爲「塡詞高手。」至其「所作多偎紅倚翠之語，未免以筆墨勸淫。」（厲跋）後來梁辰魚江東白苧，且有效沈青門唾窗絨體之作，可想見其影響之大。散曲中之香歛體，殆以青門爲最工矣。近人任訥稱其「冶豔之中生動新切。其失在偶摹元人淫褻之作，而後人踵之者，又變本加厲，皆標其題曰效沈青門體，沈氏遂受謗無窮。」（散曲概論）觀其風流狎暱之作，果足蕩人情志；然情歌中有此一格，亦極可觀也。錄嬾畫眉「春怨」、及鎖南枝「幽會」各一段：

倚闌無語招殘花，驀然間春色微烘上臉霞。相思薄倖那寃家，臨風不敢高聲罵，只教我指定名兒暗咬牙。

爹娘睡，暫出來，不教那人虛久待。一見喜盈腮，芳心怎生耐？身驚顫，手亂揣，百忙裏解花了繡裙帶。

陳沈二家之後，崑腔未起之前，尚有唐寅、（字子畏，號伯虎。）祝允明、（字希哲，號枝山，又號枝指生。）文徵明（名璧，以字行。）三人，並居吳下，特工南曲，唐、祝名尤盛。錄唐作黃鶯兒「閨思」及祝作金落索「四景」各一段：

細雨溼薔薇，畫樑間燕子飛，春愁似海深無底。天涯馬蹄，燈前翠眉，馬前芳草燈前淚。夢魂飛，雲山萬里，不辨路東西。

東風轉歲華，院院燒燈罷。陌上清明，細雨紛紛下。天涯蕩子心，盡思家。只見人歸不見他！合歡未久難抛捨，追悔從前一念差。傷情處，懨懨獨坐小窗紗。只見片片桃花，陣陣楊花，飛過了鞦韆架。

南曲多温柔細膩，偏寫兒女私情；此與南朝樂府中之吳歌，宋代柳、秦一派之詞，在文學上，儼然自成一系統。然在散曲方面，有南人而兼長北調者；即南調中亦間有慨慷激昂之作。特舉其大者言之，南北風尚，故自不同耳。

王守仁（字伯安，號陽明，餘姚人。）以一代大儒，偶爲南曲，一洗妖媚綺靡之習，充分表現作者抱負；風格不在北調王、馮諸家之下，亦南曲中之生面别開者也。南宮詞紀存其雙調步步嬌「歸隱」一套，迻錄一段如左：

亂紛紛鴉鳴鵲噪，惡狠狠豺狼當道，冗費竭民膏。怎忍見人離散，舉疾首蹙額相告。簪笏滿朝，干戈載道，等閑間把山河動搖！

第二十二章　崑腔盛行後之散曲

明曲自崑腔盛行後，爲一大變化。沈德符云：「自吳人重南曲，皆祖崑山魏良輔，而北詞幾廢。」（顧曲雜言）北詞既廢，「南曲又多參詞法以爲之，形成所謂南詞；」（任訥說）重華藻而輕本色，意境迂拘；末流乃至「祇有枯脂燥粉，敷衍堆嵌，拆碎固不成片段，併合亦難象樓臺。」（任說）明徐渭嘗言：「曲本取於感發人心，歌之使奴童婦女皆喻，乃爲得體。吾意與其文而晦，曷若俗而鄙之易曉也。」（南詞敍錄）其言雖爲邵文明香囊記而發，而崑腔盛行以後之散曲，亦多患「文而晦」之病，或拘於韻律，生氣索然。曲本出於民間，行之既久，漸由典雅而進於堆砌，化此嘉靖、隆治以來明曲之厄運也。

崑腔之起，約在明正德間。其始北曲用絃索，南曲用簫管。迨崑腔出，乃合而用之。徐渭云：「今崑山以笛、管、笙、琵，按節而唱南曲者，字雖不應，頗相諧和，殊爲可聽。」（南詞敍錄）沈德符亦稱：「今吳下皆以三弦合南曲，而簫管叶之。」（顧曲雜言）繁音合奏，故其腔特「流麗悠遠，聽之最足蕩人。」（徐說）崑腔之創始者，世稱崑山魏良輔。（號尙泉，居太倉南關。）余懷寄暢園聞歌記稱：「良輔初習北音，絀於北人王友山，退而鏤心南曲，足跡不下樓十年。當是時，南曲率平直無意致。良輔轉喉押調，度爲新聲，疾徐高下清濁之數，一依本宮，取字齒脣間，跌換巧掇，恆以深邈助其淒戾。吳中老曲師如袁髯、尤駝者，皆瞠乎自以爲不及也。」（虞初新志）良輔以大音樂創造家，轉移風尙；然所努力乃在歌唱方面，初與曲詞無關。其聞風而起，依此新聲，製爲歌曲，別開風氣者，則梁辰魚、與沈璟是也。

辰魚（字伯龍）亦崑山人。胡應麟稱：「良輔能諧聲律，梁伯龍起而效之，考證元劇，自翻新調，作江東白苧、浣紗諸曲；又與鄭思笠精研音理，唐小虞、鄭梅泉五七輩雜轉之，金石鏗然，譜傳藩邸戚畹，金紫熠爚之家，取聲必宗伯龍氏，謂之崑腔。」（筆叢）辰玉以音樂家而兼戲劇家，其江東白苧則散曲也。張旭初至推辰魚爲「曲中之聖」，（吳騷合編）張鳳翼又稱此集「擲地可作金聲。」（江東白苧序）而李調元獨持異議，謂：「曲始於元，大略貴當行，不貴藻麗。蓋作曲自有一番材料；

其修飾詞章，塡塞故實，了無干涉也。自梁伯龍出，始爲工麗濫觴。蓋其生嘉、隆間，正七子雄長之會，詞尚華靡；弇州於此道不深，徒以『維桑』之誼，盛爲吹噓，不知非當行也。故吳音一派，競爲勦襲靡詞，如繡閣、羅幃、銅壺、銀箭、紫燕、黃鶯、浪蝶、狂蜂之類，啓口卽是，千篇一律。甚至使僻事，繪隱語，不惟曲家本色語全無，卽人間一種眞情話，亦不可得。」（雨村曲話）李氏之論，雖不免過於偏激，而曲詞之壞，不得不歸罪於辰魚矣。崑腔之起，在音樂上爲一大貢獻，音律益精，乃不免以曲害詞。且南人浮靡庸濫之習，率自附於梁氏之文雅蘊藉；亢爽激越之風亡，而散曲亦漸不足觀矣！至梁曲所以能風靡一時者，一方固在其腔調之流美，一方亦由其細膩妥貼，充分表現南人之性格；其病則爲過求工麗，汨沒本眞。其風致之佳者，翻在小曲。錄駐雲飛一段：

小小冤家，拖逗得人來憔悴殺。雅淡堪描畫，舉止多瀟灑。咱！曾記折梨花，在荼蘼東架。忙詢佳期，倒答著閑中話，一半兒囂人一半耍。

沈璟（字伯英，號寧菴，又號詞隱，吳江人。）深通音律，善于南曲；所編南九宮譜及南詞韻選二書，楷模大著，學者翕然宗之。其散曲多受辰魚影響，又特嚴於韻律，苦無生氣。王驥德稱：「其於曲學，法律甚精，汎瀾極博，斤斤返古，力障狂瀾，中興之功，良不可沒。」（曲律）李調元則謂：「沈伯英審於律而短於才，亦知用故實、用套詞之非宜，然作當家本色俊語，卻又不能直以淺言俚語，掤拽牽湊，自謂獨得其宗，號稱詞隱。而越中一二少年，學慕吳趨，遂以伯英爲開山，私相伏膺，紛紜競作；非不東、鍾、江、陽，韻韻不犯，一稟德清；而以鄙俚可笑爲不施脂粉，以生硬稚率爲出之天然；較之套詞故實一派，反覺雅俗懸殊；使伯龍、禹金輩見之，益當千金自享家帚矣。」（雨村曲話）然則梁、沈二派，雖取徑不同，厥失惟均。惟自嘉、隆間以迄明末，將近百年，主持「詞餘」壇坫者，文章必推梁氏，韻律必推沈氏，（任訥說）其影響之大可知。錄沈氏八聲甘州「集雜劇名翻元人吳昌齡北詞」一曲爲例：

因緣簿冷嘆鴛鴦被捲，枉怨銀箏。秦樓月影，蝴蝶夢中孤另。曾留汗衫餘馥在，漫哭香囊兩淚盈。柳眉蹙雙峯，爲才子留情。

春宵多月亭，記曲江池上，麗日初晴。藍橋仙路，裴航恰遇雲英。萬花堂畔言誓盟，玉鏡臺前作證誠。他負心幾曾教魚雁傳情？

梁、沈之後，有王驥德，（字伯良，號方諸生，會稽人。）曾受曲學於徐渭，又與璟有往還。其所作方諸館樂府，雖不免爲梁、沈二家所囿；而所著曲律，識見甚高，爲有功曲苑之鉅製。其論曲亦頗不滿於當世之南詞，而深崇元人散曲，故足稱也。

生値崑腔盛行之後，而能開徑獨行，自成一家，不爲梁、沈所籠罩者，惟一施紹莘。（字子野，號峯泖浪仙華亭人。）其人亦工音律，自蓄歌童，所作無不製譜付拍者。（任訥說）其自序秋水庵花影集云：「猶記十六七時，便喜吟咏，而詩餘樂府，於中爲尤多。十餘年來，費紙不知幾十萬？嘗貯之古錦囊，挑以筇竹杖，向桃花溪畔，杏樹村邊，黃葉丹楓，白雲靑嶂，席地高歌一兩篇；雖不入譜律，亦復欣然自喜。山童騎黃犢，負夕陽而歸，亦令拍手和歌，喁于互答。因擇其聲之幽脆者，命歌工教以音律。於是花月下，香茗前，詩酒畔，風雪裏，以至茅茨草舍之酸寒，崇臺廣囿之弘侈，高山流水之雄奇，松龕石室之幽致，曲房金屋之妖姸，玉缸珠履之豪肆，銀箏寶瑟之縈魂，機錦砧衣之愴思，荒臺古路之傷心，南浦西樓之感喟，憐花尋夢之閒情，寄淚緘絲之逸事，分鞵破鏡之悲離，贈枕聯釵之好會，佳時令節之杯觴，感舊懷恩之涕淚，隨時隨地，莫不有翻譜新聲，稱宜迭唱。每聽雙鬟豎子，拍板一聲，則泬寥傳響，情境生動，可謂極風情之致，享文字之樂矣。」紹莘性格之蕭灑，與其愛好歌曲之情形，於此文中充分表出。陳繼儒稱：「子野才太俊，情太癡，膽太大，手太辣，腸太柔，心太巧，舌太纖，抓搔痛癢，描寫笑啼，太逼眞，太曲折。」（花影集序）若紹莘者，誠可謂能融各派散曲之長，不媿爲當行作家。其用筆輕倩，而結構綿密，擬之元人，庶幾小山樂府；以殿有明一代之散曲，視梁、沈輩倜乎遠矣！錄月下感懷一套：

〔南大石念奴嬌序〕陰晴。萬古這冰輪不改，憑人覆雨翻雲。欲向吳剛求利斧，劈開懵懂乾坤。休譚一點山河，三千世界，人間萬事總虛影！（合）多管是淸光夜夜，照不分明。〔前腔〕癡甚！天公哄您，並沒個好歹賢愚，忠佞同盡。萬里江邊沙上骨，這是隋唐秦晉。休逞！扯破衣冠，丟開禮樂，到頭畢竟認誰眞？（合前）〔前腔〕忒狠！將相功名，君王社稷，爭教一代一灰塵？早發掘纍纍，前朝荒墳。冰冷！笛暮牛羊，蛩秋烟雨，當年氣勢嚇誰人？（合前）〔前腔〕重省！酷慕神仙，浪煎藥物，心長命短與誰爭？碑額上標題隱士先生。傷情！狐戴頭顱，鴉翻皮肉，大丹畢竟甚時成？（合前）〔古輪臺〕漫胡評，從來些個總無憑！功名富貴天之分，怎生僥倖？況到底空花眼前，豈伊畢竟？有事到垂成，被人作梗；有淩雲奇志，困青衫叫天不應；有高才短命身傾。有星霜白首，垂涎如斗一顆金印。成敗豈由人？今宵景，蒼烟荒野鬼無靈。（前腔）須聽！還有專寵宮庭；也有獨守鴛幃，恨人薄倖。也有嫁得蕭郎，却有日路人相認。有恩愛夫妻，衾挨肩並；有夫壻恩榮，捧將來縣君誥命。有伶仃孤苦艱辛。高高下下，如今白骨，總成枯梗！天眼太昏昏！今宵景，一聲長笛曉風清。（尾文）一輪月，萬古情，笑如此人間癡甚，但閒氣教伊莫要爭。

明人散曲之外，別有民間流行之小曲。卓珂月曰：「我明詩讓唐，詞讓宋，曲讓元；庶幾吳歌掛枝兒、羅江怨、打棗竿、銀鉸絲之類，爲我明一絕耳！」（陳宏緒寒夜錄）小曲原出北方，明代大行於吳下。王驥德云：「小曲掛枝兒卽打棗竿，是北人長技，南人每不能及。昨毛允遂貽我吳中新刻一帙，中如噴嚏、枕頭等曲，皆吳人所擬；卽韻稍出入，然措意俊妙，雖北人無以加之，故知人情原不相遠也。」（曲律）明散曲家，於小曲並多染指。錄龍子猶江兒水一曲，以見一斑：

郎莫開船者！西風又大了些！不如依舊還奴舍。郎要東西和奴說，郎身若冷奴身熱，且受用而今這一夜。明日風和，便去也奴心安帖。

第二十三章　清詞之復盛

清代二百八十年，詞人輩出，超軼元明二代，駸駸與兩宋比隆。雖此體不復重被管絃，僅爲「長短不葺之詩」；而一時文人精力所寄，用心益密，託體日尊；向所卑爲「小道」之詞，至是儼然上附於風騷之列；而浙常二派，又各開法門，遞主詞壇，風靡一世。吾輩撇開音樂關係，以論清詞，則實有同於唐人之新樂府詩，於中國文學史上，占極重要之地位焉。

清初作者，以吳偉業爲「開山」；順治康熙之間，製作益盛。聶先、曾王孫合輯之名家詞鈔，所收至百種以上，皆此一時期之作品也。

浙派未興之前，有梁清標、（字玉立，眞定人。）宋琬、（字玉叔，號荔裳，萊陽人。）王士祿、（號西樵，新城人。）王士禎、（士祿弟。）曹爾堪、（字子顧，嘉善人。）丁澎、（字飛濤，仁和人。）毛際可、（字會侯，遂安人。）曹貞吉、（字升六，號實庵，安邱人。）余懷、（字澹心，莆田人。）吳綺、（字薗次，江都人。）顧貞觀、（號梁汾，無錫人。）錢芳標、（字葆馚，華亭人。）納蘭性德、（原名成德，字容若，滿洲人。）彭孫遹、（字駿孫，號羨門，海鹽人。）尤侗、（字展成，號西堂，長洲人。）毛奇齡、（字大可，蕭山人。）徐釚、（字電發，吳江人。）陳維崧（字其年，號迦陵，宜興人。）嚴繩孫、（字蓀友，無錫人。）孫枝蔚（字豹人，三原人。）等，皆一時之秀；而王士禎、曹貞吉、顧貞觀、納蘭性德、彭孫遹、毛奇齡、陳維崧七家，尤爲傑出。分述如下：

王士禎爲清代大詩人，特工絕句，又標「神韻」之說；即以其法填詞，故專以小令擅勝；唐允甲所謂：「極哀豔之深情，窮倩盼之逸趣」（衍波詞序）者是也。士禎以浣溪沙「紅橋賦」三首負盛名；錄一首如下：

北郭青溪一帶流，紅橋風物眼中秋，綠楊城郭是揚州。西望雷塘何處是？香魂零落使人愁，
澹煙衰草舊迷樓。

曹貞吉珂雪詞，洗盡綺羅薌澤之習，慷慨悲涼，爲稼軒嫡系。王煒又稱其「珠圓玉潤，迷離哀怨，於纏綿款至中自具瀟灑出塵之致；絢爛極而平澹生，不事雕鎪，俱成妙詣。」（珂雪詞序）貞吉與

士禛皆山東人，而士禛之軟媚，不似北人性格；以視貞吉之雄渾蒼涼，有遜色矣。貞吉以留客住「鷓鴣」詞著名，錄之如下：

瘴雲苦！偏五溪沙明水碧，聲聲不斷，只勸行人休去。行人今古如織，正復何事關卿頻寄語？空祠廢驛，便征衫溼盡，馬蹄難駐。　風更雨，一髮中原，杳無望處。萬里炎荒，遮莫摧殘毛羽。記否越王宮殿，宮女如花，祇今惟賸汝。子規聲續，想江深月黑，低頭臣甫。

顧貞觀以賀新郎「寄吳漢槎寧古塔以詞代書」二首最爲世重；以書札體入詞，已爲創格；而語語眞摯，字字從肺腑中流出，眞可歌可泣之作也。詞已爲人傳誦，不錄。況周頤稱：「容若與梁汾交誼甚深，詞亦齊名，而梁汾稍不逮容若；論者曰失之脆。」（餐櫻廡詞話）別錄夜行船「鬱孤臺」一闋：

爲問鬱然孤峙者，有誰來？雪天月夜。五嶺南橫，七閩東距，終古江山如畫。　百感茫茫交集也！憺忘歸、夕陽西挂。爾許雄心，無端客淚，一十八灘流下。

納蘭性德爲明珠相國子，以進士官侍衞，具文武才。其詞極爲顧貞觀、陳維崧諸人所推服；維崧謂：「飲水詞哀感頑豔，得南唐二主之遺。」其「長調多不協律，小令則格高韻遠，極纏綿婉約之致。」（周之琦說）性德生長富厚，而詞多淒惋之音，卒以短命，可悲也！錄浣溪沙二闋：

誰念西風獨自涼？蕭蕭黃葉閉疏窗，沈思往事立殘陽。　被酒莫驚春睡重，賭書消得潑茶香，當時祇道是尋常！

腸斷斑騅去未還，繡屏深鎖鳳簫寒，一春幽夢有無間。　逗雨疏花濃淡改，關心芳草淺深難，不成風月轉摧殘。

彭孫遹工作豔詞，風格絕近花間；朱孝臧有「吹氣如蘭彭十郎」（彊邨棄稿）之語。尤侗稱其「提辛攀李，含柳吐秦，與『紅杏尚書』『花影郎中』平分風月」；（延露詞序）其人之風調，可以想見。錄卜算子「賦豔」一闋：

又報玉梅開，笑泥青娥飲。去歲留心直到今，醉裏如何禁？　身作合歡牀，臂作遊仙枕。打起黃鶯不放啼，一晌留郎寢。

毛奇齡本經學家，其詞旨精深而體溫麗；亦特長於小令。近人邵瑞彭謂其「雅近齊、梁，以後樂府，風格在晚唐之上。」錄長相思一闋：

長相思，在春晚。朝日曈曈熨花煖。黃鳥飛，綠波滿。雀粟銜素瑺，蛛絲斷金翦。欲著別時衣，開箱自展轉。

陳維崧與朱彝尊齊名，而二家風格迥異。陳廷焯謂：「國初詞家，斷以迦陵爲巨擘；後人每喜揚朱而抑陳，以爲竹垞獨得南宋眞脈。」又云：「迦陵詞沈雄俊爽，論其氣魄，古今無敵手；若能加以渾厚沈鬱，便可突過蘇、辛。」（白雨齋詞話）維崧作品之多，殆爲古今詞家之冠；其湖海樓詞集，兼綜各體，而短調「波瀾壯闊，氣象萬千，」（陳說）亦開古今小令未有之奇。如點絳脣云：「悲風吼，臨洛驛口，黃葉中原走。」好事近云：「別來世事一番新，只吾徒猶昨！話到英雄失路，忽涼風索索。」並於「平敍中峯巒忽起，力量最雄。」（陳說）其長調縱筆所之，雄傑排奡，不復務爲含蓄，一如「元祐體」之詩；詞體之解放，蓋至維崧而達於最高頂矣。其尤可注意者，則迦陵詞中，不特開蘇辛未有之境，且以社會思想發之於詞。例如賀新郎「縴夫詞，」直似張籍、王建樂府，詞至迦陵，應用無方；而人多不留意於此，特爲拈出如下：

戰艦排江口。正天邊眞王拜印，蛟螭蟠紐。徵發櫂船郎十萬，列郡風馳雨驟。歎閭左、騷然鷄狗。里正前團催後保，盡纍纍鎖繫空倉後。捽頭去，敢搖手？稻花恰趁霜天秀。有丁男、臨岐訣絕，草間病婦。此去三江牽百丈，雪浪排檣夜吼。背耐得土牛鞭否？好倚後園楓樹下，向叢祠亟倩巫澆酒。神祐我，歸田畝。

清初人詞，大抵不出二派。一派沿明人遺習，以花間、草堂爲宗，而工力特勝；其至者乃欲上追五代；如王士禛、納蘭性德、彭孫遹諸人是。一派宗蘇、辛，發揚蹈厲，以自寫其胸中磊砢不平之氣，其境界乃前無古人；如曹貞吉、陳維崧諸人是。自浙、常宗派之說起，而風氣爲之一變；雖詞體益尊，氣格益醇，而清初柔婉博大之風，不可復覩矣！

第二十四章　浙西詞派之構成及其流變

清詞之有浙派，蓋樹立於朱彝尊，而肇端於曹溶。（字秋岳，號倦圃，嘉興人。）彝尊嘗稱：「余壯日從先生南游嶺表，西北至雲中。酒闌燈灺，往往以小令慢詞，更迭唱和；有井水處，輒爲銀箏檀板所歌。念倚聲雖小道，當其爲之，必崇爾雅，斥淫哇；極其能事，則亦足以宣昭六義，鼓吹元音。往者明三百禩，詞學失傳；先生搜輯遺集，余曾表而出之。數十年來，浙西塡詞者，家白石而戶玉田，舂容大雅；風氣之變，實由於此。」（靜志居詩話）浙西詞派之建立，與其所標之宗旨，觀於此可見一斑矣。

彝尊以學術詞章負重名；習爲倚聲，又與陳維崧分主壇坫；而其標宗立義，乃在所輯詞綜一書。汪森爲之序云：「西蜀南唐而後，作者日盛；宣和君臣，轉相矜尚，曲調愈多，流派因之亦別，短長互見；言情者或失之俚，使事者或失之伉。鄱陽姜夔出，句琢字鍊，歸於醇雅。於是史達祖、高觀國羽翼之；吳文英師之於前，趙以夫、蔣捷、周密、陳允平、王沂孫、張炎、張翥效之於後。」彝尊又自言：「塡詞最雅，無過石帚」（詞綜發凡）由此可知浙派之構成，實奉姜夔爲「圭臬」而直接南宋典雅派之系統者也。

彝尊又稱：「宋以詞名者，浙東西爲多；」并列舉周邦彥、張炎、仇遠、張先、毛滂、盧祖皋、吳文英、陳允平、陸游、高觀國、尹煥、王沂孫諸人以相標榜；（詳曝書亭集孟彥林詞序）於是其同里李良年，（字武曾秀水人。）李符、（字分虎嘉興人。）從而和之；浙中詞人因之大盛。作者如汪森、（字晉賢，桐鄉人，）沈皡日、（字融谷平湖人。）沈岸登、（字覃九，平湖人。）龔翔麟、（號蘅圃，仁和人。）厲鶚、（字太鴻號樊榭，錢塘人。）張弈樞（字今培，平湖人。）等，大盛於康熙、乾隆之際；而朱彝尊、李良年、李符、厲鶚四家，其卓卓者也。

彝尊有解珮令「自題詞集」云：「老去填詞，一半是空中傳恨。」又云：「不師秦七，不師黃九，倚新聲玉田差近。」其宗尚所在，於此可知。其茶煙閣體物集，組織甚工；蕃錦集則全集成句，一如「無縫天衣，」然要爲「雕蟲小技；」惟江湖載酒集，灑落有致，靜志居琴趣，盡掃陳言，獨出機杼；（陳廷焯說）爲極可觀耳。譚獻云：「錫鬯、其年出，而本朝詞派始成。顧朱傷於碎，陳厭其率，流弊亦百年而漸變。錫鬯情深，其年筆重，固後人所難到；嘉慶以前，爲二家牢籠者十居七八。」（篋中詞）彝尊爲浙派詞人之祖，影響視維崧尤大，而其魄力遠不逮維崧；一學姜、張，一學蘇、辛，造詣故自不同也。錄彝尊浪淘沙「雨花臺」一闋：

衰柳白門灣，潮打城還。小長干接大長干。歌板酒旗零落盡，賸有漁竿。　秋草六朝寒，花雨空壇。更無人處一憑闌。燕子斜陽來又去，如此江山！

二李詞絕相類，大約皆規模南宋，羽翼竹垞者；武曾較雅正，而才氣則分虎爲勝。（陳廷焯說）彝尊序符耒邊詞云：「分虎游屐所向，南朔萬里，詞帙之富，不減予曩日；殆善學北宋者。頃復示予近稿，益精研於南宋諸名家，而分虎之詞愈變而極工；方之武曾，無異塤篪之迭和也。」錄符釣船笛一闋：

曾去釣江湖，腥浪黏天無際。淺岸平沙自好，算無如鄉里。　從今只住鴨兒邊，遠或泛苕水。三十六陂秋到，宿萬荷花裏。

厲鶚於浙派爲較後起，而有起衰振廢之功。譚獻嘗言：「浙派爲人詬病，由其以姜、張爲止境，而又不能如白石之澀，玉田之潤。」（篋中詞）惟「厲樊榭詞，幽香冷豔，如萬花谷中雜以芳蘭；」（陳廷焯說）「直可分中仙、夢窗之席」（譚獻說）庶幾於「清空峭拔」者矣。錄念奴嬌「月夜過七里灘，光景奇絕，歌此調，幾令衆山皆響」一闋：

秋光今夜，向桐江、爲寫當年高躅。風露皆非人世有，自坐船頭吹竹。萬籟生山，一星在水，鶴夢疑重續。拏音遙去，西巖漁父初宿。 心憶汐社沈埋，清狂不見，使我形容獨。寂寂冷螢三四點，穿破前灣茅屋。林淨藏煙，峯危限月，帆影搖空綠。隨流飄蕩，白雲還臥深谷。

厲鶚之後，有吳翌鳳、（字伊仲，號牧庵，吳縣人。）郭麐、（字祥伯，號頻伽，吳江人，僑居嘉善。）皆浙派中人。譚獻謂：「牧庵高朗，頻伽清疏，浙派爲之一變；而郭詞則疏俊少年尤喜之。」（篋中詞）郭視吳爲高，而不免失之滑易，又不能望樊榭之項背矣。

浙派至嘉慶、道光間，已日即於衰敝；乃有項鴻祚（字蓮生，錢塘人）出而振之。譚獻云：「蓮生、古之傷心人也。盪氣回腸，一波三折，有白石之幽澀而去其俗，有玉田之秀折而無其率，有夢窗之深細而化其滯，殆欲前無古人。」（篋中詞）鴻祚家本富有，而塡詞幽豔哀斷，與納蘭性德異曲同工；

其高者殆近南唐，非浙派之所能囿也。錄玉漏遲「冬夜聞南鄰笙歌達曙」一闋：

病多歡意淺。空篝素被，伴人悽惋。巷曲誰家？徹夜錦堂高讌。一片氍毹月冷，料鐙影衣香烘暖。嫌漏短，漏長卻在，者邊庭院。　沈郎瘦已經年，更嬾拂冰絲，賦情難遣。總是無眠，聽到笛慵簫倦。咫尺銀屏笑語，早檐角驚烏啼亂。夢遠，聲聲曉鐘敲斷。

第二十五章 散曲之衰敝

清代詞盛而曲衰。蓋自明梁、沈以來，曲體已日趨於凝固，專崇韻律，氣象彫枯；民間小曲流行，漸有「取而代之」之勢。清初作者，承梁、沈遺風，多所拘牽，劣能自振。康熙、雍正而後，家伶日少，臺閣鉅公，不憙聲樂，歌場奏藝，僅習舊詞。（參看吳梅中國戲曲概論）新聲肄習無人，即爲散曲，亦不必播諸絃管。士大夫之愛好文藝，崇尚騷雅者，乃羣趨於詞之復興運動，而散曲遂一蹶而不復振矣。作家間出，大都以詩詞餘力爲之，罕有專詣，亦一時風會使然也。

清初專尚南曲，作者如沈謙、（字去矜，仁和人。）尤侗，（字展成，號悔菴，長洲人。）下逮康熙、乾隆間之吳綺、（字薗次，江都人。）蔣士銓、（字定甫，鉛山人。）吳錫麒，（字穀人，一字聖徵，錢塘人。）合爲一派；而沈謙東江別集多集曲、翻譜之作，梁、沈之嫡傳也。尤、蔣特善雜劇，散曲亦偶爲之。二吳所作較多，而錫麒尤勝。其八月十八日秋濤宮觀潮一套，氣象壯闊，非梁、沈所能範圍，亦一時名製也。逡錄如下：

〔南中呂好事近〕斜照送登樓，拓開胸底清秋。千檣薺簇，全教攏了沙洲。颼颼，閃過空江風色，墮涼雪先有飛鷗。霎時間天容變也，看靑連大地，我亦如浮。〔錦纏道〕看前頭，似銀潢從空倒流，斜界一條秋。倏靈蛇東奔西掣，接著難休。響硠硠雷車碾驟，高矗矗雪山飛陡，四面撼危樓。漸離卻樟亭赤岸，一路的和沙折柳。更道憑仗鴟夷勢，水犀軍渾不怕婆留。〔普天樂〕羽林槍前驅走，佽飛隊中權守。折波濤顛倒天吳，逐風雲上下陽侯。青天溼透，惹烏啼兔泣，罷憤龍愁。〔榴花泣〕〔石榴花首至四〕一聲彈指重見涌瓊樓，湘女倚，虙妃游，神仙縹緲數螺浮，度匆匆羽葆霞旂。〔泣顏回五至末〕珠璣亂丟，雜冰涎噴出龍公口，猛淋侵帕漬鮫綃，忒模糊錦涴魚油。〔古輪臺〕問根由，古來曾閱幾春秋？卻煩壽酒今番酹。大江依舊，呼吸神通，過了天長地久。有甚難平？一番息後，但聽伊嗚咽過津頭。歎則歎茫茫世宙，也等閒消長如漚。殘山剩水，荷花桂子，故宮回首，寂寞付寒流。看來去，只銅駝無語鐵幢愁。〔尾聲〕朝又夕，春復秋，能唱到風波定否？怪不得回轉嚴灘總白頭。

浙派詞人朱彝尊，兼塡北曲小令，以元人喬吉、張可久爲宗。其論詞主姜、張，專尙清空騷雅，喬、張散曲，風格略同。彝尊并力追蹤，以自成其「詞人之曲」。所爲葉兒樂府，多淸麗之音，洵詞人吐屬也。錄一半兒「靈隱」一段：

冷泉亭子面山崖，蕭九娘家沽酒牌，壚畔碧桃花亂開。到重來，一半兒依然，一半兒改！

厲鶚與彝尊同調，所爲北樂府小令，閒效康沜東體，大部風格皆近張小山。錄柳營曲「尋秦淮舊院遺址」一段：

支瘦笻，訪城東，板橋夕陽依舊紅。名士詞工，狎客歌終，醉臥錦臙叢，閑愁埋向其中。溫柔老卻吳儂。香銷南國，盡花落後庭空。風，吹夢去無蹤。

朱、厲二家之後，宗喬、張者，有劉熙載（號融齋，興化人）、許光治等。熙載俯就南曲，求合崑腔。光治心好喬、張，自謂：「情之所宣，每爲邯鄲之步；然音律未嫻，其聲之高下不入格者，當復不少。然第寄意云耳，於聲律固不計也。」（江山風月譜散曲自序）錄慶東原一段：

雲低宇，風滿廬，陰晴天氣商量雨。林鴉新乳，桑鳩剩語，梁燕剛雛。人困也日初長，花謝了春歸去。

趙慶熹（字秋舲，仁和人。）約與蔣士銓等同時；而刻意學施紹莘，不爲上述兩派所囿。其香銷酒醒曲，能融元人北曲之法入南詞，在淸代確爲當行作家。慶熹以對月有感套中之江兒水一支負盛名，特爲節錄；幷舉謝文節公遺琴全套如下：

〔江兒水〕自古歡須盡，從來滿必收。我初三瞧你眉兒鬬，十三窺你妝兒就，二三覷你龐兒瘦，都在今宵前後。何況人生，怎不西風敗柳？

〔南商調二郎神〕天風大，猛吹來琴聲入破，彈落的冬青花萬朶。愁宮怨羽，是當時鐵馬金戈。這瘦玉條條忠膽做，合配那麻衣淚裹。待摩挲，還只怕海潮飛濺起紅波。〔前腔換頭〕山河！君絃斷了問誰人擔荷？把浩刼紅羊愁裏過。燕雲去後，看看沒處騰挪。聽塞鼓邊笳聲四合，冷照著僧房暗火。漫延俄，眼見得沒黃沙荊棘銅駝。〔集賢賓〕有多少宮車細馬結隊過。他斜抱雲和，似這短調凄涼何處可？算知音只有曹娥。餘生菜果，乾守定幾時淸餓。眞坎坷！料獨自囊琴悲臥。〔黃鶯兒〕壯志已消磨，賸枯桐三尺多，松風一曲有人兒和。痛江山奈何！戀生涯怎麽?淚珠兒齊向冰絃墮可憐他，一聲聲應是，應是采薇歌。（琥珀貓兒墜）六陵火後，餘響振蛟鼉。回首厓山日易矬，瑤花死後葬雲窩，搜羅，虧得劉苔封款字無訛。（尾聲）奇珍來許浮塵涴，算今日人琴證果，只是落葉商聲繞指多！

清人散曲之差強人意者，略盡於上述諸家。此外如吳綺之林蕙堂塡詞，陳棟之北涇草堂北樂府，趙對澂之小羅浮館雜曲，許寶善之自怡軒樂府，毛瑩之晚宜樓雜曲，魏熙元之玉玲瓏曲存，石韞玉之花韻庵南北曲，謝元淮之養默山房散套，楊恩壽之坦園詞餘，秦雲之花間臚譜，凌廷堪之梅邊吹笛譜，沈清瑞之櫻桃花下銀簫譜，雖各具規模，而能卓然自立者鮮矣！

散曲衰而民間盛行道情之體，蓋亦散曲之支流。文人如鄭燮（號板橋，興化人）徐大椿、（字靈胎，吳江人）皆有創製。大椿通音律，嘗稱道情「乃曲體之至高至妙者；」而「時俗所唱之耍孩兒、清江引數曲，卑靡庸濁，全無超世出塵之響，其聲竟不可尋，」引以爲惜。因「卽今所存耍孩兒諸曲，究其端倪，推其本初，沿其流派，似北曲仙呂入雙調之遺響。乃推廣其音，令開合弛張，顯微曲折，無所不暢。聲境一開，愈轉而愈不窮，實有移情易性之妙。」（洄溪道情自序）大椿既創新腔，又以

「有聲無辭，可餉知音，難以動衆；」乃更撰爲新詞，「半爲警世之談，半寫閒遊之樂，」語淺而情摯，亦曲體之風格特殊者也。因附及之，兼錄戒爭產一首爲例：

爭田地，終日諠。錦江山，不要錢。人生何苦把家園戀？崑崙在右邊，滄海在左邊。那其間千村萬落，奇花異卉，舟車士女，無萬無千。你把輕舟掛了帆，駿馬加了鞭，便走到五載三年，也怕你遊他不遍。何苦將這破屋荒田，與旁人爭長論短？你說道傳與子孫，只怕你的子孫敗得來身上無綿，手裏無錢；得了人幾串青蚨，幾片銀邊，把筆來寫得根根固固，杜杜絕絕，土無一寸，瓦無半片。那時節你在黃泉，方曉得枉拋了十萬倍錦繡乾坤，又保不住一角兒土缺牆圈。

第二十六章　常州派之興起與道咸以來詞風

常州詞派，倡始於張惠言，（字皋文，武進人。）而發揚於周濟。（字保緒，號止庵，荆溪人。）惠言以易學大師，乘浙派頽靡之際，以風騷之旨相號召，輯詞選一書而爲之敍曰：「詞者、蓋出于唐之詩人，採樂府之音，以制新律，因繫其詞，故曰詞。傳曰：『意內而言外謂之詞。』其緣情造端，興于微言，以相感動，極命風謠里巷男女哀樂，以道賢人君子幽約怨悱不能自言之情，低徊要眇，以喻其致；蓋詩之比興變風之義，騷人之歌，則近之矣。然以其文小，其聲哀，放者爲之，或跌蕩靡麗，雜以昌狂俳優。然要其至者，莫不惻隱盱愉，感物而發，觸類條鬯，各有所歸；非苟爲雕琢曼辭而已。」其論詞宗旨，具見於是。惠言以說經之見解，推論詞之本體與起源，要不免於「拘墟」；而壹意提高詞體，以防淫濫之失，則自詞與樂離之後，有不得不如此者。惠言又謂：「幾以塞其下流，導其淵源，無使風雅之士，懲于鄙俗之音，不敢與詩賦之流同類而風誦之；」則其意固欲以此體上接風、騷，而一切庸濫侈靡，乃至「無病呻吟」之作，皆擯諸門外，而體格自高矣。詞至清代，原已發露無遺；得惠言而其體遂尊，學者競崇「比興」，別開塗術，因得重放光明；此常州詞派之所以盛極一時，而竟奪浙派之席也。

張氏詞選，所錄僅四十四家，一百十六首，門庭過於狹隘；潘德輿（字四農，山陽人。）即起而非之曰：「張氏詞選抗志希古，標高揭己，宏音雅調，多被排擯。五代北宋，有自昔傳誦，非徒隻字之警者，亦多恝然置之。」（與葉生書）就詞論詞，潘說切中張選之病。至周濟受詞學於董士錫，（字晉卿武進人。）董爲詞實師其舅氏張皋文、翰風（琦）兄弟，淵源有自，因從其說而推拓之；標舉周邦彥、辛棄疾、吳文英、王沂孫四家，教學者「問塗碧山，歷夢窗、稼軒，以還清眞之渾化」。（宋四家詞選敍論）由是常州詞派，彊宇恢宏，遂大行於嘉慶、道光以後矣。

惠言兄弟既同撰詞選，以相砥礪；一時聞風而起，與表同情者，有惲敬、（字子居，陽湖人。）錢季重、（陽湖人。）丁履恆（字若士，武進人。）陸繼輅、（字祁生，陽湖人。）左輔、（字仲甫，陽湖人。）李兆洛、（字申耆，陽湖人。）黃景仁、（字仲則，陽湖人。）鄭掄元、（字善長，歙縣人。）金應城、（字子彥、歙縣人。）金式玉（字朗甫，歙縣人。）等，皆不媿一時作家；而董士錫造微踵美，爲其後勁。

惠言詞大雅遒逸，振北宋名家之緒，以自成其爲「學者之詞」。錄水調歌頭一闋：

百年復幾許？慷慨一何多！子當爲我擊筑，我爲子高歌。招手海邊鷗鳥，看我胸中雲夢，蔕芥近如何？楚越等閒耳，肝膽有風波。 生平事，天付與，且婆娑。幾人塵外相視，一笑醉顏酡。看到浮雲過了，又恐堂堂歲月，一擲去如梭。勸子且秉燭，爲駐好春過。

周濟精於持論；其介存齋論詞雜著，極不喜姜夔、張炎，適與浙派立於反對地位。又謂：「詞非寄託不入，專寄託不出。一事一物，引伸觸類，意感偶生，假類必達，斯入矣；萬感橫集，五中無主，赤子隨母笑啼，野人緣劇喜怒，能出矣。」（宋四家詞選敍論）說皆精到，影響於淸季詞壇者尤深。其自爲詞，精密純正，與惠言相近。錄蝶戀花一闋：

柳絮年年三月暮，斷送鶯花，十里湖邊路。萬轉千回無落處，隨儂只恁低低去。 滿眼頽垣敧病樹，縱有餘英，不直封姨妒。煙裏黄河遮不住，河流日夜東南注。

稍後於濟者，有蔣敦復（字劍人，寶山人。）詞宗北宋，持論略與濟同。咸豐、同治以還，詞家多受常州影響；至淸季王、朱諸家，造詣益宏，又非張、周之所能及矣。

道光、咸豐以來，詞家於常浙二派之外，能卓然自樹者，有周之琦、（字稚圭，祥符人。）蔣春霖（字鹿潭，江陰人。）二家。

之琦爲嘉慶十三年進士，官廣西巡撫。曾撰心日齋十六家詞選，譚獻稱其「截斷衆流，金鍼度與，雖未及皋文、保緒之陳義甚高，要亦倚聲家疏鑿手也。」（篋中詞）其詞之高者往往近唐人佳境，寄託遙深，珠玉、六一之遺音也。例如思佳客：

帊上新題間舊題，苦無佳句比紅兒。生憐桃萼初開日，那信楊花有定時？　人悄悄，晝遲遲，殷勤好夢託蛛絲。繡幃金鴨熏香坐，說與春寒總不知。

春霖一生落拓，又值咸豐兵事，流離顛沛，備極酸辛。其詞本亦出於姜夔，而尤與張炎爲近；徒以身世之感，發爲蒼涼激楚之音，非浙派諸家所及耳。譚獻評其詞集云：「水雲樓詞，固清商變徵之聲，而流別甚正，家數頗大，與成容若、項蓮生，二百年中，分鼎三足。咸豐兵事，天挺此才，爲倚聲家杜老。」（篋中詞）又謂：「惟三家始是詞人之詞，」可稱碻論。錄木蘭花慢「江行晚過北固山」一闋：

泊秦淮雨霽，又鐙火送歸船。正樹擁雲昏，星垂野闊，暝色浮天。蘆邊，夜潮驟起，暈波心月影盪江閬夢醒誰歌楚些？泠泠霜激哀絃。嬋娟，不語對愁眠，往事恨難捐。看莽莽南徐，蒼蒼北固，如此山川！鉤連更無鐵鎖，任排空檣艣自迴旋。寂寞魚龍睡穩，傷心付與秋煙。

周蔣二家之外，如戈載（字順卿，吳縣人。）莊棫（字中白，丹徒人。）譚獻（字仲修，號復堂，仁和人。）各有建樹；而經師陳澧（字蘭甫，號東塾，番禺人。）亦以詞名，其憶江南館詞，綽有雅音；可見咸豐以後詞壇之盛矣！

戈載論詞律極精，於旋宮八十四調之旨，多所探討；所著詞林正韻，學者咸遵用之。惟所作詞晦澀寙離，情文不副；其人但可與言詞學，不足以與於詞家也。

莊棫、譚獻並稱於同治、光緒間；大抵皆標比興，崇體格，受常州派影響。棫嘗稱：「自古詞章，皆關比興；斯義不明，體製遂舛。狂呼叫囂以爲慷慨，矯其弊者流爲平庸。」（譚復堂詞序）即此數言，可知其宗旨所在矣。譚詞品骨甚高，而論者以爲尚不及棫。朱孝臧曰：「皋文後，私淑有莊譚；」（彊村語業望江南）知二家固常州之嫡派也。錄棫蝶戀花一闋：

綠樹陰陰晴晝午。過了殘春，紅萼誰爲主？宛轉花旛勤擁護，簾前錯喚金鸚鵡。回首行雲迷洞戶。不道今朝，還比前朝苦。百草千花羞看取，相思只有儂和汝。

第二十七章　清詞之結局

自常州派崇比興以尊詞體，而佻巧浮滑之風息。同治、光緒以來，國家多故，內憂外患，更迭相乘。士大夫怵於國勢之危微，相率以幽隱之詞，藉抒忠憤。其篤學之士，又移其校勘經籍之力，以從事於詞籍之整理與校刊。以是數十年間，詞風特盛；非特為清詞之光榮結局，亦千年來詞學之總結束時期也。

莊、譚而後，主持風氣者，有王鵬運、（字佑霞，號半塘，又號鶩翁，廣西臨桂人。）文廷式、（字道希，號芸閣，江西萍鄉人。）鄭文焯（字小坡，一字叔問，號大鶴，奉天鐵嶺人。）朱孝臧、（一名祖謀，字古微，號漚尹，又號彊邨，浙江歸安人。）況周頤（字夔笙，號蕙風，臨桂人。）等；王、朱兼精校勘，鄭、況幷善批評，且作詞宗尚略同；惟文氏微為別派耳。

鵬運官內閣時，與端木埰（字子疇，江寧人。）論詞至契；埰固篤嗜碧山者；（碧瀣詞自序）鵬運浸潤既深，不覺與之同化。孝臧爲半塘定稿序稱：「君詞導源碧山，復歷稼軒、夢窗，以還淸眞之渾化；與周止庵氏說契若鍼芥。」據此、知鵬運實承常州派之系統，特其才力雄富，足以發揚光大之耳。鵬運論詞，別標三大宗旨：一曰「重，」二曰「拙」三曰「大。」其自作亦確能兼此標的而力赴之。庚子聯軍入京，鵬運陷危城中不得出，因與孝臧諸人集四印齋，日夕塡詞以自遣，合刻庚子秋詞；大抵皆感時撫事之作也。鵬運生平抑塞，恆自悼傷；既彙刻四印齋詞，流布宋元詞籍；復「當沈頓幽憂之際，不得已而託之倚聲，」（味棃集後序）故其詞多沈鬱悲壯之音，自成其爲「重」且「大」；同時作者、如文焯、周頤輩無此魄力也。錄浣溪沙「題丁兵備畫馬」一闋：

苜蓿闌干滿上林，西風殘秣獨沈吟，遺臺何處是黃金？　空闊已無千里志，馳驅枉費百年心，
夕陽山影自蕭森。

廷式於光緒朝，銳意講求新政。既爲那拉后所忌，避走日本；旋歸國，幽憂以死。其於淸代詞家，僅推許曹貞吉、納蘭性德、張惠言、蔣春霖四人，而於浙派排擊甚力；謂：「自朱竹垞以玉田爲宗，所選詞綜，意旨枯寂。後人繼之，尤爲冗漫。以二窗爲祖禰，視辛劉若仇讎。家法若斯，庸非巨謬？」（雲起軒詞

自序）其詞極兀傲俊爽，聊以「寫其胸臆，」風格在稼軒、須溪間。錄賀新郎「贈黃公度觀察」一闋：

遼東歸來鶴，翔千仞、徘徊欲下，故鄉城郭。曠覽山川方圓勢，不道人民非昨。便海水盡成枯涸。留取荊軻心一片，化蟲沙不羨鈞天樂。九州鐵，鑄今錯。　平生儘有青松樂，好布被、橫擔榔栗，萬山行腳。閶闔無端長風起，吹老芳洲杜若。撫劍脊苔花漠漠。吾與重華遊玄圃，邅迴車日色崦嵫薄。歌慷慨，南飛鵲。

文焯家門鼎盛，而被服儒雅，旅食蘇州，近四十年。生平雅慕姜夔，亦精於音律，爲詞守律甚嚴，而蕭疎俊逸之氣，終不可掩。錄迷神引一闋：

看月開簾驚飛雨，萬葉戰秋紅苦。霜飆雁落，繞滄波路。一聲聲，催笳管，替人語。銀燭金鑪夜，夢何處？到此無聊地，旅魂阻。　睠想神京，縹緲非煙霧。對舊山河，新歌舞。好天良夕，怪輕換，華年柱。塞庭寒，江關暗，斷鐘鼓。寂寞衰鐙側，空淚注。迢迢雲端隔，寄愁去。

孝臧受詞學於鵬運，誼在師友之間。既迭與唱酬，復相共校勘夢窗詞集。其爲詞亦自夢窗入，而與寄遙深；於清季朝政得失，與變亂衰亡之由，咸多寓意。辛亥後，旅居滬瀆，纘鵬運之緒，校刊宋、元人詞集一百七十餘家，爲彊邨叢書；比勘精嚴，洵宋、元詞之最大結集。海內言詞者，莫不推重之。陳三立稱其詞「幽憂怨悱，沈抑緜邈，莫可端倪。」（朱公墓誌銘）張爾田又言其晚年詞，「蒼勁沈著，絕似少陵夔州後詩。」茲錄二闋如下：

聲聲慢「十一月十九日味聃以落葉詞見示感和：」

鳴螿頹城，吹蝶空枝，飄蓬人意相憐。一片離魂，斜陽搖夢成煙。香溝舊題紅處，拚禁花憔悴年年。寒信急，又神宮悽奏，分付哀蟬。　終古巢鸞無分，正飛霜金井，抛斷纏綿。起舞迴風，纔知恩怨無端。天陰洞庭波闊，夜沈沈流恨湘絃。搖落事，向空山休問杜鵑。（爲德宗還宮後卹珍妃作）

小重山「晚過黃渡：」

過客能言隔歲兵。連邨遮戍壘，斷人行。飛輪衝暝試春程。迴風起，猶帶戰塵腥。　日落野煙生。荒螢三四點，淡於星。叫羣創雁不成聲。無人管，收汝淚縱橫。（齊盧戰後作）

周頤學詞最早，既入京，與鵬運同在內閣，益以此相切磋。鵬運較長，於周頤多所規誡，又令同校宋、元人詞，如是數年，而造詣益進。其生性不甚耐於斠勘之學，而特善批評，頗與王、朱異趣。所為蕙風詞話，孝臧推為絕作。周頤論詞，於鵬運三大宗旨外，又益一「真」字；謂「真字是詞骨。情真、景真，所作必佳。」周頤自言少作難免尖豔之譏，後雖力崇風骨，而仍偏於淒豔一路，或天性使然歟？錄浣溪沙「聽歌有感」一闋：

惜起殘紅淚滿衣，他生莫作有情癡，人天無地著相思。　花若再開非故樹，雲能暫駐亦哀絲，不成消遣只成悲。

五家之外，有沈曾植，（字子培，號乙庵，又號寐叟，嘉興人。）聞見博洽，冠於近代諸儒。餘力填詞，蒼涼激楚，開秀水詞家未有之境。於清季詞人中，與文廷式之學稼軒，差相髣髴。錄浪淘沙「題遜景昭畫鷄」一闋：

老作喌鷄翁，晦雨霾風，窮愁志就話籠東。任遣尸居還口數，窠下兒童。　蟲蟻偏區中，啄啄何功？越家伏卵魯家雄。賴有此君相慰藉，篩影玲瓏。

詞自宋末不復重被管絃，歷元、明而就衰敝。清代諸家出，始崇意格，以自爲其「長短不葺之詩，」性情抱負，藉是表現。中經常浙二派之遞衍，以迄晚近諸家之振發，舍音樂關係外，直當接跡宋賢，或且有宋賢未闢之境；孰謂宋以後無詞哉？

吳烈《詞演變史》(《中國韻文演變史》)

吳烈，生平事跡不詳。

《詞演變史》乃從吳烈《中國韻文演變史》中輯出。《中國韻文演變史》共分三十九章，其中第二十八章至三十五章共八章論詞，章目分別為：詞的起源、令詞的嘗試及其發達、令詞的極盛時代、慢詞的發達及其解放、豪放詞派的流行、婉約詞派的流行、典雅詞派的興起、詞的衰亡。《詞演變史》之名乃輯者所加。《中國韻文演變史》於民國二十九年(1940)上海世界書局初版。本書據上海世界書局初版影印。

中國韻文演變史

吳烈著

世界書局印行

吴烈著

中國韻文演變史

何炳松署

中華民國二十九年十月初版

中國韻文演變史

實價國幣一元
外加運費匯費

編著者 吳烈
發行人 陸高誼
出版者 世界書局
發行所 上海及各埠 世界書局

中國韻文演變史目次

第二十八章　詞的起源

詞的來歷，其說多端，楊升菴在詞品序裏說：「詩詞同工，而異曲共源，而分派在六朝。若陶弘景之寒夜怨，梁武帝之江南弄，陸瓊之飲酒樂，隋煬帝之望江南，填詞之體已具矣。若唐人之七言律，卽填詞之瑞鷓鴣也。七言律之仄韻，卽填詞之玉樓春也。若韋應物之三臺曲調笑令，劉禹錫之竹枝詞浪淘沙，新聲迭出。孟蜀之花間，南唐之蘭畹，則其體大備矣。」李調元在雨村詞話序裏說：『詞非詩之餘，乃詩之源也。周之頌，三十一篇，長短句屬十八；漢郊祀歌，十九篇長短句屬五；至短簫鐃歌，十八篇篇皆長短句。自唐開元盛日，王之渙高適王昌齡絕句流播旗亭，而李白菩薩蠻等詞，亦被之管弦，實皆古樂府也。詩先有樂府而後有古體，有古體而後有近體；樂府卽長短句，長短句卽古詞也。故曰詞非詩之餘，乃詩之源也。』

胡適之先生說：『詞的原始是由於（一）唐人所歌的詩，雖然是整齊的五言六言或七言詩，而音樂的調子卻不必整齊，儘可以有「泛聲」「和聲」或「散聲」。（二）後來人要保存那些「泛聲」，所以連原來有字的音無字的音，一概入文字，遂成了長短句的詞了。』這一派是主張，詞是源於長短句，因爲長短句之變的主要原因，是要合音樂，是要能唱。又待巨源說：「古詩者，風之遺；樂府者，雅之遺。蘇李變而爲黃初，建安變而爲選體，流至齊梁及唐之近體，而古詩亡。樂府變而吳趨越豔，雜以捉搦企喻子夜讀曲之屬，以下逮於詞焉。而樂府亦衰。然子夜懊儂，善言情者也，唐人小令尙得其意，則詩餘之作，不謂之直接樂府不可。」這一派的主張，以爲詞的起源是漢魏樂府，蓋以樂府主聲而詞亦主聲，樂府調有長短，句有長短；而詞也是這樣。故主張詞源本於樂府。此外如俞彥說：「六朝至唐，樂府不勝詰曲，而近體出。五代至宋，詩又不勝方板，而詩餘出。唐之詩，宋之詞，甫脫穎而傳遍歌者之口。」又說：「詩亡然後詞作；非詩亡，所以歌詠詩者亡也。」一紀昀說：「古樂府在聲不在詞，唐人不得其聲……其時採詩入樂者，僅五七言絕句，或律詩割取其四句，依聲製詞者。初體竹枝柳枝之類，猶爲絕句。繼而望江南，菩薩蠻等曲作焉。至宋而傳其歌之法，不傳其歌詩之法。」這一派的主張，以爲詞是導於音樂之變遷，是較爲得當。顧炎武在日知錄裏說得好：「三百篇之不能不降而楚辭，楚辭之不能不降而漢魏，漢魏之不能不降而六朝，六朝之不能不降而唐也，勢也。……詩文之所以代變，有不得不變者。一代之文，沿襲已久，不容人人皆道此語。今且千數百年矣，而猶取古人之陳言，一一而摹倣之，以是爲詩，可乎？……」從此可見文學的變遷，是由三百篇而降及兩漢、魏、晉、南北朝、李唐各時代的文體，然這類文體，經過長期間的變卅，已無可再變了，便不能不改變新文體，而從事新的創造和發現了。正如陸放翁所說：詩歌到了唐五季，「氣格卑陋，千人一律。」到此窮途末路的時候，勢非改變新體不可。蓋以詩歌由四言而五言七言，由古體而近體，已變化窮盡了，長短句的詞，自然會產生出來的。鄭振鐸先生在中國文學史裏說：「詞和詩並不是子母的關係，詞是唐代可歌的新聲的總稱。這新聲中，也有可以五七言詩體來歌的；但五七言的固定的句法，萬難控御一切新聲，故嶄新的長短句便不得不應運而生。長短句的產生是自然的演進，是追逐於新聲之後的必然的現象。」張惠言也說：「詞者蓋出於唐之詩人，採樂府之音以制新律，因繫其詞，故曰詞。」從此更可明長短句之變與音樂是有密切關係，因爲長短句之變，其主要原因是在合音樂。所以在形式言是長短句，在應用言是音樂，兩者皆不可分離的。我們再看歷代詩餘序的說話：『詩餘之作，蓋自昔樂府之遺音，而後人之審聲選調，所由以緣起也；而要昉於詩，則其本來源流之故有可言者。古帝舜之命夔典樂曰：「詩言志，歌永言；聲依永，律和聲。」可見唐虞時即有詩，而詩必諧於聲；是近代倚聲之詞，其理固已寓焉。降而殷周，孔子刪而爲三百五篇，樂正而雅頌得所。考其時郊廟明堂，升歌宴饗，以及鄉飲報賽，莫不有詩以叶於笙籥琴瑟之間。自詩變爲騷，騷衍爲賦，雖旨兼出於六義，而聲弗拘於八音。至漢而郊祀房中鐃歌鼓吹曲琴雜詩，皆領於樂官，於是始有樂府名。迄於六代，操觚之家，按調屬題，徵辭赴節，日趨婉麗，以導宮商。唐興，古詩而外，創爲近體，而五七言雜句，或傳於伶人，顧他詩不盡惟於樂部。其間如李白之清平調憶秦娥菩薩蠻，劉禹錫之浪淘沙竹枝詞，洎溫庭筠韋莊之徒，相繼有作；而新聲迭出，時皆被諸絃管。是詩之流而爲詞，已權輿於唐矣。』可見自三百篇以下的詩體，經這長時間的演變，由四言而五言而六言七言；由古體而近體，由散漫無規律而規律嚴密；由失諸管絃而被諸管絃；都是促成新文體產生的要因，故詩體的本身越增加束縛，而體裁上則越趨於新的方面進展，同時作詩的方法已漸次變盡了，所以不能不由樂府式的方向產生出新的文體——詞。

綜觀以上諸家之說，詞乃是可歌的長短句，其發展乃是跟音樂共同進展的，故音樂有了變遷，詞亦隨之而變遷。是於詞體在音樂極發達的時候，便正式成立起來了。

第二十九章　令詞的嘗試及其發達

詞的淵源固然與音樂有密切關係，而詞的發達的媒介亦可以說全是由於音樂。因音樂的歌辭，差不多都是出於當時名人學士的手，這些文人每有新聲出，便傳播於秦樓楚館中。詞裏面的「令曲」便是當時尊前席上，歌以侑觴的東西。唐孟棨本事詩說：『沈佺期以罪謫，遇恩復官秩，朱紱未復，嘗內宴，羣臣皆歌迴波樂。選詞起舞，因是多求遷擢。佺期詞曰「迴波爾時佺期，流向嶺外生歸，身名已蒙齒錄，袍笏未復牙緋。」中宗即以緋魚賜之。』又全唐詩話：「中宗宴侍臣，酒酣，各命為回波辭。」樂府詩集說：「回波，商調曲，唐中宗時造，蓋出於曲水引流泛觴也；後亦為舞曲。」可見這種回波樂是歡宴時酣恣取笑的樂曲，辭為六言四句體，和三臺令的體裁很近似。因其體近絕句，而且在宴飲時遊戲出之，所以容易流行於士大夫之間。這是最初依曲填詞可以考見的。當開元天寶間，音樂極為發達，依曲填詞的風氣，雖未大開，而以絕句入曲已是極盛的時代了。從此以後，詩人便漸漸的注意新興的樂曲，而從事於令詞的創作。好似韋應物的調笑令，都是後來純粹長短句的詞體。玆錄其詞於下：

胡馬，胡馬！遠放燕支山下。跑沙跑雪獨嘶，東望西望路迷。迷路，迷路！邊草無窮日暮！

同時王建戴叔倫亦有調笑令之作，詞調與韋作相同，這當然是依調而填的詞了。此外則有劉禹錫白居易之相繼倡導而填詞空氣便續漸開展。劉在憶江南詞裏說：「和樂天春詞，依憶江南曲拍爲句。」這更可明作者此闋詞乃爲依曲填詞的了。其詞的第二闋云：

春去也，共惜豔陽年。猶有桃花流水上，無辭竹葉醉尊前。惟待見青天。

白居易憶江南詞之一闋云：

江南好，風景舊曾諳。日出江花紅勝火，春來江水綠如藍。能不憶江南？

劉白作品中，如竹枝、楊柳枝、浪淘沙等，都是採用民間歌唱之音節而作的，憶江南則直依曲拍爲句，下開晚唐五代之風。唐代的詞調雖然尚屬草創，但其作品之產出體多調備，並皆精熟。作者唐昭宗、司空圖、韓偓、皇甫松、杜牧之等，其所作都是後來很風行的調子，皆足爲五代兩宋之取法，不過最成就的大家，卻要推溫庭筠了。舊唐書文苑傳說：「庭筠士行塵雜，不修篇幅，能逐絃吹之音，爲側豔之詞。」孫光憲北夢瑣言說：

「溫庭筠詞有金荃集，蓋取其香而軟也。」庭筠之詞，本工綺秀語，精豔絕人，以就之絃管，遂成詞壇偉大作家，而開花間一派之祖。茲摘其代表作品菩薩蠻於次：

小山重疊金明滅，鬢雲欲度香顋雪。懶起畫蛾眉，弄妝梳洗遲。照花前後鏡，花面交相映。新貼繡羅襦，雙雙金鷓鴣。

劉熙載說：「溫飛卿詞精妙絕人，然類不出乎綺怨。」黃叔暘說：「飛卿詞極流麗，宜爲花間集之冠。」可見令詞到了溫庭筠，已是完全脫離詩的羈絆，而獨創出新的體裁獨立了。雖然他們在這時是偶然的嘗試，然已是開五代兩宋文壇的先河。

唐末五代，雖然是一個變亂頻仍的局面，然令詞到了此時，則益臻發達，技巧益精。張惠言在詞選序裏說：「五代之際，孟氏李氏，君臣爲謔，競作新調；詞之雜流，由此起矣。」又日人兒島獻吉郎在中國文學概論裏說：「宋詞之起源，當歸之於五代也：當五代之際，爲文學之黑暗時期。五十年間，凡革命五次；名教墮地；學問文章，總歸於消亡。當此之時，蜀主王衍，好聲曲，爲哀怨之詞；南唐之主李煜，尙文雅，作輕豔之曲。其風流韻事，殊覺可觀。」可見令詞在此時期所以燦爛之由；一則因當時西蜀南唐較爲安靜，文士皆樂藉此馳足。二則因有在上者之提倡獎勵。——前蜀有王建，王衍；後蜀有孟昶；南唐中主李璟，後主李煜；均雅好調曲，往往自度新曲，因此文風高絕一世。其時臣工作者，惟蜀獨盛，就花間一集而論，除溫庭筠，皇甫松，張泌，和凝，孫光憲以外，所收十八家詞，皆爲蜀人。蜀中詞人，第一當推韋莊。莊字端己，於西曆八五〇年生於杜陵（今陝西長安附近）九一〇年卒於成都花林坊，葬於白沙。周濟說：「韋端己詞清艷絕倫，初日芙蓉春日柳，使人想見風度。」（介存齋論詞雜著）況周頤說：「韋詞熏香掬艷，眩目醉心，尤能運密入疏，寓濃於淡，花間羣賢，殆尠其匹。」（蕙風詞話）其藝術之高便可想像了。玆舉浣溪沙一闋爲例：

　　夜夜相思更漏殘，傷心明月凭闌干，想君思我錦衾寒。咫尺畫堂深似海，憶來惟把舊書看，幾時携手入長安？

西蜀詞人，因受溫韋之影響，難免有分道揚鑣之勢，其濃麗香軟，專言兒女之情者，多從溫出；其清疏緜遠，時有傷感之音者，則爲韋之流波。牛嶠，牛希濟，歐陽炯等尤工艷詞，況周頤說：「嶠作西漢子諸闋，繁弦促柱間，有動氣暗轉，愈轉愈深。」（餐櫻廡詞話）玆舉其妖艷之作應長天一闋於下：

　　玉樓春望晴烟滅，舞衫斜卷金條脫，黃鸝嬌轉聲初歇，杏花飄盡龍山雪。鳳釵低赴節，筵上王孫愁絕。鴛鴦對銜羅結，兩情深夜月。

以上諸家之作品均受庭筠影響爲多。至於導流於韋而感慨興亡，開後來「懷古」一類之詞者，則當首推薛昭蘊與鹿虔扆，其詞格極悽婉，且多感慨之音，例如昭蘊的浣溪沙：「傾國傾城恨有餘，幾多紅淚泣姑蘇，倚風凝睇雪肌膚。吳主山河空落日，越王宮殿半平蕪，藕花菱蔓滿重湖。」鹿虔扆的臨江仙：「金鎖重門荒苑靜，綺窗愁對秋空。翠華一去寂無蹤。玉樓歌吹，聲斷已隨風。煙月不知人事改，夜闌還照深宮。藕花相向野塘中。暗傷亡國，清露泣香紅。」孫光憲說：「昭蘊恃才傲物，好唱浣溪沙詞。」倪瓚說：「鹿公抗志高節，偶爾寄情寄聲，而曲折盡變，有無限感慨淋漓處。」這又是在花間一派中的別具面目哩！

五代詞壇的作者，雖然以西蜀爲盛，而詩才之高當以南唐中主後主爲高明。鄭振鐸說：「中主李璟，後主李煜，其詩才皆絕代無匹。」五代的詞到了李後主，已是登峯造極了。人間詞話說：「詞至李後主而眼界始大，感慨遂深，遂變伶工之詞，而爲士大夫之詞。」可是晚唐的詞，到了五代，越發開展起來了。

中主李璟（916-961）字伯玉，徐州人。頗擅文詞，所作的詞很好，惜傳於世者不多，而攤破、浣溪沙數闋爲最著。

菡萏香銷翠葉殘，西風愁起綠波間。還與韶光共憔悴，不堪看。細雨夢回雞塞遠，小樓吹徹玉笙寒。多少淚珠無限恨，倚闌干。

王靜安在人間詞話說：「南唐中主詞，菡萏香銷翠葉殘，西風愁起綠波間，大有衆芳蕪穢，美人遲暮之感。乃古今獨賞其「細雨夢回雞塞遠，小樓吹徹玉笙寒。」故知解人正不易得。』其實他住在偏安局面江南之一隅，金陵對岸，卽爲敵境，覩景生懷，其恨何限？故其詞之哀婉，正表現傷心人之別有懷抱了。

說到後主的詞，顯然的可以分爲前後兩期，其前期作品，類極風流艷麗，鄭振鐸先生說：「有的是喜笑歡樂，有的是密約私情。」如菩薩蠻：「花明月暗籠輕霧，今宵好向郎邊去。剗襪步香階，手提金縷鞋。」的確極溫柔狎膩之至了。而亡國以後的詞，便是哀痛傷感亡國之音，正是度「終日愁悶，眼淚洗面」的生活。故其作品多令人不忍卒讀的了。試讀以下的詞：

多少恨？昨夜夢魂中：還似舊時遊上苑，車如流水馬如龍，花月正春風。——憶江南

簾外雨潺潺，春意闌珊；羅衾不耐五更寒。夢裏不知身是客，一晌貪歡。獨自莫凭闌，無限江山；別時容易見時難。流水落花春去也，天上人間。——浪淘沙

四十年來國家，三千里地山河。鳳閣龍樓連霄漢，玉樹瓊枝作煙蘿，幾曾識干戈？一旦歸爲臣虜，沈腰潘鬢銷磨。最是倉黃辭廟日，教坊猶唱別離歌，垂淚對宮娥。——破陣子

後主以絕世才華，歷盡人間可喜可悲的環境；因而所受刺激愈深，其所流露於文詞者，愈爲心湖所湧出之血；王靜安說：「尼采謂一切文學，余愛以血書者；後主之詞，眞所謂以血書者也。」彼此時之作眞覺有

血淚模糊之慨」胡適之說「用悲哀的詞來描寫他那悽涼底身世，深厚的創痛，故遂抬高了他的詞的價值。不但集唐五代之大成，而且還替後代的詞人開一個新的意境。」由此可見後主詞的高絕了。

除了二主之外，足以在南唐詞壇生色的，有馮延已。延已一名延嗣，字正中，廣陵人。正中的詞，陳世修說：「馮公樂府，思深詞麗，韻逸調新。」王靜安說：「馮正中雖不失五代風格，而堂廡特大，開有宋一代風氣。」又說：「深美閎約。」吳梅說：「思深詞麗，韻逸調新。」馮煦說：「正中翁，鼓吹南唐，上翼二主，下啓歐晏，實正變之樞，貫短長之流別。」從這些評語裏面，便可以知道馮延已詞的意義和價值，及其影響北宋諸家，實較花間爲大哩！他的詞最爲中主李璟所賞識的，有謁金門。

風乍起，吹皺一池春水。閑引鴛鴦芳徑裏，手挼紅杏蕊。鬬鴨闌干獨依，碧玉搔頭斜墜。終日望君君不至，舉頭聞鵲喜。

這詞輕描淡寫，襯出懷人情緒，委婉細膩，何等動人。馮詞中所表現的情緒，一是纏綿委婉，一是沈摯決絕的。王靜安評爲「和淚拭嚴妝」實是最確當評語。這種纏綿委婉的詞，在馮詞裏可佔大部份，如下：三臺令，采桑子，鵲踏枝，歸國遙，謁金門……都是以淺白之語，寫深厚之情的；句法的自然，描寫的眞切，較諸徒工塗飾，矯揉造作，而沒有眞趣者，當然高明萬倍了。茲舉其代表作鵲踏枝和采桑子各一闋以示例：

煩惱韶光能幾許？腸斷魂銷，看卻春歸去。祇喜牆頭靈鵲語，不知青鳥全相誤。心若垂楊千萬縷。水闊華螢，夢斷巫山路。滿眼新愁無問處，珠簾錦帳相思否？——鵲踏枝。

華前失卻遊春侶，極目尋芳，滿眼悲涼。縱有笙歌亦斷腸。林間戲蝶簾間燕，各自雙雙，忍更思量，綠樹青苔半夕陽。——采桑子

第三十章 令詞的極盛時代

令詞自經溫庭筠等的倡導，而廣播於西蜀南唐，經數十年的發揚滋長後，填詞技巧，固已漸臻絕詣，填詞的風氣也已深入於文人學士以及他們所接觸的歌妓舞女階級中去了。等到趙宋統一了天下，定都於汴梁，一般士大夫遠承五代的遺風，令詞的風韻益臻全盛了。宋初作者，有徐昌圖（莆陽人）潘閬（字逍遙，大名人，）寇準（字平仲下邽人，）王禹偁（字元之，鉅野人，）錢惟演（字希聖，吳越王俶之子）范仲淹（字希文吳縣人）等，但都是偶然出之，而非專家，故其作品遺流以後的很少，惟其中以豪放時露蒼涼悲壯者，要以寇準的踏莎行和范仲淹的漁家傲諸闋，實開後來豪放派的先河！然其直接受南唐令詞之影響者，則當推晏殊了。劉攽在中山詩話裏說：「元獻（殊）尤喜馮延已歌詞，其所自作，亦不減延已。」這實

是很恰當之評語，試觀其代表作清平樂：

紅箋小字，說盡平生意。鴻鴈在雲魚在水，惆悵此情難寄。斜陽獨倚西樓，遙山恰對簾鈎，人面不知何處？綠波依舊東流。

千迴百轉，哀感無端，其詞藝之高超，實不愧與陽春媲美也。令詞名家，繼晏氏而起的，則有歐陽修（字永叔廬陵人。）他是復古派的要角，詩文都宗韓愈，且以「道統」自任，故其詩文中殊難得見豐富之情感，惟在其小詞中，則幽情婉轉，至爲艷麗，如長相思云：

花似伊，柳似伊，花柳青春人別離，低頭雙淚垂。

長江東，長江西，兩岸鴛鴦兩處飛，相逢知幾時？

雖然疏疏落落的輕描淡寫，但已把其滿腔熱情，赤裸裸的，活潑潑的流露無遺了。再於纏綿細膩，委婉動人的「天與多情絲一把，誰厮惹，千條萬縷縈心下。」「脉脉橫波珠淚滿，歸心亂，離腸便逐星橋斷。」——漁家傲——諸詞句看來，更可想見這位道學臉孔十足的詩人，也有不少動人的嬌艷情語哩！

令詞發揚之者，雖爲晏殊歐陽修，而光大之者實爲晏幾道。幾道字叔原，有小山詞，黃庭堅在他的詞序裏說：「磊隗權奇，疏於顧忌；文章翰墨，自立規摹。常軒輕人而不受世之輕重。」繼又稱其詞說「寓以詩人之句法，清壯頓挫，能動搖人心。……可謂狹邪之大雅，豪士之鼓吹，其合者高唐洛神之流，其下者豈減桃葉團扇？」陳質齊說「小山詞可追花間，高處或過之，」這是很不錯的評語。幾道的詞多是抒寫悲歡離合之情，他對於詞的修養和用功較諸晏殊深刻，故其技術特高，造詣獨深。小山詞自序說：「叔原往者浮沈酒中，病世之歌詞，不足以析醒解慍；試續南部諸賢緒餘，作五七字語，期以自娛，不獨叙其所懷，兼寫一時杯酒間聞見所同遊者意中事。」可見幾道的詞，最多者爲抒離合悲歡之感的作品。試看他的詞：

彩袖殷勤捧玉鐘，當年拚卻醉顏紅。舞低楊柳樓心月，歌盡桃花扇底風。從別後，憶相逢，幾回魂夢與君同。今宵賸把銀釭照，猶恐相逢是夢中。——鷓鴣天。

夢後樓臺高鎖，酒醒簾幙低垂，去年春恨卻來時。落花人獨立，微雨燕雙飛。記得小蘋初見，兩重心字羅衣，琵琶絃上說相思。當時明月在，曾照彩雲歸。——臨江仙

幾道的詞，意格高超，結構精密，在令詞中確高勝晏殊等一籌，所以令詞到了這時，已達登峯造極的地步，不能再向上發展了。

在北宋末年，中國詞壇上出現一個珍貴的女作家——李清照。她的詞的溫婉，雖讀盡馮延巳的陽春，晏同叔的珠玉，亦不復能出其範圍！她的詞傳於現在的寥寥無幾，這裏舉兩闋作例：

風住塵香花已盡，日晚倦梳頭。物是人非事事休！欲語淚先流。聞說雙溪春尚好，也擬汎輕舟。只恐雙溪舴艋舟，載不動許多愁。——武陵春

簾外五更風，吹夢無踪。畫樓重上與誰同？記得玉釵斜撥火，寶篆成空。回首紫金峯，雨潤煙濃；一江春浪醉醒中。留得羅襟前日淚，彈與征鴻。——浪淘沙

令詞在北宋，已盛行於士大夫及教坊樂工之間，但令詞只能寫片斷興感的情，而欲描寫環迴深刻之情緒，則非有賴於長調——慢詞不可。蓋以令詞此時已達最高境界，故無可再為發展了，然為適應歌者的要求，乃極意於慢詞。慢詞的繁衍，令詞便漸衰，能改齋漫錄說：「按詞自南唐以來，但有小令。其慢詞起自仁宗朝。中原兵息，汴京繁庶，歌台舞席，競賭新聲。耆卿失意無俚，流連坊曲，遂盡收俚俗語言，編入詞中，以便使人傳習。一時動聽，散布四方。其後東坡少游山谷輩相繼有作，慢詞遂盛。」可見慢詞的日盛，而令詞便日衰，詞體至此也漸由抒寫斷片單簡感興的令詞趨於發抒千迴百折深刻情緒的慢詞了。

第三十一章　慢詞的發達及詞體的解放

無論任何一種文體的演變，當然不是突然的產生，而是賡續的創作出來；那末，宋詞的隆盛，又何嘗能

例外呢詞總序略說：「周東遷，三百篇音節始廢；至後而樂府出。樂府不能代民風，而歌謠出。六朝至唐，樂府又不勝詰屈，而近體出。五代至宋，近體又不勝方板，而詩餘出。唐之詩，宋之詞，甫脫穎而已遍傳歌工之口。……唐之後，詩之窮澀，反不如詞之清新，使人怡然適性，是不獨天資之高下，學力之淺深各殊，要亦氣運人心，有日新而不能已者。」是故凡某種文體不能代民風，而使人怡然適性時，則新的文體便乘機興起日新而不能已。宋代君臣皆齊向新體文學——詞方面倡導和努力的，故所得的成績，自有其獨到的成功。宋史文藝傳說「自古創業垂統之君，即其一時之好尚，而一代之規撫，可以豫知矣。藝祖革命，首用文吏而奪武臣之權。宋之尚文，端本乎此。太宗眞宗，其在藩邸，已有好學之名；及其即位，彌文日增。自時厥後，子孫相承。上之爲人君者，無不典學；下之爲人臣者，自宰相以至令錄，無不擢科。海內文士，彬彬輩出焉。」宋詞之所以隆盛無有能及者，皆由於上行下效有以致之，故其勢力之張大，乃普及於賤隸平民。迨及南宋高宗時，又復獎挹羣工，不遺餘力，劉毓盤說「見張掄詞，即命以知閤事；見康與之詞，即官以郎中；見俞國寶詞，即予以釋褐。」兒島獻吉郎說：「宋詞之隆盛，蓋因宋代詩人，對於唐詩而翻新格調；乃文學上之一大革命，可斷言也。無論如何，詩經三百篇，爲姬周之新樂府，四言詩之最精者也；漢魏之樂府，爲二代之新樂府，五言詩之至粹者也；唐之絕句，爲李唐之新樂府，五七言詩之至醇者也。而宋之詩人，有創作之心，欲與唐人抗衡，自覺絕句恐難駕乎唐賢之上，於是詩學上另闢一新天地，遂產生一種長短句之新體詩也。」從以上說看來，宋詞的發達原因，皆由於詩體的極敝，君主的倡導等種種原因積累下來得到的成績。所以詩才盡亡，詞乃繼倡，實爲宋詞發達，勢所必然之至理也。

詞之所以發達的諸種原因，已如上述，惟慢詞在當時究竟如何？南宋吳曾說：「慢詞當起於宋仁宗朝，中原息兵，汴京繁庶；歌臺舞席，競賭新聲。永以失意無聊，流連坊曲；遂盡收俚俗語言，編入詞中，以便使人傳習。一時動聽，散播四方。其後蘇軾秦觀，相繼有作，慢詞遂盛。」葉夢得避暑錄話說：「永爲舉子時，多游俠邪，善爲歌詞。教坊樂工，每得新腔，必得永爲辭，始行於世。」陳師道后山詩話也說：「三變游東都南北二巷，作新樂府，骫骳從俗，天下詠之。」由是言之，所謂慢詞，經三變盛倡於樂工歌妓間之後，作者漸夥，慢詞遂大倡。三變對於慢詞之倡導，一方面固然是應當時樂工歌妓之需求，而他方面實是由於「令詞」擴張到「慢詞，」卽是由短調演變爲長調了。

柳永的詞可以說是寫盡「閨情別恨，」令人悱惻不已。鄭振鐸先生說：『他的一生生活，眞可說是在「淺斟低唱」中度過的，他的詞大都在「淺斟低唱」之時度成了的，他的靈感大都是發之於「依紅偎翠」的妓院中的，他的題材大都是戀情別緒，他的作詞大都是對妓女少婦而發的，或代少婦妓女而寫的。

故其詞之內容，非羈旅窮愁之詞，則爲閨門淫媟之語。』吹劍錄曰『蘇東坡在玉堂日有幕士善歌因問「我詞何如柳耆卿？」對曰「郎中詞只好十七八女子，執紅牙按楊柳岸曉風殘月；學士詞須關西大漢，鐵綽板唱大江東去。」東坡爲之絕倒』這實盡露當時詞派之區異了。蓋以一者乃係繼五代花間的遺風，而描寫溫柔纏綿的情緒鋪成長調的爲柳永秦觀等一派，另方面則舍卻兒女之情而抒寫壯烈縱橫的懷抱，演成長篇的則爲蘇軾等一派詞風。

永詞既然多是寫男女思怨離別之情，故易惹人感動，所謂「凡有井水飲處，即能歌柳詞」者更可見其詞傳佈之廣與吸引力之濃厚了。我們試讀下列幾闋：

洞房記得初相遇，便只合長相聚。何期小會幽歡，變作離情別緒。況値闌珊春色暮，對滿目亂花狂絮，
直恐好風光，盡隨伊歸去。
一場寂寞憑誰訴？算前言總輕負。早知恁地難拚，悔不當時留住。其奈風流端正外，更別有繫人心處。
一日不思量也攢眉千度。——晝夜樂

寒蟬凄切，對長亭晚，驟雨初歇。都門帳飲無緒，方留戀處，蘭舟催發。執手相看淚眼，竟無語凝噎。念去
千里煙波，暮靄沉沉楚天闊。

多情自古傷離別，更那堪冷落淸秋節！今宵酒醒何處？楊柳岸曉風殘月。此去經年，應是良辰好景虛設。便縱有千種風流，更與何人說？——雨霖鈴

四庫全書總目提要說：「詞本管絃冶蕩之音，而永所作旖旎近情，故使人易入；雖頗以俗爲病，然好之者終不絕也。」柳詞的長處，固然在於「鋪敍展衍，備足無餘，」而抒柔情之旖旎，纖豔淸逸，恣情歡笑，又未始非其獨特之處！

慢詞雖說倡自柳永，然而子野所作之慢詞，亦頗著名，晁无咎曰：「子野耆卿齊名，而時以子野不及耆卿者，子野韻高，是耆卿所同處。」蔡伯世曰：「子野詞勝乎情，耆卿情勝乎詞。」從此可見柳張詞格之一斑了。雖然慢詞者，以其質與量皆遠不及永之豐富，然其人亦頗爲蘇軾所推重，嘗謂：「子野年八十五，以歌詞聞於天下」也。古今詞話說：「子野嘗於玉仙觀道中逢謝媚卿，因作謝池春慢，一時傳唱幾遍。故子野對於詞調，亦好創作，不以恪守成規爲自足。如師師令，謝池春慢卽其例也。

慢詞自柳永盡收俚俗語言，編入詞中後，詞體擴張，疆域日廣，所容納的資料，也日見豐富了。惟柳永所作慢詞，因爲應教坊樂工的要求，故不得不爲迎合羣衆心理，而側重於兒女之情，以取悅於當世；而且體勢既經拓展，內容既經擴大，詞體便漸入於解放之途。胡寅酒邊詞序說：「柳耆卿出，掩衆製而盡其妙，好之者

以爲不可復加，及眉山蘇氏，一洗綺羅香澤之態，擺脫綢繆宛轉之度，使人登高望遠，舉首高歌，而逸懷浩氣，超然乎塵垢之外；於是花間爲皂隸，而柳氏爲輿臺矣。」由是觀之，填詞者至此已改換以前浪漫旖旎之態，而以嚴肅超然塵外之度出之了。晁補之說：『橫放傑出，自是曲子內縛不住者，東坡實當之無愧』之勢了。所以傷今懷古，談禪說理，無不盡情表露於詞中，詞體由此日益宏大，詞壇因亦別開宗派了。

第三十二章　豪放詞派的流衍

宋詞經柳永與蘇軾各自開創而分道揚鑣後，詞家遂有所謂「派別」之分。然造成這種局面的原因：一方是由於各恃其才，以雕文刻鏤，以成其絕妙好辭爲能事；他方則以兵翻馬亂的侵擾和襲擊，給於他們深刻的打擊。所以那些尋章摘句，悱惻豔綺之章，頓失時效，而奔騰放肆，雄豪邁進之詞，便成爲當前他們抒洩胸中憤懣和志慾的唯一佳篇。於是號稱爲詞派正宗的「婉約」派，到了此時，亦不能不降爲附庸，而以「豪放」詞派獨覇詞壇，蔚成風氣，廣被於南北各方了。

豪放詞派的奠定，雖然肇始於東坡，但在東坡以前，也早已有構成這種的趨勢了。如寇準（字平仲，下邽人，961—1023）范仲淹（字希文，吳縣人，989—1052）等，他們因目擊當時兵戈擾攘，民不聊生之情，咸描繪入詞章，發抒出激昂蹉厲的詞，而開蘇辛豪放之先河！我們試讀寇準的陽關引：

塞草烟光闊，渭水波聲咽；春朝雨霽輕塵斂，征鞍發。指青青楊柳，又是輕攀折。動黯然，知有後會甚時節？更盡一杯酒，歌一闋。歎人生裏，難歡聚，易離別；且莫辭沉醉，聽取陽關徹。念故人千里，自此共明月。

寇詞雖說是擺脫不了蹈襲香艷的氣味，但畢竟豪放時露，故雖寫香奩，而豪語時作，亦確為寇詞的特色。至於范詞豪放之顯露更明了，仲淹嘗言「先天下之憂而憂，後天下之樂而樂。」這種「志廓天地，功施社稷」的偉大抱負，莫不發之於詞章，這是何等的雄放傑出呢！其詞云：

塞下秋來風景異，衡陽雁去無留意；四面邊聲連角起。千嶂裏，長烟落日孤城閉。濁酒一杯家萬里，燕然未勒歸無計！羌管悠悠霜滿地；人不寐，將軍白髮征夫淚！——漁家傲。

此外則當推宋神宗時代掌握重政的王安石（字介甫臨川人 1021-1086）了，他的詞脫盡花間的習氣，另自開創桀傲不羣的格調，驅盡一切傳統的情調，大膽無忌地排斥舊日的束縛而作蘇辛的先驅。其桂枝香詞云：

登臨送目，正故國晚秋，天氣初肅。千里澄江似練，翠峯如簇。歸帆去棹殘陽裏，背西風酒旗斜矗。綵舟雲淡，星河鷺起，畫圖難足。　念往昔繁華競逐，嘆門外樓頭，悲恨相續。千古憑高，對此謾嗟榮辱。六朝舊事隨流水，但寒烟芳草凝綠。至今商女時時猶歌後庭遺曲！

豪放詞派，雖在北宋已開其端，實到蘇軾（字子瞻號東坡居士四川眉山人1036–1101）時始完全確立。故東坡的詞，實爲詞中的一個別枝，開後來南宋辛劉作風的一派。晁補之說「東坡居士詞，人謂多不諧音律。然橫放傑出，自是曲子中縛不住者。」陸游也說「試取東坡諸詞歌之，曲終，覺天風海雨逼人。」又吹劍續錄中說：『東坡在玉堂日，有幕士善歌。因問：「我詞何如柳七？」對曰「柳郎中詞，只合十七八女郎，執紅牙板，歌楊柳岸曉風殘月；學士詞，須關西大漢，銅琵琶，鐵綽板，唱大江東去。」東坡爲之絕倒。』所謂須關西大漢，銅琵琶，鐵綽板所歌的蘇詞，就是那雄壯豪放的念奴嬌：

大江東去，浪淘盡千古風流人物。故壘西邊，人道是三國周郎赤壁。亂石穿空，驚濤拍岸，捲起千堆雪。江山如畫，一時多少豪傑。 遙想公瑾當年，小喬初嫁了，雄姿英發。羽扇綸巾，談笑間，強虜灰飛烟滅。故國神遊，多情應笑我，早生華髮。人生如夢，一尊還酹江月。

他那高曠豁達的胸懷，發出豪壯磊落的熱情；他運用偉大的天才和創造力，開闢出嶄新的意境；這都可說是蘇詞獨成宗派的特色。劉熙載在藝概中說：「東坡詞頗似老杜詩，以其無意不可入，無事不可言也。若其豪放之致，則時與太白爲近。……東坡詞具神仙出世之姿。……東坡詞在當時鮮與同調，不獨秦七黃九，別成兩派；晁无咎坦易之懷，磊落之氣，差堪驂靳；然懸崖撒手處，无咎莫能追躡矣。」皆由於東坡胸襟曠達，才氣傑出，逸懷浩氣超乎塵垢之外，而迥非前此詞人所可比擬的啊！

豪放詞派，自蘇軾以後，度到山谷，已見衰微；及到宋室南遷，所謂豪放慷慨之作，又趁時產生。如辛棄疾（字幼安，號稼軒，歷城人 1140–1207），陸游（字務觀，號放翁，越州山陰人 1125–1203）等人的詞，都是豪放自然，悲憤激昂，奔放雄豪，一如「大江東去」之篇。稼軒為南宋唯一作家，才氣橫秋，意志高超，故所作之詞，無論小令或慢詞，都做得非常悲壯激烈，已能傳其深厚的感情，且能抒寫其曲折放恣的意思。宋室南遷後，受盡異族的蹂躪，故一般憂時之士，眼見國事蜩螗，莫不悲憤填膺，請看幼安所歌唱的南鄉子：

何處望神州？滿眼風光北固樓。千古興亡多少事，悠悠不盡長江滾滾流。 少年萬兜鍪，坐斷東南戰未休！天下英雄誰敵手，曹劉！生子當如孫仲謀。

綠樹聽鵜鴂，更那堪，杜鵑聲住，鷓鴣聲切。啼到春歸無啼處，苦恨芳菲都歇。算未抵人間離別。馬上琵琶關塞黑，更長門翠輦辭金闕。看燕燕，送歸妾。 將軍百戰身名裂，向河梁回首，萬里故人長絕。易水蕭蕭西風冷，滿座衣冠似雪。正壯士悲歌未徹。啼鳥還知如許恨，料不啼清淚長啼血。誰伴我，醉明月。

——賀新郎。

陸游是南宋的大詩人，他的詞雖不及詩之偉大，但亦頗負盛名，且時與稼軒并稱。他的詞也有不少豪放雄快之作，楊慎嘗說：「放翁詞，雄快處似東坡。」再看他的呈范至能待制的雙頭蓮便可想見。

華髮星星，驚壯志成虛，此身如寄。蕭條病驥，向暗裏消盡當年豪氣。夢斷故國山川，隔重重烟水身萬里。舊社凋零，青門俊遊誰記！ 盡道錦里繁華，歎官閑晝永，柴荆添睡，清愁自醉。念此際付與何人心事。縱有楚柁吳檣，知何時東逝？空悵望，鱠美菰香，秋風又起。

詞統說『放翁呈范至能待制雙頭蓮末句云「空悵望，鱠美菰香，秋風又起。」又夜聞杜鵑鵲橋仙末句云：「故山猶自不堪聽，況半世飄然羈旅。」去國懷鄉之感，觸緒紛來，讀之令人於邑！』這也許就是楊用修所指爲雄快似東坡的佳句了吧！他的詞正如劉克莊所說：「放翁之詞，其激昂慷慨者，稼軒不能過；飄逸高妙者，陳簡齋朱希眞相頡頏。」——後村詩話續集——的批語了啊！

豪放詞派蘇氏以後，再經二百餘年的推進，到了這時，國勢已委靡，民氣亦不振；以前豪壯之氣，也蕩然不存了。雖然間有舉首浩歌者，但畢竟是少數作家偶爾之奮厲述作而已。支持這破碎殘局的豪放詞人，當推劉克莊、（字潛夫，號後村，莆田人。1187–1269）劉辰翁（字會孟，廬陵人。）汪元量（字大有，號水雲，錢塘人，）文天祥（字宋瑞，吉水人，1236–1282）鄧剡等人他們的詞都是豪放自然，悲悼亡國之慘，心懷故國之音。然克莊的詞，不特胎息辛陸，且上溯東坡。毛晉說他「雄力足以排奡。」所作後村別調，可說全是受着蘇辛陸影響之作。如玉樓春一詞之豪邁，乃有過稼軒放翁的奔放了。

年年躍馬長安市，客裏似家家似寄。青錢喚酒日無何，紅燭呼盧宵不寐。易挑錦婦機中字，難得玉人心下事。男兒西北有神州，莫滴水西橋畔淚。

南宋到了這時，中原大半已淪爲異族所有，一般憂國之士，莫不撫膺高呼；故其時的詞作家，大部類似蘇辛一派，發抒激憤悲壯的詞調。尤其劉辰翁汪元量，文天祥，鄧剡，他們那種沉痛的呼號，雖千百後世讀其詞者，想亦無不爲其所感，而慘感悲痛！當前外侮日迫的時候，讀其詞，應宜振聾發聵，而起圖之吧！辰翁身遭世亂，痛江山之易主，哀血淚之同流，故把其悲憤之音，而寄諸倚聲。其憶秦娥云：

燒燈節，朝京道上風和雪。江山如舊，朝京人絕。　百年短短興亡別，與君猶對當時月。當時月，照人燭淚，照人梅髮。

近人況周頤在餐櫻廡詞話中說：「須溪詞多眞率語，滿心而發，不假追琢，有掉臂游行之樂。其詞筆多用中鋒，風格遒上，略與稼軒旗鼓相當。」辰翁的詞格雖與稼軒同，而其作大都爲感時傷國，頗致黍離之音。如寶鼎現說「父老猶記宣和事，抱銅仙淸淚如水。還轉盼沙河多麗，滉漾明光連邸第。」尤可證其關懷家國衰亡之痛了！元量所作水雲詞，亡國哀思之音，尤不可勝道，其詞水龍吟——淮河舟中夜聞宮人琴聲——說：

鼓鼙驚破霓裳，海棠亭北多風雨。歌闌酒罷，玉啼金泣，此行良苦。駝背模糊，馬頭匼匝，朝朝暮暮。自都門燕別，龍艘錦纜，空載得春歸去。　目斷東南半壁，悵長淮已非吾土。受降城下，草如霜白，淒涼酸楚。粉陣紅圍，夜深人靜，誰賓誰主？對漁燈一點，羈愁一搦，譜琴中語。

宋亡，天祥為元兵所執，留燕三年，以不屈節遭害，在亡宋諸人中，身受痛苦最厲害者，當推天祥。故其詞語多憤慨，如大江東去——驛中言別友人說：

水天空闊，恨東風不惜世間英物。蜀鳥吳花殘照裏，忍見荒城頹壁。銅雀春情，金人秋淚，此恨憑誰雪！堂堂劍氣，斗牛空認奇傑。　那信江海餘生，南行萬里，送扁舟齊發。正為鷗盟留醉眼，細看濤生雲滅。睨柱吞嬴，回旗走懿，千古衝冠髮。伴人無寐，秦淮應是孤月。

似此語語激壯，句句悲憤，且公然表諸於詞章，是何等使人感慨。正是「從今別卻江南日，化作啼鵑帶血歸」的蒼涼傷亂之音啊！此外如鄧剡（字光薦，廬陵人。）的詞，也是大都帶着興亡之感的作品，其南樓令說：

雨過水明霞，潮回岸帶沙。葉聲寒，飛透窗紗。懊恨西風催世換，更隨我落天涯。寂寞古豪華，烏衣日又斜。說興亡燕入誰家？只有南來無數鴈，和明月，宿蘆花。

第三十三章　婉約詞派的流衍

宋初詞壇的作風，可說完全是承繼花間舊腔，其時的作者，如錢維演（字希聖，）王禹稱（字元之，鉅野人，）潘閬（字逍遙，下名人）等的作風，簡直和五代詞家的風格沒有兩樣；尤其錢維演的小詞，可說是從五代到兩宋的橋樑！他在晚年的作品裏，時常以「綠陽芳草幾時休？淚眼愁腸先已斷！」（玉樓春）的悱惻悽惋語，流露之於詞章。所以在這時候的詞，大都以艷麗爲宗，正是「婉約宛轉嫵媚爲善，豪壯語何貴焉？」的趨勢。自此之後，晏氏父子（晏殊與幾道）繼之而起，彼等已深曉聲律，且尤善言情，故其成績之造就，遠非五代詞人所可及！然晏殊（字同叔，臨川人，991-1055）的詞雖師法南唐，但亦頗能自創新格；尤其對於小令，頗有獨到處，而異乎柳永之作。他那抒寫情懷的美句，如「月好謾成孤枕夢，酒闌空得兩眉愁，此時情緒悔風水。」（浣溪沙）「東城南陌花下，逢著意中人。」（訴衷情）「何況舊歡新寵阻，心期滿眼是想思。」（鳳啣盃）這些都是婉轉纏綿，生動親切的香艷語。他的作品，要皆閑雅而有情思，如訴衷情：

露蓮雙臉遠山眉，偏與談壯宜。水庭簾幙，春晚閒芙柳絲垂。 人別後，月圓時，信遲遲，心心念念，說盡無憑，只是相思。

自他以外，若歐陽修（字永叔，廬陵人，1007-1072）及其幼子幾道（字叔原號小山）等，在這類作品裏，都有很好的成績，尤其道貌儼然的歐陽修，讀了他的詞，幾乎不相信他為提倡「文以載道」的學者了。他的玉樓春：

別後不知君遠近，觸目悽涼多少悶。漸行漸遠漸無書；水闊魚沉何處問？ 夜深風竹敲秋韻，萬葉千聲皆是恨。故欹單枕夢中尋，夢又不成燈又燼！

這一類的詞，在他的六一詞裏，是每每可以看到的。鄭振鐸先生說：「只要他的六一詞還留在人間，他的大詩人的名望便將永久的存在着。」（中國文學史）可見他不僅是個不朽的古文大家，而且是個鼎鼎有名的大詞家！至於幾道的詞，寓以詩人句法，清壯頓挫，深刻動人。晁无咎說：『叔原不蹈襲前人語，而風調閑雅。如「舞低楊柳樓心月，歌罷桃花扇底風。」知此人不住三家村也。』叔原的鷓鴣天：

彩袖殷勤捧玉鐘，當年拚卻醉顏紅。舞低楊柳樓心月，歌罷桃花扇底風。 從別後，憶相逢，幾回魂夢與君同。今宵賸把銀釭照，猶恐相逢是夢中。

繼晏氏及歐陽修之餘緒，而開柳永與秦觀的，當推張先（字子野，吳興人990–1078）了。他詞中的名句，如「雲破月來花弄影；」「嬌柔懶起簾壓捲花影；」「柳徑無人墜絮輕無影。」都頗得當時一般人的賞識，因此而號稱為張三影。其天仙子詞云：

水調數聲持酒聽，午醉醒來愁未醒。送春春去幾時回？臨晚鏡，傷流景，往事後期空記省。　沙上並禽池上暝，雲破月來花弄影。重重簾幕密遮燈，風不定，人初靜，明日落紅應滿徑。

他的詞小令優於長調，有此句子，真是嬌艷絕佳，讀之令人不禁有青春熱戀之感，如他的菩薩蠻：「牡丹含露真珠顆，美人折向簾前過；含笑問檀郎，花強妾貌強？檀郎故相惱，剛道花枝好。花若勝如奴，花還解語無？」然其意濃韻遠，悽惋蘊藉，尤為極盡玉膩花柔的，當推青門引一詞：

乍暖還輕冷，風雨晚來方定。庭軒寂寞近清明，殘花中酒，又是去年病。　樓頭畫角風吹醒，入夜重門靜，那堪更被明月，隔牆送過鞦韆影。

柳永（字耆卿，初名三變，崇安人。）他是以詞為畢生事業的人，所以他在詞裏造就的功績，可說前無古人，後無來者。鄭振鐸先生說：『花間的好處在於不盡，在於有餘韻；耆卿的好處，卻在於盡，在於「鋪敘展衍，備足無餘。」花間諸代表作，如絕代少女，立於絕細絕薄的紗簾之後，微露豐姿，若隱若現，可望而不可即。

耆卿的作品，則如初成熟的少婦，「偎香倚暖」，姿情歡笑，無所不談，亦無所不盡。』（中國文學史）馮煦說：「耆卿詞，曲處能直，密處能疏，奡處能平；狀難狀之景，達難達之情，而出之以自然。」（蒿庵論詞）可見柳詞的特色，全在其能敘人所不能敘，寫人所不能寫的纏綿纖豔之「羈旅悲怨之辭，閨帷淫媟之語。」我們試看他的婆羅門令：

昨宵裏恁和衣睡，今宵裏又恁和衣睡？小飲歸來，初更過，醺醺醉。中夜後，何事還驚起？霜天冷風細細，觸疏窗，閃閃燈搖曳。空牀展轉重追想，雲雨夢，任攲枕難繼。寸心萬緒，咫尺千里。好景良天，彼此空有相憐意，未有相憐計。

寒蟬淒切，對長亭晚，驟雨初歇。都門帳飲無緒，留戀處，蘭舟催發。執手相看淚眼，竟無語凝噎。念去去千里煙波，暮靄沈沈楚天闊。多情自古傷離別，更那堪，冷落清秋節。今宵酒醒何處？楊柳岸，曉風殘月。此去經年，應是良辰好景虛設。便縱有千種風情，更與何人說？——雨霖鈴

這一類的作品，在樂章集裏，可說佔最多數，所說「凡有井水飲處，即能歌柳詞。」（避暑錄話）的傳佈，想亦必為這類的作品了。柳詞的曲折委婉，雖雜以俚俗語詞，而渾淪之氣，實足冠橫流。惟包攬蘇柳之長於一己的，那就非推秦觀（字少游，高郵人 1049—1100），莫屬了。蔡伯世說：「子瞻詞勝乎情，耆卿情勝乎

詞；情詞相稱者，少游一人而已。」秦少游的詞，初固受花間的影響，而實熔冶蘇柳於一爐。他的詞以「婉約」著，張綖說：「少游多婉約，子瞻多豪放，當以婉約爲主。」故其特色即在於情景交鍊，深婉不迫；輕描淡寫，溫柔絕時。馮煦在蒿庵論詞裏說：「淮海眞古之傷心人也，其淡語皆有味，淺語皆有致。求之兩宋，實罕其匹。」此中情味，我們不難在其踏莎行裏體會出。其詞云：

霧失樓台，月迷津渡，桃源望斷無尋處。可堪孤館閉春寒，杜鵑聲裏斜陽暮。　驛寄梅花，魚傳盡素；砌成此恨無重數。郴江幸自繞郴山，爲誰流下瀟湘去？

王國維說：『少游詞境最淒婉，至可堪孤館閉春寒，杜鵑聲裏斜陽暮；』則變而淒厲矣！』（人間詞話）張叔夏說：「秦少游詞，體製淡雅，氣骨不衰；淸麗中不斷意脈。咀嚼無滓，久而知味。」（詞源）少游用此作法，而描繪出艷麗悱惻的風流詞句，亦屬不少，我們試讀他的河傳，那眞是寫盡人間風流艷事了。詞云：

恨眉醉眼，甚輕輕，覷着神魂迷亂。常記那回，小曲闌干西畔。鬢雲鬆，羅襪剗，丁香笑吐嬌無限。　語軟聲低，道我何曾慣？雲雨未諧，早被東風吹散。瘦煞人天不管！

四庫提要說：「觀詞情韻兼勝，流傳雖少，要爲綺聲家一作手。」鄭振鐸先生說：「相傳少游性不耐聚稿，間有淫章醉句，輒散落靑帘紅袖間。故今傳者並不甚多。」（中國文學史）觀詞傳於世者固不多，然在淮海詞集裏所收者，已有不少迥絕時流，婉哀傷離，感懷淒咽之作了。

婉約詞家，以圓瑩婉約，縝密之思，得遒錄之致者，惟賀鑄（字方回，衛州人 1063-1120）與少游。張耒說：「賀方回博學業文，而樂府之詞，高絕一世。……其盛麗如游金張之堂，妖冶如攬嬙施之袪，幽索如屈宋，悲壯如蘇李。」（東山樂府序）他的詞頗似秦觀，且能融洽花間柳永於一爐，烙景入情，妙絕之句很多。如浣溪沙，晚景：

鷺外江綃一縷斜，淡黃楊柳帶棲鴉；玉人和月折梅花。 笑撚粉香歸繡戶，半垂簾幕護窗紗；東風寒似夜來些。

厭鶯聲到枕，花氣動簾，醉魂愁夢相半。被惜餘薰，帶驚賸眼，幾許傷春春晚。淚竹痕鮮，佩蘭香老，湘天濃暖。記小江，風月佳時，屢約非烟游伴。 須信鸞弦易斷，奈雲和再鼓，曲終人遠；認羅襪無蹤，舊處弄波清淺，青翰棹艤，白蘋洲畔，盡日臨臯飛觀。不解寄，一字相思，幸有歸來雙燕。 ——望湘人春思

周介存說：「方回鎔景入情，以故穠麗。」苕溪漁隱詞話說：『賀方回「淡黃楊柳帶棲鴉」句，寫景可謂造微入妙。』這實為賀詞最恰當之評語也。

周邦彥（字美成，號清眞，錢塘人 1056-1121）他受柳永的影響很大，所以他倆的作風相類處也很

多。趙師岩曾以柳永與周邦彥並稱，馮煦則謂屯田勝處本近清眞。宋史文苑傳說他：「好音樂，能自度曲，製樂府長短句，詞韻清蔚，傳於世。」他且曾主持過大晟府，因之他的詞，音律諧美，下字用韻，都有一定法度，故他的詞多爲後來作家所準繩，南宋沈義父說：「作詞當以淸眞爲主，蓋淸眞最爲知音。」從此更可知他的詞，爲後來作者，取爲規範的一斑了。他的詞多描敍兒女之情，自然活潑，喁喁私語，宛如活畫，於淺淡中顯示深密纖細之戀情，尤令人沈醉生動。如滿路花：

簾烘淚雨乾，酒壓愁城破；冰壺防渴飲，培殘火。朱消粉褪，絕勝新梳裹。不是寒宵短，日上三竿，殢人猶要臥。　如今多病，寂寞章臺左；黃昏風弄雪，門深鎖。蘭房密愛，萬種思量過。也須知有我，著甚情悰，但你忘了人呵！

此詞描繪蘭房密愛的溫柔旖旎，讀之令人又氣又惱！且此詞前後收處也頗近柳體。但淸眞這些句子都是精練婉約，故周介存說：「讀得淸眞詞多，覺他人所作都十分經意。鈎勒之妙無如淸眞。」如「酒壓愁城破，」（滿路花）「平波落照涵赬玉。」（玉樓春）等，精練美句，大有後來居上，而柳詞又未免有稍爲遜色之感了！

吳梅說：「詞至美成，乃有大宗。前收蘇秦之終，後開姜史之始。自有詞人以來，爲萬世不祧之宗祖。」

（詞學通論）可見美成的詞乃上集唐以來詞學的大成，下啓南宋一代詞學的先河。惟詞至姜白石究竟是趨向於雕琢一途，而一天一天的朝着典雅，欲求如柳永等詞派的婉約丰度，情意纏綿的詞章，那眞是「擊鼉鼓而求亡子」般的不可再得了。

第三十四章 典雅詞派的興起

贊揚太平盛世，美滿人生；歌誦祥瑞，女人、山水、風花雪月的婉約詞派。到了南宋，霹靂一聲，胡馬窺江南侵，沈醉於太平盛世的人們都從酣夢中驚醒，再沒有餘勇來歌唱那「著甚情悰，但你忘了人呵」的豪氣；而轉移其歌喉於「老淚灑西州，一字無成處，落葉都愁」的哀音了。

承繼北宋周派的詞人姜夔（字堯章，又號白石，鄱陽人 1155—1235），他的詞一方注重音律，他方則尙工麗，而且主張典雅。故張炎在詞源賦情裏說：「簸弄風月，陶寫性情，詞婉於詩，蓋聲出鶯吭燕舌間，稍近乎情可也；若鄰乎鄭衞，與纏令何異也？」從此可見姜派詞人的作品裏，是不容易找到艷麗的詞章的了。白石是個多藝多才的文人，張叔夏說：「白石詞如野雲孤飛，去留無跡。如疏影，暗香，揚州慢等曲，不惟清虛，且又騷雅，讀之令人神魂飛越。」（詞源）其疏影詞云：

苔枝綴玉，有翠禽小小，枝上同宿。客裏相逢，籬角黃昏，無言自倚修竹。昭君不慣胡沙遠，但暗憶江南江北。想珮環月下歸來，化作此花幽獨。　猶記深宮舊事，那人正睡裏，飛近蛾綠。莫似春風不管盈盈，早與安排金屋。還教一片隨波去，又卻怨玉龍哀曲。等恁時重覓幽香，已入小窗橫幅。

這詞叔夜頗爲推重之說：「白石疏影一曲，前無古人，後無來者；自立新意，眞爲絕唱。」（詞源）然鄭振鐸先生則以爲比一般泛泛詠物之作，沒有甚麼特別高明之處，到是以揚州慢爲其代表之作，詞云：

淮左各都，竹西佳處，解鞍少駐初程。過春風十里，盡薺麥青青。自胡馬窺江去後，廢池喬木，猶厭言兵。漸黃昏，清角吹寒，都在空城。　杜郎俊賞，算如今重到須驚。縱荳蔻詞工，青樓夢好，難賦深情。二十四橋仍在，波心蕩冷月無聲。念橋邊紅藥，年年知爲誰生？

這些關懷家國，觸景生情的眞實抒寫，誠難怪鄭稱其爲最好之代表作品了。周止菴說：「白石脫胎稼軒，變雄繼爲清剛，變馳驟爲疏宕。」（宋四家詞序論）這詞洵可當「清剛疏宕」四字之譽。至於疏影一闋，雖頗爲前人所稱道，然多用故實，反使人莫明其所旨。詞源云：『白石疏影云「猶記深宮舊事，那人正睡裏，飛近蛾綠。」用壽陽事。又云「昭君不慣胡沙遠，但暗憶江南江北。想珮環月夜歸來，化作此花幽獨。」用少陵事。此皆用事不爲所使。』這實是古時一般文人，過於崇尚典雅的通病，琢句練字使用古典的結果。

汪永詞總序裏說：「詞自鄱陽姜夔，句琢字鍊，始歸醇雅；而達祖爲之羽翼。」可見繼白石而發揚之者史達祖（字邦卿，號梅溪，汴人。1152－1203）也。故張鎡批評邦卿詞說「織綃泉底，去塵眼中，妥貼輕圓，辭情俱到，有瓌奇警邁，清新閑婉之長，而無訑蕩汙淫之失。端可分鑣清眞，平睨方面。」姜白石說：「邦卿之詞，奇透清逸，有李長吉之韻，蓋能融情景於一家，會句意於兩得者。」其「做冷欺花，將烟困柳」一闋，將春雨神色括去。」其全詞——綺羅香詠春雨如下：

做冷欺花，將烟困柳，千里偸催春暮。盡日冥迷，愁裏欲飛還住。驚粉蝶重宿西園，喜泥潤燕南浦。最妨佳約風流，鈿車不到杜陵路。 沉沉江上望極，還被春潮晚急，難尋官渡。隱約遙峯，和淚謝娘眉嫵。臨斷岸新柳生時，是落紅帶愁流處。記當日門掩梨花，剪燈深夜雨。

達祖的詞，眞是正如黃叔暘說的「形容盡矣」，極盡「細針密縫的工夫」（鄭振鐸語）了。

典雅詞派雖說起始於白石，然奠定此派的中堅人物，則非首推吳文英（字君特，號夢窗，四明人。）不可。沈義父在樂府指迷裏說：「夢窗深得清眞之妙，其失在用事下語太晦處，人不可曉。」張炎詞源說：「吳夢窗詞，如七寶樓臺，眩人眼目，拆碎下來，不成片段。」然尹惟曉絕妙好詞箋說：「求詞於吾宋，前有清眞，後有夢窗。此非予之言，四海之公言也。」從來論吳詞的，都是毀譽參半，然吳實則爲一善以潤錦的詞匠，其詞的凝澀晦昧，使人難懂，確爲不可諱言的事實。故其外表雖輝煌燦爛，煞是工緻，而一究其實，則多爲古典套語堆砌之作，已無眞情更無眞實意境。我們現在不妨舉其鎖寒窗詠玉蘭花以爲例：

紺縷堆雲，淸顋潤玉，記人初見。蠻腥未洗，梅谷一懷悽惋。渺征槎去乘閬風，占香上國幽心展。遺芳揜色，眞姿凝淡，返魂騷晚。　一盼千金換，又笑伴鴟夷，共歸吳苑。離烟恨水，夢杳南天秋晚。比來時瘦肌更消，冷薰沁骨悲鄉遠。最傷情送客咸陽，佩結西風怨。

胡適之詞選說：「大概周邦彥與吳文英都是音樂家，從音調方面看去，吳文英就遠不及周邦彥了。周是詩人而兼音樂家，吳能製曲調聲而不是詩人。夢窗四稿中的詞幾乎無一首不是靠古典與套語堆砌起來的。」像他只曉得去雕琢字句，忠實於古典，以奇巧爲能事；那又怎怪得他把柳陸一派的婉約自然的詞風，而葬送於古墓道中呢？

當時的詞家，造詣與夢窗相同的要算周密（字公謹，號草窗，濟南人，1232–1308），故有「二窗」之稱。周介存宋四家詞選說：「草窗最近夢窗；但夢窗思沉力厚，草窗則貌合耳。若其鏤新鬥冶，固自絕倫。」公謹對塡詞之謹嚴，刻書之精工，確有其獨到之處。他的花犯詠水仙花正是此種好例，其全詞如下：

楚江湄，湘娥乍見，無言灑淸淚。淡然春意，空獨依東風，芳思誰記？凌波路冷秋無際，香雲隨步起。漫記漢宮仙掌亭亭明月底。冰綃寫怨更多情，騷人恨枉賦芳蘭幽芷。春思遠，誰賞國香氣味。相將共藏寒伴侶。小窗靜，沉烟薰翠被。幽夢覺，涓涓清露，一枝鐙影裏。

晚宋典雅詞派，周公謹以後，當以王沂孫（字聖與，號碧山，會稽人 1240—1290）爲最負盛名。周濟贊許他說「詠物最爭托意，隸事處以意貫串，渾化無痕，碧山勝場也。」實則碧山的詞，所謂托意則多是晦澀，所謂隸事則多如燈謎，其最好的代表作品，我以爲還是高陽臺一類的詞來得自然，現錄其詞如下：

殘雪庭陰，輕寒簾影，霏霏玉管春葭。小帖金泥，不知春在誰家？相思一夜窗前夢，奈個人水隔雲遮！但凄然，滿樹幽香，滿地橫斜。江南自是離愁苦，況遊驄古道，歸雁平沙！怎得銀箋，殷勤與說年華！如今處處生芳草，縱凭高，不見天涯！更消他，幾度東風，幾度飛花!!

典雅詞派到了宋末，已成了詞派的正宗，所以一般詞家都在如何去刻畫事物，運用古典，調協音律；而當時對此均能運用自如者，則當推張炎（字叔夏，號玉田生，西秦人，1248—1320）一人了。他既曉暢音律，且填詞也極端主張以協音爲先，甚至不惜犧牲詞意以就音律，尤其對於句法格外注重，故胡適譏他爲「詞匠」。他的詞以詠物著稱，鄧牧伯牙琴說「詠春水一詞，絕唱今古，人以張春水目之。」詞云：

波煖綠粼粼，燕飛來，好似蘇堤纔曉。魚沒浪痕圓，流紅去，翻喚東風難掃。荒橋斷浦，柳陰撐出扁舟小。

回首池塘青欲徧，絕似夢中芳草。和雲流，出空山，甚年年洗淨，花香不了。新乍綠生時，孤村路，猶憶那回曾到。餘情渺渺，茂陵觴詠如今悄。前度劉郎從去後，溪上碧梅多少。——南浦

其實這詞也沒有甚意境和情感，而只是極盡其刻畫之能事而已。總而言之，詞到了張炎時候，其命運已到了日暮途窮，詞的光榮地位，到此也不能不讓給曲去領導了。

第三十五章　詞的衰亡

詞到了宋末完全爲典雅所佔有，以前的悲壯豪放，活潑自然的作品，從此也就不可多見了。蓋當時的作家一方拘泥於音律，再則被囿於工整典雅之間，因此除摹倣舊調外，則鮮新詞之創作。故南宋以後的詞，一天遠似一天的離開民衆，而成爲少數士大夫階級的玩品；不但和大衆絕了關係，且和優倡斷了緣。汪森詞綜序說：「西蜀南唐而後，作者日繁；宣和君臣，轉相矜尚；曲調愈多，流派因之亦別；長短互見，言情者或失之俚，使事者或失之伉。」胡適說：「詞本是從樂歌裏變出來的。但他漸漸脫離了音樂，成爲一種文學的新體。蘇軾辛棄疾諸人便是朝這方向走的。南宋姜夔、吳文英、王沂孫、張炎諸人又把那漸漸脫離音樂的詞，硬送回到音樂裏去。他們寧可犧牲詞的意思來遷就詞的音律，不肯放鬆音律來保存詞的情意。於是詞就成

了少數專家的技術。」（詞選）從此可見南宋以後的詞，豪放自然的風尚，日漸委靡；而古典之風，則日益盛行，因而把經營四百年來之大業的詞，被少數之專家斷送到枉死城中去了。然細察其衰亡之因，約有以下數點：

（一）拘泥於音律——沈義父樂府指迷說：「詞之作，固難於詩；蓋音律欲其協不協，則成長短句之詩。下字欲其雅；不雅，則近乎纏令之體；用字不可太露，露則直突而無深長之味；發音不可太高，高則狂怪而失柔婉之意。思此，則知所以爲難。」江藩詞源後跋說：『聲律之學，在南宋時知之者已尠。故仇山村曰：「腐儒村叟，酒邊豪興，引紙揮筆，動以東坡、稼軒、龍洲自況。極其至四字沁園春，五字水調，七字鷓鴣天步蟾宮。拊几擊缶，同聲附和，如梵唄，如步虛，不知宮調爲何物？令老伶俊倡面稱好，而背竊笑，是豈足與言詞哉？」近日大江南北，盲詞啞曲，塞破世界，人人以姜張自命者，辛無老伶俊倡竊笑之耳。』可見詞之致亡，完全由於聲律之學，知者已少，而爲少數文人學士階級所獨享，變爲其無聊消遣的東西，不許大衆染指了。

（二）語體散文化——凡文學的產生，必有其背景，所以代表某時代的文學，亦必帶有某時代的色彩。宋代爲語體散文盛行時代，故代表這時代的詞，自然免不了受其影響。所謂「東坡以詩爲詞，稼軒以文爲詞，」如東坡的念奴嬌赤壁懷古，又如醉翁操說：『荷簣過山前，曰「有心也哉，此賢。」』一篇直都是像論文的了。再如稼軒的賀新郎：「甚矣，吾衰矣！悵平生交遊，零落只今餘幾？白髮空垂三千丈，一笑人間萬事！問何物能令公喜？我見青山多嫵媚，料青山見我亦如是。情與貌，略相似。一尊搔首東窗裏，想淵明停雲詩就此時風味。江山沈酣，求名者，豈識濁醪妙理？回首叫雲飛風起！不恨古人吾不見，恨古人不見吾狂耳！知我者，二三子。」似此散文化的詞體，眞難怪人說欲學蘇辛一派詞，須熟讀經史子，乃以其成語自然綴成之了。他如號稱沈鬱雅正的周美成，亦竟有「天便教人，霎時相見，何妨？」的句子，詞的語體散文化，便可見其一斑了。

這種語體詞，實爲開元曲的先河，如阮閱的洞仙歌贈宜春官妓趙佛奴：

趙家姊妹，合在昭陽殿；因甚人間有飛燕？見伊底，盡道獨步江南，便江北，也何曾慣見？惜伊情性好，不解嗔人，長帶桃花笑時臉。向尊前酒底，見了須歸；似恁地能得幾回細看？待不眨眼兒覷着伊，將眨眼兒工夫，看兒幾遍。

（三）被囿於典雅——汪森詞綜序說：「鄱陽姜堯章出，句琢字鍊，歸於醇雅，於是史達祖，高觀國羽翼之。張輯，吳文英師事之於前；趙以夫，蔣捷，周密，陳允衡，王沂孫，張炎，張翥效之於後。譬之於樂，舞箾至於九變，而詞之能事畢矣！」南宋以後的詞人，專在字面上去辨聲雕琢，顯示其運用典故，作晦澀詞章爲能事，已成爲當時一般文人的慣例；所以在調有定格，句有定字，韻有定聲的幾十或百餘字的詞調中，參入於典故，而成爲隱晦艱澀之章，那是不可諱言的事實。因爲詞調過於規律化，便不能不失去詞的生氣，而漸入衰亡之途，受當時新興的曲子的淘汰了。

（四）新文體——曲子——的興起——吳衡照蓮子居詞話說：「金元工於小令套數而詞亡，論詞於明，並不逮金元，遑言兩宋哉？蓋明詞無專門名家，一二才人，如楊用修，王元美，湯義仍輩，皆以傳奇手爲之，宜乎詞之不振也。」王世貞弇州山人詞評：「詞興而樂府亡矣，曲興而詞亡矣，非樂府與詞之亡，其調亡也。……元有曲而無詞，如虞趙諸公輩，不免以才情屬曲，而以氣概屬詞，詞所以亡也。」可見詞到後來，已成爲少數的文人學士的無聊消遣品後，便與大衆倡優隔絕關係，變成古董失去時效的東西，而所謂新興的文體——金元的曲子，也就應時而起；且從此詞的時代，也便一轉而爲曲子的時代了。

第三十六章　散曲的興起及其流衍

當詞被囿於典雅音律，逐漸離開大衆，而成爲南宋少數文人的消遣品後，在北方金人統治下的詞人，便漸漸脫離這種雕琢典雅的習氣，而另找新途徑，爲發洩其豪放抑鬱的情緒了；況在金元執政之後，科舉久廢，一般文人無所用心，遂競向當時民間大衆所歡迎的劇曲文字上用工夫了。

說到我國的曲，是有散曲和劇曲的分別：散曲是指小令和套數，劇曲是指雜劇和傳奇。換句話說，曲的單調叫小令，合單調若干成套叫套數；一套或四五套而插以「科」和「白」的便是雜劇，這樣的再增加到四五套以上便叫做傳奇。散曲是由宋詞過變而來的，劇曲是由散曲連綴而成的，所以曲又叫做詞餘。但是宋詞爲甚麼會過變而爲元曲呢？我以爲至少是有以下的兩種原因：

（1）詞調的轉變——我國有韻的文學，牠的生命都是依賴於音樂而發榮滋長的；所以詞從產生後，一直到其發展，都是由於音樂的羽翼纔得而存在着。蓋以詞的興起，原是由於樂府小詞，故初起時多爲令詞，及後纔發展而爲中調長調的慢詞，如吳文英的鶯啼序，已有二百四十字之多，這實可謂已臻慢聲長調登峯造極，變無可再變的了。因此這時的作家，不能不恢復到單調小令方面去新闢園地，而從事於曲的製作了。我們試把南唐後主的小詞擣練子：「深院靜，小庭空，斷續寒砧斷續風；無奈夜長人不寐，數聲和月到簾櫳。」和元馬致遠的小令壽陽曲：「從別後，音信杳，夢兒裏也曾來到。問人知行到一萬遭，不信你眼皮兒不跳。」相比較，除掉小令裏的「也」「問」「你」三個襯字以外，雖用韻不同，然其形式可說完全相同，即意境抒情也未始而非同出一轍，可見小詞和小令關係的密切去跡來縱，不無多少可以使人追尋的了。

（2）因限於格調不適敍事——詞的本身，因限於格調，故只宜於抒情而不適於敍事，所以後來趙令畤乃用商調蝶戀花譜詠會眞記的故事爲十章，因而構成所謂鼓子詞，現摘錄一章以示例：

數夕孤眠如度歲，將謂今生會合終無計。正是斷腸凝望際，雲心捧得嫦娥至。玉困花柔羞攏淚，端麗妖嬈，不與前時比。人去月斜疑夢寐，衣香猶在妝留臂。

這種鼓子詞在當時民間，已成爲最普遍的歌唱曲子，然尚無演白，故至金朝董解元纔作西廂搊彈詞（又稱弦索西廂）後纔有詞有白，而進爲可抒情兼可敍事或代言的地步。胡應麟少室山房筆叢說：「西廂記雖出唐人鶯鶯傳，實本金董解元。董曲今尚行世，精工巧麗，備極才情，而字字本色，言言古意，當是古今傳奇鼻祖。」這實非過當的說話，我們試看董氏的西廂的仙呂調賞花時：「落日平林噪晚鴉，風袖翩翩催瘦馬。一徑入天涯，荒涼古岸，衰草帶霜滑。瞥見個孤林端入畫，籬落蕭疏帶淺沙；一個老大伯，捕魚蝦，橫橋流水，茅舍映荻花。」便可見其工麗精巧的文句的一斑了。且弦索西廂曲中夾白，搊彈，唸唱，就已完全這顯然是爲詞與曲的一大區別，也是爲曲代詞而興的重要原因了。

由上兩端看來，可知曲的前身不始於元，乃自五代小詞變化而來，其關係之密切，實顯而易見的事實。王世貞說：「曲者詞之變，自金元入中國，所用胡樂嘈雜淒緊，緩急之間，詞不能按，乃更爲新聲以媚之。」

（藝苑巵言）劉熙載說「曲之名古矣，近世所謂曲者，乃金元之北曲，及後復溢爲南曲者也。未有曲時，詞即是曲既有曲時，曲可悟詞。苟曲理未明，詞亦恐難獨善矣。」（藝概）金元入主中國，舊調雖未能諧協，故有新聲的代起，然追尋牠的蹤跡，仍本諸詞流變而來，如詞中「尋常散詞」變爲曲中「尋常小令，」詞中「成套者」變爲曲中套數，詞中「犯調」與曲中「集曲，」詞中「聯章」與曲中「重頭，」再如詞中「大遍」當於曲中的「套數，」詞中雜劇詞當於曲中的雜劇，傳奇，詞中「摘遍」當於曲中的「摘調」等，（語見中國韻文通論）都是可以觀察出詞曲間的相互關係來，所以詞是曲的鼻祖，曲是由詞演變而來的痕跡，由此更是明白了。

散曲雖說是元明的特產，但牠的根源實遠自五代，經宋金的培植，纔興盛於元明。是於曲在元明宛如詞在兩宋，上至達官貴人，下至倡優妓女，幾無不競倡作曲；故曲風之盛，無處不在其勢力範圍，假如說兩宋是詞的「黃金時代，」則元明當爲散曲的「黃金時代」了啊！

在這許多作家裏，他們的作風雖未必盡同，然大致分起來，約有豪放和清麗兩派，唐海說：「古曲與詩同。自樂府作，詩與曲始歧而二矣，其實詩之變也。宋元以來，益變益異，遂有南詞北曲之分。然南曲主激越，其變也爲流麗；北曲主慷慨，其變也爲朴實；惟朴實，故聲有矩度而難借；惟流麗，故唱得宛轉而易調；此二者，詞曲之定分也。」（沜東樂府序）因爲淵源的殊致，音樂地域的不同，所以便生出這樣的差別。代表豪放派的當以馬致遠爲首領，其同派的有馮子振，劉時中，張養浩等；代表清麗派的當以張可久爲領袖，其同派的有鄭光祖，白樸，盧摯，喬吉等。然流衍到明代，因崑腔的產生，曲派復此分爲三：一派是康海，王九思，馮惟敏等，一派是王磐，金鑾，施紹莘等；另一派則爲梁辰魚，沈璟，王驥德等。馮派的作風雖不盡和馬致遠相若，然要皆是承繼這派而來，而王派的作風，則簡直是張喬的變種，直接繼承這派是無可諱言。惟梁沈此派，則多尚典雅工麗，重視音律，大有如詞在南宋之概。散曲益降至清代的作家，也約可把其分爲三派：一派是和馬馮接近的，如尤侗，劉熙載等；一派是承繼張王施的，如朱彝尊，厲鶚，趙慶熹等；另一派則仍梁沈的餘風，如沈謙，蔣士銓等。（語見中國詩史卷下）關於散曲嬗蛻演進的情形，已經說了個大概了，現在依這次序，分派敍述於下。

第三十七章 散曲的豪放派

散曲之豪放，一方由於音樂地域的關係，他方則受蘇辛詞派的影響。虞集序中原音韻說「辛幼安自北而南，元裕之在金末國初，雖詞多慷慨，而音節則爲中州之正，學者取之。我朝混一以來，朔南暨聲教，士大夫歌詠，必求正聲，皆足以鳴國家氣化之盛。自是北樂府出，一洗東南習俗之陋。」又貫雲石序陽春白雪說：『蓋士嘗云：「東坡之後，便到稼軒，」玆評甚矣。然而北來徐子芳滑雅，楊西菴平熟，已有知者。近代疏齋媚嫵，如仙女尋春，自然笑傲；馮海粟豪辣灝爛，不斷古今，心事又與疎翁不可同舌共談。關漢卿庾吉甫造語妖嬌，適如少美臨杯，使人不忍對殢。』這是散曲中豪放清麗派別分野的大約情形，現先從豪放派的代表馬致遠諸人敍述起：

馬致遠，號東籬，大都人。他是散曲中領袖羣倫的人物，他的散曲，是奔放飄逸，是豪辣清雋。他所作的雜劇有十七種，散曲有小令一百零四首，套數十七套，及不全的套數五套，輯成東籬樂府一卷。其中作品尤以天淨沙小令為最負盛名，周德清許為一代散曲之冠，秋思之祖。現錄其詞以下：

枯藤老樹昏鴉，小橋流水平沙，古道西風瘦馬。夕陽西下，斷腸人在天涯！

——秋思

這首曲子，後人多評牠為第一流的作品，曲藻稱牠全首是景中的雅語；顧曲麈談說明人最喜摹倣此曲，而終無如此自然；人間詞話說「元人馬東籬天淨沙小令也。寥寥數語，深得唐人絕句妙境。有元一代詞家，皆不能辦此也。」可見這曲歷代士人對牠無不推重的了。東籬除小令外，他的套數也頗為時人所贊許，尤以秋思（百歲光陰）為著，藝苑巵言說「馬致遠百歲光陰放逸宏麗，而不離本色，押韻尤妙，元人稱為第一，眞不虛也。茲錄其全套如下：

（雙調夜行船）百歲光陰如夢蝶，重回首往事堪嗟！昨日春來，今朝花謝，急罰盞夜闌燈滅。（喬木查）秦宮漢闕，做衰草牛羊野，不恁漁樵無話說。縱荒墳，橫斷碑，不辨龍蛇。（慶宣和）投至狐蹤與兎穴，多少豪傑；鼎足三分半腰折，魏耶晉耶？（落梅風）天教富，不待奢，無多時好天良夜，看錢奴硬將心似鐵，空辜負錦堂風月。（風入松）眼前紅日又西斜，疾似下坡車。曉來清鏡添白雪，上牀和鞋履相別。莫笑鳩巢計拙，葫蘆提一就裝呆。（撥不斷）利名竭，是非絕，紅塵不向門前惹。綠樹偏宜屋角遮，青山正補牆東缺，竹籬茅舍。（離亭宴煞）蛩吟一覺才寧貼，雞鳴萬事無休歇；爭名利何年是徹？密匝匝蟻排兵，亂紛紛蜂釀蜜，鬧穰穰蠅爭血。裴公綠野堂，陶令白蓮社。愛秋來那些：和露摘黃花，帶霜烹紫蟹，煮酒燒紅葉。人生有限杯，幾個登高節？囑咐俺頑童記者，便北海探吾來，道東籬醉了也。」

這曲的好處是在豪放之外，兼有清逸在蕭爽之中，寄寓朴茂之風。盧冀野說：「百歲光陰成絕調。」（論曲絕句）周德清則謂其爲「萬中無一。」（中原音韻）這實頗有見地的評語和東籬同派的曲家，年代最早的，要推馮子振（字海粟，自號怪怪道人，攸州人，1257-1315）了。元史陳孚傳說：「攸州馮子振，其豪俊與子略同。子敬畏之，自以爲不可及。子振於天下之書無所不記。當其爲文也，酒酣耳熱，命侍史二三人潤筆以俟。子振據案疾書，隨紙多寡，頃刻輒盡。」所以他在當時不但在散曲上博得所謂「豪辣灝爛」之名，且在文壇中也有「文思敏捷」的驚人地位。他的散曲現在只存有小令四十餘首，他的豪放之作，當數沈醉東風和鸚鵡曲爲最有名，現錄鸚鵡曲感事一段以爲例：

江湖難比山林住，種果父勝刺船父。看春花又看秋花，不管顛狂雨。盡人間白浪滔天，我自醉歌眠去。到中流手脚忙亂時，只靠着柴扉深處。

張養浩字希孟，濟南人。(1269—1329) 他的散曲集爲雲莊休居自適小樂府，其內容多爲描寫他家居的閒恬，退休時的心情和生活，他的作風亦殊豪放淸逸，如山坡羊潼關懷古：

峯巒如聚，波濤如怒，山河表裏潼關路。望西都，意踟躕，傷心秦漢經行處，宮闕萬間都做了土！興，百姓苦；亡，百姓苦！

這便是「豪放」的例子，又如慶東原：

鶴立花邊玉，鶯鳴樹杪絃；喜沙鷗也解相留戀。一個衝開錦川，一個啼殘翠烟，一個飛上青天。詩句欲成時，滿地雲撩亂。

這便是豪放清逸的例子。希孟是馬派作家裏的一位健將，而以豪放爲宗的要員。其作風之豪爽飄逸，眞使人百讀不厭！

劉致字時中，號逋齋，石川寧鄉人。他的散曲現存有小令六十餘首，套數三首，散見於樂府羣玉及太平樂府，陽春白雪等集裏。他的上高司監滚繡毬等：

餓生靈老弱飢，米如珠少壯荒，有金銀那裏每典當，盡枵腹高臥斜陽。剝楡樹餐，挑野菜嘗，吃黃不老勝如熊掌，蕨根粉以代餱粱。鵝腸苦菜連根煮，荻筍蘆蒿帶葉𩜾，只留下杞柳株樟。

又如：

或是捶麻柘稠調豆漿，或是煮麥麩稀和細糠。一個個黃如經紙，一個個瘦似豺狼，塡街臥巷。

——倘秀才

又如：

磨滅盡諸豪壯，斷送了些閑浮浪。抱子攜男扶筇杖，尫羸傴僂如蝦樣。一絲好氣沿途創，擱淚汪汪！

——伴讀書

有錢的販米穀置田莊添生放，無錢的少過活分骨肉無承望。有錢的納寵妾買人口偏興旺，無錢的受飢餒塡溝壑遭災障。小民好苦也麼哥，小民好苦也麼哥便秋收鬻妻賣子家私喪。——叨叨令

又如：

且說一年中事例錢，開作時每自與。庫子每歲高低預先除去，軍百戶十錠無慮。攢司五五拿，宮人六六除。四牌頭每一名是兩封足數。更有合干人把門軍弓手殊途。那裏取官民兩便通行法，赤緊他賄賂學宜左道術。於汝安乎？——滾繡毬

眞是描繪出今日天災人禍相繼而來的我國各災區中的人民，所受的慘痛災情了。他在這幅輕描淡寫的飢民逃亡圖中盡情暴露出當時民間的痛苦，政治的黑暗而注重到社會問題的描寫；實開前此曲作家所未嘗試過的作風，其作品上高同監在元曲中，誠堪稱爲最偉大而奇特珍貴的作品了。

貫雲石，畏吾人，自名小雲石海涯，又號酸齋。他的散曲有酸齋樂府，現存小令八十餘首，套數九首。他的作風以豪放淸逸爲主，惟濃艷淸潤的也不少。如紅繡鞋：

挨着靠着雲窗同坐，看着笑着月枕雙歌。聽着數着怕數愁着早四更過。四更過，情未足。情未足，夜如梭。天哪！更閏一更妨甚麼？

這便是香艷清逸的例子。再如「天馬脫羈」豪放的作品，則可以清江引爲例：

乘徵名去來心快哉，一笑白雲外。知音三五人，痴飲何妨礙，醉袍袖舞嫌天地窄。

汪元亭號雲林，官學士，散曲有小隱餘音一卷，雲林清賞一卷，但都已失傳，近有小隱餘音輯本，得曲百首。在這些作品中，我以爲折桂令一曲，尤爲激昂悲憤，茲錄其全詞如下：

二十年塵土征衫，鐵馬金戈，火鼠冰蠶，心不狂謀，言無妄發，事已多諳。黑似漆前程黯黯，白如霜衰鬢鬖鬖。氣化難參，諂詐難甘，冷笑淵明，高訪圖南。

又如醉太平歸隱之一首：

憎蒼蠅競血，惡黑蟻爭穴，急流中勇退是豪傑，不因循苟且。歎烏衣一旦非王謝，怕青山兩岸分吳越，厭紅塵萬丈混龍蛇，老先生去也。

此曲豪爽飄逸，不獨有睥睨一切的氣概，而且情意眞摯，實爲有所感而發，與其他有意做作豪語的，而不能相提幷論。像這樣抒情閑適，朴實而眞情的詞句，讀之誠令人有「老先生去也」之感。

元代豪放派的詞人，除上述幾家外，如楊朝英，鄧玉賓，鍾嗣成，劉庭信，馬九皋諸人，都是如天馬脫羈，以豪放勝的作家，而九皋尤爲著。他的散曲散見於現在諸選本的，有小令四十首，套數一首，而豪放的要佔大多數。現錄他的塞鴻秋凌敲臺懷古：

凌敲臺畔黃山鋪，是三千歌舞無家處！望夫山下烏江渡，教八千子弟思鄉去。江東日暮雲，渭北春天樹，靑山太白墳如故。

元人豪放一派的作家，已略如上述，現在我們便來談明代關於這一派的作家了。散曲到了明初，仍是不斷地往前進展，尤其是朱有燉，可說是這時曲壇中承上啓下的開山祖師。他精通馬致遠貫雲石之學，所作雜劇有三十餘種，仍存於現世的尚有二十五種。他的散曲集爲誠齋樂府，共有兩卷；列朝詩集說：「誠齋所作，音律諧美，流傳內府，至今中原絃索多用之。」曲品評其作品說：「色天散聖，樂國飛仙，嗣出天演，才分月露。」便可見其曲境中之地位和作風的一斑了。然明人承繼豪放一派而發揚光大，除朱之外，當以康王李常楊馮……諸家了。

康海字德涵，號對山，武功人。(1475–1540)他的散曲有沜東樂府兩卷，補遺一卷，小令約有二百多首，套數三十餘首。其作風充分表現出牢落不平豪爽之氣。如月雲高：

存聲寧耐，欲說誰瞅睬？惹得旁人笑，招着他們怪。歡喜冤家，分定懨纏害。去不去心頭恨，了不了生前債。教我心上黃連苦自捱，卻似鎖上門兒推不開。

這些都可說是代表他發抒滿腔憤懣不平的激昂悲憤語，至於他的豪爽的例子，茲舉其寨兒令漫興之三：

雖是窮，煞英雄，長嘯一聲天地空。祿享千鍾，位至三公，半霎過簷風。馬兒上幾會峥嶸，局兒裏早被牢籠。靑山排戶闥，綠樹繞垣墉。風，蕭灑明月中。

像這些雄健蕭爽的作品在他的集中眞是俯拾卽是。然關於其作風的得失，任氏評之最當，現引其說：

「沜東樂府用本色爲豪放，擺脫明初闒茸之習，力爲振拔，有功於明代散曲之作風不少。惟貪多務博，殊欠剪裁，是其一失；用俗之處往往爲俗所累，元人衣鉢未盡眞傳，是其二失。其中極熱極怨，而表面以解脫之語蓋之，其志趣並非眞正恬淡，根本有異於元賢，是其三失。此三失雖不必獨集康氏一身，而康氏實啓此派之咎；王九思李開先輩應分任其咎者也。」（散曲概論）此語頗爲中肯，誠爲康氏作品最公允的評價吧！

王九思，字敬夫，號渼陂，鄠縣人。（1468–1551）他的散曲有碧山樂府一卷，碧山拾遺一卷，碧山續稿一卷，約存有小令百餘首，套數十首。明代散曲家中，多以康王并稱，其實則康優於王，蓋以敬夫的曲多鬆懈粗豪之作，較諸德涵之豪爽飄逸實相去甚遠。故王世貞說他的曲「秀麗雄爽，康大不如。以爲敬夫聲價，不在關漢卿馬東籬下。」之評語，我實不敢輕爲贊同，因敬夫之作已無漢卿之淸逸，且少東籬之豪放。茲舉元美評爲「雄爽」之例以下：

一拳打脫鳳凰籠，兩脚蹬開虎豹叢，單身撞出麒麟洞。望東華人亂擁，紫羅襴老盡英雄。參詳破邯鄲一夢，歎殺商山四翁，思量起華嶽三峯。——水仙子帶折桂令

李開先，字伯華，號中麓，章邱人。（1501-1568）他嘗自謂馬東籬張小山無以過，改元人傳奇樂府數百卷。他的散曲有中麓樂府，中麓小令，及與王思九合作的南曲次韻一卷，但這些集子現都已不傳，故其曲我們不能完全看到，然就現存的看來，他的作風是豪放飄逸的。現錄其代表作傍妝臺一首：

曲拳拳一輪殘月照邊關。恨來口吸盡黃河水，拳打碎賀蘭山。鐵衣披雪渾身濕，寶劍飛霜撲面寒。騙兵去，破虜還，得偷閑處再偷閑。

這些慷慨的詞句，奔騰的情緒，充分地表現出他的豪宕不羈，感憤激昂之氣了。

常倫，字明卿，號樓居（1492-1525）。他的墓誌銘中說「才高氣豪，不自檢，然開口言笑，有晉人之風。」從此可見其性格的放縱，爲人的疏狂了。他的散曲有寫情集兩卷，附嘉靖刊本常評事集後，小令約有百餘首，套數九首。他因性格與嗜好的關係，故其作風多豪放不羈之作，我們試讀其山坡羊：

悶葫蘆一摔一箇碎，臭皮囊一挫一箇蟬蛻，雅兒守定兜窠中睡。曲江邊混一回，鵲橋邊擔一回，來來

往往無酒也三分醉。空攢下個銅斗兒家緣也，單買那明珠大似稚。恢恢，試問青天我是誰？飛飛，上的青霄咱讓誰？

楊愼，字用修，號升庵，新都人。（1488–1559）他是才情蓋世的一位才子，又是官門子弟，所以他在少年便才華煥發，其作品多具豪爽淸麗的摯情。他的散曲有陶情樂府四卷，拾遺一卷，小令約存有三十多首，重頭百多首，套數十首。現錄他的淸江引一首以示例：

金鞍少年風韻別，翠被春寒夜。消息未歸來，寒食梨花謝。秋千月明腸斷也。

這是豪放美麗香艷之作，至於爽麗眞摯情詞幷茂的作品，在他的集子中也有不少，他的駐馬聽和王舜卿舟行四詠，我以爲不但是用修的代表作品，而且是明代散曲中不可多得的上乘傑作，茲錄一首：

明月中天，照見長江萬里船。月光如水，江水無波，色與天連。垂楊兩岸淨无烟，沙禽幾處驚相喚。絲纜停牽，乘風直上銀河畔。

馮惟敏，字汝行，號海浮，臨朐人。（1511–1580）明代散曲豪放一派，雖經以上所述諸家發揚光大之，然收其大成的，那就非推海浮不可。馮氏散曲包羅萬有，其魄力的偉大，殆可凌駕康王，詼諧玩世的作品，本色之語尤多。激壯雄直處，讀之令人神往。他有海浮山堂詞稿三卷，附錄一卷。前三卷分小令，歸田小令，擊節餘套三種。四卷共有套數約五十餘首，小令差不多有四百首。他的散曲最有生氣，最爲閑適，豪氣橫溢，飄逸柔香。例如蟾宮曲：

雪花飛寒灑瓊窗，左一派淒涼，右一派淒涼。更那堪簷鐵悠揚，緊一陣玎璫，慢一陣玎璫。瘦伶仃愁展轉，溫一邊象牀，冷一邊象牀。被兒閑枕兒剩，東一個鴛鴦，西一個鴛鴦。盡頭來虛度韶光，牽一股柔腸，斷一股柔腸。

又如：

邀的是試春遊張曲江，訪的是耽病酒陶元亮；行的是快吟詩唐翰林，坐的是會射策江都相。呀！這的是白雲明月謝家莊，抵多少秋風野草鎮邊堂。你祇待平開了西土標名字，俺祇待高臥在東山入醉鄉。周郎，耳聽着六律情偏暢。馮唐身歷了三朝老更狂。——鴻門奏凱歌謝諸公枉駕。

這些曲已豪辣也閑適，所謂「豪辣灝爛」之境，馮氏實當之無愧。盧冀野說：「雲莊疏放海翁豪，啓國詞人氣骨高。」這不過是對其豪放一面而言。至其風流蘊藉，情調宛轉，如月兒高「紅粉多薄命，靑春半殘景；人去瑤臺怨，花落臙脂冷。嫦娥腰圍，終把繡裙整。弓鞋淺印，淺印殘紅徑。正當三月韶光，依闌干無限情。情，離別幾曾經？再來扯住衣衫，影兒般不離形。」便向爲論曲的人所忽視。然我以爲這方面的作品，實能傳受清麗一派之衣鉢，故其作風固以「豪邁」一派爲正宗，而「清麗」一派亦盡爲其所包羅。

明初承襲元代，北曲仍相當的保持牠的勢力，等到嘉靖之後，形勢便漸變，一般士大夫都轉變其作風，而高談南曲了。追及清代則成爲「頓老琵琶奉武皇，流傳南内北音亡，如何近日人情異，悦耳吴音學太倉。」的現象了，在這傍晚殘陽裏，如尤侗、劉熙載等，雖還作了不少新北曲，但畢竟是近乎感慨懷古的資料，而和大衆世俗不相容了。

尤侗，字展成，號西堂，長洲人。（1618-1704）他是一位才氣横溢的人，他的百末詞餘中，共存有小令二十多首，套數兩首。他的作品爲人所稱道的，常推那豪放警切的駐雲飛十空曲，現錄一首以示例：

賢子英雄，觸鬥蠻爭蝸角中。一飯丘山重，睚眦刀兵痛。嗏！世路石尤風，移山何用？飄瓦虚舟，不礙松風夢，君看爾我恩仇總是空。

劉熙載，字伯簡，又字融齋，興化人。（1814-1858）他的散曲收集在昨非集裏的，有小令四首，套數一首。雖爲偶爾之作，然作一曲便能盡一曲之用，篇什雖少，適足多矣。（曲諧）現錄其作之豪爽而閑適的，對玉環帶清江引一首：

歸去來兮，問有誰阻伊。復駕言兮，又有誰勸伊？便有上天梯，不如踹平地。楊柳横欹，要探春信息。離菊開齊，好讀秋意味。陶公傲許當年寄，只不受官場氣。烟霞療我飢，車馬從人意，彼此代謀無善計。

第三十八章 散曲的清麗派

散曲之分爲豪放清麗，實自貫石雲於陽春白雪序中始，彼曰：「近代疎齋媚嫵如仙女尋春，自然笑傲；馮海粟豪辣灝爛，不斷古今；關漢卿庾吉甫造語妖嬌，適如少美臨杯。」這裏所謂「豪辣灝爛，」「嫵媚妖嬌，」就是後來「豪放」與「清麗」之所自出也。然貫標舉盧關爲清麗之代表，而後人則以喬張爲此派之代表，如明之李開先，清之朱彝尊劉熙載等都從此說。藝概說：「張小山喬夢符爲曲家翹楚。小山極長於小令；夢符雖頗作雜劇套數，亦以小令爲最長。兩家固同一騷雅，不落俳語；惟張尤翛然獨遠耳。」近人任中敏說：「清麗一派，貫氏舉盧關爲代表，則不如舉喬張爲妥也。蓋所謂麗者，其材料或雅或俗，都無不可；而喬多用俗，張多用雅；二人既自來並稱，合之又適可表見此派之全義也。」（散曲概論）俳語俗句，原爲曲中本色，雖人多目盧關爲「奇麗，」喬張爲「騷雅，」然風氣一變，遂以雅麗爲歸，而統攬於清麗範圍中。所以盧關爲開清麗一派之先河，而喬張則爲統成清麗之大師了。

關漢卿，號已齋叟，大都人。（1200—1280）他是最先開始作曲的第一人，也是元代劇曲家中最多產的一位作家。他所作的雜劇有六十餘種，仍存於現在的有十四種。他的散曲散見於陽春白雪和太平樂府中，約存小令四十多首，套數十多首。惟他的散曲和劇曲的作風，頗有點不同處，散曲以奇麗見長，劇曲則以雄奇排奡勝。尤以他的套數不伏老南呂一枝花爲最佳，玆錄其煞尾一段於下：

我卻是蒸不爛煮不熟搥不扁炒不爆響噹噹一粒銅豌豆，子弟每誰教您鑽入他鋤不斷斫不下解不開頓不脫慢騰騰千層錦套頭。我玩的是梁園月，飲的是東京酒，賞的是洛陽花，扳的是章臺柳。我也會吟詩，會篆籀，會彈絲，會品竹，我也會唱鷓鴣，舞垂手，會打圍，會蹴踘，會圍棋，會雙陸。你便是落了我牙，歪了我口，瘸了我腿，折了我手，天與我這幾般兒歹症候，尚兀自不肯休。只除是閻王親令喚，神鬼自來勾，三魂歸地府，七魄喪幽冥，那其間纔不向這烟花路兒上走。

這曲寫得多麼的恣肆多麼的淋漓，明代的曲家有這樣氣魄的，究有幾許？至於關曲的雅麗的作品，眞是舉不勝舉，現擇大德歌和沉醉東風各一首以示例。

風飄飄，雨瀟瀟，便做陳摶睡不着。懊惱傷懷抱，撲簌簌淚點拋。秋蟬兒噪罷寒蛩兒叫，淅零零細雨打芭蕉。

——大德歌

伴夜月銀箏鳳閑，暖東風繡被常慳。信沉了魚，書絕了雁，盼雕鞍萬水千山。本利對相思若不還，只告與那能索債愁眉淚眼。——沉醉東風。

像這樣婉麗雋美，天眞瀟灑的情曲，眞是使人百讀不厭，把翫不忍釋手了。他的寫情的作品，多是豔冶婉麗。如「兩情濃，興轉佳，地權爲牀榻，月高燒銀蠟。夜深沉，人靜悄，低低的問如花，可是個女兒家。」（梅花酒）這種描寫男女痴情幽會的風流香豔之作，實開沈靑門唾窗絨的先河，雖然他的雅麗稍感不及後來的張喬那樣風流蘊藉，但其靑麗處則可說是喬吉的先導。

白樸，字仁甫，號蘭谷先生，眞定人。（1226-1285）論者以他和關漢卿，馬致遠，鄭光祖爲元曲中之四傑。他做的雜劇共有十餘種，然存於今的只有梧桐雨和牆頭馬上兩種。而梧桐雨一劇，尤爲後人所稱許，均以其價値要在西廂之上。他的散曲仍存於今的，約有小令三十餘首，套數四首。在這些作品裏面，有的是豪放，有的是淸雋，有的是華美而婉妍，但畢竟是以俊爽秀美爲多。如漁父辭（沉醉東風）是屬於豪放的例，駐馬聽是俊爽的例，天淨沙是秀美的例，陽春曲是華美而婉妍的例。現錄陽春曲題情二首：

從來好事天生險，自古瓜兒苦後甜。奶娘催逼緊拘鉗，甚是嚴，越間阻越情忺。

笑將紅袖遮銀燭，不放才郎夜讀書。相抱相偎取歡娛。止不過選應舉，及第待何如？

盧摯，字處道，號疏齋，涿郡人。（1285-1300）他是專攻小令的一位曲作家，他的作品散見於諸選本的。

約存有小令八十餘首。作風清潤而騷雅。傳說他與宮妓珠簾秀相戀，珠將行，他作落梅風一曲為之送別，其詞云：

才歡悅，早間別，痛殺俺好難割捨。畫船載將春去也，空留下半江明月。

這曲是何等風致婉妙，即珠之答詞「山無數，烟萬縷，憔悴殺玉堂人物。倚蓬窗一身兒活受苦，恨不得隨大江東去。」也大有捨不得也哥哥之氣概，正如盧冀野論曲絕句說「半江明月珠簾捲，一帶青山列子風」了。

姚燧，字端甫，號牧庵，聊城人。（1239—1314）他雖是以古文聞名於世，但他的散曲卻是纏綿婉麗，充分流露浪漫詩人的面目，我們試看他的凭闌人：

欲寄君衣君不還，不寄君衣君又寒，寄與不寄間，妾身千萬難。

這曲是何等的溫柔體貼，詞雖如斯簡短，然情意的纏綿，眞是寫盡了兩性間人微的情趣。

喬吉，字夢符，號笙鶴翁，太原人。（1280—1245）他雖兼作雜劇，但小令為其特工。他的雜曲有十餘種，現僅存金錢記揚州夢兩世姻緣等三種。他的散曲有明人李開先所輯喬夢符小令和近人任中敏所輯夢符散曲三卷。內存套數十首，小令近二百首之多，元人散曲之得存於現在的，除張小山外，夢符實為最富了。李中麓說：「涵虛子但賞其雄健，要未能盡蘊藉包含，風流調笑，種種出奇，而不失之怪；多多益善，而不失之繁；句句用俗，而不失其爲文。」又樊榭謂「尤好其小令，灑落倭生，如遇翁之風韻於紅牙錦瑟間。」（語見曲譜）這些說話都是很有似處，如所謂蘊藉包含，風流調笑的例子，則莫如他的小桃紅曉妝：

紺雲分翠攏香絲，玉線界宮雅翅。露冷薔薇曉初試，淡勻脂，金篦膩點蘭烟紙。含嬌意思，殢人須是，親手畫眉兒。

這出輕描淡抹的寫出美女曉妝時的一切情景，眞如一幅活畫。從攏髮到插花，種種都自做自爲，只畫眉一事，留待殢人代勞。這種描繪入微的筆法，眞是深得美人的嬌韻了。他的灑落倭生的例子，則如水仙子尋梅：

冬前冬後幾村莊，溪北溪南兩履霜，樹頭樹底孤山上。冷風來何處香，忽相逢縞袂綃裳。酒醒寒驚夢，笛悽春斷腸，淡月昏黃。

這些灑落清潤之作，倘混諸小山曲裏，恐亦不易辨其爲誰之作了。像他那奇麗的作品，實爲小山曲中所未有。中麓評他爲「出奇而不失之怪，用俗而不失爲文。」也就是在他能以奇中不失麗采，俗中不失本也，像「豫章城開了座相思店，悶勾肆兒逐日添，愁行貨頓塌在眉尖。」（水仙子爲友人作）那一類又奇麗又本色的句子，尤爲夢符所獨有的特產品呀！

鄭光祖，字德輝，平陽襄陵人。錄鬼簿說他在當時名滿天下，閨閣伶倫，無不曉有鄭老先生。他作的雜劇有十九種，現存四種。散曲現存小令三首，套數二首，就他的作品看，其風格則近於小山，以清麗爲宗。如秋閨駐馬聽：「兩過池塘肥水面，雲歸岩谷瘦山腰，」的句子，簡直是和詩句沒有兩樣，這很明顯的可以看出其作風與小山的接近了。錄蟾宮曲夢中作一段：

半窗幽夢微茫，歌罷錢塘，賦罷高唐。風入羅幃，爽入疎櫺，月照紗窗。縹緲見梨花淡粧，依稀聞蘭麝餘香。喚起思量，待不思量，怎不思量？

張可久，字小山，慶元人。他是散曲專家，論者以他和喬吉比詩中之李杜。明寧王權太和正音譜云：「張小山如瑤天笙鶴，其詞清而且麗，華而不艷，有不喫烟火食氣，眞可謂不羈之材；若被太華之仙風，招蓬萊之海月。」誠詞林之宗匠也。其作風之清麗，由此便可見一斑了。他有小山北曲聯樂府三卷，外集一卷，共有小令七百餘首，套數七首，這實爲元人散曲流傳以後世最豐富的一位作家。他的小令清麗宛轉，情意纏綿。如山坡羊春睡：

雲鬆螺髻，香溫鴛被，掩春閨一覺傷春睡。柳花飛，小瓊姬，一片聲雪下呈祥瑞，團圓夢兒生喚起。誰不做美。呸，卻是你！

幽情悽惋，活躍紙上，小山才情的豐富，眞是「淡妝濃抹總相宜」了。他的散套呂南一枝花湖上晚歸一曲，尤爲古今作家所推重。沈德符顧曲雜言說：『若散套雖諸人皆有之，惟馬東籬「百歲光陰，」（夜行船）張小山「長天落綵霞」（一枝花）爲一時絕唱，其餘俱不及也。』今人盧冀野論曲絕句說：「論曲猶憐落綵霞，包羅天地稱當家；慶元一老空凡響，謾說仙風被太華。」從此可見一枝花此曲之膾炙人口，絕唱今古的一斑了。玆錄其詞於下：

長天落綵霞，遠水涵秋鏡。花如人面紅，山以佛頭靑。生色圍屛，翠冷松雲徑，嫣然眉黛橫。但攜將旖旎濃香，何必賦橫斜瘦影？（梁州）挽玉手留連錦梱，據胡牀指點銀瓶，素娥不嫁傷孤另。想當年小山，問何處卿卿？東坡才調，西子娉婷，總相宜千古留名。吾二人此地私行，六一泉亭上詩成；三五夜花前月明，十四絃指下風生。可憎，多情，捧紅牙合和伊州令。萬籟寂，四山靜，幽咽泉流水下聲，鶴怨猿驚。（尾）岩阿禪窟鳴金磬，波底龍宮漾水精。夜氣淸，酒力醒，寶篆銷，玉漏鳴。笑歸來彷彿二更，煞強似踏雪尋梅灞橋冷。

徐再思字德可，號甜齋，嘉興人。他的事蹟已不可考，惟錄鬼簿稍有說及，「……好食甘飴，故號甜齋，有樂府行於世。」任中敏輯有酸甜樂府行世，這集中共收有他的散曲小令一百三首。他雖和貫酸齋幷稱，然其作風則頗不相同。酸之作風以豪爽飄逸爲主，故接近馬東籬一派；甜的風格以悽惋艷麗爲主，故接近張小山一派。現錄他的蟾宮詩春情：

平生不解相思，才會相思，便害相思。身似浮雲，心如飛絮，氣若遊絲。空一縷餘香在此，盼千金遊子何之？證候來時，正是何時？燈半昏時，月半明時！

這曲任中敏在曲諧裏評之說「首尾各以數語同押一韻，全屬自然聲籟，何可多得。末四句僅各四字，而唱歎轉折，能一一盡其情致，眞是神來之筆。」這是對於此曲的結構方面說至於內容方面的評語，則可看盧冀野詩「遊絲飛絮寫相思，落盡燈花枕上時；夢向桂林秋月裏，回甘還取水仙詞。」（論曲絕句）可見此曲在結構上說已臻轉折盡致，自然聲籟，神來之筆、在內容上說已若桂林秋月，遊絲飛絮之情境了。像這種艷麗嬌媚，寫得如此動人之作，眞是何可多得的東西呢？

元人清麗一派的作家，除掉上述諸人外，尚有吳仁卿（字弘道，號克齋，蒲陰人。）曹明善，周文質（字仲彬，杭州人。）趙善慶（字文寶，饒州樂平人。）周德清（字挺高，高安人。）任昱（字則明，四明人。）錢霖，（字子雲，松江人。）李致遠等，都是這一派的作家。曹李的籍貫雖無可考，但他們的作品皆散見於元人諸選本裏，而任昱之作爲最富，明善的風格爲最自然。錄鬼簿稱爲作風「華麗自然，不在張可久之下，」便可知他在當時的地位了。現錄明善的清江引長門柳一首：

長門柳絲千萬結，風起花如雪。離別重離別，攀折復攀折，苦無多舊時枝葉。

這曲寫得一片神行，眞是妙極了！嗣成評之爲「華麗自然，」這的確是很有見地的論斷語啊！

元代清麗一派的散曲家，已大概的敍述於前，現在我們來談明清這派的作家吧：

明代文人的才思，多半消耗於八股裏，惟散曲一道，因承元季的遺風，都勃勃有生氣，作家輩出，盛極一時。王驥德曲律雜論說：「近之爲詞者：北調則關中康狀元對山，王太史渼陂；蜀則楊狀元升菴，金陵則陳太史石亭，胡太史秋宇，徐仙人髯仙；山東則李尙寶國華，馮別駕海浮；山西則常廷評樓居，維揚則王山人西樓，濟南則王邑佐舜耕。南調則金陵陳大聲，金在衡，武林，沈靑門，吳唐伯虎，祝希哲，梁伯龍，而陳梁最著。」這裏所舉的許多作家，他們的作品遺傳於世的固多，然不傳的也有；不過所謂北調的作家多居北地，南調的多出江南，這是很明顯可以看出地域與音調的影響和關係來。徐渭南詞敍錄說：「今唱家稱弋陽腔，則出於江西，兩京湖南閩廣用之；稱餘姚腔者，出於會稽，常，潤，池，太，揚，徐用之；稱海鹽腔者，嘉，湖，溫，台用之。惟崑山腔止行於吳中，流灑悠遠，出手三腔之上，聽之最足蕩人。」這更明白的敍出作風與地域和音樂的關係了。

明初南曲仍未大行，到陳鐸沈仕出，南曲纔漸次風行，故沈德符稱他們說「沈青門陳大聲輩，南詞宗匠。」可見散曲壇中作風之轉移，乃在陳沈崛起之時。陳鐸爲睢寧伯陳文的曾孫，世襲官指揮使，生卒未詳，字大聲，號秋碧，下邳人。他的散曲集有梨雲寄傲，秋碧樂府，月香小稿各一卷，約存小令百數十首，套數約三十首。他的作風是清麗自然。如駐雲飛：

杏臉桃腮，展轉思量不下懷新月疑眉黛，春草傷裙帶。嗏！獨坐小書齋。自入春來，欲待看花，反被花禁害，情思昏昏眼倦開。

金鑾字在衡，號白嶼，隴西人。他的散曲有蕭爽齋樂府兩卷，約存小令百數十首，套數二十餘首。他的作風婉約清麗，何元朗說：「南都自徐髯仙後，惟金在衡最爲知音，善塡詞，嘲調小曲極妙，令人絕倒。」他的河西六娘子閨情：

海棠陰輕閃過鳳頭釵，沒有處款款行來。好風兒不住的吹羅帶，猜也麼猜，待說口難開，待動手難擡，淚點兒和衣暗暗的揩。

這曲任中敏頗爲賞識之，所以他在曲譜中說：「風物人情四件，寫得無一不美無一不眞，而文字於嫵媚中猶令人覺朗暢。」眞是一點也不錯，這曲描繪的眞切，抒情的清麗，確爲蕭爽齋樂府中的一首絕好的曲子。

陳所聞字藎卿，秣陵人。他是一個功名不遂而放浪山水詩酒中的文人，他所選的北宮詞紀南宮詞紀兩部散曲，網羅已豐富，流傳也很廣。他的散曲有近人輯本陳藎卿散曲一卷，約存有小令一百七十多首，套數五十六首。在這些作品裏，我們可以看出其作風頗與陳鐸相近。他選曲時所標的是「豐腴縝密，流麗清圓」八字，所以他自己的作品也是多半關於這方面的。如駐馬聽閶門夜泊：

風雨蕭然，寒入姑蘇夜泊船。市喧纔寂，潮汐還生，鐘韻俄轉。烏啼不管旅愁牽，夢回偏怪家山遠，搖落江天，喜的是蓬窗曙色，透來一線。

沈仕字懋學，號青門山人，仁和人。生性疏放，喜遊山玩水，流連風景，樂極忘還。他的詩和畫，造詣也相當；他的散曲有新輯本唾窗絨和沈青門散曲各一卷，兩書中約存小令七十餘首，套數十餘首。他的作風大都是豔冶綿麗。張旭初說「其詞艷冶出俗，韻致和諧，入前聲之奧矣。」這話真是說得恰到其妙了。例如黃鶯兒美人荐寢：

小帳掛輕紗，玉肌膚無點瑕。牡丹心濃似胭脂畫，香馥馥可誇，露津津愛殺。耳邊廂細語低低罵：小冤家，顛狂忒恁，揉碎鬢邊花。

又如懶畫眉春閨部事：

東風吹粉釀梨花，幾日相思悶轉加。偶聞人語隔窗紗，不覺猛地渾身乍，卻原來是架上鸚哥不是他！

像這樣嫵媚嬌艷生動親切，時露女性天眞漂亮的膩情的作品，在他的集子裏實居十之八九，故使人開卷微吟，幾有欲能而不能之勢。這可見沈曲的「香奩」之氣，實不下詞家的溫柳了。

施紹莘字子野，號峯泖浪仙，松江華亭人。他的散曲有花影集四卷，約存小令七十餘首，套數八十餘首。他是一個喜歡享樂性格蕭灑而愛好歌曲的人，陳繼儒說：「子野才太俊，情太痴，膽太大，手太辣，腸不柔，心太巧，舌太纖，抓搔痛癢，描寫笑啼，太逼眞，太曲折。」（花影集序）龍沐勛說：「若紹莘者，誠可謂能融各派散曲之長，不媿爲當行作家。其用筆輕倩，而結構綿密，擬之元人，庶幾小山樂府；以殿有明一代之散曲，視梁沈諸偶乎遠矣。」（中國韻文史）以上陳龍之說，誠爲有見地的中肯評語。他的風格妍艷婉轉，抒情纏綿。現錄他的惜花一套：

（南商調二郎神）憐花病，見殘紫休紅點繡茵輕又薄，香魂全瘦損。多情薄命，經二十四番風信，煙雨樓臺一曲笙。更紗窗夜寒燈暈，添人悶，寶欄杆外，欲謝難禁。（啄木兒）含風笑，浥露顰，偏對淒涼掩淚人。乍飛粘錦字迴文，忽區破繡牀香印。春深小閣休文病，琴心近接蕭娘信，正獨自開箱檢繡裙。

（三段子）空中似麾，淡濛濛是誰人夢魂？苔前似鱗，點疎疎是誰人淚痕？平明一陣寒差甚，纖纖不捲風尤緊；正酒暈扶頭，倦粧時分。（前腔）桃源杏村，灑香衫風流後生；花棚繡榻，點青氈詞壇俊英，儘散拾向奚囊錦。可憐一霎繁華影，知道明年，是誰相近？（滴溜子）一片片一片片芳菲哄人，一點點一點點東君負心，作踐韶華直恁。子規啼一聲，撩亂古墳荒徑。幾回風雨，知多少囊葬芳魂。（尾文）陌頭剩有弓鞋印，又付與花驄踏作塵，總件件教人憐惜恁。

這曲據他的自跋說：『吾輩惜花，當自有一種情味在，余嘗有詩曰「但能痛飲便名士，解得惜花真丈夫。」識此意者花自可惜，宜乎此詞字字銷魂也。有客攜往金閶，爲歌樓所譜，云其聲大是幽怨，想當然耳。』單藥園評這曲說：「紅顏哀謝，千古傷心。讀此詞，令人情苗意瓣，纏綿無盡。想花神亦應淡然灑涕矣。」眉公說：「唱子野詞，可以招月魄之不歸，弔芳魂之無主矣。」董仁常說：「讀子對惜花詞，情深韻深，郎封家十八姨爲柔腸繞指矣。」以上諸家對這曲之評語，有的固然是難免言之過甚，但亦并非無的放矢之言。總之，這曲的纏綿哀艷淒楚動人的風格，不但爲施氏所獨擅一時，且下導清趙慶熹諸人的先河。

散曲到了清代，作者如吳綺，朱彝尊，厲鶚，吳錫麒，許光治，趙慶熹等都是承繼清麗一派的作家，尤其是朱厲的作風全以元人喬吉張可久爲宗，吳綺字薗次，江都人。(1619–1694) 他的散曲見於林蕙堂全集裏，有套數八首，重頭四首。他的作風爽麗生動，瀟洒閒適，如江夏君五十的新水令：

半生蹤跡不堪題，感知音吾家鄉里。牛衣題夜雪，象服羨仙霓，歷遍雲泥，白頭的我和你。

朱彝尊字錫鬯，號竹垞，秀水人。(1629–1709) 他是詞人兼曲作家，他的詩詞在清代都是第一流的作品，散曲有任訥輯本曝書亭集葉兒樂府一卷，存有小令五十九首之多。任中敏說：「朱氏散曲，擬元人張可久，以淵雅爲法，而亦時得瀟疎之致。」(清人散曲提要) 可見他於曲學中是專學張可久，故他的風格大都以清麗瀟灑爲主。現錄他的山坡羊飲池上：

昏鴉初定，涼蟬都靜，絲絲魚尾殘霞剩，渚烟冷，露華凝，笑卷青荷柄。我醉欲眠君又醒。箏，簾內聲。燈，花外影。

像這曲和小山的折桂令皆山樓卽事等作頗爲相似。抒情瀟灑閒適，洵屬詞人之手筆了。

厲鶚字太鴻，號樊榭，錢塘人。(1692–1752) 他自荐舉博學宏詞不遇之後，便絕意功名，而過其「冒雨尋菊，踏雪探梅」的文士生活。他的散曲有近人輯本樊榭山房集北樂府小令一卷，存有小令八十三首。任中敏說：「厲氏之爲散曲，亦慕元人張可久；較之朱氏，法度尤爲嚴整。且深知喬吉惺惺道人樂府之奇俊，故意趣所到，不僅限於張氏之淵雅也。」（清人散曲提要）由此可見厲朱的風格固同出一轍，然以厲能深知喬之奇俊，故其作品中間有華麗清新之作，而爲朱曲中所無。是於雖同爲詞人，且同出一轍之曲，也不能不有多少的差異了。我們試看他的山坡羊春日郊遊：

春山如笑，春流堪照，桃花紅出疏籬靠。醉村醪，聽神簫，社公雨灑潮王廟。雲影弄晴歸倘早。橋，魚散苗；郊，燕定巢。

吳錫麒字聖徵，號穀人，錢塘人。他的散曲有近人輯本有正味齋集南北曲一卷，約有小令七十首左右，套數十餘首。任中敏說：「吳氏多爲南曲與套數，已非朱厲專此北曲小令，有志摹古者之面目。南曲既盛，必多用崑腔，而聲之爲用較著。吳與朱厲，雖同爲詞人之曲，而吳能精細，不能生動，剛勁較遜，是亦受南曲之影響耳。」可見其作風實界於南北之間，而非朱厲之作風所能範圍。他的小令多清雅新麗，套數則氣壯排奡。現錄清雅新麗的例子，如北仙呂油葫蘆北郭外觀菜花：

紅過桃花雪一場，驀吹來風更香。坐團野檻隔溪望，布黃金界出祇園廣，涌黃雲顯得田屯旺。鵝兒殼蛻新，蜂兒翅搧忙，但洒波和著花光漾。渾不信，有斜陽。

又如氣壯排奡的例子，南中呂好事近八月十六日秋濤宮觀潮：

斜照送登樓，拓開胸底淸秋。千檻壽篌，全教攏了沙洲。颼颼，閃過空江風色，墮涼雪先有飛鷗。霎時間天容變也，看靑連大地，我亦如浮。（錦纏道）者前頭，似銀潢從空倒流，斜界一條秋。儵蜿蛇東奔西掣，接著難休。響磤磤雷車礮騄，高矗矗雪山飛陡，四面撼危樓。漸離卻樟亭赤岸，一路的和沙折柳。更道憑仗鴟夷勢，水犀軍不怕婆留。（榴花泣）（石榴花首至四）一聲彈指重見湧瓊樓。湘女倚，虛妃游，神仙縹緲數螺浮，度匆匆羽葆霞游。（泣顏回五至末）珠璣亂丟，雜冰涎噴出龍公口，猛淋侵帕清鮫綃，忒模糊錦涴魚油。（古輪臺）問根由，古來曾閱幾春秋？卻煩壽酒令番酹。大江依舊，呼吸神通，過了天長地久，有甚難乎？一番息後，但聽伊嗚咽過津頭。歎則歎茫茫世宙，也等閒消長如漚。殘山剩水，荷花桂子，故宮四首，寂寞付寒流。看來去古銅駝無語鐵幢愁。（尾聲）朝又夕，春復秋，能唱到風波定否？怪不得回轉嚴灘總白頭。

趙慶熹字秋舲，仁和人。他的散曲有任訥輯本香銷酒醒曲一卷，有套數十一首，小令九首。他是專心學施子野的一位曲作家，故其風格與施頗相類似。在他這些作品裏，而最負盛名的，要算他的套數對月有感裏的江兒水了：

自古歡須盡，從來滿必收。我初三瞧你眉兒鬪，十三窺你妝兒就，廿三覷你龐兒瘦，都在今宵前後。何況人生，怎不西風敗柳？

他的作品和子野最相似，而且寫得纏綿哀艷，令人讀之不勝噓唏的，則要算南商調梧桐樹葬花：

堆成粉黛塋，掘破胭脂井，檢塊青山，放下桃花櫬。名香爇至誠，薄酒先端整，兜起羅衫，一掬洗乾淨，這收場也算是羣芳幸。（東甌令）更紅兒誄，碧玉銘，巧製泥金真綴旌，美人題着名和姓。描一幅離魂影，再旁邊築個小愁城，設座落花靈。（大聖樂）我短鋤兒學荷劉伶，是清狂非薄倖，今生不合做司香令，黃土畔叫卿卿，單只爲心腸不許隨儂硬，因此上風雨無端替你疼，一場夢醒，向衆香國裏，涅槃斷稱。（解三醒）收拾起風流行徑，收拾起慧業聰明，收拾起水邊照你娉婷影，收拾起鏡裏空形，收拾起通身旖旎千般性，收拾起徹腑溫和一片情。荒墳冷，只怕你枝頭子滿，誰奠清明。（前腔）撇下了燕鶯孤另，撇下了蝴蝶伶仃，撇下了青衫紅淚人兒病，撇下了酒帳燈屏，撇下了蹄香馬踏黃金鐙，撇下了指冷鸞吹白玉笙。難呼應，就是那杜鵑哭煞，你也無靈。（尾聲）向荒阡澆杯茗，替你打個圓場證果成，叮囑你地下輪迴莫依然薄命。

許光治字龍華，海昌人。他的散曲有任訥樓本紅山風月譜二卷，共有小令五十二首。他是最推重張可久喬吉的人，所以他的作風清麗華美，也是屬於張喬一派的作家，不過與張尤爲接近，如小果州：

碧羅團扇戀新秋，庭院清幽。空階時見一螢流，靑如豆，風閃壁簾鈎。月光淡醉鵝兒酒，轉花陰移上高樓。黃昏中，黃昏後，玉簪香透，誰與當搔頭。

清代散曲作家，屬於淸麗一派的，除上述諸家外，尙有吳漢（字蘋香，號玉岑子，仁和人。）楊恩壽（字蓬海，號蓬道人，長沙人。）等，雖各具規模，但能夠卓然自立的，那就很少很少，所以都略而不談了。

徐嘉瑞《詞史》(《近古文學概論》)

徐嘉瑞(1895–1977),字夢麟。白族,雲南昆明人。考入工礦學堂,因家貧而轉讀省立師範學校。1938年出任雲南大學教授兼文史系主任。1946年6月,應聘到武昌華中大學任教。1948年6月又回到雲南大學任文史系主任。建國後,歷任昆明師範學院校管會主任、雲南省教育廳廳長、雲南省文聯主席等。著有《中古文學概論》《近古文學概論》《辛稼軒評傳》等。

《詞史》乃從徐氏《近古文學概論》中輯出。此書是《中古文學概論》的續編,是一部音樂文學史。全書分『總論』『音樂史』『詞史』『戲曲史』『隊舞』等五編,『詞史』乃其第三編。主要分大曲、詞兩章分別論述,在敘述過程中注重音樂與文學的關係。《詞史》之名乃輯者所加。1936年北新書局出版。上海書店將其收入1989年出版的『民國叢書』第一編中。本書據1936年北新書局版影印。

第三編　詞史

第一章　大曲

第一節　大曲和詞和戲劇之關係

大曲是從西域輸入中國的新音樂。在很早很早的北周時代，已經很整齊的以龜茲爲主而輸入中國，到了後來變成詞，變成雜劇，變成院本，變成南北曲，都是以大曲爲胚胎的種子；所以不能不把他弄一個明白。

第二節　大曲之特點

A. 大曲之第一特點　單人舞曲

大曲有樂曲有舞，但是舞時只有一人。友人劉堯民作大曲攷說：「小兒隊舞七十二人，女弟子隊舞一百五十三人，而大曲只一人。」故陳暘樂書云：「至於優伶常舞大曲惟以一工獨進，但以手袖爲容，然一人舞前段，一人舞後段。」

B. 大曲之第二特點 始終皆爲一曲

大曲之第二特點，卽始終皆爲一曲。一曲分爲十數遍：如董穎薄媚，十遍始終皆用薄媚一曲，鄮鄉詞采蓮八遍，始終皆用采蓮一曲；馮燕水調歌頭七遍，始終皆用水調一曲。（參看本書大曲遍數考）

但由一曲分爲數遍或數十遍而已。至於隊舞則與大曲迥異：如史浩鄮峯眞隱漫錄所載，除采蓮爲大曲外，其餘如採蓮舞、太清舞、柘枝舞、花舞、劍舞、漁父舞皆隊舞，而非大曲。故其中所用之舞人甚多，所唱之曲亦不只一種，與大曲之單人舞，及始終皆用一曲者，大異其趣也。（其組織更不相類，見於隊舞曲考）今列採蓮舞人舞曲數目於下：

採蓮舞　五人舞　吹唱曲（采蓮令、采蓮曲破、漁家傲、畫堂春、河傳、）

太清舞　五人舞　吹唱曲（太清歌、破子、步虛子、）

柘枝舞　五人舞　吹唱曲（柘枝令、三臺、射鵰徧、歌頭、「想郎射鵰歌頭」）
（朶肩徧、撲蝴蝶徧、畫眉徧、柘枝令、）

花舞　兩人舞　吹唱曲（折花三臺、蝶戀花、三臺、）

劍舞　兩人舞（實爲六人）吹唱曲（劍器曲破、霜天曉角、）

漁父舞　四人舞　吹唱曲（漁家傲舞、漁家傲、）

如右所列，舞者皆在二人以上，或爲四人，或爲五人，絕無一人獨舞者。此與大曲之單人舞不同者一；又其吹唱之歌舞曲，皆在二曲以上，有至七八曲者，與大曲之始終皆用一曲，不同者二：其組織更與大曲迥異；而史浩鄮峯眞隱大曲皆列於大曲之內誤矣。王靜菴先生云：「史浩鄮峯眞隱漫錄所載劍器舞一段，雖非大曲全徧，均可作雜劇觀。」云云亦誤也。劍器不唯非雜劇，亦且非大曲，不過隊舞中之表演故事者而已。

C。 大曲之第三特點　無勾遺隊詞

雜劇隊舞，皆有勾隊詞，遣隊詞。（蘇東坡集有）故上列采蓮太清舞以下，皆有勾遺隊詞，且卽附於舞曲之內，而大曲則無之。如鄮峯眞隱漫錄所載采蓮（此爲大曲之采蓮非采蓮舞也。鄮峯所載，僅此爲大曲餘皆隊舞）大曲，無勾遺隊詞；曾布水調歌頭，亦無勾遺隊詞；董穎薄媚亦無勾遺隊詞。蘇東坡集有小兒隊，女童隊雜劇等勾遣詞而無大曲勾遣詞，則是大曲無勾遣隊詞也。夢粱錄宰執親王南班百官入內上壽。賜宴云：參軍色再致語勾合大曲，然但以致語勾之而無勾詞也。（東京夢粱錄亦同）

D. 大曲之第四特點 諸部合奏

大曲之第四特點，卽爲諸部合奏。此爲音樂之大集成，與西洋之管弦樂 Orchestra，或交響樂 Symphony 相似。西洋之管弦樂Orch stra，本是希臘劇場裏的伴奏樂隊，大曲，也是如此。所以宋代春秋聖節大宴，第六樂工致辭，第七合奏大曲，第八獨彈琵琶。「宋史樂志」簡單說來，大曲卽是獨立的音樂隊，可以用來伴奏戲劇，伴奏舞蹈，或作前奏曲 Prelude 或作間奏曲，Entract用處非常之多，所以後來變作雜劇，變作詞。

第三節 大曲之器樂

今列大曲之器樂於下

絃樂器｛摩擦絃樂器（無）

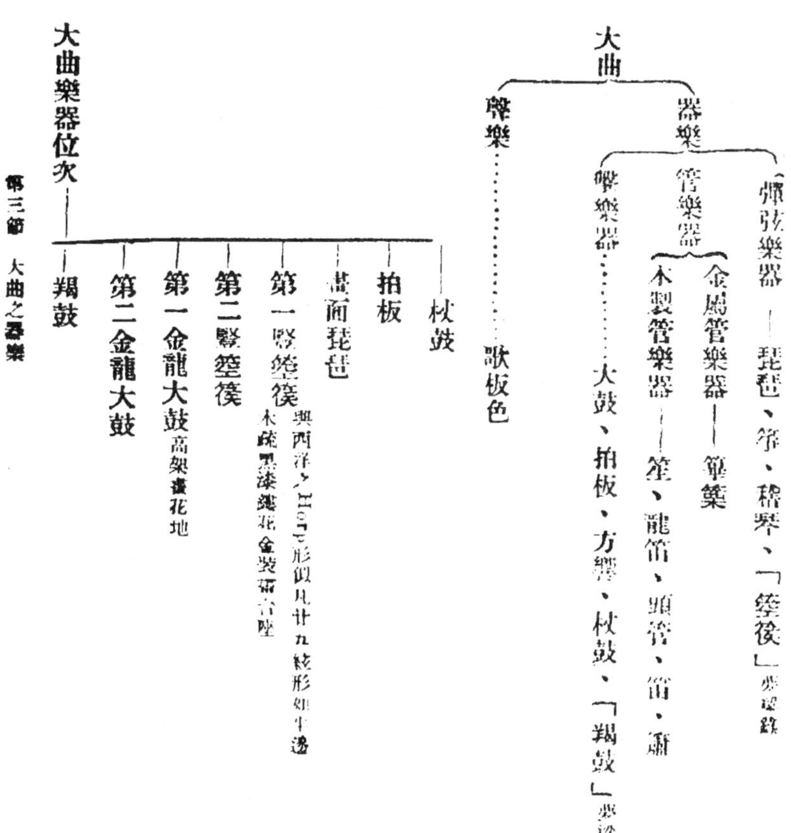

第三節　大曲之器樂

145

- 鐵方響
- 石方響
- 簫
- 笙
- 笛
- 篪
- 觱篥
- 龍笛
- 杖鼓

西洋的擊樂器如 Kettle Drums. Said Dram. Symbal. 皆不能獨奏，但以之爲節拍裝飾。到近代的管絃樂，擊樂器才獨立。大曲的擊樂有獨奏的：如玉方響獨打道調宮聖壽永是也。

大曲皆爲諸部合奏，與西洋管絃隊之交響樂 Symphony 相同。實爲集器樂之大成，今錄天基聖節所奏大曲於下：

第五盞諸部合老人星降黃龍曲破

第七盞鼓笛曲拜舞六么

第九盞諸部合無射宮碎錦梁州

第十五盞諸部合夷則羽六么

第十八盞諸部合梅花伊州

以上所列除拜舞六么外，皆諸部合奏。

第四節　原始大曲

最原始之大曲，不必皆有歌詞相和，但奏器樂而已。故最初之大曲實爲獨立之音樂，今列天基聖節所奏大曲於下：

上壽　第十三盞諸部合萬壽無疆薄媚曲破（大曲）

初坐　第一盞觱篥起萬歲梁州曲破齊汝賢（大曲）

舞頭豪俊邁
舞尾范宗茂　舞旋色

此即大曲有舞是也。前舞者舞至歇拍，續一人對舞。（前者爲舞頭，後者爲舞尾。）

第二盞觱篥起聖壽永歌曲子陸恩顯（此係慢曲）

第三盞唱延壽長歌曲子李文慶

李文慶乃歌板色主唱。唯此二盞有歌其他各盞所奏皆獨立之器樂，無歌也。

第十盞諸部合齊天樂曲破

第五盞諸部合老人星降黃龍曲破

第七盞鼓笛曲拜舞六么

第九盞諸部合無射宮碎錦梁州歌頭大曲

第十五盞諸部合夷則羽六么

第十八盞諸部合梅花伊州

以上所列各曲，皆宋四十大曲中之所有，皆以器樂為主，而無歌唱：如鼓笛拜舞六么乃以鼓笛奏六么曲而已，無歌也，其有歌者，當列歌拍色於後。而天基聖節排當樂次，除初坐第二三盞外，並未列歌板色於奏曲之後。且第二三盞所奏之曲，皆非大曲，足見大曲無歌也。且此次承應之歌板色，只李文慶一人，而酒行四十三盞，奏曲至四十三次以上，一人獨歌何能勝任？足見奏大曲或慢曲時，不盡有歌。至於笙獨吹，筝獨彈，玉方響獨打之曲，則其無歌、更爲明白。是最初之大曲，不必皆有歌。（其他樂曲亦然）只奏器樂，尙不失音樂之獨立性。大曲有歌，乃後起之事也。

大曲不必皆有歌詞也，亦不必皆有舞，如天基聖節排當樂次唯再坐第二三盞所奏之曲有歌，唯初坐第一盞有舞（見前）。其他各盞所奏皆獨立之器樂，不附屬於歌曲 亦不附屬於舞蹈，皆獨立之音樂也。

由天基聖節排當樂次「演奏曲目」觀之，則宴會時之程序，全部以音樂爲主。從第一盞至第四十三盞（綜合計算）皆奏音樂，而其中間之以舞、間之以歌、間之以雜劇，間之以雜藝、傀儡、撮弄、百戲等等；則宋代音樂實佔主要地位，而雜劇不過其中之一部而已。

又宋史樂志春秋聖節三大宴次序如下，亦可參考。

第一　皇帝升座　吹觱篥　衆樂和

第二　皇帝再舉酒　樂歌

第三　皇帝舉酒　樂歌

第四　百戲皆作

第五　皇帝舉酒　樂歌

第六 樂工致詞 口號

第七 合奏大曲

第八 皇帝舉酒 琵琶獨彈

第九 小兒隊舞

第十 雜劇皇帝更衣

第十一 皇帝再坐 笙獨吹

第十二 蹴踘

第十三 箏獨彈

第十四 女弟子隊舞

第十五 雜劇

第十六 皇帝舉酒

第十七 鼓吹曲 法曲 或龜茲

第十八 皇帝舉酒 樂歌

第十九 角觝

第五節　大曲與慢詞

宋代大曲，只有四十，而天基聖節所奏，在四十大曲以外者，尙有四十二曲，其中二十六曲爲慢曲，一曲爲大曲，其餘十五曲不知其爲大曲歟？爲小令歟：若爲大曲，則大曲之要當不只王靜菴先生所發見者也。王靜菴先生云：宋之大曲實不止此，故有五十大曲，五十四大曲．而樂府混成集所載，大曲，且多至百餘，龜茲部亦有三十六大曲，則並其名而亡之矣。則是宋之大曲甚多，不可以四十大曲爲限也。今列其慢曲及在四十大曲以外之各曲於下：

帝壽昌慢　昇平樂慢　萬方寧慢　永遇樂慢

壽南山慢　戀春光慢　賞仙花慢　碧牡丹慢

上苑春慢　慶壽樂慢　柳初新慢　聖壽永慢

捧瑤巵慢　花梢月慢　福壽永康寧　慶壽新慢

長生寶宴（「小石角」右宮調者皆非慢曲）　降聖樂慢　聚仙歡（高雙調）

堯階樂慢　聖壽永（道調宮）　出牆花慢　縷金蟬慢

託嬌鶯慢　慶芳春慢　延壽曲慢　月中仙慢

壽爐香慢　慶簫韶慢（月明對花燈慢）　會羣仙（高楚調）

玉京春慢　降黃龍曲破（王氏以爲大曲在四十大曲外）　玉簫聲（高平調）

慶千秋（高平調）　筵前保壽樂（商角調）　壽齊天（大呂調）　惜春（商宮）

柳初新（無射商）　壽長春（正平調）　萬花新曲破

以上所列慢曲，皆不書宮調、慢曲以外有十四曲，有宮調，二曲爲曲破，而大曲皆合奏，與西洋管絃樂隊Orchestra 之交響樂 Symphony同，慢曲則稱某樂器起，如觱篥起，方響起，笛起，笙起等等，由其脚色觀之，知其爲獨奏也。但慢曲乃小唱之一種，重起輕煞，謂之淺斟低唱，故柳永多製慢曲，慢曲以外，列有宮調，亦爲獨奏曲，如笙獨吹，琵琶獨彈，方響獨打是也。今分列於下：（慢曲脚色如簫起援金蟬慢傳昌寧而傳乃簫色故知爲簫獨奏也。其他可例推）

（一）大曲　諸部合奏

例　諸部合無射宮碎錦梁州歌頭大曲

（二）慢曲　某器樂起　亦獨奏曲

例　箏起月中仙慢俠端

（三）獨奏曲（此係假定之名）

例。（琵琶獨彈大呂調齊天　方響獨打高宮惜春）

第六節　大曲爲獨立音樂

由天基聖節排當樂次觀之，則最初之雜劇不過音樂中之一部，且只以表演爲主，而大曲則嚴保其音樂的獨立性。至於宋代則原始之獨立大曲，一變而爲有詞有舞，且有故事之歌舞雜劇，再變而與純表演之雜劇化合產生歌舞表演混合之雜劇，遂爲院本與北曲之先河。其詳當論列於後。

第七節　雜劇與大曲之起源的分別

雜劇大曲在宋代皆在教坊十三部之內，脚色不同，組織亦異。今分述之於下：（最原始之雜劇純爲表演雜劇，後由大曲變爲歌舞雜劇）

宰執親王宗室百官入內上壽（東京夢華錄）

大曲	第四盞勾合大曲	以歌舞爲主	單人舞	大曲

隊舞	第五盞	勾小兒隊	舉舞合唱且舞且唱	多人舞	隊舞
雜劇		勾雜劇	以滑稽爲主（故云爲有使人預宴不敢深作諧謔）	雜劇入場一場兩段	雜劇

都城紀勝云：「先做尋常熟事一段，名曰艷段；次做正雜劇，通名爲兩段。大抵全以故事世務爲滑稽。」夢粱錄云：「先做尋常熟事一段，名曰艷段；次做正雜劇通名爲兩段。大抵全以故事，務在滑稽。」

按都城紀勝云：「全以故事世務爲滑稽故事者，歷史故事也；世務者，目前之時事也。如唐宋優伶影射時事，以爲諧謔是也。而夢粱錄落一世字又改「爲」爲「在」，則誤矣。夢粱錄錯誤甚多，讀夢粱錄時，宜以都城紀勝校讀，方能了解。校讀表另編於後，可參看：

第八節 雜劇大曲脚色之分別

歌拍色主歌唱，南宋書云：王威化善謳歌，繫樂部爲歌板色是也。

敎坊十三部（夢粱錄）

東京夢華錄有杖鼓部無頭管色。

武林舊事有簫色稽琴色杖鼓色。

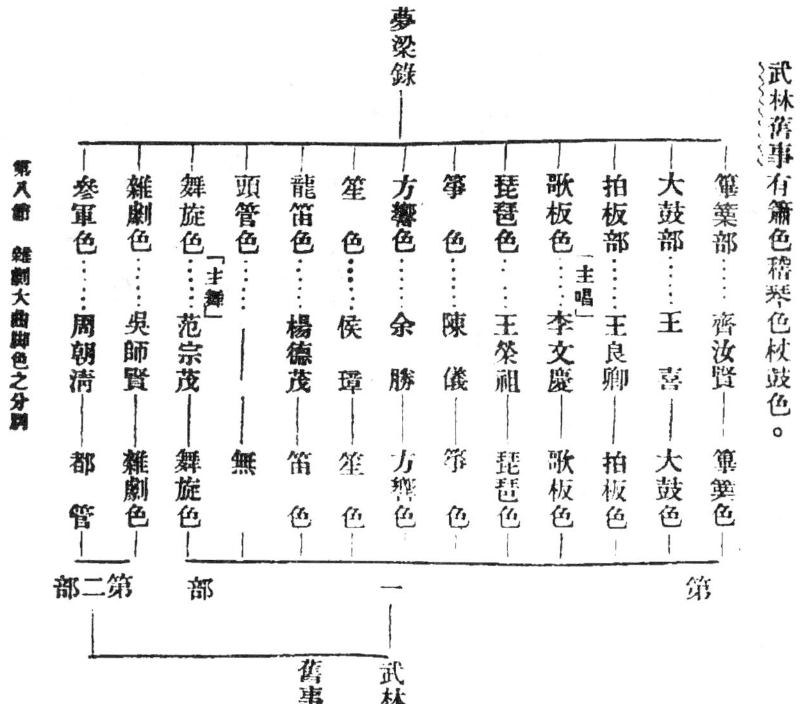

第八節　雜劇大曲脚色之分別

155

(Conductos)

第一部爲大曲……歌舞的

第二部爲雜劇……表演的

雜劇與大曲之組織分別

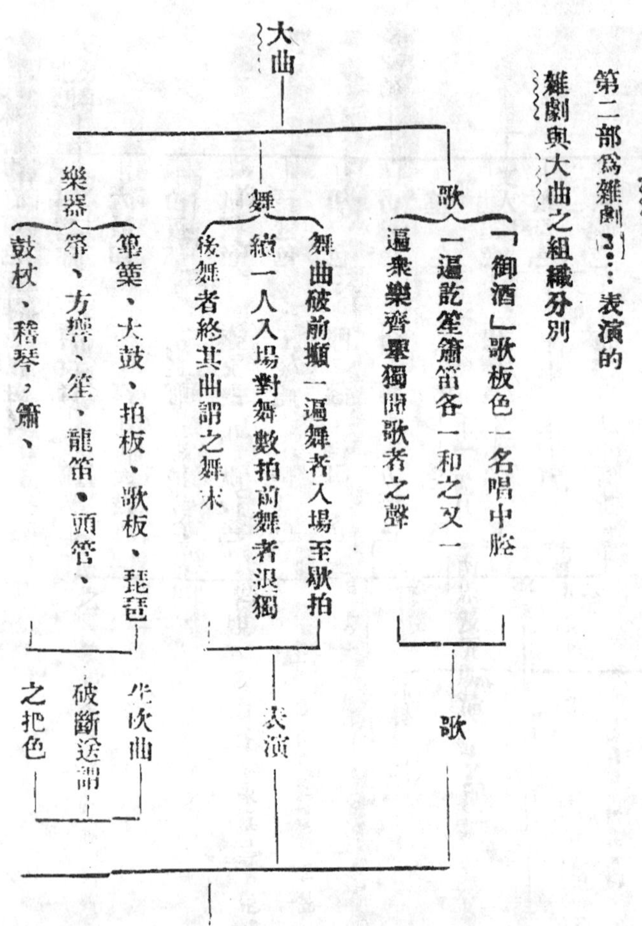

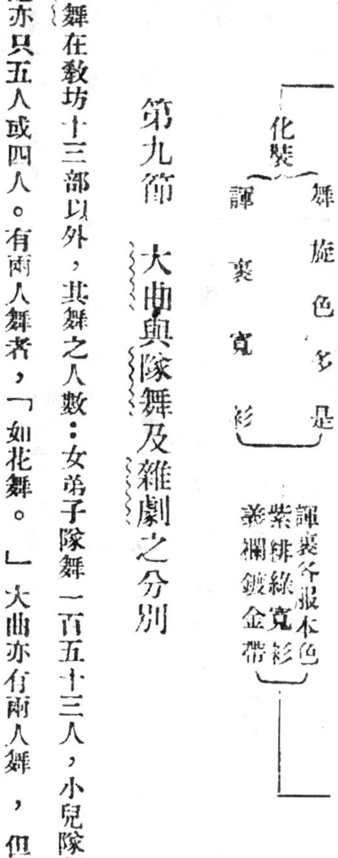

第九節　大曲與隊舞及雜劇之分別

隊舞在教坊十三部以外，其舞之人數：女弟子隊舞一百五十三人，小兒隊舞七十二人，然普通亦只五人或四人。有兩人舞者，「如花舞。」大曲亦有兩人舞，但非同時舞耳。

「兩人對舞只歎拍」

人數（年十二三）（二百）
- 第一行「隊頭一名」「四人簇擁」
- 第二行「隊頭一名」
- 第三行「隊頭一名」
- 第四行「隊頭一名」

服裝
- 小隱士帽
- 緋綠紫青生色花衫

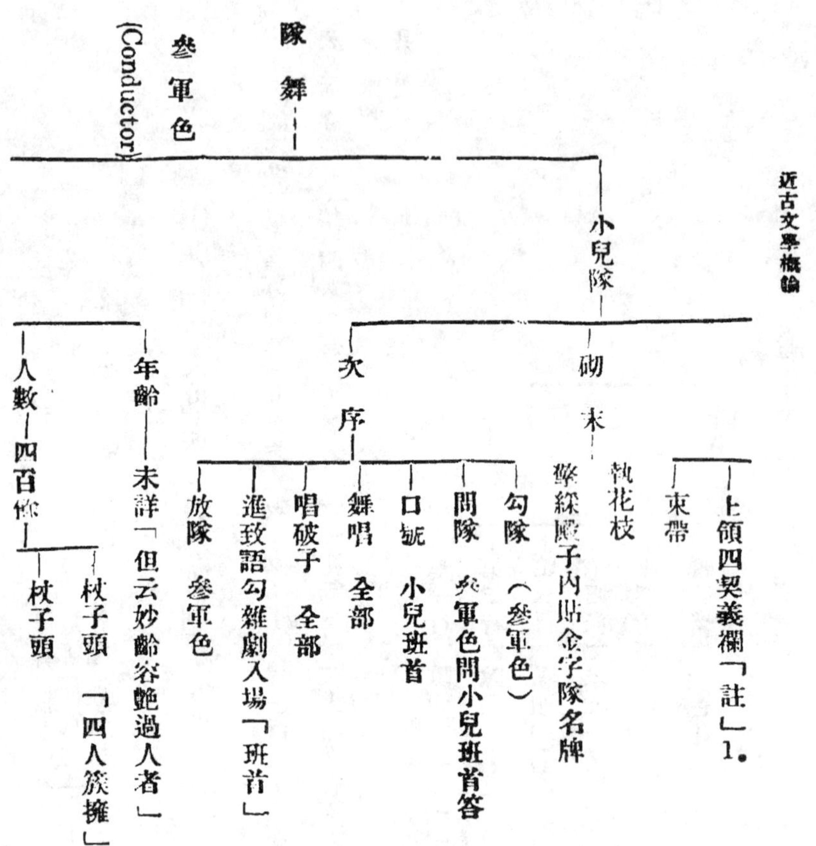
隊舞
參軍色
(Conductor)
小兒隊
砌末
上領四契義襴「註」1.
束帶
執花枝
簪綵殿子內貼金字隊名牌
次序
勾隊 (參軍色)
問隊 參軍色問小兒班首答
口號 小兒班首
舞唱 全部
唱破子 全部
進致語勾雜劇入場「班首」
放隊 參軍色
年齡
未詳「但云妙齡容艷過人者」
人數
四百餘
杖子頭 「四人簇擁」
杖子頭

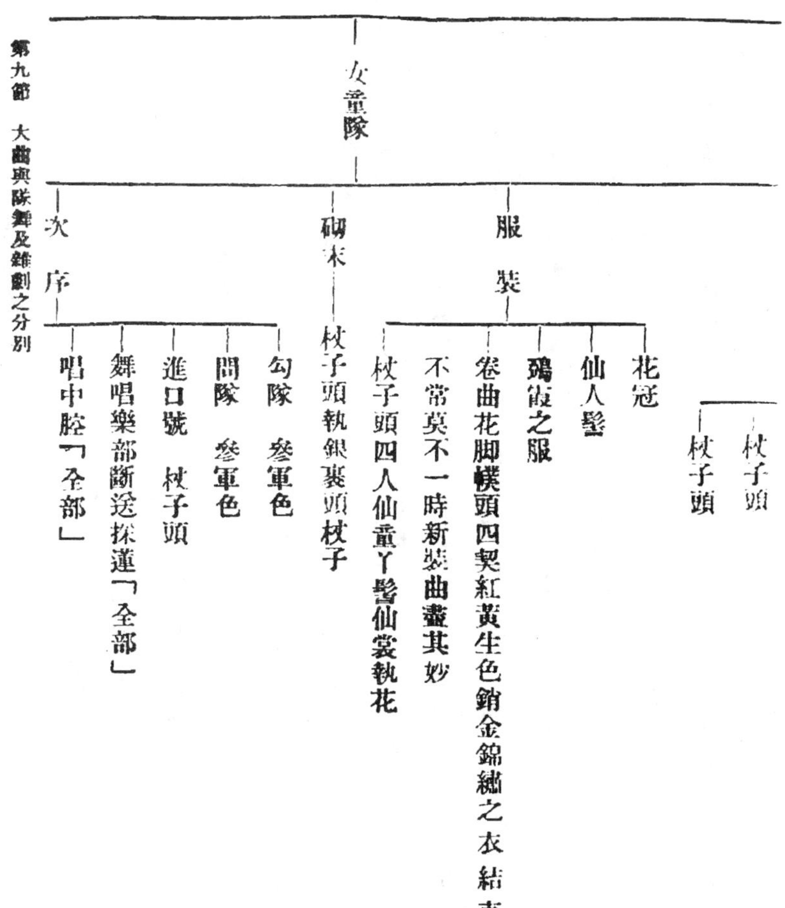
女童隊
服裝
花冠
仙人髻
鴉霞之服
卷曲花脚幞頭四契紅黃生色銷金錦繡之衣結束
不常莫不一時新裝曲盡其妙
杖子頭四人仙童丫髻仙裳執花
杖子頭
杖子頭
砌末
杖子頭執銀裹頭杖子
次序
勾隊　參軍色
問隊　參軍色
進口號　杖子頭
舞唱樂部斷送採蓮「全部」
唱中腔「全部」

┬進致語勾雜劇入場「女童」
├放隊「參軍色」
└歌舞出場「全部」

勾遣隊詞參看致語考

註（1.）歷史韓康公議改制人吏公裯信加襆俗所謂黃義襴是也。襆頭合帶牛耳者，優人多爲此服。

由右表觀之，則隊舞與大曲，隊舞與雜劇其分別如何？當不待辨而自明矣。則誤以隊舞爲大曲者，可謂大謬：如史浩之鄮峯眞隱錄是也。

于此當更注意者，則雜劇實附屬於隊舞之內，當隊舞歌舞已畢，或唱中腔，或唱破子，其附屬於小兒隊舞者，於唱破子後，由小兒班首勾雜劇入場，附屬於女童隊者唱中腔，後由女童勾雜劇入場，此見於東京夢華錄宰執親王宗室百官入內上壽者也。

「夢梁錄宰執親王南班百官入內上壽無之」

「蘇東坡坤成等節致語口號，勾雜劇詞，皆在女童隊或小兒隊遣隊詞之前。」

鄮峯眞隱漫錄所載大曲除采蓮舞（壽鄉詞）一曲，爲大曲外，其餘皆隊舞也。

第十節 大曲遍數

大曲現存者，惟董穎道宮薄媚今摘其特點於下：

（1.）以薄媚譜西施故事

（2.）首尾皆用薄媚一曲

（3.）其遍數不全，乃由排譜第八起至第七煞袞止。

由第一點可以推知宋代官本雜劇中，如請客薄媚，鄭生遇龍女薄媚等，皆以薄媚譜故事，乃大曲也。且足以證明武林舊事中之雜劇，大曲，實不少也。

由第二點可以推知大曲雖有遍數，名目繁多：有散序，有靸，有排遍，有攧，有正攧，有入破，有虛催，有實催，有袞遍，有歇指，有殺袞，其實皆用薄媚（六么等亦可知用六么一曲也）一曲。詳其所以分遍之故，乃係樂調之關係，樂調緩急高下，則各遍不同，而各曲亦異，如六么曲終則管急弦繁，故白樂天詩云：「管急弦繁拍漸稠，綠腰宛轉曲終頭。」而六么徹一遍，則音節伉爽，『徹即入破之末遍』故元微之琵琶歌云：「逡巡彈得六么徹，霜刀破竹無殘節。」唐楊巨源李暮吹笛記云：「獨孤生曰：此笛至入破必裂，及入破，笛果敗裂。」雖屬傳說，足見音調之高也。六么之散序，則輕攏慢撚，故元微之琵琶歌又云：「綠腰散序多攏撚。」至於霓裳之散序音節，亦甚緩慢，王灼所謂金石絲竹，次第發聲。霓裳初序亦復如此是也。元微之霓裳羽衣曲歌云：「散序六奏未動衣，陽臺宿雲慵不飛。」至中序則音節悲壯，元微之霓裳羽衣曲歌云：「中序擘騞初入拍，秋竹竿裂春冰坼。」至霓裳曲終音節漸緩。元微之霓裳羽衣曲歌又云：「繁音急節十二遍，跳珠撼玉何鏗錚，翔鸞舞了却收翅，唳鶴曲終長引聲。」而一切大曲入破一遍音節尤急，此可知大曲各遍音節緩急之大略矣。

由第三點觀之，則宋代官本雜劇中之大曲，其遍數皆無一定。乃視其故事之長短而定遍數之多少。然鮮有首尾備具，各遍皆塡者。王灼碧鷄漫志云：「涼州排遍，予曾見一本，有廿四段。後世就大曲製詞者，類從簡省。而管弦家又不肯從首至尾吹彈，甚者學不能盡，故董穎薄媚由排遍第八起至第七煞衮止，遍數不完，驟觀之疑爲殘缺。實則首尾完整：排遍第八叙作曲之大意：如南戲開場，以下卽係西施生平，至第七衮煞，叙西施死後徘徊遷弔之意。由此則鶯鶯六么王魁三鄉題之組織如何？可想見矣。

1. 遍數之比較研究

大曲遍數長短不一：有二十四段者：碧鷄漫志云：「涼州排遍，予曾見一本有二十四段；」有十一段者，即宣和初，普府守山東人王平自言得夷則商霓裳羽衣譜取陳鴻白樂天長恨歌傳並樂天寄元微之霓裳羽衣曲歌，又雜取唐人小詩長句及明皇太眞事，終以微之連昌宮詞補綴成曲，刻板流傳，曲十一段是也。今比較排列於下：

2. 唐大曲比較表

名稱	作者	內容	段數	第一		
				前五疊		
水調歌	東府詩集所載	邊塞曲	十一	第一（七言）	第二（七言）	第三（七言）
伊州歌	西涼節度蓋嘉運進	別怨	十	第一（七言）	第二（七言）	第三（五言）
陸州歌	樂府詩集所載	宮怨	七	第一（五言）	第二（五言）	第三（五言）
大和	樂府詩集	頌詞	五	第一	第二	第三
涼州歌	樂府詩集	別怨	五	第一	第二	第三
霓裳	碧雞漫志所論		十二	散序 無舞	（共六遍）	中序 有舞
水調 新水調全	唐音癸籤所論		十一	前五疊爲歌其歌第五疊五言一調最爲怨切故樂天詩云五言一疊最殷懃調少情多似有因不會當時翻曲意此聲腸斷爲何人		

段					
為	第四（七言）	第四（五言）	排遍一至四	第四	排遍
	即拍序疊遍 排遍				
歌	第五（五言）	第五（五言）	五（言四言）一至三為	第五徵	第二

第二段			
後	入破第一（七言）	入破第一（七言）	疊遍
六	第二（七言）	第二（七言）	
疊	第三（七言）	第三（七言）	
為	第四（十言）	第四（十言）	
入	第五（七言）	第五（七言）	
破	第六徵（五言）	無	

凡六遍有舞。元微之羽衣歌註云：中序始有拍「有拍始舞」而筆談云疊遍始有拍而舞。長慶集云：散序六遍，中序以下十二遍，其十八遍。白有道人商調裳霓十八闋。

後　六　疊　為　入　破

附記
第五疊聲最爲悽切
七言五言皆指絕句

3. 宋大曲遍數比較表

名稱	作者	內容	段數	遍數
道宮薄媚	董穎作	西子詞	十段	
夷則商霓裳羽衣曲	王平	太眞故事	十一段	
碧鷄漫志論遍數			十一段	散序靸
碧鷄漫志又云				
采蓮壽鄉詞		仙鄉	八遍	
水調歌頭	曾布	馮燕故事	七遍	排遍第一第一第二

第一段

附錄

依王國維氏大考曲分之							
第二段		排遍第八 排遍第九	第四遍 第五遍 第六遍	排遍		延徧	第三第四 第五第六 帶花徧
		第一攧	正攧 王氏云攧亦謂之摘遍	正攧攧		攧遍	排遍第七 攧花十八
第三段	入破	入破第一	入破	入破		入破	
		第二虛催	虛催	虛催			
		第三袞編	袞 張炎謂之前袞			袞徧	
		第四催拍	實催	實催		實催	
		第五袞編	袞 張炎謂之後袞	袞徧	袞拍	袞	
		第六歇拍	歇拍	歇拍	遍歇	歇拍	
		第七煞袞	殺袞	殺袞		殺袞	
		王氏云自虛催以至殺袞皆爲入破	張炎詞源云降黃龍前袞中袞六字一拍要停聲待拍取氣輕巧	詞源云煞袞三字一拍蓋其曲將終也			

由右表觀之，則入破以後，大致相同；入破以前，則攧可伸爲遍，與正攧兩遍。而最富於伸縮性者，厥爲排遍。可由第一至第九，故有廿四之涼州大遍也。又董穎薄媚以虛催至殺袞，隸屬於入破之下，故曰入破第一，第二，虛催也，或因入破至殺袞爲曲中最精彩之部分，故概以入破統之。故云入破舞腰紅亂旋也。唐水調後六叠爲入破，可證。

第十一節　大曲之文章

大曲之文章，現在已稀，其完整者，唯董穎道宮薄媚大曲，及採蓮大曲，曾布馮燕歌大曲三種而已。此三曲皆出於文人之手，故文詞艱晦，殊乏精采，想葛守誠所撰之大曲，必較爲淺近明白，然已無可考矣。今但列此三曲全文於下：

一、董穎道宮薄媚大曲詠西施事

二、採蓮大曲　獻壽詞

三、曾布馮燕大曲　馮燕傳乃唐沈亞之所撰。曾布取以爲大曲。

薄媚　西子詞　　董穎

排遍第八

怒潮卷雪，巍岫布雲，越襟吳帶如斯。有客經游，月伴風隨。値盛世觀此江山美，合放懷：何事却興悲。不爲回頭舊各天涯，爲想前君事，越王嫁禍獻西施。吳即中深閤機扃，死有遺誓，勾踐必誅夷。吳未干戈出境，倉猝越兵投怒，夫差鼎沸鯨鯢。越遭勁敵，可憐無計脫重圍。歸路茫然，城郭邱墟。飄泊稽山裏，魂暗逐戰城飛。天日慘無輝。

排遍第九

自笑平生，英氣凌雲，凜然萬里宣威。那知此際，熊虎塗窮，來伴麋鹿卑棲。既甘臣妾，猶不許，何爲計。爭若都燔寶器，盡誅吾妻子，徑將死戰決雄雌。天意恐憐之。

偶聞太宰，正擅權貪賂，市恩私。因將寶玩獻誠，雖脫霜十石室囚縶，憂嗟又經時。恨不以巢燕自由歸。殘月朦朧，寒雨瀟瀟，有血都成淚。備嘗嶮厄，返邦畿。冤憤刻肝脾。

第十攧

種陳某謂吳兵正熾，越勇難施。破吳策，惟妖姬。有傾城妙麗，名稱一作字西子，歲方笄。算夫差惑此，須致顛危。范蠡惟行，珠貝爲香餌，苧蘿不釣釣深閨。吞餌果殊姿。

素肌纖弱，不勝羅綺，鸞鏡畔粉面淡勻，梨花一朵瓊壺裏，嫣然意態嬌春。寸眸剪水，斜鬟鬆翠，入無雙。宜名動君王，繡履容易，來登玉陛。

入破第一

窣湘裙，搖漢珮，步步香風起。斂雙蛾，論時事，蘭心巧會君意。殊珍異寶，猶自朝臣未與。妾何人被此隆恩，雖令効死，奉嚴旨，隱約龍姿忻悅。重把甘言說，辭俊雅，質娉婷，天教汝衆美兼備。聞吳重色，憑汝和親，應爲靖邊陲。將別金城，揮粉淚，靚妝洗。

第二　虛催

飛雲駛香車，故國難回睇。芳心漸搖，迤邐吳都繁麗。忠臣子胥，預知道爲邦祟，諫言先啓，願勿容其至。周亡褒姒，商傾妲己。

吳王却嫌胥逆耳，纔經眼便深恩愛，東風暗綻嬌蘂。綵鸞翻妬伊，得取次於飛共戲，金屋看承，他宮盡廢。

第三　袞徧

華宴夕，燈搖醉，粉菡萏，籠蟾桂。揚翠袖，含風舞，輕妙處，驚鴻態。分明是瑤台瓊榭，閬苑蓬壺景，盡移此地。花繞仙步，鶯隨管吹。

寶帳煖留春，百和馥郁融鴛被，銀漏永，楚雲濃，三竿日猶褪霞衣。宿醒輕腕嗅宮花，雙帶繫合同心時，波下比目，深憐到底，

第四　催拍

耳盈絲竹。眼遙珠翠。迷樂事，宮闈內、爭知漸國勢陵夷，奸臣獻佞，轉恣奢淫，天譴歲屢饑。從此萬姓離心解體。

越遣使陰窺虛實，蚤夜營邊備，兵未動，子胥存，雖堪伐尚畏忠義。斯人既戮，又且嚴兵卷士赴黃池。觀釁種蠡，方云可矣。

第五　衮徧

機有神征鼙，一鼓萬里。襟喉地、庭喋血，誅留守，憐屈服　，斂兵還危如此，當除禍本，重結人心，爭奈竟荒迷。戰骨方埋，靈旗又指。

勢連敗，柔荑攜，泣不忍，相抛棄。身在兮，心先死。宵奔兮，兵已前圍。謀窮計盡，唳鶴啼猿，聞處分外悲。丹穴縱近，誰容再歸。

第六　歇拍

哀誠屢吐，甬東分賜，垂暮日，置荒隅。心知愧、寶鍔紅委，鸞存鳳去。辜負恩憐情不似虞姬。尚望論功，榮還故里。

降令曰，吳亡赦汝、越與吳何異。吳正怨越，方疑從公論合去、妖類蛾眉，宛轉竟殞鮫綃，香骨委塵泥、渺渺姑蘇，荒蕪鹿戲、

第七 煞袞

王公子，青春更才美，風流慕連理，耶溪一日，悠悠回首凝思。雲鬟烟鬢，玉珮霞裾，依約露妍姿，送目驚喜，俄迂玉趾。

同仙騎洞府歸去，簾櫳窈窕戲魚水。正一點犀通，遽別恨何已。媚魄千載，教人屬意，況當時金殿裏。

鄮峯眞隱大曲卷一

採蓮 壽鄉詞

延徧

霞霄上有壽鄉廣袤無際東極滄海縹緲虛無蓬萊弱水風生屋浪鼓楫揚旌不許凡人得至甚曲逕試右望金樞外西母樓閣玉闕瑤池萬頃琉璃雙成倩巧方朔詼諧來往徜徉霓裳飄飄寶砌更希奇

攧徧

南鄰丹幄宮赤伏顯符記朱陵耀綺綉箕翼烱瑞光騰起每歲秋分老人見表皇家襲慶迎祺天子當膺無疆萬歲北窺玄冥魁杓擁佳氣長拱極終古無移論南北東西相直何啻千萬里信難計

入破

璇穹層雲上覆光景如梭逝惟此過隙緩征轡垂象森列昭回碧落卓然躔度炳曜更騰輝永永清

光曄燎繞四野金碧爲地蘂珠館瓊玖室俱高峙千種奇葩松椿可比喑香幽馥歲歲長春陽烏何曾西

委

　　袞徧

　　徧此境人樂康挾難老術悟長生理盡阿僧祇刼赤松王令安期鼓鑄盛矣尙爲嬰鶴算龜齡絳老

休誇甲子鮐背耇黃髮垂髫更童顏長鼓腹同遊戲眞是華胥行有歌坐有樂獻笑都是神仙時見羣翁

啓齒

　　實催

　　露華霞液云漿椒醑忝玉斝金罍交酬成雅會拚沉醉中山千日未爲長久令此陶陶一飲動經萬

祀陳果蔬皆是奇異似瓜如斗盡備三千歲一熟珍味飣坐中瑩似玉爽口流涎三偷不枉西眞指議

　　袞

　　有珍饌時時饋滑甘豐賦紫芝熒煌嫩菊秀媚貯瑪瑙琥珀精器延年益壽莫擬人間烹飪徒費休

說龍肝鳳髓勁妙樂仙音鼎沸玉簫清瑤瑟美龍笛脆雜還飛鸞花裀上趁拍紅牙佾韻悠颺竟海變桑

田未止

　　歇拍

　　其間有洞天侶思游塵世珠幢搖曳華表眞人諸仙使者相從密議此老遨嬉我輩應須隨侍正舉

步忽思同類十八公方聳壑宜邀致夙契足言人爭闘納埸來鄞山甬水因此崇成四明里第

煞袞

吾皇喜光寵無貳玉帶金魚榮貴或者疑之豈識聖明曾主斯鄉皆相與儘繾綣膠漆何可相離今日風云合契此實天意吾皇聖壽無極享晏粲千載相逢我翁亦且熾永作昇平上瑞

水調歌頭

排遍第一

魏豪有馮燕年少客幽并擊球鬥鷄爲戲游俠久知名因避仇來東郡元戎逼屬中軍直氣凌貔虎須臾叱咤風雲凜凜座中生偶乘佳興輕裘錦帶東風躍馬往來尋訪幽勝游冶出東城堤上鶯花撩亂香車寶馬縱橫草軟平沙穩高樓兩岸春風笑語簾聲

排遍第二

袖籠鞭敲鐙無語獨閒行綠楊下人初靜烟淡夕陽明窈窕佳人獨立瑤階擲果潘郎瞥見紅顏橫波盼不勝嬌軟依雲屏曳紅裳頻推朱戶半開還掩似欲倚伊啞裏細訴深情因遣林間青鳥爲言彼此心期的的深相許竊香解珮綢繆相顧不勝情

排遍第三

說良人滑將張嬰從未嗜酒回家鎭長酩酊長酲屋上鳴鳩空門梁間客燕相驚誰與花爲主蘭房從此朝雲夕雨牽縈似游絲狂蕩隨風無定奈何歲華荏苒歡計苦難憑唯見新恩繾綣連枝幷葉香閨日日爲郎誰知松蘿託蔓一比一豪輕

排遍第四

一夕還醉開戶起相迎爲郎引裾相庇低首略潛形情深無隱欲郎乘間起佳兵授靑萍茫無撫弄不忍欺心爾負心于彼于我必無情熟視花鈿不足剛腸終不能平假手迎天意揮霜刃窗間粉頸斷瑤瓊

排遍第五

鳳凰釵寶玉凋零慘然悵嬌魂怨飲泣吞聲還被淩波喚起相將金谷同遊想見逢迎處揶揄羞面妝臉淚盈盈醉眼人醒來晨起血凝螓首但驚喧白隣里駭我卒難明致幽囚推究覆盆無計哀鳴丹筆終誣服圜門驅擁銜冤垂首欲臨刑

排遍第六帶花遍

向紅塵裏有喧呼攘背轉身辟衆莫遣人冤濫殺張室忍偷生僚吏驚呼呵叱狂辭不變如初投身屬吏慷慨吐丹誠彷彿縲絏自疑夢中聞者皆驚歎爲不平割愛無心泣對虞姬手戮傾城寵翻然起死

不赦仇怨負冤深

排遍第七攧花十八

義城元靖賢相國嘉慕英雄士賜金繒聞此事頻歎賞封章歸印請贖馮燕罪日邊紫泥封詔闔境赦深刑萬古三河風義在青簡上衆知名河東注任流水滔滔水涸名難泯至今樂府歌詠流入管弦聲

（王明清玉照新志）

第十二節　最初之大曲

大曲最初有聲無詞，故宋史樂志云：「宋初置教坊所奏十八調四十六曲，（王氏及友人劉堯氏均認爲大字之誤）謂之曰奏，則其有聲無詞可知，其後葛守誠始撰四十大曲詞。」

按王氏據夢粱錄云：「葛守誠撰四十大曲。」而耐得翁都城紀勝則云：「葛守誠撰四十大曲詞」。（多一詞字關係甚大。）

其詞爲何？今無可考。然最初之大曲，有聲無詞，似可斷定。

第十三節　大曲一變而爲詞

蓋新音樂初輸入時，例有聲無辭；後人取其調以塡詞。然小令尙可全塡，大曲則不能。王灼云：「後世就大曲製詞者，類從簡省。」宋人集中塡大曲之一遍者不少，如柳永樂章集中之六么令，晁無咎琴趣外篇之梁州令，宋詞中之伊州令，石州引。周密之大聖樂是也。此等皆由大曲摘出片斷之音調，流入詞中，遂爲詞之主體，所謂三千小令四十大曲者，實宋詞最大之淵源，則所謂詞一變而爲曲者，實夢囈之語，其實乃曲一變而爲詞，非詞一變而爲曲也。

曲變爲詞表（由大曲之一徧散而爲詞）

大曲	詞
梁州 碧鷄漫志云涼州排遍有二十四段者	梁州令小山詞　六一詞 梁州令疊韵　琴趣外篇
齊天樂	齊天樂清眞集
萬年歡	萬年歡琴趣外篇
劍器	劍器袁去華宣卿詞
大聖樂	大聖樂

大曲	詞調
伊州	伊州令 范仲允妻
石州	石州引 東山寓聲樂府
新水調	水調歌頭 曾布
採蓮	採蓮令 樂章集
胡渭州	醉吟商胡渭州 白石道人歌曲
泛清波	泛清波摘遍 小山詞
六么	夢行雲即六么花十八 吳文英 六么 樂章集
綵雲歸	綵雲歸 樂章集
長壽仙	長壽仙 趙子昂

第十四節　大曲一變而爲雜劇

小令與大曲之片段，流而爲詞；而整體之大曲，遂變爲宋之雜劇，其源流最爲明白。今先列宋四十大曲名目於下：

正宮調三曲 梁州 瀛府 齊天樂

中呂宮二曲 萬年歡 劍器

道調宮三曲 梁州 薄媚 大聖樂

南呂宮二曲 瀛府 薄媚

仙呂宮三曲 梁州 保金枝 延壽樂

黃鐘宮三曲 梁州 中和樂 劍器

越調二曲 伊州 石州

大石調二曲 清平樂 大明樂

雙調三曲 降聖樂 新水調 採蓮

小石調二曲 胡渭州 嘉慶樂

歇指調三曲 伊州 君臣相遇樂 慶雲樂

林鐘商三曲 賀皇恩 泛清波 胡渭州

中呂調二曲 綠腰 道人歡

南呂調二曲 綠腰 罷金鉦

仙呂調二曲 綵腰 彩雲歸

黃鐘羽一曲 千春樂

般涉調二曲 長壽仙 滿宮花

正平調無大曲小曲無定數

王靜菴先生云：「齊東野語，謂樂府混成集所載大曲，至百餘解，則宋之大曲固不止此，宋代大曲其多如此，則僅有聲調不足以饜吾人之欲，必於聲調之外，譜之以詞，而譜詞最多者，厥爲葛守誠。葛詞今已不傳，其內容不知如何？更進一步，不僅以大曲填詞爲足，更取大曲中之某一調以譜一人或一種之故事，此卽宋代譜故事之大曲：如董穎薄媚及曾布水調及壽鄉詞等是也。由有故事之大曲，更進而爲宋代雜劇，而宋代雜劇又分爲二：一爲歌舞劇，以歌舞爲主；（卽以音調命名者）一爲滑稽劇，以言語及表演爲主。（卽雜劇中之以脚色命名也。）

滑稽劇導源於唐之滑稽劇，而歌舞劇則導源於有故事之大曲，後卽爲金之院本，其淵源系統至爲明白。至有故事之大曲，與宋雜劇中之歌舞劇之分別如何？當別論之。今但列大曲變爲雜劇院本之痕跡於下：

大曲變爲雜劇院本表

大曲	宋雜劇	金院本
梁州	食店梁州（以大曲之梁州演食店故事）	
瀛府	賭錢望瀛府（以大曲之瀛府演賭錢故事）	列良瀛府
萬年歡	喝貼萬年歡	賀貼萬年歡
劍器	霸王劍器（以劍器譜霸王故事）	
薄媚（董穎道宮薄媚）	鄭生遇龍女薄媚	
延壽樂	義養娘延壽樂	播綵延壽樂
伊州	裴少俊伊州	酒樓伊州
石州	和尚那石州	
大明樂	三爺老大明樂	
采蓮（採蓮詞八遍寫神仙境界）	雙哮采蓮	
胡渭州	看燈胡渭州	
泛清波	能知他泛清波	

六么	雙攔哮六么	
道人歡	大打調道人歡	揆宣道人歡
罷金鉦	牛五郎罷金鉦	
彩雲歸	夢巫山彩雲歸	
長壽仙	打勘長壽仙	抹麵長壽仙
孤奪旦六么	（六么爲曲孤奪旦爲脚色）	

由上表觀之，則宋代歌舞雜劇之淵源，於大曲至爲明白。然歌舞雜劇承先啓後，一面使大曲之內容與組織更進複雜，一面使歌曲與脚色混合演之，遂開元代北曲燦爛之花。則宋代歌舞雜劇在中國戲曲史上，實爲最重要之關鍵。在宋代雜劇以前，中國戲劇有歌曲，卽無表演；有表演卽無歌曲，異常單純。宋以後漸漸混合，於是戲劇內容，亦漸趨複雜，其功實不小也。

希臘最初之戲曲歌隊與伶人，亦係各自獨立：伶人的說話在台上，歌唱隊則留於台下的平地上。當伶人多用對話而不常用動作；歌唱隊在舞台下面空地上，當伶人說話時，他們靜寂寂的不言不動，當他們的時間到了，他們的全體便唱着歌跳舞着。（文學大綱希臘與羅

馬）

蓋唐代大曲爲歌舞曲。「王靜菴稱爲獨奏之大曲」而唐代雜劇爲表演說白劇。「王靜菴稱爲無曲之雜劇。」然南宋以後，大曲與雜劇混合，此爲表演與歌舞化合之始。「王氏云南宋以後，大曲與雜劇已合爲一。」一劇之中有曲文，有脚色，有歌，有表演，不似獨奏之大曲與無曲之雜劇，性質異常單純也。

蓋宋雜劇中以音調命名者，如鶯鶯六么列女降黃龍等，皆有音調，而無脚色，而以脚色命名者，如大暮故孤老遣妲等，則僅有脚色而無音調：是宋雜劇中歌舞表演仍係分離。王氏雖謂大曲雜劇南宋已合爲一；亦語焉而不詳。幸武林舊事中所載官本雜劇尙有三曲可爲孤證，亦云幸矣。

孤奪旦六么　　六么爲曲孤旦爲脚色

雙旦降黃龍　　降黃龍爲曲旦爲脚色

偌賣旦長壽仙　　長壽仙爲曲旦爲脚色

右列三曲，始將音調脚色融合爲一，於是歌唱與表演，曲文與說白，始行結婚，方產生聰明活潑之佳兒——元曲。則南宋雜劇之功，可謂大矣！今列其進化系統於下：

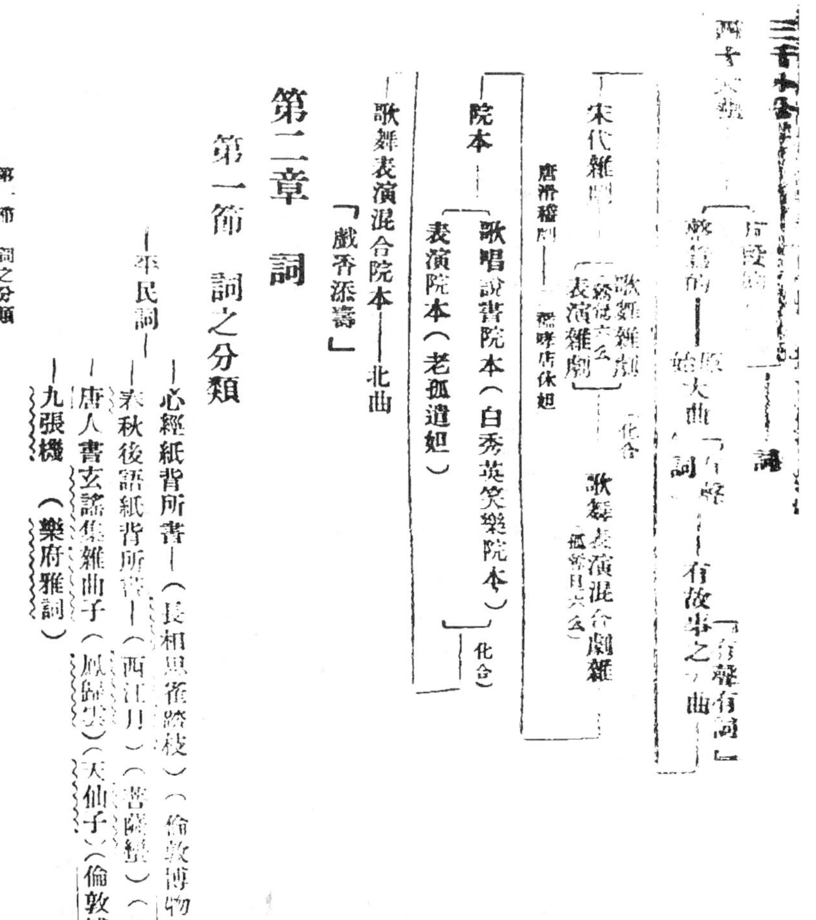

兩宋大曲——有陸的——諢

——敘事的——始於大曲詞「有聲」——有故事之曲「有聲有詞」

宋代雜劇——歌舞雜劇（務旦六么）——表演雜劇——化合——歌舞表演混合劇雜（孤奪旦六么）

唐滑稽劇——（瑞暁唐休妲）

院本——歌唱說書院本（白秀英笑樂院本）——表演院本（老孤遺妲）——化合

——歌舞表演混合院本——北曲「戲香添壽」

第二章　詞

第一節　詞之分類

平民詞——心經紙背所書——（長相思雀踏枝）（倫敦博物館）

——春秋後語紙背所書——（西江月）（菩薩蠻）（倫敦）

——唐人書玄謠集雜曲子（鳳歸雲）（天仙子）（倫敦博物館）

——九張機（樂府雅詞）

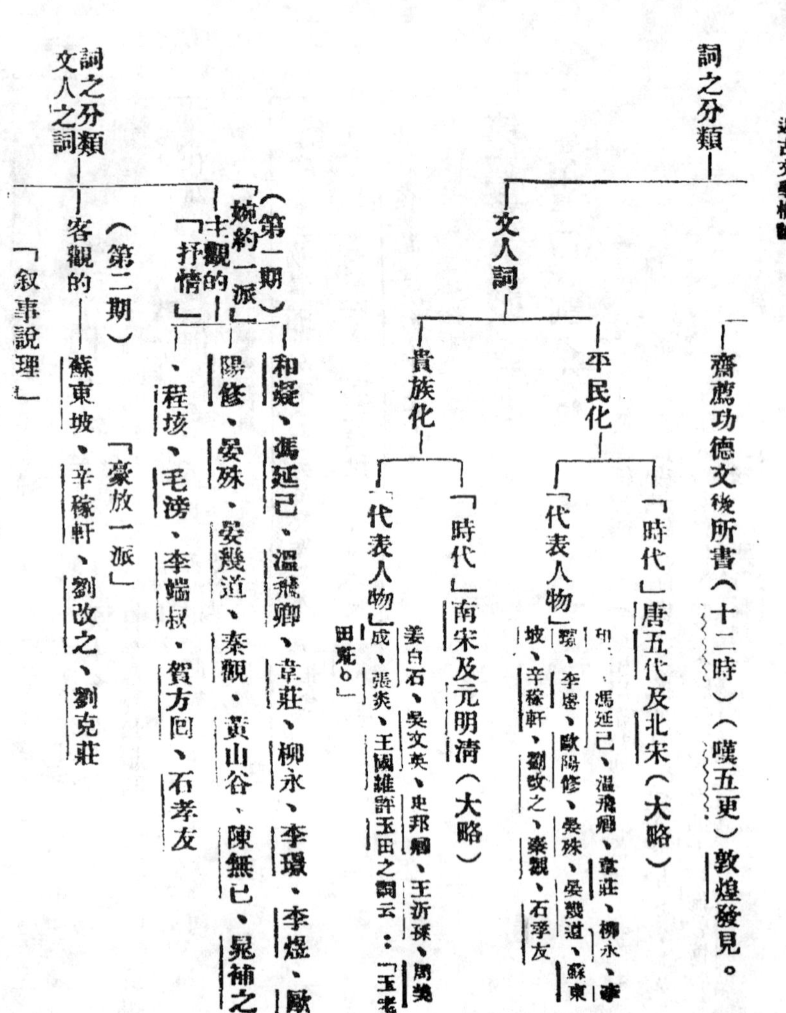

詞之分類——齋薦功德文後所書（十二時）（嘆五更）敦煌發見。

——文人詞

——平民化——「時代」唐五代及北宋（大略）

——「代表人物」和凝、馮延己、溫飛卿、韋莊、柳永、李璟、李煜、歐陽修、晏殊、晏幾道、蘇東坡、辛稼軒、劉改之、秦觀、石孝友

——貴族化——「時代」南宋及元明清（大略）

——「代表人物」姜白石、吳文英、史邦卿、王沂孫、周美成、張炎、王國維評玉田之詞云：「玉老田荒。」

詞之分類　文人之詞

——主觀的「抒情」——（第一期）「婉約一派」和凝、馮延己、溫飛卿、韋莊、柳永、李璟、李煜、歐陽修、晏殊、晏幾道、秦觀、黃山谷、陳無已、晁補之、程垓、毛滂、李端叔、賀方回、石孝友

——客觀的「叙事說理」——（第二期）「豪放一派」蘇東坡、辛稼軒、劉改之、劉克莊

宋詞研究引蕙廬師云：「詞中之有白石，猶文中之有昌黎也。」

（第三期）古典的「雕刻堆砌」
- 周美成、姜白石、
- 吳文英、史邦卿、王沂孫、康伯可、「應制之詞甚多」
- 高觀國、張炎、

第二節　七絕體民謠的起源

七言絕句亦起源於民間，以後文人模倣，遂放特殊之光彩。唐詩品彙云：「挾瑟歌，烏棲曲，怨歌行，七言絕句之祖。」鹽谷溫云：「烏棲曲屬樂府詩集中之西曲歌，西曲歌者，荆郢樊鄧間流行之歌，今湖北西部。」（支那文學概論原本一一八頁）

七言絕句不只是六朝時候的民間歌謠，並且是中國現在的民間歌謠；現在中國的山歌田歌，都是七言：比如雲南的民歌有一首是：

「阿郎住在碧鷄關，妹住昆陽海那邊，若是要得妹妹見，要等昆陽海水乾。」

「天上烏雲壘烏雲，寄封書子跑羅平；郎帶書信妹接着，床頭燒紙爲何因？」

難道這民歌也是受李白七絕的影響麼？足見七言四句的民歌，是中古期最流行的民謠體，一直到了現在還在民間活着。

六朝時候已經有七言四句的民謠在民間大大流行，所以唐代詩人才取來做新體詩，美其名曰七絕，據爲己有，以爲七絕是文人創造的，其實他們何嘗有創造新體詩的能力！

1。唐代的七絕體民歌

這一種七言體的歌謠，到了唐代更大大的流行。鹽谷溫又說：「七言絕句，唐代之新體詩也。專用之於弦歌，故以流調宛轉爲宗。」（支那文學概論原本一二三頁）

唐代的大曲爲水調、涼州、大和、伊州、陸州、六么都是五七言絕句。胡仔苕溪漁隱叢話曰：唐初歌曲多是五七言詩，以小秦王爲最早，卽七言絕句也。如清平調渭城曲，欸乃曲，竹枝，楊柳枝，浪淘沙，禾蓮子，八拍蠻，則其體同，其律不同。又如六州歌頭，伊州歌，梁州歌，渭州歌，甘州歌，氐州第一涼州歌，江南春，步虛詞，鳳歸雲白苧，離別難，金縷曲，水調歌亦七言絕句；又水調，涼州，伊州，大和，陸州，六么，甘州，醉公子一片子，婆羅門，胡渭州，石州，簇拍陸州，簇拍相府蓮，山鷓鴣，清平調，浣紗女，楊柳枝，拋球樂，太平樂，鳳歸雲，拜新月，金縷衣，踏歌行，舍利佛摩多樓子等；此外還有桃花行一斛珠，渭城陽關，九曲調，崧州歌，楊柳枝，竹枝等都是七絕。

2. 揚子江上游的民謠

胡適之先生的詞的起源上面有一段很重要，我們把他引在後面：

竹枝柳枝浪淘沙皆是七言絕句。竹枝是揚子江上流的民歌，劉禹錫記他在建平所見云：

里中兒聯歌竹枝吹短笛。擊鼓以赴節。歌者揚袂睢舞，以曲多為賢。聆其音中黃鐘之羽，卒章激訐如吳聲。雖傖儜不可分，而含思宛轉有淇澳之豔。

民間的的竹枝，今有兩首，誤收在劉禹錫的集子裏；我們抄一首為例：

楊柳青青江水平，
聞郎江上唱歌聲。
東邊日出西邊雨，
道是無晴還有晴。——晴字雙關八情八字

白居易劉禹錫極力摹做這種民歌，但終做不到這樣的天然優美。「見胡適之先生詞的起源」

3. 七絕體的民謠和外國樂曲

上面所列的樂曲，如陸州，伊州，涼州，渭州，甘州，氐州，石州，婆羅門，舍利佛，摩多樓子都是外國音樂，為什麼又都是七絕體呢？

因爲新音樂輸入只有樂譜，沒有樂詞，樂譜當然是有長短、但是當時民間歌謠竝流行的是七絕。所以樂譜是外國的新樂，而樂詞是中國民間流行的七絕。於是七絕的民歌和外國的新音樂，結合成了唐代有聲有詞的新樂章；所以伊州涼州摩多樓子…………都是七絕。

樂譜和樂詞少一樣都不行的。中國的舊音樂既已崩壞，不能不用外國新樂。在當時采用新樂，很遭一般人反對，寧王在便殿，聽了郭知運進的涼州後，就發一大篇腐論說：恐怕臣下有悖亂的事。

但是外國輸入的新樂，只是樂譜，至於樂詞，不能不另采一種恰當的東西。所以把中國的七絕體民歌去和外國的音樂，這是一件很麻煩的事。所以鹽谷溫說：「把樂曲和外國傳來的樂譜合奏，想費了不少的工夫。」把本國七絕體的民謠合外國新音樂合奏，是怎樣的情形，現在已無可考。但是從一斛珠和清平調的製作上還可以看得出一些來：

一斛珠是梅妃作的；明皇命樂工以新聲度其詩，叫做一斛珠曲。

清平調是李白作的；唐明皇命梨園弟子約略詞調，撫絲竹，促龜年以歌。」以上兩曲看來，可以知道七絕和新音樂是怎樣結合的了。

4. 外國樂譜之長短

外國樂譜本有長短。比如大曲就很長，小令就很短。所以大曲要聯合若干首七絕纔成全章；但是破開大曲，取其中的一遍，也可以歌，例如涼州徹伊州遍霓裳中序。……

當時新音樂既然無詞，要把中國詩拿去結合，何以不用七律呢？何以不用古體詩呢？何以不用樂府體呢？爲什麽專要用七絕呢？

由此可以證明七絕是民間的產物，不是文人的詩，是當時還在生存着的民謠，是有生命的歌曲，方才能夠和有生命的外國音樂結合，至於已經死了的樂府古體和文人的律詩，是全不合格的！

5. 七絕體的歌謠怎樣變成長短句

新音樂初入中國有譜無詞，當時又沒有長短句，只有用民間的七絕體歌謠去和歌。但樂譜是不整齊的，並且是很長的，中間有聲無字的地方很多，在有聲無字的地方，就加上泛聲。後來連泛聲也算做字，按譜塡詞，就變成長短句，於是詞的長短才大致和樂譜相當。不過樂工歌唱，時時都有伸縮。泛聲之外，又加泛聲，所以同一詞調，會有三四體，字數的多少，就不相同。

唐音癸籤「卷十五」說，唐初歌曲多用五七言絕句，律詩亦間有采者。想亦有賸字賸句於其間，方成腔調。其後卽以所塡者爲實字，塡入曲中歌之，不復別用和聲。（滕叟）

朱子云：古府樂只是詩，中間却添許多泛聲，後來人怕失了那泛聲，逐一聲添個實字，今曲子便是。

用七絕體歌謠去做新音樂的樂詞，長短很不適合。所以不能不變爲長短句，那麽詞的產生是由於新音樂和七絕體歌謠結合的成績，並不是詩一變而爲詞，也不是文人創造出來的新體詩。

胡適之先生詞的起源說：

「長短句之興，自然是同音樂有密切關係的。

唐人的歌詞雖多是整齊的律絕，然而樂調却是不必整齊的，却可以自由伸縮。

換句話說？就是：樂調無論怎樣自由變化，歌調還是整齊的律絕，作歌的人儘可不管調子的新花樣，儘可守定歌詞的老格律。至於怎樣把整齊的歌詞譜入那自由變化的樂調，那是樂工伶人的事與詩人無關。這是最初的情形。

長短句之興，是由於歌詞與樂調的接近。

通音律的詩人，受了音樂的影響，覺得整齊的律絕體，不很適宜於樂歌，於是有長短句的嘗試。

這種嘗試，起先也許是遊戲的，無心的；後來功效漸著，方才有稍鄭重的，稍有意的嘗試。

調笑是遊戲的嘗試；劉白的憶江南是鄭重的嘗試。

這種嘗試的意義，是要依着曲拍試做長短句的歌詞；不要像從前那樣把整齊的歌詞，勉強譜入不整齊的調子。

這是長短句的起源。」

「適之先生承認歌曲有泛聲，但不主張泛聲塡實變爲長短句，所以又主張他的嘗試說，但是這一種嘗試仍然是平民的成績，文人不過模倣罷了！

6. 新音樂樂譜的影子

新音樂的樂譜現在無從考察，但是我們從浪淘沙一調，可以看見他的影子：

比如唐代的浪淘沙是一首七絕？

「鸚鵡州頭浪颭沙，青樓春望日將斜；啣泥燕子爭歸客，獨自狂夫不憶家。」（劉禹

錫）

「一泊沙來一泊去，一重浪滅一重生。相攪相淘無歇日，會交山海一時平。」（白居易）

到了五代時候，浪淘沙就變成長短句了。

「簾外雨潺潺，春意闌珊；羅衾不耐五更寒，夢裏不知身是客，一晌貪歡。獨自暮憑欄，無限江山；別時容易見時難；流水落花春去也——天上人間。」（李後主）

由五代的浪淘沙可想見新音樂中浪淘沙的樂譜是這樣長，唐代的浪淘沙仍是七絕，可以說五代的浪淘沙是唐代浪淘沙樂譜的影子。

鹽谷溫說：「唐代胡樂輸入中國，其樂章皆係五七絕句，若嫌其太短 則連數首以歌之。故梨園則用大曲，酒席則唱小令，其歌詞則爲絕句。絕句者，實唐代之樂章也。……李太白清平調則爲七絕三首……水調歌頭十一遍，伊州歌十遍，陸州歌七遍，每一遍皆用七言五言絕句。漁隱叢話云：蔡寬夫詩話云，大抵唐人歌曲本不隨聲爲長短句，多是五言七言詩歌者，取其辭與和聲相疊成音耳。予家有古涼州伊州詞與今遍數悉同，而皆絕句也。（支那文學概論一四三頁）

又如陽關三疊在北曲中爲長短句，而其本來則仍爲七言絕句。由七言絕句變爲長短句，乃因歌者重複其詞，，而又加以和聲散聲，（蔡寬夫詩話）今引北曲陽關三疊于下，可以知變化之由來矣。

北曲大石調陽關三疊

渭城朝雨浥輕塵，（韻）更灑遍客舍青青，（韻）弄柔凝千縷。（句）更灑遍客舍青青，（韻）弄柔凝翠色。（句）更灑遍客舍青青，（韻）弄柔凝柳色新，（韻）休煩惱。（句）勸君更進一杯酒！（句）人生會少，（句）富貴功名有定分。（句）休煩惱。（句）勸君更進一杯酒！（句）舊遊如夢，（句）只恐怕西出陽關眼前無故人，（韻）休煩惱。（句）勸君更進一杯酒！（句）只恐怕西出陽關眼前無故人。（韻）

文人模做絕句之流行

七絕體的民歌，既然早已流行，文人看了眼熱，也取來做新體詩。所以唐代詩人絕句，可被管絃，一時民間極爲流行。碧鷄漫誌云：「竹枝、浪淘沙、楊柳枝，乃詩中絕句，而定爲歌曲。故李太白清平調詞三章皆絕句，元白諸詩亦爲知音者協律作歌、白樂天守杭元微之贈云：休遺玲瓏唱我詩。自註云：樂人高玲瓏能歌，歌予數十詩。樂天亦戲贈諸妓云：席上爭飛使君酒，歌中多唱舍人詩。又，聞歌妓唱前郡守嚴郎中詩云：已留舊政布中和，又付新詩與艷歌。元微之見人詠韓舍人新得詩戲贈云：輕新便伎唱，凝妙入僧禪。沈亞之送人序云：故友李賀善樂府古詞，……惜乎其中亦不借聲歌弦唱，然唐史稱李賀樂府數十篇，雲韶諸工皆合之弦筦，又稱李益詩名與賀相埒，與一篇成，樂工爭以賂求取之，被聲歌，供奉天子；又稱元微之詩往往播樂府；舊史亦稱武元衡工五言詩，好事者傳之，往往被于筦弦；又舊說開元中詩人王昌齡高適王渙之詣旗亭飲，梨園伶官亦招妓聚燕，三人私約曰：「我輩擅詩名，未定甲乙，試觀諸伶謳詩，分優劣。」一伶唱昌齡二絕句。寒雨連江度入吳，及奉帚平明金殿開。一伶唱適絕句云：開篋淚沾臆，是君前日書；夜台何寂寞，猶是子雲居。渙之曰：佳妓所唱，若非我詩，終身不敢與子爭衡，不然，子等列拜床下。須臾妓唱：黃河遠上白雲間。……渙之輒揄二子曰：「田舍奴，我豈妄哉！」以此知李唐伶伎取當時名士詩句入歌曲，蓋常俗也。朱謙之先生音樂文字小史說：「現在講國語文學的，都知有貴族文學平民文學了，普通的論潮，大概用文言寫下來的是貴族文學，用白話寫下來的是平民文學，這種分別原一點也沒有錯；不過到了今年四月有一部徐嘉瑞先生著的中古文學概論出版，他對於貴族文學平民文學的區分除了用前面的幾個區分法外，更注意到音樂方面。這實在是他獨特的見解，不過他仍是不免有皮相之見。如講到唐代文學就以李白杜甫等都是知識階級，曾受過書本教育，不是純粹的平民文學，這種說法當然是錯了的。因他已經忘記李白杜甫的詩是白話做的了，已經忘記這種白話文學，在當時是可歌唱的了。」（朱先生在長沙平民大學講演。）

假如朱先生見了這一篇文字「七絕體民謠起源」一定贊成我的主張了。

朱先生又說：「盛唐時代的詩人，都是和音樂有密切的關係。近人徐嘉瑞先生沒有看到這層，遂說唐代詩人作品雖然可以被之管弦，但是同音樂只是偶然的關係。他的證據也是碧雞漫志。唐中葉雖有古樂府，而播在聲律則少矣，士大夫作者不過以詩一體自名耳。其實這話更可證明古樂府到唐中絕。唐代歌唱的都是詩，而不是古樂府了。我的意思唐代是新舊音樂交換接續的時代，一方面結束樂府律，一方面開闢詞曲體，唯唐代本身也自有一種能代表時代的音樂文學，就是絕句了。」

朱先生這一段話我是很承認的。

第三節　民衆之詞與文人之詞

胡雲翼宋詞研究云：「分宋詞為平民文學與貴族文學兩種說法：一種是拿作者來分，一種是拿作品來分。」

余向主張中國文學皆有民衆作品與文人作品，又主張文人作品常受民衆作品之影響，而第一難關卽詞是也。蓋宋人之詞已淺易明白，人人能解，當然係民間文學；然宋詞作者多爲顯宦，此何說也？不知宋人之詞雖淺易流暢，然仍爲文人之詞，受民衆之詞之影響。非蘇辛秦柳之詞，卽民衆之詞也，與所謂民衆之詞，不唯無其詞，且亦無人疑有此事。但王國維氏人間詞話云：「詞至李後主眼界始大，遂變伶工之詞，而爲士大夫之詞。」蓋民衆之詞早爲文人所掩，亦如漢魏樂府，如無人蒐集，早已爲曹植輩擬古樂府所掩，不唯無人知其辭，且亦無人疑有此事矣。（胡雲翼宋詞研究云：在實際上平民文學已經不能在宋詞裏面有成立派的可能）故余以爲宋人之詞，皆士大夫擬民間之詞而作，與擬古樂府相同，除蘇辛秦柳文人之詞而外，必有更淺俗鄙俚之民衆之詞之存在也。

如此空想，苦無證實；及敦煌祕籍發見以後，此重疑案大明。今錄敦煌零拾所載小曲於后：（出敦煌今藏倫敦博物館）

1. 長相思

侶客在江西，富貴世間稀，終日紅樓上，□□舞著棋，　頻頻滿酌醉如泥，輕輕更換金屈，盡日貪歡逐業；此是富不歸。

2. 雀踏枝

叵耐靈鵲多滿語，送喜何曾有憑據？幾度飛來活捉取，鎖上金籠休共語。比擬好心來送喜，誰知鎖我上金籠，欲他征夫早歸來，騰身却放我向青雲裏？

獨坐更深人寂寞，分離路遠關山隔；寒雁飛來無消息，口口牽斷心腸憶，仰告三光垂淚滴。口口耶孃甚處傳書覓，自嘆夙緣作他邦客，辜負尊親虛勞力。

羅振玉記云：長相思雀踏枝寫心經紙背，譌字甚多。

右列長相思雀踏枝，不唯句之長短與今不同，而其詞之鄙俚，與文人之詞亦大相懸絕。如「盡日貪歡逐業，此是富不歸」。「却放我向青雲裏」。「耶孃甚處傳書覓」，與今日彈詞小曲無異。而以柳永最淺俗之詞，如「願奶奶蕙性蘭心」者比之，尚覺雅俗迥別。至于吳夢窗輩，更無論矣。足見真正之民衆之詞，其體裁風格，別爲一體；而文人之詞，早已爲文人改變，面目失真，所謂上不似詩，下不似曲者，但可爲文人之詞說法；而真所謂民衆之詞，則上不似詩而下頗似曲也。此三種小曲，關係文學分類與文學進化，至爲重大，而唐人於無意中寫於心經紙背，透此消息，可謂奇矣！

又敦煌所出春秋後語卷，紙背有唐人詞三首，其二爲西江月，茲錄其一於左：

天上月，遙望似一團銀，夜久更闌。風漸緊，爲奴吹却月邊雲，照見負心人！

又有菩薩蠻一首云：

自從宇內光戈戟，狼煙處處熏天黑；早晚豎金鷄，休磨戰馬蹄。森森三江水，半是離人淚！老尚逐今財，問龍門，何日開？

又倫敦博物館藏唐人書寫玄謠集雜曲子共三十首，中有鳳歸雲二首。其一云：

征夫數歲，萍寄他邦，去便無消息。累換星霜，愁聽砧杵，疑塞雁行，孤眠鸞帳裏，枉勞魂夢夜夜飛颺！想君薄行，更不思量；誰爲傳書與妾表衷腸？倚牖無言垂血淚，暗祝三光：萬般無那處，一爐香盡，又更添香。

又有天仙子一首云：

燕語鶯啼三月半，煙蘸柳條金線亂；五陵原上有仙娥，攜歌扇，香爛漫！留住九華雲一片。犀玉滿頭花滿面，負妾一雙偷淚眼，淚珠若得似眞珠，拈不散，知何限，串向紅絲，應百眞！

王國維先生云：此一首情詞宛轉深刻，不讓溫飛卿韋端己，當是文人之筆。其餘諸章，語頗質俚，殆皆當時歌唱脚本也。（敦煌發見唐朝之通俗詩及通俗小說）則是王先生已發現詞有平民之詞與文人之詞矣。

胡適之先生詞的起源說：

樂曲本已有了歌詞，但作於不通文藝的伶人倡女，其詞不佳，不能滿人意，於是文人給他另作新詞。使美調得美詞，而流行更久遠。

詞曲盛行之後，長短句的體裁漸漸得文人的公認，成爲一種新詩體。於是詩人常用這種長短句體作新詞，形式是詞，其實只是一種借用詞調的新體詩。

這種詞未必不可歌唱，但作者並不注重歌唱。

我疑心依曲拍作長短句的歌詞，這個風氣，是起於民間，起於樂工歌妓，文人是守舊的，他們仍舊作五七言詩。

而樂工歌妓，只要樂歌好唱好聽，遂有長短句之作。

劉禹錫白居易溫庭筠一班人都是和倡妓往來的，他們嫌倡家的歌詞不雅——如劉禹錫嫌民間的竹枝詞傖儜一樣——於是也依樣改作長短句的新詞。

歐陽炯序花間集云：

自南朝之宮體，扇北里之倡風，何止言之不文，所謂秀而不實。

這是文人不滿意於倡家的歌詞的明白表示。沈義父樂府指迷云：秦樓楚館所歌之詞，多是教坊樂工及市井做賺人所作。只緣音律不差，故多唱之。求其下語用字，全不可讀，甚至詠月却說雨，詠春却說涼；如花心動一詞人目之爲一年景。又一詞之中，顛倒重複；如曲游春云：「唸薄難藏淚過去，哭得渾無氣力」結又云：「滿袖啼紅」，如此甚多，乃大病也。

這雖是南宋的情事，然而我們可以因此推想唐五代時的倡家歌詞，也必有這種可笑的情景。

所以我們可以說，唐五代時的文人塡詞，大概是不滿意于倡家已有的長短句歌詞，依其曲拍，仿長短句的體裁，作爲新詞。

到了後來，文人能塡詞的漸漸多了，教坊倡家每得新調，也可逕就請文人塡詞。例如葉夢得避暑錄話說：

柳永爲舉子時，多游狹邪，善爲歌辭。教坊樂工每得新腔，必求永爲辭，始行於世。

由滴之先生這一段看來，更可以證明詞是平民的產物，而不是文人的創作了！

又當唐初時清樂已亡，舊樂亦漸次衰老，故其樂詞異常典雅。通曲云：「雅樂一曲，辭典而音雅，閱舊記，其辭信典。」凡一時代文學，其末期必甚典雅，典雅卽硬化與衰亡之徵兆。舊樂衰亡，新樂代之而生，故西涼龜茲樂輸入中國，以代雅樂清樂，此卽詞之起源也。而當時之詞皆民間流行之作品，其詞頗爲通俗，故當時亦名曲子。通典云：「自周隋以來。管弦雜曲，將數百曲，多用西涼樂；鼓舞曲多用龜茲樂；其曲度皆時俗所知也。（此語極爲重要）杜氏此語可稱孤證：「雖曲之一字不必指樂詞，然足見其流行之廣。」蓋當時之詞，既係民間流行之物，其詞鄙俚，且多爲倡伎歌唱，故和凝恥爲曲子相公，而大焚其流行民間之詞曲也。樂府紀聞曰：「和氏艷詞，每嫁名於韓偓」。由此可知當時之所謂詞者，決非黃柳蘇辛之詞而爲民間流行之詞，其體裁與文人所作者大異。上引燉煌石室之詞，可爲刼灰中之孤證；又由此可知詞之起源，乃由龜輸入之新樂譜所產生之新曲，與沈約白居易劉禹錫李白等之長短句，毫無關係。（卽有關係亦不過詞中之一部，乃支流，而非正幹也。）而詞之發生之主要原因，乃龜茲新樂之輸入，而非上代詩體之進化；乃民間之創作，而非文人（指白李劉等）之遺產也。

文人之詞不獨體製來自民間，而音調亦取之民間。故文人不得音樂家之互助，卽無從創造新詞。王灼碧鷄漫志云：「江南某氏者，解音律，時時度曲，周美成與有瓜葛，每得一解，卽爲製詞，故周集中多新聲。」

夢粱錄說：「敎坊大使孟角毬，曾做雜劇本子，葛守誠撰四十大曲，(郡城紀勝有調字)丁仙現捷才知音。」這是宋代的平民詞家，可惜他們的詞都已失傳，我們無從知道「平民詞」的眞正面目。但是柳永的詞，都是受他們的影響，所以劉潛夫說：「耆卿有敎坊丁大使意。」(避暑錄話師友談記皆稱丁爲長於滑稽劇）

以上所引西江月鳳歸雲等，雖極通俗，然尙多少浸染于詞之風格；此外尙有純粹爲曲子體，與今日民間流行之俗曲子相類似者：一爲唐代殘存之歎五更十二時，一爲宋代保留之九張機。

3. 嘆五更

一更初，自恨長養枉生軀。耶孃小來不敎授，如今爭識文與書。五更曉，作人已來都未了！東西南北被驅使，恰如盲人不見道！

4. 天下傳孝十二時

日出卯，情知耶孃漸覺老，子父恩深沒多時，遞戶相勸須行孝，入定亥，世間父子相憐愛，憐愛亦得沒多時，不保明朝阿誰在？

右俚曲皆得之敦煌故紙中，前爲齋薦功德文後有，時丁亥歲次天成二年七月十日，可知此等俚曲五季時已有之。「松翁記」。

5. 九張機

見宋曾慥所編之樂府雅詞，前有致語口號，皆極文雅，而其詞則甚通俗。其致語云：「醉留客者，樂府之舊名；九張機者，才子之新調。」可知九張機乃民間俚曲，而經文人采以塡詞者也。故其詞仍雅俗相半，若純粹民間之詞，想較此更鄙俚也。今錄數段于後：

一張機，織梭光景去如飛，蘭房夜永愁無寐，嘔嘔軋軋，織成春恨，留着待郎歸。

以上第一種第一段「凡九段皆以一張機二張機……起後附二段。」

輕絲象牀，玉手出新奇：千花萬草光凝碧，裁縫衣著，春天歌舞，飛蝶語黃鸝。

以上即後附二段之一，則以兩字起頭。

歌聲飛落畫梁塵，舞罷香風捲繡茵；更欲縷成機上恨，尊前忽有斷腸人！斂袂而歸，相將好去。

以上似即放隊詞也。

六張機，行行都是耍花兒。花間更有雙蝴蝶，停梭一晌閒，窗影裏，獨自看多時！

以上第二種第六段第二種但有九段無致語口號，及放隊語也。

九張機，雙花雙葉又雙枝；薄情自古多離別，從頭到底將心縈繫，穿過一條絲。

右第二種第九段詞極婉約。

由嘆五更與九張機觀之，則唐宋民間流行之詞——最原始之詞——「非文人的詞」其體格無如何可想像矣。

第四節 平民化之詞

五代以前。曲子大流行於民間，文人欣其新奇，采爲新體詩歌，此爲文人之詞，與平民之詞第一次之異姓結婚。故產生燦爛光輝之五代詞，及溫柔旖旎之五代詞人。所以一說到詞，就不能不推溯到唐和五代、唐和五代詞中，還保存着平民詞的兩種優點：

一、抒情的。

二、明快的。

(一) 抒情的

平民文學的第一期，都是抒情的詩歌，所以和凝作曲、就不免作艷體。一方面又被因襲的道德壓迫，才做出了許多怪狀。而花間集中所收的十之八九是抒情詩，這才是詞的正宗，這才是文學的正宗；所以詞的正宗應當以唐和五代的詞人爲代表。

溫廷筠　皇甫松　韋莊　薛昭蘊　牛嶠　張泌　毛文錫

牛希濟　歐陽炯　和凝　顧敻　孫光憲　魏承班　閻選

鹿虔扆　尹鶚　毛熙震　李珣　（以上花間集）

李白　張志和　元結　劉禹錫　李涉　王建　白居易

薛能　徐昌圖　劉燕哥　李中主璟　李後主　馮延已

（以上花間集補）

此外不在花間集中的，也可以類推了。「如尊前集」

陸游曰：「詩至晚唐五季，氣格卑陋，千篇一律。而長短句獨精巧高麗，後世莫及。」

王士禎亦云：「五季文運萎薾，他無可稱，獨所作小詞，濃豔穠秀。」備見於花間集中。

（馮煦祖云：「詞至五代，情至文生，諸體悉備。」）

（二）　明快的

五代文人之詞，還保存着平民詞的原始狀態：如

馮延己的長命女詞

春日宴，綠酒一杯歌一遍，再拜陳三願：一願郎君千歲，二願妾身長健，三願如同梁上燕，歲歲常相見！

這是無意中把平民詞的影像透露出幾分來。

無名氏的御街行

霜風漸緊寒侵袂，聽孤雁聲嘹唳：一聲聲送一聲悲，雲淡碧天如水。披衣告語，雁兒略住，聽我些兒心事：塔兒南畔城兒裏，第三箇橋兒外，瀕河西岸，小紅樓門外，梧桐雕砌。請教且與低聲飛過，那裏有人人無寐。

又如 伊用昌的

憶江南 （楚王馬殷時南岳道士）

江南鼓，梭肚兩頭欒，釘着不知侵骨髓，打來只是沒心肝，空腹被人謾。

都可以看出平民詞的風格。

第五節 詞之衰老

詞到了北宋，算是極盛；但是爬蟲類動物，到了身體龐大的時候，滅亡的兆頭，已經埋伏着了！所以北宋的詞，除了秦柳一派是抒情詞的正宗是極盛的詞外，蘇辛一派已經是和詩化合：用作詩的法去作詞。這一種議論的詞，已經是衰亡的第一期了。（天池道人南詞敘錄云：「晚唐五代填詞最高，宋人不及，何也，詞須淺近晚唐。」詩文最淺隣於詞調，故臻上品，宋人開口便學杜詩，格高氣粗，出語便自生硬，終是不合格。」

劉毓盤氏詞史說：「言詞者必曰：詞至北宋而大，至南宋而深固也：常州派言詞則崇主北宋，以爲北宋之詞與詩合，南宋之詞與詩分：北宋尤爭氣骨，南宋則專精聲律。是南宋詞雖益工以風尚而論則有黍離降而詩亡之歎矣。」常州派主北宋，以爲北宋之詞與詩合：這即是北宋詞的壞處；所以蘇辛一派是詞的硬化的第一期，到了南宋鏤金繪碧，去講那紙上的已死的聲律，已經是硬化的第二期了！

抒情詩是詩歌的正宗，抒情詞是詞的正宗。（參看音樂文學與女性讚美）在北宋時代，一般人都側重秦柳一派，而說蘇東坡以作詩的法作詞，王灼用道德的頭腦極力攻擊說：「今少年十有八九不學柳耆卿，則學曹元寵，妄譏東坡移詩律作長短句，雖可笑，亦無用笑也。」（碧雞漫志）鹽谷溫說：「南派柳耆卿周邦彥以婉約爲主，北派則蘇東坡辛稼軒以豪放爲主。然詞本爲歌曲，原於人情，以詞之婉麗，調之流暢爲上，當以南派之婉約爲正宗，至豪放之北派，寧爲詞之別格也。」（支那文學概論）

廚川白村說：「中世的歐州大學生則說酒和女人和歌，將這三種享樂合爲一而讚美之。在這三者之中，確有古往今來，始終使道學先生們顰蹙的共通性。」（苦悶的象徵）

由上說來，蘇東坡一派，實是別格，不算正宗；真正的詞當然要推秦柳了。蘇東坡的詞，不唯似詩，並且是散文化。所以四庫提要說：「詞至蘇軾而又一變，如詩家之有韓愈。」韓愈是用散文作詩，東坡是用詩作詞。

詩歌的第一期是抒情，第二期是敍事或議論，已經漸漸要滅亡了！北宋最初的詞都是祖述南唐，仍然是抒情一派。劉毓盤詞史說：「北宋之初，言詞者大都祖述南唐，晏殊首出得之最先。」又說：「幼子幾道，能世其學；毛晉論詞以晏氏父子追配李氏父子；歐陽修繼之，其詞亦出南唐而加以深致。」

蔡伯世云：「子瞻辭勝乎情，耆卿情勝乎詞；辭情相稱者，唯少游而已。」陳无已云：「子瞻爲詩以詞，如教坊雷大使之舞，雖極天下之工，要非本色。」

李易安云：「蘇子瞻小歌辭皆句讀不葺之詩，又往往不協音律者何耶？」

張綖云：「少游多婉約，子瞻多豪放，當以婉約爲主，作詞當以淸眞爲至，蓋淸眞最爲知音，且無一點市井氣。」沈伯時

前有淸眞，後有夢窗（尹惟曉）

鈎勒之妙，無如淸眞。（周介存）

美成長調尤善鋪敍，富艷精精。

美成頗偷古句。（劉潛夫）

邦彥本通音律，下字用韵，皆有法度。（提要）

詩話興而詩亡，詞話興而詞亡，曲話興而曲亡。

周邦彥姜白石以音律繩詞，而詞寢老，周姜之音樂，貴族之音樂，死亡之音樂，非具有活潑生命之民間音樂也。

第六節　詞調之來源

張炎詞源出，而詞硬化：其中講求字面，講求音律，講求雕琢，而詞之鐐銬具矣！

僉院本曲如：

梁州（雲韶部大曲所有）
三臺（舊曲）
滿庭芳
踏莎行——詞調
大聖樂（宋教坊所奏）
六么令
六么遍

喜遷鶯
河傳
點絳脣
糖多令
青玉案
木蘭花——金院本高平調
傾杯樂（因舊曲造新聲）
三臺

中原音韻所列正宮二十五章，中呂宮三十二章，仙呂宮四十二章。

甘草子
菩薩蠻（詞調）
滿庭芳
普天樂
朝天子

烏夜啼（舊曲）
八聲甘州（詞調）
祆神急（疑係波斯樂）
者刺古（譯音者）
阿納忽（元中原音韻雙調曲）

賣花聲　　　　　　　　也不羅（即野羅索）

穆護砂（楊愼詞品云）「與水調河傳皆隋開汴河時，人所製勞歌也。」今訛砂爲煞。

唐兀歹
阿忽令
元中原音韻雙調曲

詞調之來源與去路

詞調之來源，異常複雜，約可分爲兩種：

甲、旁系

一、由古代傳來者

三臺

烏夜啼

二、由清樂傳來者：

望瀛

法曲獻仙音

三、中國自製者：——

乙、主流

一、由外國輸入之新音樂，有地名可考者：

A. 龜茲

霓裳

B. 西涼

涼州 胡渭州 八聲甘州

C. 波斯

祆神急 穆護砂 楊慎詞品云：「與水調河傳皆隋開汴河，時人所製，今訛砂爲煞。」瑞按：此說甚謬，穆護砂乃波斯樂，想係隋代流入汴京大爲流行，故燕南芝菴先生唱論「南京宜唱生查子，彰德宜唱木斛砂，」又西溪叢語山谷題牧護歌後云：「向常問南方衲子，牧護是何種語，皆不能答及來黔中。」

詞調之去路，大約可分爲：

一、流入金院本者

木蘭花 青玉案 牧羊關 滿江紅 風吹荷葉 應天長 滿庭芳 踏莎行 一枝花

點絳脣月　河傳　四門子　柳葉黃
黃鶯兒　洞仙歌　感皇恩　御街行　月上海棠　定風波　水龍吟　青山口　虞美人　黃金台　脫布衫　柘枝令　沁園春　蘇幕遮　千秋節

二、流入元曲者：（元中原音韻所載）

八聲甘州　念奴嬌　菩薩蠻　六么遍（即柳梢青）　百字令　普天樂　風入松　搗練子　行香子　減字木蘭花　滿庭芳　剔銀燈　謁金門　賣花聲　六么令　太常引　喜遷鶯　一枝花　賀新郎　感皇恩　憶王孫　一半兒　後庭花　步步嬌　青玉案　伊州遍　集賢賓　秦樓月　紫花兒序　小桃紅　天淨紗　調笑令　綿答絮　凭欄人　南鄉子　糖多令　鬢頭花

第七節　慢詞

1. 慢詞的起原

宋翔鳳說：「余謂慢詞當始於耆卿。」能改齋漫錄說：「詞自南唐以來，但有小令，慢詞起自仁宗朝，中原息兵，汴京繁庶，歌台舞席，競賭新聲。耆卿失意無俚，流連坊曲，遂盡收俚俗語言，編入詞中，以便使人傳習，一時動聽，散佈四方，其後東坡、少游、山谷輩，相繼有作，慢詞遂盛。」

能改齋漫錄的話很不實在，慢詞在唐代早已流行，不是起於仁宗朝的柳永。碧鷄漫志說：「唐中葉始漸有慢詞，凡大曲就本宮調，轉引，序，慢，近，令，如仙呂甘州有八聲慢是也。」詞苑叢談說：「後唐莊宗一百三十六字體的歌頭，是慢曲的起源。此外如鍾輻八十九字體的卜算子慢，也是唐人的慢詞。薛昭蘊離別難（八十七字）尹鶚的金浮圖（九十六字）是五代人的慢詞，說慢詞是柳永創的，實在不對。

我們要認清慢詞兩字，不是文詞，而是樂譜。比如八聲甘州慢是一種曲子的樂譜，這一種曲譜，比小令長些，所以最初的慢詞，是有聲無詞的譜，南宋的宮庭慢詞，還是有聲無詞。天基聖節所奏的慢曲，都是在樂工的嘴裏吹出來的，手上彈出來的，並不是柳永的筆製成的「慢詞」。

（二）慢詞之性質

天基聖節（正月五日）所奏的慢曲，有用笛的，有用笙的，有用觱篥的，但多半有聲無歌。（參看大曲）仍然是獨立的器樂，換句話說，即是一種較長的曲譜。

一切樂曲都是先有器樂，後有聲樂；先有樂譜，後有樂曲。所以慢曲本是器樂，但到後來也有人歌唱了。

慢曲是大曲中的一種。（碧鷄漫志）但他却多用在小唱方面，夢粱錄都城紀勝都叫他做小唱。都城紀勝說：「唱叫小唱，謂執板唱慢曲，曲破大率重起輕殺，故謂之淺斟低唱。」從字面上去望文生訓，那麼「慢」是和「急」相對，是緩歌慢舞的意思。所以宋史樂志鈞容直下說：——「其大曲曲破急慢諸曲與教坊頗同矣。」毛先舒云：「慢曲者，調長聲緩。楊愼謂五音相亂爲慢。極繆。」（塡詞名解）因爲曲譜較長，所以歌聲也長。——歌詞也長，變成後來的長調。

再進一步就有歌詞。因爲是就慢曲製詞，所以叫做慢詞。唐和五代都有人作過，不過柳永特別作得多些。

慢詞以聲爲主，依聲塡詞。柳永所作的慢詞，也是先有聲調，然後有詞。因爲他懂音律，可以隨意作調；新調一出，人人歡迎，劉毓盤詞史說：柳永所作方言市語，錯雜不倫，而當時播之，後世奉之，非取其辭也，取其聲耳！

柳永慢詞雖然很多，但也有相當的制約：

一、他不能超出舊譜獨創新聲。

二、他以外的慢曲還是不少。

一、慢曲是大曲中的一種，那末舊譜一定很多，他不過是採掇舊譜再作新聲。

二、他所作的慢詞，據樂章集所載數亦不多。

他所作的，不過是一般支流罷了！而慢曲的正流，好像大河長江，浩浩蕩蕩，不知還有多少。單是天基聖節所奏的慢曲，就有二十六曲：

上壽第一盞觱篥起聖壽齊天樂慢周潤：

第二盞笛起帝壽昌慢潘俊

第三盞笙起昇平樂慢侯璋

第四盞方響起萬方寧慢余勝

第五盞觱篥起永遇樂慢楊茂

第六盞笛起壽南山慢盧寧

第七盞笙起戀春光慢任榮祖

第八盞觱篥起賞仙花慢王榮顯

第九盞方響起碧牡丹慢彭先
第十盞笛起上苑春慢胡寧
第十一盞笙起慶壽樂慢侯璋
第十二盞觱篥起柳初新慢劉昌
初坐第二盞琵琶起捧瑤巵慢王榮祖
第三盞稽琴起花梢月慢李松
第五盞笛起降聖樂慢盧寧
第六盞方響起堯階樂慢劉民和
第七盞箏起出牆花慢吳宣
第八盞笙起託嬌鶯慢任榮祖
第九盞簫起纏金鐲慢傅昌寧
再坐第一盞觱篥起慶芳春慢楊茂
笛起延壽曲慢潘俊
第二盞稽琴起壽爐香慢李松

箏起月中仙慢侯端

笙起明月對花燈慢任榮祖

第三盞觱篥起慶簫韶慢王榮祖

第四盞方響起玉京春慢余勝

以上所列都是獨奏器樂。何以知道呢？因爲每一個慢曲担任演奏的只有一人，而演奏，所專任的，又只限一種樂器，所以知道他是獨奏。比如：

周潤　觱篥色　李松　嵇琴色

潘俊　笛色　王榮祖　琵琶色

侯璋　笙色　吳宣　箏色

余勝　方響色

總合慢曲之意義，列表於下：

起源——大曲

性質——小唱

時期——唐中葉已有詞其樂譜則與大曲同時又小[illegible]

慢曲
- 源流——繼承以後
- 本流——長調之主要部分
- 樂曲——獨奏曲
- 所用樂器
  - 管樂器 觱篥 笛笙
  - 弦樂器 琵琶 嵇琴箏
  - 擊樂器 方響
  - ——但用一種獨奏

由慢曲中所見之公例

一、可以證明大曲一變而為詞：

慢詞在詞中，占主要地位，但仍出於大曲。

二、可以證明一切音樂文學，皆先有聲，次有口歌之樂詞，後有筆寫之樂詞。

三、可以證明樂詞不純是由整齊句加聲變成的，而是由樂譜的長短變成的。

第八節　調笑轉踏

集句調笑

調笑 鄭彥能

調笑 晁無咎

以上均載曾慥樂府雅詞

調笑令「山谷詞」黃山谷

調笑令「淮海詞」秦少游

調笑令「東堂詞」毛滂

1. 調笑之組織

致語

口號

（前段）七絕二首，平韻一首，仄韻一首，

（後段）長短句一闋。

（前段）

（後段）

放隊

調笑最初爲致語，次爲口號，其次卽唱一故事，多爲贊美美人之詞，與敍美人之生平。如巫山桃源洛浦明妃是也。此種贊美之詞以前後二段組成。前段爲七言絕詩八句，「非古

非絕」四爲平韵，四爲仄韵；第二段爲長短句一闋。其第一句例以前段末尾二字爲起。如

珮玉鳴鸞罷歌舞，錦瑟年華誰與度；暮雨瀟瀟郎不歸，含情欲訴獨無處。（吳孃仄韵七絕）

無處難輕訴，錦瑟年華誰與度？黃昏更下瀟瀟雨，況是青春將暮，花雖無語鶯能語，來道：曾達郎否？（吳孃後段）

調笑令曲，不只譜一人一事，有譜至十一段者，今列於后：

調笑集句　八段

致語

口號

巫山——前段、後段

桃源——前段、後段

洛浦——前段、後段

明妃——前段、後段

班女—前段
　　　後段

文君—前段
　　　後段

吳孃—前段
　　　後段

琵琶—前段
　　　後段

（調笑中前段之七言詩，恐非口號。因口號無有與本詞反復迴環重複其語者，一也；前已有口號，而每段又有口號，似嫌重複，二也。故分爲二段名之曰前後段云。黃山谷調笑令小註云「艷詩。」）

放隊「七絕一首」

調笑轉踏　十一段　鄭僅　彥能

致語……無口號

第一羅敷故事—前段
　　　　　　　後段

但未標題故以次第……列之

第二莫愁故事—前段
　　　　　　　後段

第三文君故事—前段
　　　　　　　後段

第四桃源故事—前段
　　　　　　　後段

第五　馮子都故事——前段　後段

第六　吳孃故事——前段　後段

第七　蘇小故事——前段　後段

第八　陽關——前段　後段

第九　太眞故事——前段　後段

第十　采蓮——前段　後段

第十一　琵琶——前段　後段

放隊

調笑（七段）　晁無咎

致語

口號　無

西子　前段　後段

宋玉 前段 後段

大隄 前段 後段

解珮 前段 後段

回紋 前段 後段

唐兒 前段 後段

春草 前段 後段

2. 調笑之特點及其文章

調笑以歌詠美人故事爲主題，反覆詠嘆，詞不厭複，故其前段之詩，恆與後段之詞有相重複至三四句者，所謂引子後，只有兩腔迎互循環是也。因其反覆陳詞，重言詠嘆，在抒情詩中極委婉曲折之致；其文章異常優美，今錄數段於後：

明妃初出漢宮時，青春繡服正相宜；無端又被東風誤，故著尋常淡薄衣。上馬即知無返日，寒山一帶傷心碧：人生憔悴生理難，好在龍城莫相憶。

相憶，無消息，目斷遙天雲自白，寒山一帶傷心碧，風土蕭疎胡國，長安不見浮雲隔，

縱使君來爭得？（調笑集句明妃）

花陰轉午漏頻移，寶鴨飄飄繡幕垂，眉山斂黛雲堆髻，醉倚春　不自持。偷眼劉郎年最少，雲情雨態知多少，花前月下惱人腸，不獨錢塘有蘇小。蘇小，最嬌妙，幾度樽前曾調笑，雲情雨態知多少，悔恨相逢不早，劉郎襟韻正年少，風月今宵偏好！（鄭彥能調笑蘇小）

秦樓有女字羅敷，二十未滿十五餘；金鐶約腕攜籠去，攀枝折葉城南隅，使君春思如飛絮，五馬徘徊芳草路，春風吹鬢不可親，日晚蠶饑欲歸去。

歸去，攜籠女，南陌柔桑三月暮，使君春思如飛絮，五馬徘徊頻駐，蠶饑日晚空留顧，笑指秦樓歸去。（鄭彥能羅敷）

西子江頭自浣紗，見人不語入荷花，天然玉貌非朱粉，銷得人看隘若耶。游冶誰家少年伴，三三五五垂楊岸，紫騮飛入亂紅深，見此踟躕但腸斷。

腸斷，越江岸，越女江頭紗自綻，天然玉貌鉛紅淺，自弄芙蓉日晚，紫騮嘶去猶回盼，笑入荷花不見。（晁無咎西子）

調笑令　并詩　　山谷詞　共一調

海上神仙字太眞，昭陽殿裏稱心人，猶思一曲霓裳舞，散作中原胡馬塵。方士歸來說風度，梨花一枝春帶雨，分釵半鈿愁煞人，上皇倚闌獨無語。

無語，恨如許，方士歸時腸斷處，梨花一枝春帶雨，半鈿分釵親付，天長地久相思苦，

渺渺鯨波無路。

調笑令　秦少游淮海詞

致語口號均無

王昭君詩詞

樂昌公主詩詞

崔徽詩詞

無雙詩詞

灼灼詩詞

盼盼詩詞

崔鶯鶯詩詞

採蓮 詩詞

煙中怨 詩詞

離魂記 詩詞

以上共十段無致語口號及放隊詞，想係書上之調笑，而非歌場之調笑也。今錄數調於下：

崔家有女名鶯鶯，未識春光先有情：河橋兵亂依蕭寺，紅愁綠慘見張生。張生一見春情重，明月拂牆花影動；夜半紅娘擁抱來，脉脉驚魂若春夢！

春夢，神仙洞，冉冉拂牆花樹動，西廂待月知誰共？更覺玉人情重。紅娘深夜行雲送，困嚲釵橫金鳳。

右崔鶯鶯

若耶溪邊天氣秋，採蓮女兒溪邊頭，笑隔荷花共人語，煙波渺渺蕩輕舟，數聲水調紅嬌晚，棹轉舟回笑人遠，腸斷誰家游冶郎，盡日踟躕臨柳岸。

柳岸，水清淺，笑折荷花呼女伴，盈盈日照新妝面，水調空傳幽怨，扁舟日暮笑聲遠，對此令人腸斷。

右採蓮

深閨女兒嬌復痴，春愁春恨那復知？舅兄惟有相拘意，暗想花心臨別時。離舟欲解春江暮，精爽隨君歸去。異時攜手重來處，夢魂春風庭戶。

右離魂記

調笑譜美人故事，有歌有舞，實爲元曲最原始之雛形：如右所列調笑之崔鶯鶯實與大曲之鶯鶯六么及彈詞體之商調蝶戀花全爲董解元西廂之幼蟲，亦卽王實甫西廂之鼻祖也。中國戲劇之生產，其源流之遠，時間之長，性質之複雜，皆不可不採討。古人云詞一變而爲曲，何其變之速也。

秦淮海調笑，有煙中怨離魂記等名，儼然有獨立爲一劇之傾向矣。

調笑令「東堂詞」 毛滂

致語「有」口號「無」

崔徽詩詞

泰娘詩詞

盼盼詞詩

美人賦詞詩

灼灼詞詩

鶯鶯詞詩

苕子詞詩

張好好詞詩

破子：

遣隊七言詩四句

以上共八調，今錄一調於下：

武寧節度客最賢，後車擲藻爭春妍。曲眉豐頰亦能賦，惠中秀外誰取憐？花嬌葉困春相逼，燕子樓頭作寒食；月明空照合歡牀，霓裳罷舞猶無力。

無力，倚瑤瑟，罷舞霓裳今幾日，樓空雨小春寒逼，鈿箔羅衫煙色，簾前歸燕看人立，卻趁落花飛入。

東堂調笑後有破子二段，不知何意。按其體製，仍與調笑詞「卽後段」相同。但無詩「卽前段」爾。而其詞意似泛泛無所指，但云酒美花好，須及時行樂之意，以爲全篇之總結云。孟元老東京夢華錄小兒隊云，樂作羣舞，且舞且唱，又唱破子。

宋元戲曲史說，與傳踏同實異名者，是爲隊舞，其實他的組織各不相同：兩相比較，就可以知道了。傳踏的特點，今列於下：

傳踏
- 譜若干人故事的歌曲
- 讚美美人的歌調
- 用來尊前侑酒的歌曲
- 有首尾有組織的小唱

傳踏對於戲劇的組織和故事的歌詠，也有不少的影響。比如秦淮海的離魂記已經開倩女離魂的先路了！

第九節　宋代歌法

宋代雜劇，歌曲，盈千累萬。而其歌法如何，殆無可考。由碧鷄漫志觀之，似當時頗重女音，且以婉媚溫柔語嬌聲顫爲上。故志云：今人獨重女音，不復問能否；而士大夫所作歌詞亦尙婉媚，古意盡矣。政和間李方叔在陽翟有攜善謳老翁過之者，方叔戲作品令云：

> 唱歌須是玉人，檀口皓齒冰膚，意傳心事，語嬌聲顫，字如貫珠，老翁雖是解歌，無奈雪鬢霜鬚，大家且道：是伊模樣，怎如念奴。

語嬌聲顫，字如貫珠，想如十七八女郎執紅牙拍，一字一咽，歌楊柳岸曉風殘月，此實歌曲之正宗也。

夢粱錄云：「更有小唱，唱叫，執板慢曲，曲破大率輕起重殺，正謂之淺斟低唱。若舞四十六大曲皆爲一體，但唱令曲小詞，須是聲音軟美。……景定以來，諸酒庫設法賣酒，官妓及私名妓女數內揀擇上中甲者，委有娉婷秀媚，桃臉櫻唇，玉指纖纖，秋波滴溜，歌喉宛囀，道得字眞韻正，令人側耳聽之不厭。官妓如金賽蘭……唐安……倪都惜潘稱心梅醜兒……等，私名妓女如蘇州錢三姐七姐……等後輩，雖有歌者，比之前輩，終不如也。」

程大昌演繁露云：「今世歌曲比古鄭衞，又爲淫靡，近又卽舊聲，而加泛灩者，名曰嘌唱。嘌，玉篇讀如飄，言嘌嘌無節度也」。

武林舊事有丁未年撥入勾欄弟子嘌唱賺色施二娘等。